KB261265

박태원의 파시즘 인식과 대응

구보학회

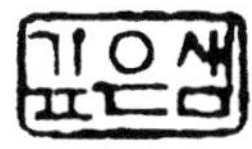

한국 근현대문학에서 구보 박태원은 소설의 근간이 되는 리얼리즘과 모더니즘의 양대 산맥을 모두 포괄하는 매우 특별한 작가입니다. 1930년대에 한국 모더니즘 문학에서 박태원을 빼고 말할 수 없듯이 21세기의 오늘에 있어서도 구보 박태원의 정신과 문학은 한국 현대문학의 다양한 영역에서 그 영향력이 부각되고 있습니다. 그런 까닭에 구보학회에서는 21세기에 한국 문학이 지향해야 할 다양한 방향의 새로운 시도와 영역의 확장을 도모해 왔고, 그간의 관심의 결실로 '박태원과 모더니즘' '박태원과 역사소설' '박태원과 구인회' '환상성과 문학의 미래' '박태원 문학의 현재와 미래' '박태원 문학과 창작방법론'을 발간해 왔습니다. 이 기획들 가운데 일제 말기 1940년 전후가 빈틈으로 비어 있었던 만큼, '박태원의 파시즘에 대한 인식과 대응'이라는 주제로 빈틈에 해당하는 '1940년대'를 채워서, 이번에 구보학보 제 7집을 발간하게 되었습니다.

한국현대문학 관련 수많은 학회에서는 그 수만큼 많은 학회지가 발간되고 있습니다. 그러한 현실에서 학회만의 정체성 찾기가 쉽지 않은 만큼 그동안 편집위원회 회의를 거듭하면서 구보학보는 구보학보만의 특징과 개성을 지니고 있어야 한다는 데 의견을 모았습니다.

적어도 구보 박태원에 대한 논문, 연구에 관한 한 구보학보가 가장 알차고 믿을만하다는 공감이 형성되도록 하자는 데 의견을 모으고 이번 학회지의 성격을 그에 초점을 맞춰 강화하고자 하는 의지를 갖고 임하였음을 밝힙니다. 그런 의도와 목적에 걸맞게 이번에도 구보 연구 논문 네 편과 아직 발간되지 않은 구보의 미발표 작품을 해제와 함께 소개하게 되었습니다. 《방랑아 줄리앙》은 원래 원고는 있었으나 박태원 전집 발간에는 빠져 있었던 작품입니다. 1933년 매일신보에 연재되었던 중편 소설로 연재 당시에는 '소년소설'이라는 표제를 달았던 작품입니다. 구보 박태원의 작품 중에서 신문이나 잡지에 발표된 후 단행본으로나 전집 등에도 재수록되지 않아 잊혀지고 있는 작품들을 찾아 정리 소개하는 기회를 갖게 되어 보람을 느끼면서, 발간되지 않은 작품의 게재를 기꺼이 허락해주신 구보의 아드님이신 박재영 부회장님께도 깊이 감사드립니다. 구보의 문학 세계를 이해하는 데 중요한 자료가 될 것이라 생각합니다. 아울러 구보의 작품에 대해 다양하게 연구한 다른 논문들은 그만큼 구보 문학의 다양성을 입증할 수 있을 것입니다.

마침 지난해에는 구보 관련 작품 해설서 혹은 연구서가 발표되어 그 책에 대한 소개를 아울러 겸할 수 있어서 학회지가 보다 풍성해질 수 있었습니다. 서평을 써주신 선생님들께도 감사함을 전합니다.

아시다시피 구보학회 봄 학술대회에서는 구보와 직접 관련되는 주제로 발표를 하고, 가을 학술대회에서는 새롭게 시도되는 실험문학이나 장르 넘나들기, 세계문학과의 관계 등 보다 넓게 새로운 시도를 하고 있습니다. 그런 면에서 〈한국문학은 세계문학일 수 있을까?〉라는 논문은 지난 2011년 겨울 정기학술대회에서 발표 주제인 《세계문학 담론의 성과와 한계 그리고 전망》에 해당 주제로 발표가 된 글입니다. 그런 만큼 자유발표로 묶기에는 적합하지 않은 면도 있으나 구보 관련 논문과 구별하고자 하는 편집 과정에서 자유 주제 논문으로 묶게 되었음을 밝힙니다. 아울러 자유주제 논문을 투고해 주신 분들께는 더더욱 감사의 말씀을 표하고자 합니다.

사실 구보의 작품들은 매우 다양한 세계를 보이고 있어 후학들이 다채롭게 접근할 수 있는 여지가 참으로 많습니다. 오늘날은 유난히 콘텐츠가 강조되고 스토리텔링이 중시되는 멀티 콘텐츠의 시대입니다. 구보의 모더니즘, 리얼리즘, 역사소설, 번역물, 탐정소설, 소년소설 등이 영화, 만화와 함께 더욱 돋보이는 소이입니다.

　앞으로 학술대회에서 발표한 논문들을 구보학보 학회지에서 거듭 확인하는 알찬 결실을 볼 수 있게 되기를 바라며 회원 여러분들의 건필을 기대합니다.

2011년 12월
구보학회 회장 이정숙

● 목 차 ●

박태원의 파시즘 인식과 대응

식민도시 경성과 트로이의 목마

- 박태원의 『청춘송』론

목 차

1. 두 쌍의 페르소나와 이중도시
2. 위계적 질서: 가부장제와 제국주의
3. 제국의 축도와 트로이의 목마
4. 병렬 편집과 식민도시 경성의 배후
5. 남촌: 제국의 중심
6. 결론

권 은*

    소설의 세계는 근본적으로 '근대 도시의 세계'라고 와트는 말한다.[1] 이때 그는 대영제국의 메트로폴리스 런던을 염두에 두었다. 산업혁명 이후 런던의 물질적 토대가 영국 '리얼리즘 소설'을 탄생시켰던 것이다. 리얼리즘 소설은 형식뿐만 아니라 이데올로기적 측면에서도 놀라울 정도로 '제국'에 기반하고 있다.[2] 반면 식민도시는 메트로폴리스와 외견상 유사하지만 근본적으로는 다르다. 메트로폴리스는 세계 각처의 식민지의 인적·물적 자원을 중앙에 집적시키지만, 식민도시는 식민지 내 물자를 임시로 집적하여 다시 메트로폴리스로 이송하는 중간 거점에

---

* 서강대학교 기초교육원 학사지도교수

1) 이언 와트, 강유나·고경하 譯, 『소설의 발생』, 강, 2009, 274쪽.
2) 에드워드 사이드, 박홍규 譯, 『문화와 제국주의』, 문예출판사, 2005, 103쪽.

가깝다. 경성은 더블린 등과 함께 제국에 의해 '착취당하는 배후지'(deprived hinterland)로서의 식민도시였다.

메트로폴리스와 식민도시 간에 구조적 상이성이 분명하다고 할 때, 도시의 구조와 상동적으로 병행 발전하는 소설의 형식에도 구조적 차이가 있게 된다. 서구적인 소설 형식이 식민도시를 재현 대상으로 할 때, 서구 메트로폴리스의 특성과 식민지의 낯선 이소적(異所的) 특질들이 텍스트 전면에 동시에 드러나게 된다.3) 공존할 수 없는 것들의 교차적 현상, 곧 제국의 메트로폴리스적 특성과 식민지적 상황이 공존하게 되는 것이다.4) 그러므로 식민지 도시문학은 리얼리즘적 형식을 취하지 않고 그 자체가 일종의 '판타스마고리아적 텍스트'가 된다. 남미의 '마술적 리얼리즘'이 좋은 예이다. 그러니까 조이스의 더블린과 박태원의 경성 텍스트의 문학적 형식은 리얼리즘이 아닌 모더니즘이 된다.

『청춘송』은 박태원 문학 논의에서 의례히 소외되어온 작품이다. 이 작품이 독자들의 항의로 연재가 중단된 미완작이고, 또한 '통속소설'의 성격을 띠고 있기 때문이다. 그렇지만 보다 근본적인 원인은 이 텍스트가 기존의 메트로폴리스에 기반한 서구 이론으로는 적절히 설명되지 않는다는 난점 때문일 것이다. 이 작품은 1935년 2월 25일부터 5월 18일까지 <조선중앙일보>에 연재되다 중단된 미완의 장편으로 시인 이상(李箱)을 모델로 삼은 작품이다. 작품의 일부는 단편 「염천」(1938)으로 개작되어 발표되기도 했다. 후기에서 박태원은 이 작품을 "죽은 이상(李箱)에게 주고 싶다"고 했다. 이 논문은 『청춘송』의 독해를 통해 '경성 모더니즘'의 특수한 성격을 규명해 보고자 한다.

---

3) Duffy, Enda, 'Disappearing Dublin: Ulysses, Postcoloniality and the Politics of Space', *Semicolonial Joyce*, Cambridge University Press, 2000, p.51

4) Jameson, Fredric, *Modernist Papers*, W W Norton & Co Inc, 2007, p.164

1. 두 쌍의 페르소나와 이중도시

박태원의 '구보'나 이상(李箱)을 모델로 한 '하웅' 등은 한국 문학사에서 잘 알려진 페르소나에 속한다. 그들은 도시적 삶의 스펙터클과 일상적 의식을 관찰하는 모더니즘 예술가의 분신들이다. 신변 이야기를 즐겨 소재로 삼은 박태원의 작품들은 대부분 '사소설' 계열에 속하며, 이때의 인물들 대부분이 일종의 페르소나라 할 수 있다. 박태원 작품을 연상할 때 우리는 쉽게 '구보'나 '하웅'의 페르소나 쌍을 떠올리지만 실제로는 「소설가 구보씨의 일일」(1934)과 「애욕」(1934) 정도에 등장할 뿐이다. 박태원 소설의 페르소나들이 강한 인상을 남기는 이유는, '구보'와 '하웅'에 대칭을 이루는 또 다른 페르소나 쌍인 '김철수'와 '리남수'가 있기 때문이다. 그러니까 박태원과 이상(李箱)은 두 쌍의 작가적 페르소나를 갖고 있었던 셈이다. 빈도로 따지면, '구보'나 '하웅'보다 오히려 '김철수'와 '리남수'가 더 자주 등장한다. 김철수는 작가의 본격적인 첫 장편인 『반년간』(1933)과 『여인성장』(1941)에5), 리남수는 『청춘송』(1935)과 「염천」(1938) 등에 등장한다.

주목되는 것은 텍스트에서 '김철수'와 '리남수'는 '구보', '하웅'과 판이한 성격과 역할을 담당하는 점이다. '구보'와 '하웅'이 주로 단편 혹은 중편의 '순수문학' 계열 작품들에 등장하는데 반해, '김철수'와 '리남수'는 장편 '통속소설'의 중심인물을 담당한다. 더욱 주목할 것은 '구보'와 '하웅' 작품들의 공간적 설정이 경성의 '북촌'에 한정된다면, 스케일 큰 장편에 등장하는 '김철수'와 '리남수' 작품들의 서사공간은 일본인 거주지역인 '남촌'까지 확대되고 있는 점이다.

근대 소설과 근대 도시는 상동적으로 맞물려 발전해 왔다. 자본주의 하에서의 근대 도시는 메트로폴리스든 식민도시든 구역별로 세분화

---

5) '철수'는 더욱 빈번하여 「옆집 색시」, 「오월의 훈풍」, 「구혼」 등에 등장한다. 이외에도 이상(李箱) 본명으로 등장하는 「제비」 등이 있다.

14

(arrondissements)되고 위계적으로 발달된다. 도시의 구역의 세분화는 소설 하위장르의 세분화로 이어졌다.6) 런던의 경우 부유한 서부 지역과 빈곤한 동부 지역으로 나뉘어 발전되었는데, 상류층을 다소 코믹하게 다룬 '실버-포크 소설'과 범죄소설의 일종인 '뉴게이트 소설'이 각각의 구역에서 발달했다.7) 도시의 특정구역에서 그에 걸맞는 하위의 소설 장르가 발전하게 된 것이다. 파리의 경우도 센느강을 중심으로 우안과 좌안에 '부르주아 극'과 '아방가르드 극'이 각각 발전하게 되었다.8)

전지구적 관점에서 조망할 때, 영국에서는 자국 내의 '리얼리즘 소설'과 해외를 배경으로 한 '제국주의 모험소설'이 동시에 발전하게 되었다.9) 두 장르는 외견상 매우 상이하지만, 실제로는 공통의 역사를 갖고 있다. 이처럼 문학의 하위장르는 저마다의 '공간' 혹은 '지리'를 갖고 있다.10) 문학의 장르가 고유한 '지리'를 토대로 발전되어 왔다면, 이러한 장르가 식민지(혹은 식민도시)의 이질적 시공간과 접촉하게 되었을 때 어떤 변화가 생겨나게 될 것인가.

서구 문학의 장르의 분화 과정은 식민지 맥락에서는 전혀 다른 방식으로 나타나게 된다. 문학의 '이소적 종분화'(異所的 種分化)가 발생하게 되는 것이다.11) 소설이 다른 국가로 전파될 때, 모든 하위 장르가 균등하게 전파되는 것은 아니다. 일부 장르는 별다른 저항없이 전파되지만, 특정 장르는 거의 국경을 넘어서지 못한다.12) 예를 들어, 서구 소설

---

6) Brooks, Peter, 'The Mark of the Beast: Prostitution, Serialization, and Narrative', Reading for the Plot, Harvard University Press, 1992, p.167

7) Moretti, Franco, *Atlas of the European Novel 1800-1900*, Verso, 1998, p.116

8) 피에르 부르디외, 하태환 譯, 『예술의 규칙』, 동문선, 1999, 218쪽.

9) Brantlinger, Patrick, *Rule of Darkness: British Literature and Imperialism, 1830-1914*, Cornell University Press, 1990, p.13

10) Moretti, Franco, op.cit(1998), p.35

11) Moretti, Franco, *Graphs, Maps, Trees*, WW Norton & Co Inc, 2007, p.90

12) 모레티에 따르면, 이러한 이소적 종분화 현상이 일어나는 이유는 특정 하부 장르가 기반으로 하는 '공간' 혹은 '지리'가 부재하기 때문이다. Moretti, Franco, op.cit(1998),

이 19세기 러시아 페테르부르크에 수용되었을 때, 특이하게도 도시문학
의 대표적 장르인 '탐정소설'은 받아들여지지 못했다.[13] 이 장르가 미
국 서부지역으로 건너가서는 '하드보일드 소설'로 분화되었다.[14] 또한
근대도시적 하부구조(기차 등)를 온전히 갖추지 못한 아프리카에서는
'교양소설'이 발생하지 못했다.[15]

　식민지 조선의 근대 문학에서도 이와 유사한 현상이 발생했다. 대표
적인 예로, 한국 근대문학에서는 해외가 배경인 '모험소설'을 찾아보기
어려운데, 그 원인은 조선의 식민지적 현실, 곧 모험을 떠날 실질적 '공
간'(식민지)을 확보하지 못했기 때문이다. 도시 차원으로 축소해 살폈을
때에도 식민도시 경성에서는 런던이나 파리처럼 두 공간구역에 따른
서로 다른 하위 소설 장르가 발전하지 않았다. 경성이 북촌과 남촌으로
확연히 갈린 '이중도시'의 구조를 하고 있었음에도 말이다. '남촌'은 당
대 조선 문학의 주요 재현대상이 되지 못했다. 이는 남촌에 거주하는
'조선인'이 많지 않았을 뿐만 아니라, 그곳의 삶이 타지역 조선인들의
삶과 판이했기 때문이다. '작은 도쿄'(mini-Tokyo)로 불렸던 '남촌'은 당
대 조선사람들에게 일종의 '외국'과도 같은 공간이었다.[16] 식민도시 경
성의 위계적 구조가 남촌의 소설적 재현을 가로막아 온 것이다.

　　"대체, 어딜 가려구 그래?"
　　하고, 젊은이는 의아스러히 물었으나, 영자는 대답 없이, 문득, 전찻길을
　횡단하여, 명치정(明治町) 어시장 뒷골목을 들어선다.
　　젊은이는, 숨바꼭질하는 아이들의 흥미를 가지고, 부리나케 그의 뒤를

---

　　p.177

13) Buckler, Julie A., *Mapping St. Petersburg : Imperial Text and Cityshape*, Princeton University
　　Press, 2007, p.147

14) Scaggs, John, *Crime Fiction*, Routledge, 2005, p.57

15) Moretti, Franco, op.cit(1998), p.70

16) Uchida, Jun, *Brokers of Empire*, Harvard Univ. Press, 2011, p.71

쫓았다. 그 골목 안에는 마침 이 시각에 행인이 없다.

"<u>왜 이러는 거야, 에이짱?</u>"

이번에도 대답은 없으리라 생각은 하면서도, 그래도, 젊은이가 또 말을 걸려니까, 의외에도 영자는, 걸음을 멈추고, 그를 돌아보며,

"<u>오봇짱와 오까에리…</u>"

하고, 비웃음 가득한 표정을 짓는다.

"<u>오봇짱?</u>" (『청춘송』, 73회)

여기서 박태원의 '통속소설' 계열 작품들, 즉 작가의 또 다른 페르소나 쌍인 '김철수'와 '리남수'가 등장하는 작품들에 주목하게 된다. 그동안 소설적 재현에서 배제되어온 경성의 일본인 구역인 '남촌'이 서사 내에 포섭되고 있기 때문이다. 인용에서 보듯이, 조선어로 대화를 나누던 인물들은 남촌의 명치정(明治町) 입구에 들어서면서부터 '일본어'를 사용하기 시작한다. 이 지점을 경계로 공간의 성격이 급변한다.

식민도시를 배경으로 한 소설도 메트로폴리스 소설과 마찬가지로 일종의 '산책자 텍스트'(flaneur text)로 독해될 수 있다.[17] 다만 식민지 도시소설의 산책자는 메트로폴리스의 산책자와는 다른 역할을 맡게 된다. 그들은 사람들이 알아차리지 못하는 식민도시의 비밀스러운 미궁의 지식을 탐색하는 역할을 맡는다.[18] 식민도시에서 식민지인들은 이동이 자유롭지 않을 뿐만 아니라, 원하는 장소에 아무 때나 머무를 수 있는 것도 아니다. 따라서 식민도시의 산책자들은 '산책'을 계기로 평소 자유롭게 이동할 수 없었던 공간으로 나아갈 수 있게 된다.[19] 이때 작품들은 경성의 '내부 경계'인 남촌을 가로질러 탐사하는 일종의 '모험소설'의 형식을 취하게 되며[20], 이때 등장인물들의 산책은 식민지 현실을 비판

---

17) Duffy, Enda, op.cit(2000), p.51

18) Duffy, Enda, op.cit(2000), p.48

19) Rosner, Victoria, *Modernism and the Architecture of Private Life*, Columbia Univ Press, 2008, p.150

적으로 재현하기 위한 일종의 트릭이 된다. 말하자면, '트로이의 목마'
텍스트가 되는 것이다.[21]

2. 위계적 질서: 가부장제와 제국주의

19세기 프랑스 리얼리즘 소설의 주요 특징으로 '아버지[기능]의 부
재'(vacancy of the paternal function)를 살필 수 있다.[22] 이는 대혁명으로
'국가의 아버지'인 왕이 국민들에 의해 처형당한 역사적 사실(regicide)과
긴밀한 연관을 맺고 있다. '아버지의 부재'는 진정한 의미의 권위의 부
재, 즉 사회 전체가 점점 더 혼란스러운 상태로 진입함을 의미하는 것이
었다.[23] 이 시기 수많은 유럽 소설의 주인공들이 '고아'로 설정되는 것
은 우연이 아니다.[24] 이처럼 프랑스나 영국의 근대 소설의 형성은 프랑

---

20) 소설 속의 '경계'는 국가와 국가간의 '외부 경계'와 한 국가 안에서의 '내부 경계'로
나뉠 수 있다. 특히 '외부 경계'는 '모험소설'의 배경이 된다. 등장인물들은 국경을 가
로지르고 미지의 세계와 조우하고 종종 적과 만나게 되며, 서사는 위험, 놀람, 서스펜
스의 공간으로 면모하게 된다. 그러나 식민도시 경성에서는 외부 경계와 내부 경계의
구분이 명확하지 않기 때문에, 내부 경계를 가로지르는 도시 소설이 서구의 '모험소
설' 형식을 취하게 된다. Moretti, Franco, op.cit(1998), p.35

21) 알다시피, 조이스의 『율리시즈』는 서사시인 『오딧세이』를 그 서사의 틀로 활용하였
다. 그렇지만 보다 흥미로운 것은 다양한 서사시들 중에서 조이스가 유독 이 작품을
선택하고 있다는 점이다. 인류 역사상 『오딧세이』는 미지의 타자를 만나는 모험서사
의 구조를 취한 최초의 이야기라 할 수 있다. 더욱이 이 서사시는 '트로이 전쟁'을 배
경으로 삼고 있는데, 여기서 등장하는 '목마'는 선물을 가장하여 적진에 잠입하여 승
리를 거두는 대표적인 지략으로 알려져 있다. 조이스는 제국주의 모험소설의 형식을
식민도시 더블린에 적용시킴으로써, 일종의 '트로이의 목마'처럼 제국주의 지배에 대
한 정치적 비판을 간접적으로 가하고 있다고 할 수 있다. Begam, Richard, 'Joyce's
Trojan Horse: Ulysses and the Aesthetics of Decolonization', *Modernism and Colonialism-British
and Irish Literature, 1899-1946*, Duke Univ Press, 2007, p.186

22) Jameson, Fredric, *Political Unconscious*, Cornell University Press, 1982, p.176

23) Brooks, Peter, *Realist Vision*, Yale University Press, 2008, p.39

24) Brooks, Peter, op.cit(1992), p.115

18

스 혁명과 명예혁명이라는 역사적 사건의 지대한 영향을 받았다.[25] 반면, 식민지 조선 문학에 등장하는 '아버지 부재' 모티브는 일본 제국주의에 의한 식민지배라는 역사적 맥락과 관련된다.[26] 박태원의 「소설가 구보씨의 일일」과 『천변풍경』에서도 이러한 모티브는 쉽게 발견된다.

그런데 특이하게도 『청춘송』 등 '통속소설' 계열 작품들에서는 이와는 정반대로 '강력한 아버지' 모티브가 등장하고 있다. 더욱이 이들은 '김철수'나 '리남수'의 친아버지가 아니라, 그들이 사귀는 상대 여자의 아버지들이라는 점에서 자못 불길하기까지 하다. '김철수'와 '리남수'의 연애는 당사자들과의 연애가 아니라, 여자의 아버지들과의 '교섭'의 형태로 나타나는 경우가 많다. 제국주의는 본질적으로 가부장제의 위계 구조를 그대로 닮은 '국가 부권주의'(state paternalism)의 형태를 취한다.[27] 법적 형식('결혼')을 통해 이들은 '아버지'의 지위를 획득하게 된다. 이는 일본 제국주의의 식민 권력(혹은 그 대리자)을 은유화한 인물 설정으로 볼 수 있다. 따라서 이 작품들은 연애 문제를 표층 서사로 하고, 심층에서는 제국 권력과 식민지 지식인 간의 '타협'의 문제를 다룬 것으로 볼 수 있다.

『청춘송』은 향훈이 '시골 남자'와 강제 결혼시키려는 아버지를 피해 가출하는 장면으로 시작된다. 오빠인 재수도 향훈을 돕고자 하지만 아버지의 뜻을 거역하지 못하고, "될 수 있는 대로는 아버지의 비위에 덜 거슬리도록, 일종 아첨하는 웃음조차"(34회) 띄운다. 모든 결정권을 쥐고 있는 아버지는 "전지전능하신 아버지"(26회)이다.

---

25) 이언 와트, 앞의 책(2009), 448쪽.

26) 일본의 식민지배를 받은 대만문학에서도 비슷한 모티브가 반복적으로 발견된다. 대표적으로 오탁류(吳濁流) 『아시아의 고아』(亞細亞的孤兒)를 들 수 있다. 이 작품에서 '고아'는 일제의 식민지배를 받는 대만의 강력한 역사적 은유가 된다. Ching, Leo, *Becoming "Japanese": Colonial Taiwan and the Politics of Identity Formation*, University of California Press, 2001, p.179

27) Uchida, Jun, op.cit(2011), p.328

　"얘애, 어림도 없는 생각 말아라. 네가 그래 집엘 안 들어가면 어쩔테냐? 사내녀석들같이 돈이래두 집어가지구 나와, 동경(東京)이니 상해(上海)니 도망을 가니? 어쩌니? 그건 둘째치구, 당장 오늘 밤에 늬가 어디서 잘테냐? 나래도 안 재워주면 당장 갈 데두 없을걸 그래."

　"여관? 하하하…… 어림도 없이. 그래 이 비오는 깊은 밤에 열아홉 살 먹은 미혼 처녀가 가방 하나 들지 않고 여관에 가보렴. 나쁜 녀석들이 히야까시(ひやかし)나 하려들고 또 수상하다고 순사(巡査)가 취조하기 쉽구……. 그뿐이냐. 호옥 네 집에서 경찰서에다 수색원(搜索願)이래두 내논다면……." (1회)

　향훈은 가출을 감행했으나 끝내 가부장적 아버지의 영향권을 벗어날 수 없다. 등장인물들이 식민지 현실을 벗어나-아버지의 영향권에서 벗어나- '동경'이나 '상해'로 떠나려 시도하는 장면은 박태원 문학이 제시하는 또다른 은유 구조이다.[28) 등장인물들은 자유롭게 어느 곳으로나 떠날 수 있을 것처럼 행동하지만, 그곳-'동경', '상해' 혹은 '만주'-은 이미 '일본 제국주의'에 의해 선점된 영역이다. 소설 속 인물들이 보다 근대적으로 변모한 대도시인 동경이나 상해로 한사코 떠나려 하는 장면에서 '지체된 근대'로서의 경성의 심리적 일면을 엿볼 수 있다.

　아버지-자식 간의 가부장적 위계질서는 그대로 동경-경성-시골의 제국의 공간적 위계질서로 확대된다. 일본 제국주의의 수도 동경(東京)은 명실상부한 '메트로폴리스'로 주변부(식민지)의 사람들과 물자들을 흡수한다. 경성은 조선 내에서 '메트로폴리스'격이지만, 집중된 사람과 물질은 다시 내지(內地)의 동경으로 흡수되고 만다. 외지(外地)와 내지(內

---

28) 박태원의 「거리(距離)」(1936)에는 "동경이든, 상해든, 만주든, 오직 내가 그들에게서 멀리 떨어져 있을 수만 있다면……"라는 대목이, 『금은탑』(1938)에는 "동경을 가 보라구?……상해를 가 보라구?……", "참말 동경이라도 갈까? 상해라도 가볼까?"라는 대목이 나온다.

地)의 어휘 구분은 일본제국의 위계구조를 반영한다. 식민도시 경성에 거주하는 등장인물들은 시골에 대한 비교 우위 의식을 갖고 있지만, 동시에 언제나 동경(東京)에 대한 동경을 갖는다. 텍스트 중간중간에 느닷없이 동경에 대한 언급이 끼어드는 것도 같은 맥락으로 볼 수 있다.

> "참, 오빠아."
> "응?"
> "내 청 하나 들어주려?"
> "무슨 청……."
> "저—, 나, 동경(東京) 좀 보내주지 않으려?"
> "그건 밤낮 하는 소리?"
> "밤낮 해두 안 들어 주니까 그러지 뭐야."
> "참 너두 딱하다. 내가 무슨 재주루, 널 동경(東京)에 보내니?"
> "맘만 있으면 허지, 왜 못해?" (18회)
> "……."

『청춘송』의 주요 인물들은 모두가 대도시(메트로폴리스) '동경'을 동경하고, 조선어와 일본어를 자유자재로 구사한다. 리남수와 오향훈은 비밀리에 함께 '동경 유학'을 떠날 계획을 세우고 있다. 동경 메지로여대(目白女大)의 영문과를 졸업한 "일본 댕겨나온 색시"(17회) 김명숙은 향훈의 오빠 오재수와 '동경'에서 만나 사랑의 감정을 느낀다. 이 두 커플의 연애 이야기가 서사의 중심축을 이루고 있어 등장인물 모두 동경(東京) 지향적이라 할 수 있다. 이에 덧붙여, 집안에서 오향훈, 김명숙 등과 선을 보게 한 남자들 역시도 '동경 유학'을 다녀온 것으로 묘사된다. 그러나 '조그만 사나이'의 아우가 막상 동경으로 떠나려다 형사에게 발각되는 사건이 발생한다.

> "그래, 어딜 갔대?"

"자세한 건 집엘 가봐야만 알겠는데…… <u>무어 그애가 오늘밤차루 동경
으로 떠나려 했다나?</u>"

"허, 허—, 그래서……."

"지금 생각허면, 며칠 전에 그애가 호적등본을 내오구 또 내의를 온통
새루 하구 그러던게 그게 까닭이 다 있었구면……."

"<u>호적등본은 무얼하게?</u>"

"<u>아, 도항증(渡航證) 내려구 그랬던게지.</u>"

"흥, 흥, 그래서……."

마침, 스미꼬가 간조—가끼를 가지고 돌아왔다.

김은 주머니에서 지갑을 꺼내며,

"<u>아마, 역에서 붙들린 모양이야.</u>" (44회)

이처럼 등장인물들은 경성을 벗어나려 하지만, 쉽사리 식민지 현실에
서 벗어나지 못한다. '도항증'(渡航證)이나 '수색원'(搜索願) 등은 식민
지인들의 공간적 이동이 통제되고 있음을 보여준다. "형사가 또 잡으러
왔나보다"라든가, "오즉 멍텅구리 짓을 해서야, 형사가 다아 그렇게 수
상하게 보았을까"라든가, "수상하다고 순사가 취조하기 쉽"다(74회) 등
의 언급에서, 식민도시의 통제 상황이 중심인물들의 의식 깊숙이 자리
잡고 있음을 알 수 있다. 그들은 경성 공간 안에 갇힌 존재이다. 식민도
시는 닫힌 세계이며 메트로폴리스와 식민도시의 사이는 언제나 통제되
어 있다. '동경 유학 계획'이 수포로 돌아간 남수는 경성에서 살 궁리를
할 처지에 놓인다. 이들 도시 출신들은 '전근대적' 상태인 시골에 사는
사람들에 대한 상대적인 우월의식을 노골적으로 드러낸다. 그런데 놀라
운 것은 '시골 사람'들에 대한 이들의 시각이 제국주의자들의 그것(시
각)을 그대로 답습한다는 점이다.

<u>남자의 이름이 '덕섭'이라 누구집 행랑아범같아 속되고 천하대서 싫고,
키가 작아 땅달보라 채신머리가 없대서 싫고, 색깔이 새까마니 구름보래서</u>

싫고, 얼굴이 둥글넓적하니 둔하게 생겼다해서 싫고, 나중에는, 그가 중학이나 마치거든 구구로 어느 회사의 월급쟁이라도 얻어하는 것이 아니라 꼴에다 동경으로 유학을 간 것도 마음에 안 들었고 또 기위 시골사람이거든, 그저 땅이나 파먹고 이래저래 연명쯤이나 하는 게 아니라, 바로 강화에서도 사는 부자라는 것이 비위에 안 맞았다……. (6회)

아랫목에서 자라고 하여도 군이 사양하고, 윗목으로 자리를 깔아 편 다음, 잠방이 하나만 남기고, 후울훌 벗고 키는 좀 적으나마, 딱 벌어진 두 어깨며, 제법 나온 가슴이며, 굵고 또 힘있어 보이는 팔다리―, 그 체격이 자못 굿굿하다.
　그러나, 젊은이는 한 개의 문화인(文化人)으로서, 오직 잠뱅이 하나만으로 자리에 드는 사람을 어이없게, 또 천하게 보려니까, 남자는 자리 속에 들어간 뒤에 그 잠뱅이마저 발치에 내던진다.
　젊은이는 도저히 그 취미에 찬동할 수 없이, 자기자신 잠자리에 읽는 책을 뒤적거리니까, 남자는 또 남자대로 그 '버릇'을 괴이하게 생각하는 모양이더니
　"저, 먼저 잡니다."
　한마디 인사 뒤에, 눈을 감고 이분도 못되어, 씨익씩하고 숨소리도 기운차게 그냥 잠이 들어버렸다. (12회)

제국의 이주민들이 원주민에 대해 말할 때 자주 '동물학적 용어'(zoological terms)를 사용하는 것은 널리 알려진 사실이다.[29] '파충류처럼 움직인다'거나 "거주지의 불결함과 악취, 원주민의 몸짓, 자식을 많이 낳는 것" 등에 대해 자주 언급하기도 한다.[30] 이와 마찬가지로 소설 속 등장인물들이 시골 사람들을 묘사·언급할 때 마치 제국의 지배자들이 그런 것처럼 '동물학적 용어'를 구사한다는 점은 충격적이다.

---

29) Said, Edward W., 'Traveling Theory Reconsidered', *Reflections on Exile*, Harvard Univ. Press, 2001, p.446

30) 프란츠 파농, 남경태 譯, 『대지의 저주받은 사람들』, 그린비, 2004, 63쪽.

"시골 마누라쟁이"가 "누-런 이빨을 내놓고"(48회) 웃는 것으로 묘사되고 있고, "댁이 서울이십니까?"(53회) 혹은 "서울아인가요?"(69회)라고 묻고는, "시골로 시집가는게 싫다면, 서울 신랑도 많지"(13회)라고 말하기도 한다.

한편 경성에 거주하는 이들 주요 등장인물들은 흡사 '서양인'의 외양을 닮은 것으로 묘사된다. 재수는 누이인 향훈의 "탐스럽게 하얀 목덜미"(26회)를 바라보고, "눈썹 긴, 둥글고 또 큰 눈"(56회)의 향훈은 남수의 "여자의 것보다도 더 섬세하고, 색깔 흰 두 손을"(45회) 그려본다. 시골 사람들이 보기에, 도시 사람들은 식민 지배자처럼 옷을 입고 그들의 언어를 쓰며, 심지어 그들과 같은 지역에 살기도 하는 사람들이다. 그래서 시골의 농민들은 그들을 '민족의 모든 전통을 배반한 배신자'로 간주하기도 한다.31) 이처럼 시골 사람들의 눈에 도시 사람들은 식민지배자들의 모습을 닮았고, 도시 사람들 눈에 시골 사람들은 원주민의 모습으로 비친다.

> 마음에, 그는, 자기의 매부될 사람이 시골사람이라는 것에 적지아니 불만을 느꼈다. 그것은, 혹은, <u>서울사람이 자기가 서울사람인 까닭에 (오직 그 까닭 하나로)밖에 별 까닭 없이, 무턱대고 시골사람을 낮게 보고, 업신여기고 하는 그러한 것인지도 모른다. 그러나, 하여튼, 서울서 나서, 서울서 자란 귀여운 누이를, 어디 다른 신랑감이 없어서 시골구석으로 보내는가 하는 것이, 그의 불만 중 가장 큰 것이었다.</u> (32회)

자본주의 시스템은 중심 도시를 축으로 주변 지역을 예속화시키며 발전한다. 마찬가지로 중심인물들은 시골 사람들과의 차별화를 통해 '근대 문화인'으로서의 정체성을 확립해간다. 이들은 '작은 키에 틀어올린 머리가 서투른' '전근대적' 모습을 모멸스럽게 바라보기도 하는 한

---

31) 프란츠 파농, 앞의 책(2004), 137쪽.

편, 끊임없이 서구 혹은 일본에 대한 지향성을 드러낸다. '선망'과 '우월'의 두 상반된 의식은 그대로 소설 텍스트 내 위계적 구도로 드러나며, 이는 곧 제국주의의 위계적 구조에서 비롯되는 것이다. 그래서 주요 인물들은 경성역에서도 '일이등 대합실'을 이용하지만, 나머지 인물들은 '삼등 대합실'에 머무른다(14회). 식민지 지식인들은 제국의 문화와 언어를 추종하고, 자신들의 식민지 문화의 후진성을 강조하여 '내부 식민주의'(internal colonialism)를 강화하는 매개자 역할을 담당한다.32)

3. 제국의 축도와 트로이의 목마

그동안 박태원 문학에서 대표적인 '산책자 텍스트'로 간주된 「소설가 구보씨의 일일」은 정작 근대 자본주의 도시의 물질적 화려함이 거의 부각되지 않는다는 점에서 결격적이라 할 수 있다. 이것은 발자크의『인간 희극』이나 플로베르의『잃어버린 환상』등이 파리의 번화가 샹젤리제 거리를 집중 묘사하고 있는 것과 뚜렷하게 대조되는데33), 이는 주인공 구보의 산책 코스가 '북촌'에 한정된다는 점에서 숙명적이다. 반면에 소설『청춘송』은 경성의 번화가인 '남촌', 특히 '본정'과 '명치정' 일대를 산책하는 '혼부라'(本ひら)가 본격적으로 묘사된다는 점에서 박태원 문학의 실질적인 '산책자 텍스트'로 간주될 만한 작품이다. 중심인물들이 들르는 장소도 '명치제과'나 '본정빌딩' 등 일본 색채가 강한 장소들이다.

　　"숙경아, 우리 오래간만에 <u>혼부라나 할까?</u>" (13회)

---

32) Walter D. Mignolo, 'Globalization, Civilization Processes, and the Relocation of Languages and Cultures', *The Cultures of Globalization*, Duke University Press, 1998, p.34

33) Brooks, Peter, op.cit(1992), p.178

"노인들 허구 댕겨야 재미가 있어야지? 우리 오래간만에 <u>혼부라나 할</u> <u>까?</u> 둘이서…… 어머니한테 내려가, 얘기하구……." (46회)

"<u>혼부라신가?</u> 어디, 나두 한목 끼구……." (73회)

『청춘송』에는 당시 '남촌'을 대표하는 3대 백화점 미츠코시(三越), 조지아(丁子屋), 미나까이(三中井) 등이 모두 묘사되고 있고, 같은 시기의 어느 작품보다 구체적으로 그려진다. 백화점은 중심인물들이 만나는 약속 장소이자 우연처럼 마주치기도 하는 장소로 묘사된다. 소설 속 인물들은 백화점의 '옥상 정원'에서 만남을 갖는다.

<u>승강기를 타고 이층— 삼층— 사층—, 그리고 옥상—</u> 소녀가 문을 열어 주자 향훈이는 다른 이들 틈에 끼여 밖으로 나서며,
(…)
'혹은 저 위에라두 올라가 있는지…….'
그것도 모를 일이라고 그는 층계를 올라 가 보았으나, <u>그곳에는 비록 일</u> <u>요일이 아니더라도 일이 없는 듯싶은 사나이 두세 명과, 이번에는 웃학교</u> <u>에 입학하여 올러온 몇 명의 시골 생도와 또 그들의 부형인 듯싶은 사람들</u> <u>외에는, 일본 '오까미상'이 한 명, 오마니에게 아이를 업어가지고 철책 앞</u> <u>에 서서, 멀리 조선신궁 편을 바라보고 있을 뿐이었다.</u> (45회)

이 대목은 이상(李箱)의 일문시 「鳥瞰圖: 運動」의 "一層の上二層の上三層の上屋上庭園"34)이라는 구절을 연상시킨다. 그런데 정작 백화점 내부나 진열 상품에 대한 언급은 거의 찾아볼 수 없다. 소설적 시선이 집중되는 곳은 '옥상정원'으로 모여든 각처의 사람들이다. '옥상정원'에서 향훈은 자연스럽게 경성 사람들과 시골 사람들, 그리고 일본인 등을

---

34) 이상(李箱), 『朝鮮と建築』, 1931.8. 21쪽. 『이상전집』(임종국 편, 1956)에서는 「조감도: 운동」 "一層우에있는二層우에있는三層우에있는屋上庭園"로 번역되었다.

동시에 만나게 된다. 동경-경성-시골이라는 공간적 위계가 우연처럼 백화점이라는 공간에 한데 모여든 것이다. 이때 백화점은 '메트로폴리스'의 일종의 축도가 된다.[35] 그리고 그곳은 조선신궁(朝鮮神宮)이 바라보이는 공간이다.

소설『청춘송』에는 남촌의 3대 백화점 외에도 당대 '식민지기 기념비적 상징건축'인 조선신궁과 총독부 청사가 언급되고 있다. 조선신궁은 당시 남산에서 가장 전망이 좋은 서측 고지대에 입지하여 경성 전역을 조망할 수 있도록 건설되었다. 다 아는대로 파리의 에펠탑이 근대화의 위대한 상징이자 영공(領空)까지 확장되는 메트로폴리스의 기념물이었다면,[36] 식민도시 경성의 조선신궁은 식민 지배의 기념물이자 상징적 '판옵티콘'으로 기능하고 있었다. 이처럼 백화점의 '옥상정원'은 일본제국주의의 축도의 환유적 이미지로 나타나고 있다. 여기에 이어지는 다음과 같은 대목에 주목할 필요가 있다.

> '어서 오소서, 그리운 이여!'
> 무슨 그러한 말을 저모르게 속으로 중얼거려보고, 다음에 처녀다웁게 얼굴을 붉히고,
> '그럼, 잠시 화초구경이나 헐까?'
> 저편 <u>유리지붕 한 방으로 발을 옮기어, 정작 화초보다도, 우선 탐스러운 유리 상자 속에, 탐스러웁게 꾸며놓은 흙과 뜰 사이로, 역시 그렇게도 탐스러웁게 크고 아름다운 금붕어를 보고</u> 그 앞에, 발을 멈추며
> '어이구 이게 22환 50전이구면…….' (45회)

'금붕어'는 이상(李箱) 작품에 빈번히 등장하는 대표적인 은유 이미지이다.『날개』의 '나'는 미츠코시 옥상정원의 '금붕어'를 들여다보고, 이어 경성 거리의 조선 사람들을 내려다보며 "똑 금붕어 지느러미처럼

---

35) 프랑코 모레티, 조형준 譯,『근대의 서사시』, 2001, 224쪽.
36) Child, Peter, *Modernism(2nd Edition)*, Routledge, 2008, p.76

흐늑흐늑 허비적"(2권, 99쪽)거리고 있다고 생각한다. 「조춘점묘」에서는 유원지로 변해버린 옛 궁궐 덕수궁에 들러 "금붕어들은 다 어디로 쫓겨 갔을까?"(4권, 55쪽) 궁금해 한다. "칠 년 동안 금붕어처럼 개흙만을 토하고 지내면 된다"(4권, 143쪽, 「실낙원」)거나 "어항에 든 금붕어처럼 눈자위속에서 그저 오르락내리락 꿈틀거릴 뿐"(2권, 66쪽, 『지주회시』)이라는 표현도 눈에 띈다.

남수-이상(李箱)의 페르소나-를 기다리던 향훈은 남촌의 백화점, 그 내부의 '옥상정원', 그 내부의 유리 지붕의 방, 그 내부의 유리 상자, 그리고 그 내부에 들어 있는 "탐스러웁게 크고 아름다운 금붕어"를 차례로 목격하게 된다. 이 대목은 '옥상정원'을 배경으로 한 이상(李箱)의 일문시 「建築無限六面角體-AU MAGASIN DE NOUVEAUTES」의 "四角の中の四角の中の四角の中の四角　の中の四角"37)의 환유적 이미지를 자연스레 떠오르게 한다. 향훈의 시선이 꽂히는 유리지붕, 유리상자, 그 속의 '아름답고 탐스러운 금붕어' 등은 일차적으로 개량적, 위생적, 이국적 이미지로서의 일본제국주의를 환기한다고 볼 수 있다. 그와 동시에 투명하게 투시되는 '유리'의 이미지와 여러 겹의 공간 안에 간혀 있는 '금붕어'의 동물 이미지 등은 자연스럽게 식민지적 현실을 환기시킨다. 일견 화려하지만, 자유롭게 이동할 수 없는 '금붕어'는 자유롭게 현실에서 벗어날 수 없는, 동물학적 용어로 묘사되기도 하는 식민지의 등장인물들의 좌절한 모습을 그대로 보여준다.38)

---

37) 이상(李箱), 『朝鮮と建築』, 1932.7. 25면; 「建築無限六面角體-AU MAGASIN DE NOUVEAUTES」 "四角形의內部의四角形의內部의四角形의內部의四角形　의內部의四角形"으로 번역되었다(임종국 편). 'AU MAGASIN DE NOUVEAUTES'는 백화점을 의미한다.

38) 이처럼 조선인 노동자나 빈민계층을 동물학적 용어로 묘사하거나 '금붕어' 등에 비유하는 것은 하야시 후미코(林芙美子)의 『방랑기(放浪記)』(1927) 등 당대 일본소설에서도 나타나고 있다. Seiji M. Lippit, *Topographies of Japanese Modernism*, Columbia University Press, 2002, p.181

4. 병렬 편집과 식민도시 경성의 배후

『청춘송』에는 예의 두 쌍의 인물들이 동시간대에 각각 경성 시내 일대를 산책하는데, 이들의 각각의 산책은 병렬 편집되어 나타나고 있다. 이러한 기법은 작품 전체의 위계적 질서(가부장제, 제국주의)를 교란시키며, 그들의 이동 경로가 즉각적으로 파악되기 어렵게 만든다. 이처럼 제3세계 모더니즘 문학은 제국주의적 맥락을 교묘히 뒤집어 버린다.[39] 그들의 산책은 일본화된 공간인 남촌에 은밀히 잠입하기 위한 일종의 '트로이의 목마'로 기능한다. 중심인물들은 산책을 하면서 무엇보다 다른 사람들의 시선을 의식한다.

> 그러나, 나가서, 그렇게 둘이 어디를 가야 할지, 날은 이미, 완전히 봄날이었고 또 오늘은 더욱이 일요일이라 <u>남의 눈을 피하여 두 사람만이 조용히 찾아갈 곳이, 넓은 듯 하면서 좁은 서울 안에 있을 법 하지 않았다.</u> (47회)

남수와 향훈은 '혹시 아는 사람'과 마주치지 않을까 우려해, 동대문역 궤도차를 타고 유원지로 향한다. "까닭 모를 모멸과 조롱을 가져 훑어보는 사람들의 눈, 눈, 눈"(49회)의 이미지는 식민 지배권력의 '판옵티콘'의 감시망을 연상시킨다. 같은 시각, 재수와 명숙도 '산책'에 나선다. 그들 역시도 사람들의 눈을 피해 기동차를 타고 서강역에 내린다.

> <u>'이런 곳에서, 누구, 아는 사람을 만날 까닭도 없을께고……</u> 이제, 다시, 차를 타고, 문안으로 돌아가기까지는, 오직, 이이와, 나와, 단 두 사람만의 세계요, 시간이요…….' (52회)

---

39) Jameson, Fredric, op.cit(2007), p.167

재수와 명숙은 2년 전 동경 아스까야마(飛鳥山) 공원에서 '사쿠라' 구경을 하다 우연히 만났다. 당시 명숙은 '양복'을 입고 있었음에도, 재수는 그녀가 '조선 여자'임을 쉽게 알아차릴 수 있었다. 그래서 그들은 대화를 "은근히 조선말"(53회)로 나누기도 했었다. '산책'을 하며 그들은 동경에서의 추억을 자연스럽게 떠올렸다. 동경에서 그들은 '조선'의 흔적을 찾았지만, 경성에서는 오히려 '일본'의 흔적과 마주하게 된 셈이다. 그러는 사이 예정의 산책 경로를 '이탈'하게 된다.

"왜요?"
"글쎄, 길이……."
그러고 있는 중에 저편에서 전신공부들이 칠팔 명, 두 채 구루마를 끌고 온다. 남자는, 마음을 정하고
"이리 가보시죠"
단장 끝으로, 철로둑을 넘는 지름길을 가리키고, 앞서 걷는다. 뒤에서 전신공부들 중의 몇 명이 재채기하는 소리가 들렸다. 다음에,
"야아, 좋구나. 흥."
그러한 소리가 났다. 그들은 약간 얼굴을 붉히며, 말없이 그 지름길을 걸어갔다.
철로둑 앞에서 죄수(罪囚)들이 일들을 하고 있었다. 그들이 가까이 이르자, 모든 죄수가 일제히 고개를 들고 혹은, 일하든 손을 멈추기조차 하고, 그들을 바라본다. 자유들을 빼앗긴 이들의 눈은, 명숙이의 몸 위에 한껏 빛난다. (54회)

경성 출신의 인물들이 경성에서 산책 중 길을 잃고 헤매는 것이다. 이런 서사적 설정은 일견 작위적인 느낌마저 들지만, 그들이 사람들의 시선을 피해 인적 드문 곳을 찾아나섰다는 점을 상기할 때 설득력을 얻을 수 있다. 그들이 경로를 이탈해 마주친 곳은 죄수들에 의해 축성 중인 '경성 형무소 양어지'(京城刑務所 養魚池)였다. 그들은 그곳에서 노

역을 하고 있는 조선인 죄수들을 목격하게 된다. 그 죄수들은 마치 '짐 승'처럼 묘사된다.

> 경성 형무소 양어지(京城刑務所 養魚池) 옆을 지나며, 문득, 재수는, 깨 끗한 몸과 또 마음을 가져, 자기에게 사랑을 구하여 온 여자를, 자기 역시, 열정을 가져 사랑하고 싶은 충동을 느낀다. 못가에서 일본 사람이 서너 명, 젊은 남녀들에게 흥미를 갖는 일 없이, 오직 낚시질에 골몰이다.
> 기적을 울리며, 저편 선로 위를 기차가 달렸다.
> "하하하하… 길을 잘못 들었군요. 애초에—"
> 재수는 쓰디쓴 웃음을 웃었다. (55회)

그들은 죄수들한테서 "자유들을 빼앗긴 이들의 눈"을 목격하게 된다. 이 텍스트에서 '자유의 박탈'의 문제는 핵심적인 주제에 해당한다. 향훈 은 "결혼하든 안하든 내 자유"(6회)가 아닌가 반문하면서 이 문제에 집 착한다. 그리고 가부장적 아버지에 의해 박탈당한 그녀의 '자유'는 조선 인 죄수들의 박탈당한 '정치적 자유'의 이미지로 확장된다.

여기서 "낚시질에 골몰"하는 일본인들이 등장하고 있음에 주목할 필 요가 있다. 양어지는 인공적으로 물고기를 양식하는 곳이다. 이곳을 축 성하는 사람들은 수감된 조선인 죄수들이고, 거기서 실질적인 이익을 취하는 것은 일본인들이다. 이 대목은 백화점 '옥상정원'에서 목격한 유 리 어항 속의 '금붕어' 장면을 연상시킨다. 그때에도 조선신궁을 바라보 는 '일본인 오까미상'(おかみさん)이 등장한다. 일본인들은 작품 속에서 별다른 행동이 없다가도 '결정적 장면'(scenes a faire)에서 모습을 드러내 곤 한다.

앞서 언급한 대로, '리남수'는 시인 이상(李箱)을 모델로 한 인물이다. 앞에서의 양어지와 금붕어 장면은 이상(李霜)의 일문시 「囚人の作つた 箱庭」에 밀착한다.40) '海を知らない金魚'(바다를 알지 못하는 금붕어)는 '囚

人の作つた'(수인이 만든) 유리상자(箱庭) 혹은 양어지에 들어있다. '算板の高低は旅費と一致しない'(산판알의 고저는 여비와 일치하지 않아), 금붕어는 멀리 떠날 수 없다. 유리상자나 양어지는 일제에 의해 건설된 식민도시 경성의 환유 이미지이다.

한편 남수와 향훈은 어느 술집에 들어갔다. 그곳에서 남수는 기둥에 걸린 주련(柱聯)에 주목한다.

> 무심한 얼굴에 가만한 웃음을 띠운다.
> "왜요?"
> 의아스러히 묻는 향훈이를 돌아보고,
> "저기 저— 주련(柱聯) 말이여요. 왜, 이 편 기둥에 붙어있는……."
> 남자가 가르치는 기둥에 '주고빈점다화수'(酒沽貧店多和水) 일곱 자를 향훈이는 자신 없이 읽으며,
> "그게 무슨 뜻이예요?"
> "네—, 아마, 가난한 술집이선, 물을 많이 타서 판다는 말인가 봅니다."
> (56회)

남수는 "이 집의 온갖 기둥에 붙은, 온갖 '주련'을 찾아 읽는 것에만 흥미"를 느낀다. '주련'은 여기서 은밀한 메시지를 독자에게 전달하는 문학적 장치로 기능하고 있다. 이 주련은 작자가 미상인 채로 전해지는 다음의 한시를 원용한 것으로 보인다. 곧 '주고강점다화수 시하춘산반잡화'(酒沽江店多和水 柴下春山半雜花-강나루 주막의 술은 물을 타서 묽기도 하고 봄 산에서 내려오는 나뭇짐에는 꽃이 반이나 섞여 있구나)가 그것이다. 앞서의 양어지 장면이 금붕어 장면과 호응하고 있다면, '주련' 장면은 술 취하면 "온통 한문으로만 횡설수설 혼자 늘어"놓는 채선생의 장면과

---

40) 「囚人이 만들은 小庭園」(임종국 편)으로 번역되었다. 여기서 '상정'(箱庭)은 '소정원' 혹은 '유리상자'란 의미이다. '상'(箱)은 이상(李箱)의 본명이기도 하므로, 유리상자 속에 갇힌 자신의 모습을 비유한 것으로도 해석할 수 있다.

호응한다.

> "그, 무슨 뜻입니까? 안배낙성……."
> 몸 전체가 조그만 사나이는 채선생의 한자벽(漢字癖)에 흥미를 느꼈는
> 지, 곱보를 들어 한 목음 마시고 나서 묻는다.
> "응? 네?"
> "그, 함배락성이란……."
> "네, 네. 함배락성 칭피현(銜杯樂聖稱避賢),… 말하자면, 청주를 좋아하
> 고, 탁주를 싫어한다는 그말이죠…."
> "하, 하—" (40회)

'주련'과 마찬가지로 술 취한 인물의 뜻 모를 중얼거림은 검열 등의
위험을 피하면서 독자들에게 은밀한 메시지를 전달하는 문학적 장치가
된다. 두보(杜甫)의 「음중팔선가」(飮中八仙歌) 한 구절인 '함배락성 칭
피현'은 '주고빈점다화수'와 거의 동일한 의미이다. 이 두 시구는 모두
식민지의 '궁핍한 현실'을 반영하고 있다고 볼 수 있다. 이처럼 도시의
화려한 환영 이미지 뒤에 숨겨진 비밀을 파헤치려는 시도는 발자크 소
설 등에서도 종종 찾아볼 수 있다. 발자크의 인물들은 근대도시 파리의
작동원리를 파헤치기 위해서 '무대 뒤의 공간'(backstage)을 꿰뚫고 들어
가려 시도하곤 한다.41) 마찬가지로 『청춘송』의 인물들은 식민도시 경성
의 배후에 일본 제국주의의 착취적 관계가 놓여 있음을 깨닫게 된다.

5. 남촌: 제국의 중심

남수는 삼촌과 아버지 간의 '소송'에서 아버지가 패소하게 되자, 동

---

41) Brooks, Peter, op.cit(2008), p.30

경 유학의 꿈을 '무기연기'하게 된다. 정확한 상황은 서술되지 않지만, 아버지가 "당연히 찾을 것을 못찾게 되었다"고 언급된다. 대신 남수는 평양에서 올라와 경성에서 '찻집'을 경영하려고 한다. 그러기 위해서는 당국의 '영업허가'를 받지 않으면 안 된다. 이처럼 등장인물들은 식민지 현실에 만족하지 못하면서도, 식민지 법체계의 규정 범위 밖으로는 나아가려 하지 않는다. 그들은 철저히 체제 순응적 인물들이다. 그래서 그들은 "그런 건 법률에 저촉되지 않나? 그런 건 무슨 죄가 안 되우?"(6회)라고 묻거나 "대체 이러한 경우에 법률은 어떻게 규정하여 놓았으며 또 이제까지의 관계는 어떠한 것"(65회)인지 알고자 한다. 남수는 심지어 향훈과의 관계에서까지도 이러한 수동적 태도를 취하고 있다.

> 그러나, 남수는 향훈이 역시 자기를 사랑하고 있다는 것을 알았어도, 결코, 향훈이에게 향하여, 자기의 사랑을 고백하려고는 하지 않았다.
> '향훈이에게는, 이미, 약혼자가 있다…….'
> 그, 한 개의 사실이, 언제든 남수에게, 말을 삼가게 한 것이다.
> '어떻게 평화로운 수단으로 향훈이와 그의 약혼자 사이의 혼약이 해소라도 된다면…….'
> 그러면, 남수는, 물론, 자기의 사랑을, 애인 앞에 고백하고, 그리고 두 사람은, 자기들의 세계를 가지려 노력할 수 있을 것이다. (64회)

근대적 약혼은 정식 결혼에 앞서 행하는 일종의 '양해각서'(MOU)에 가깝다. 남수는 시골 청년과 향훈 간의 '약혼'이 "평화로운 수단"에 의해 "해소"되기 전까지는 향훈에게 사랑을 고백할 수 없다고 생각한다. 이처럼 『청춘송』은 '약혼' 계약을 둘러싼 연애 이야기를 표층화하고 있지만, 심층에는 식민지 조선에 시행되고 있는 법질서에 대한 순응과 타협의 문제를 제기하고 있다. 법질서에 대한 문제는 남수가 '찻집'의 영업허가를 받기 위해서 경찰서에 출입하게 되는 에피소드에서 극명하게 부각된다. 이 에피소드는 단편 「염천」으로 각색되어 다시 발표될 만큼,

『청춘송』의 핵심적인 메시지가 담겨있는 대목이다. 식민지 시기 소설에서 '경찰서'가 이 작품만큼 자세히 묘사된 경우는 그리 많지 않다. 박태원은 연인들의 '산책'을 통해 경성의 배후를 탐색하는 한편, 영업허가를 계기로 식민 통치의 상징적 중심인 '종로경찰서' 안으로 잠입하여 그것을 탐색하고자 한다.

> 이튿날 남수는 또 경찰서 문을 들어섰었으나, 이번에도 역시 허사였다.
> 그 집이 '도단부기'라는 것을 알자, 경찰은 전에나 한 가지로,
> "소꼬와 다메다!"
> 간단히 한 마디를 하고, 다시는 그에게로 얼굴을 향하려 하지 않았다.
> (65회)

남수는 세 차례에 걸쳐 찻집 영업 허가를 위해 경찰서에 들르지만, 번번히 형사에게 퇴짜를 맞는다. 지붕이 얕다거나, 전차길가라거나, 생철지붕이라는 일관되지 않은 이유 때문이었다. 희화적으로 묘사되는 이 장면은, 일제의 법체계가 엄밀한 기준에 의해 시행되는 것이 아님을 암시하며, 그럼에도 불구하고 식민지 조선인들은 그것에 순응할 수밖에 없는 현실을 그리고 있다. 형사의 반복되는 일본말 '소꼬와 다메다!'[其所わ だめだ, 거긴 안돼!]라는 대답에서, 자신들의 영토와 권리를 모두 빼앗긴 식민지 조선인들의 현실을 읽게 된다. 제국주의는 궁극적 목표는 결국 '땅(其所)을 소유하는 것'이다.[42] 식민지인들의 역사는 현지의 공간을 외부자들에게 강탈당하는 것에서 시작되며, 따라서 그들은 정체성을 되찾기 위해 강탈당한 공간을 우선적으로 재탈환하지 않으면 안 된다.

이 장면을 기점으로 소설에서 등장인물들의 '일본어' 사용의 빈도가 급격히 높아진다. 초반부에는 일본어 단어나 어휘 등이 기껏 사용되지

---

42) 빌 애쉬크로프트, 이석호 譯, 『포스트 콜로니얼 문학이론』, 민음사, 1996, 184쪽.

만, 중반부터는 일본어 문장을 사용하는 비중이 높아지고 종내에는 등
장인물들 간에 한 사람은 조선어로, 다른 한 사람은 일본어로 대화를
나누는 기이한 상황에 이르게 된다. 초반부에 일본 동경으로 가고자 했
던 등장인물은 결국 좌절하여 경성에 머물게 되지만, 경성이 어느 순간
부터 '일본'처럼 변화하게 되는 것이다. 이제 일본어가 조선어를 압도해
서사의 주도권을 갖기 시작한다. 이러한 특이한 변화는 등장인물들이
북촌에서 남촌으로 이동하는 동선과도 접맥된다.

> "쓰마란 고도 이와즈니 가에레요!"
> 하고, 그는 씹어뱉는 듯이 한마디 하였다.
> 그러나, 영자는, 참 별말을 다 듣는다고나 하는 듯이, 눈을 가늘게 뜨고,
> 재수의 얼굴을 치어다보다가,
> "원, 참, 별말을 다 듣겠네."
> 경박하게 픽 웃고,
> "글쎄, 내가, 내 동무, 오향훈이를 찾아보러 왔는데, 왜 그러시는 거예
> 요?"
> 그리고, 그는 남자의 옆을 지나 대문을 들어서려 하였다.
> 재수는, 황당하게, 거의 무의식적으로 영자의 팔을 잡았으나, 그 탄력
> 있는 너무나 탄력있는 촉감에 제 자신 놀라, 질겁을 하다시피 손을 놓고,
> 재수는 순간에 마음을 결하고
> "자 오레노 헤야니 고이!"
> 하고, 적의를 품은 눈초리로, 영자를 노려보았다. (76회)

이 소설은 연재될 당시 '연애담'임에도 불구하고 독자들이 재미가 없
다고 항의하자, 박태원은 "나의 양심으로는 그런 소설을 쓰지 못하겠기
에 중지"하겠다고 선언한다.[43] 그는 흥미 위주의 '통속소설'을 쓰는 것
을 거절하고 단호히 연재를 중단했던 것이다. 작품이 미완의 상태로 중

---

43) 얼치기 문사, 「박태원 씨의 예술적 양심」, 『조선문단』 1935년 8월.

단되어 작가의 창작 의도를 정확하게 파악하는 일은 쉽지 않다. 그렇지만 이 소설이 등장인물들이 우연처럼 마주치고 있는 식민지적 현실을 통해 점차적으로 '각성'에 이르게 되는 구도임을 파악할 수 있다. 그러므로 이 작품은 궁극적으로 일종의 '식민지 성장소설'에 가깝다. 식민지 성장소설의 중심인물들은 서구 성장소설의 인물들과는 달리, 정신적으로 성장하지 않거나 지체 상태에 놓여 있다. 결국 그들은 정신적·심리적 차원에서 성장하기보다는 오히려 식민지 현실에 대한 '각성'을 하게 된다.[44] '시골 사람'에게 일방적인 우월의식을 가졌던 등장인물들은 어느 순간부터 "시골청년의 고독을, 그리고 동시에 자기 자신의 고독을"(22회) 깨닫게 되는 것이다.

6. 결론

『청춘송』은 경성의 대표적 번화가인 남촌 일대를 본격적으로 묘사한다는 점에서 박태원의 실질적인 '산책자 텍스트'라 할 수 있다. 이 작품은 두 쌍의 주요인물들이 동시간대에 각각 경성 시내 일대를 산책하는 것을 주요 서사로 삼고 있다. 이 작품에 주로 활용되는 병렬 편집 기법은 작품 전체의 위계적 질서(가부장제, 제국주의)를 교란시키는 한편으로 그들의 이동 경로가 즉각적으로 파악되기 어렵게 한다. 이는 정치적인 비판의식을 은폐하기 위한 작가의 전략으로 볼 수 있다.

식민도시는 제국의 중심축인 메트로폴리스와는 본질적으로 다르다. 따라서 메트로폴리스에 기반한 기존의 서구 담론은 식민도시 경성을 분석하는 데에는 적절하지 않다. 메트로폴리스가 제국 시스템의 촉수를 뻗어 주변부의 물적·인적 자원을 자기장적 힘으로 한데 집중시킨다면,

---

44) 김욱동, 『소설가 서재필』, 서강대학교출판부, 2010, 121쪽.

더블린과 경성 등 식민도시는 식민지 내 물자를 일시 집중시켜 다시 메트로폴리스로 이송하는 중간자 역할을 맡는다. 곧 메트로폴리스-식민도시-식민지(시골) 간의 위계구조가 형성되는 것이다. 메트로폴리스와 식민도시 간에 구조적인 상이점이 존재할 때, 도시를 재현대상으로 하는 소설의 형식에서도 구조적 차이가 발생하게 됨은 자명하다. 그러므로 서구적 소설 형식이 식민도시를 재현 대상으로 했을 때, 서구 대도시의 특성과 식민지의 낯선 이소적(異所的) 특질들이 텍스트 전면에 동시에 드러나게 된다.

자본주의 하에서의 근대 도시는 구역별로 세분화되고 위계적으로 발달하는데, 이러한 과정은 소설 하위장르의 세분화로 이어졌다. 박태원의 작품들에서도 이러한 세분화 과정이 나타나는 바, 크게 '구보'와 '하웅' 페르소나 쌍이 주로 등장하는 '사소설' 계열과 '김철수'와 '리남수' 페르소나 쌍이 등장하는 '장편 통속소설' 계열로 구분할 수 있다. 후자의 경우, 그동안 배제되어 온 경성의 일본인 구역인 '남촌'까지 재현대상이 됨으로써 그만큼 소설적 서사 공간이 확장되고 있음에 주목할 필요가 있다. 거주지인 북촌에서 조선어로 대화를 나누던 중심인물들은 남촌의 명치정 입구에 들어서면서부터 '일본어'를 사용하기 시작하고, 시간이 흐를수록 일본어 구사의 비중과 강도는 높아진다.

식민도시에서 식민지인들의 이동은 자유롭지 못하고, 원하는 장소에 언제고 머무를 수 있는 것도 아니다. 따라서 식민도시의 산책자들은 '산책'을 계기로 평소 자유롭게 이동할 수 없었던 공간으로 나아갈 수 있게 된다. 이때 작품은 '내부 경계'(남촌)를 가로질러 탐사하는 일종의 '모험소설'의 형식을 띠게 되며, 등장인물들의 산책은 경성형무소 양어지, 종로경찰서 등 식민지 현실을 비판적으로 재현하기 위한 일종의 전략, 곧 '트로이의 목마' 텍스트가 된다.

38

■ 참고문헌

1. 문헌

박태원, 『청춘송』, <조선중앙일보>, 1935.2.25.~5.18.(총78회)
박태원, 「거리(距離)」, 『신인문학』 11호, 1936.
박태원, 『금은탑』(1949), 『북한문학전집』 3, 서음미디어, 2009.
얼치기 문사, 「박태원 씨의 예술적 양심」, 『조선문단』 1935.
이상(李箱), 권영민 편, 『이상전집』 1, 2, 4권, 뿔, 2009

2. 참고문헌

김욱동, 『소설가 서재필』, 서강대학교출판부, 2010.
빌 애쉬크로프트, 이석호 譯, 『포스트 콜로니얼 문학이론』, 민음사, 1996.
에드워드 사이드, 박홍규 譯, 『문화와 제국주의』, 문예출판사, 2005.
이언 와트, 강유나·고경하 譯, 『소설의 발생』, 강, 2009.
프란츠 파농, 남경태 譯, 『대지의 저주받은 사람들』, 그린비, 2004.
프랑코 모레티, 조형준 譯, 『근대의 서사시』, 새물결, 2001.
피에르 부르디외, 하태환 譯, 『예술의 규칙』, 동문선, 1999.
Begam, Richard, 'Joyce's Trojan Horse: Ulysses and the Aesthetics of Decolonization', Modernism and Colonialism-British and Irish Literature, 1899-1946, Duke Univ Press, 2007.
Brantlinger, Patrick, Rule of Darkness: British Literature and Imperialism, 1830-1914, Cornell University Press, 1990.
Brooks, Peter, Reading for the Plot, Harvard University Press, 1992.
__________, Realist Vision, Yale University Press, 2008.
Buckler, Julie A., Mapping St. Petersburg: Imperial Text and Cityshape, Princeton University Press, 2007
Child, Peter, Modernism(2nd Edition), Routledge, 2008.
Ching, Leo, Becoming "Japanese": Colonial Taiwan and the Politics of Identity Formation, University of California Press, 2001.
Duffy, Enda, 'Disappearing Dublin: Ulysses, Postcoloniality and the Politics of Space',

Semicolonial Joyce, Cambridge University Press, 2000.

Jameson, Fredric, Political Unconscious, Cornell University Press, 1982.

__________, Modernist Papers, W W Norton & Co Inc, 2007.

Moretti, Franco, Atlas of the European Novel 1800-1900, Verso, 1998.

__________, Graphs, Maps, Trees, WW Norton & Co Inc, 2007.

Rosner, Victoria, Modernism and the Architecture of Private Life, Columbia Univ Press, 2008.

Said, Edward W., Reflections on Exile, Harvard Univ. Press, 2001.

Scaggs, John, Crime Fiction, Routledge, 2005.

Seiji M. Lippit, Topographies of Japanese Modernism, Columbia University Press, 2002.

Uchida, Jun, Brokers of Empire, Harvard Univ. Press, 2011.

Walter D. Mignolo, 'Globalization, Civilization Processes, and the Relocation of Languages and Cultures', The Cultures of Globalization, Duke University Press, 1998.

■ **국문초록**

『청춘송』은 경성의 대표적 번화가인 남촌 일대를 산책('혼부라')을 통해 본격적으로 묘사한다는 점에서 박태원의 실질적인 '산책자 텍스트'라 할 수 있다. 이 작품은 두 쌍의 주요인물들이 동시간대에 각각 경성 시내 일대를 산책하는 것을 주요 서사로 삼고 있다. 이 작품에서 주로 활용되는 병렬 편집 기법은 작품 전체의 위계적 질서(가부장제, 제국주의)를 교란시키는 한편으로 그들의 이동 경로가 즉각적으로 파악되기 어렵게 한다.

식민도시는 제국의 중심인 메트로폴리스와는 본질적으로 다르다. 따라서 메트로폴리스에 기반한 기존 담론으로 식민도시 경성을 분석하는 것은 그리 적절하지 않다. 메트로폴리스가 주변부 식민지의 물적·인적 자원을 자기장적인 힘으로 중앙에 집적시킨다면, 경성 등의 식민도시는 식민지 내 물자를 일시 집중시켜 다시 메트로폴리스로 이송하는 중간자 역할을 맡는다. 이러한 메트로폴리스-식민도시-식민지(시골) 간의 위계구도는 인물 간의 관계에서 동일하게 반복되고 있다. 메트로폴리스와 식민도시 간의 구조적 상이점이 자명할 때, 도시를 재현대상으로 하는 소설의 형식에서도 구조적 차이가 발생하게 될 것이다. 서구적 소설 형식이 식민도시를 재현 대상으로 했을 때, 서구 대도시적 특성과 식민지의 낯선 이소적 특질들이 텍스트 전면에 동시에 드러나게 된다.

자본주의 하에서의 근대 도시는 구역별로 세분화되고 위계적으로 발달하는데, 이러한 과정은 소설 하위장르의 세분화로 이어졌다. 박태원 문학도 이러한 세분화 과정이 나타나는데, 크게 '구보'와 '하웅' 페르소나 쌍이 주로 등장하는 중단편의 '사소설' 계열과 '김철수'와 '리남수' 페르소나 쌍이 등장하는 '장편 통속소설' 계열로 구분할 수 있다. 후자의 경우, 그동안 배제되어 왔던 경성의 일본인 거주지역인 '남촌'까지 서사 공간이 확장되고 있음을 주목할 필요가 있다. 거주지인 북촌에서 조선어로 대화를 나누던 중심인물들은 남촌의 명치정 입구에 들어서면서부터 '일본어'를 사용하기 시작하고, 일본어의 비중과 강도는 점점 높아진다.

식민도시에서 식민지인들의 이동은 자유롭지 않고, 원하는 장소에 언제고 머무를 수 있는 것도 아니다. 따라서 식민도시의 산책자들은 '산책'을 계기로 평소 자유롭게 이동할 수 없었던 공간으로 나아갈 수 있게 된다. 이때 작품은 '내부 경계'(남촌)를 가로질러 탐사하는 일종의 '모험소설'의 형식을 띠게 되며, 등장인물들의 산책은 경성형무소 양어지, 종로경찰서 등 식민지 현실을 비판적으로 재현하기 위한 일종의 전략, 곧 '트로이의 목마' 텍스트가 된다.

주제어 : 식민도시, 이소적 종분화, 트로이의 목마 텍스트, 병렬 편집 기법

42

■ Abstract

Colonial city Kyungsung and Trojan Horse−Park, Taewon's *Chungchoonsong*

Kwon, Eun(Sogang University)

Chungchoonsong('ode to youth') may be regarded as Park's representative flaneur text, which describes Japanese Namchon(the southern half of the city) area in details. In the text, it becomes the main plot that two couples have double dates at the same time in Kyungsung. With the device of parallelism, the hierarchical order(patriarchy and imperialism) is disturbed and it becomes difficult to know immediately where the main characters are moving.

The colonial city is different from the metropolis, the center of the empire. Therefore, it can be inadequate to analyze colonial city Kyungsung with literary theory based on the metropolis. While with the magnetic concentration of wealth and power in imperial capitals and the simultaneous cosmopolitan access to a wide variety of subordinate cultures, the colonial city is 'the deprived hinterland.' The hierarchy among metropolis-colonial city-colony is repeated in the relationship among characters. When a modernist text takes on the native quarter, however, its strangeness in contrast to the mundanities of the metropolis, its heterotopic quality, is foregrounded.

The modern city has developed with arrondissements in capitalism. The novel follows this process and become devided into various sub-genres. Park's novels also have similar process of division. The one is the category of short 'I-novel' with Kubo and Hawoong personae. The other is the category of long 'sentimental novel' with Kim, Chulsoo and Lee, Namsoo personae. We need to pay attention to the latter. The textual setting of these novels is expanded to Japanese area, Namchon. When the main characters enter into this area, they start to speak in Japanese, and the Japanese becomes more fluent.

In the colonial city, the colonized people can not go around or stay as they want. Therefore the flaneurs in the colonial city may have the chance to go to some places with flaneury. In this time, the novel becomes a kind of the 'adventure novel' which one crosses the line, and is face with the unknown, often the enemy. the story enters a space of danger, surprises, suspense. Park's novel functions as a kind of Trojan horse to smuggle into the Namchon and politically criticize it.

Key-words: colonial city, allopatric speciation, Trojan horse text, parallel structure

이 논문은 2011년 11월 12일에 접수되어, 2011년 11월 22일부터 2011년 12월 3일 사이에 이루어진 소정의 심사를 거쳐 2011년 12월 10일 편집회의에서 최종적으로 게재가 확정되었음.

일제 말기 박태원의 파시즘 인식과 대응
-사소설 연작과 『금은탑』을 중심으로

목 차

1. 산책자와 고현학자 사이의 박태원
2. 글쓰기를 위협하는 시대와 사소설 창작
3. '백백교'라는 '징후'와 천황제 파시즘 비판
4. 일제 말기 박태원의 파시즘 인식과 대응

장 성 규*

1. 산책자와 고현학자 사이의 박태원

　박태원의 「소설가 구보씨의 일일」이 지닌 문학사적 성과에 대해서는 대부분의 연구자가 이견이 없을 것이다. 그러나 「소설가 구보씨의 일일」이 거둔 문학사적 성과가 '어떠한' 것인지에 대해서는 크게 두 가지 경향으로 나뉘어 평가되는 듯하다. 하나는 이 작품의 '산책자'의 양상에 주목하는 경향이다. 최혜실의 선구적인 연구로부터 시작되어 다양한 후속 연구를 통해 완성된 이 작품의 '산책자'의 양상에 대한 해명은 주로 식민지의 수도 경성을 '무목적적으로' 배회하며 글쓰기 자체에 의

<hr>

* 서울대학교 강사.

46

미를 부여하는 모더니스트 박태원의 면모에 초점을 맞춘다.1) 다른 한
편으로는 이 작품의 '고현학'적 양상에 주목하는 경향이 있다. 김윤식으
로부터 시작되어 역시 다양한 후속 연구를 통해 완성된 '고현학자'로서
의 박태원의 해명은, 주로 식민지 수도 경성을 관찰하며 기록하는 박태
원의 면모에 초점을 맞춘다.2)3)

　물론 이 두 가지 경향은 서로 대립되는 것은 아니다. 산책자와 고현
학자는 큰 범주에서 모두 '모더니즘'으로 포괄되는 성격을 지니며, 따라
서 이 중 어떠한 측면에 초점을 맞추는 경우라도 결론에서는 모더니스
트 박태원의 문학사적 위상을 확인하는 것으로 귀결된다. 문제는 이후
박태원의 작품들이 모더니즘이라는 틀로 해명되지 않는 다양한 양상을
보인다는 점이다. 바꾸어 말하면, 「소설가 구보씨의 일일」이 박태원 문
학의 핵심을 보여준다고 할 때, 이 작품에 나타나는 산책자와 고현학자
간의 일정한 '간극'을 모더니즘으로 손쉽게 환원시키는 것은, 역으로 박
태원 문학의 원형으로서의 「소설가 구보씨의 일일」이 지니는 풍부한
해석을 가로막을 수도 있다는 것이다.4)5)

---

1) 주지하다시피 최혜실은 서구 모더니즘 이론에 입각하여 「소설가 구보씨의 일일」의
'산책'을 해명하고 있다. 최혜실, 「1930년대 한국 모더니즘 소설 연구」, 서울대학교 박
사학위논문, 1991.

2) 김윤식은 고현학의 핵심을 소설가적 자의식과 연계시켜 해명하고 있다. 김윤식, 「고
현학의 방법론」, 『한국현대문학사상사론』, 일지사, 1992.

3) 물론 산책자와 고현학자를 분리해서 논하는 것 자체가 상당한 무리를 내포한다. 그
럼에도 본고가 이와 같은 분리를 사용하는 것은 「소설가 구보씨의 일일」에서 결합되
어 나타나는 이 두 가지 박태원의 문학적 지향이 일제 말기 각기 분리된 형식으로 나
타난다는 점을 부각시키기 위해서이다. 이를 위해 다소 무리가 있음에도 불구하고 이
와 같이 도식적인 구분을 사용하게 되었음을 양해해 주시기를 바란다.

4) 이와 관련하여 최근 류수연의 연구가 주목된다. 그녀는 고현학과 관찰자 개념을 통
합시켜 논의함으로써, 단순한 '산책자'로서의 고현학이라는 통념을 넘어서는 새로운
문제설정을 제시하고 있다. 나아가 모더니즘과 리얼리즘의 이분법에 대한 일정한 문
제제기 역시 수행하고 있다는 점에서 그녀의 연구는 주목된다. 류수연, 「고현학과 관
찰자의 시선」, 『민족문학사연구』23, 민족문학사학회, 2003.

5) 이와 관련하여 박태원의 '산책자'에 모티브에 대한 박성창의 다음과 같은 문제제기

본고는「소설가 구보씨의 일일」에 나타난 '산책자'적 양상과 '고현
학자'적 양상이 이후 각기 분기되어 상이한 소설 형식으로 나아간다는
가설에서 시작한다. 즉, 산책자로 표상되는 글쓰기에 대한 자의식과 고
현학자로 표상되는 관찰자의 시각이 이후 급격한 시대적 변화 과정 속
에서 각기 상이한 형식의 글쓰기로 분화된다는 것이 본고의 기본적인
문제설정이다. 이러한 관점에서 중일전쟁이후 파시즘의 대두 속에서 박
태원이 보여주는 이중적인 장르 인식, 즉 한 편으로는「음우」,「투도」,
「채가」 등 일련의 사소설적 경향과 다른 한 편으로는『금은탑』등의 통
속적 경향의 의의를 재해석하고자 한다. 이를 통해 기존에 각기 일상으
로의 침잠과 통속으로의 후퇴로 평가되어온 이들 작품들을 당대 박태
원의 파시즘 인식 속에서 새롭게 의미화 할 수 있을 것으로 기대된다.

2. 글쓰기를 위협하는 시대와 사소설 창작

일제 말기 박태원의 사소설 창작의 문제성은 충분히 논의되지 못한
것이 사실이다. 일반적인 박태원 연구가 모더니스트로서의 박태원의 면
모에 초점을 맞추다보니 그의 사소설 창작은 '예술'의 세계에서 '생활'
의 층위로 침잠한 것으로 평가된다. 그러나 이는 다분히 '모더니스트'라
는 선험적인 박태원에 대한 규정이 작동한 결과는 아닐까? 이러한 '편

는 중요하다고 판단된다. "중요한 것은 비교문학적 잣대를 지나치게 엄격하게 적용하
여, 벤야민의 산책자 모티브를 기준으로 박태원의 작품에 나타나는 산책자 모티브가
이러한 기준에 얼마나 근접해 있는가, 또는 정반대로 그러한 기준에서 얼마만큼 이탈
해 있는가를 따지는 것이 아니다. 비교의 모델을 서구문학에 두고 한국문학에 나타난
특정한 유형이나 모티브가 그로부터 떨어져 있는 거리를 측정하는 것은 한국문학의
특수성을 고려하지 못할 뿐만 아니라, 서구문학의 틀로 한국문학을 재단하는 우를 범
할 수도 있기 때문이다.", 박성창,「모더니즘과 도시: 박태원 소설에 나타난 산책자 모
티브 재고」,『구보 박태원 탄생 100주년 기념 학술대회 자료집』, 2009.7, 48-49쪽.

견'을 버린다면 이들 작품을 통해 일제 말기 박태원의 글쓰기에 대한 인식을 추출할 수도 있을 것이다.

일제 말기 박태원의 사소설 연작은 스토리상으로는 지극히 사적인 일상의 '고난'에 대한 이야기에 그친다. 그러나 이들 작품은 「소설가 구보씨의 일일」에서 나타나는 강력한 글쓰기의 욕망과 이를 불가능하게 하는 당대 시대적 압력을 알레고리적으로 형상화하고 있다는 점에서 주목된다.

> 다섯 시간 전에 우리가 사랑으로 자러나려 갈 때까지도 아무렇지 않던 건넌방이 이것은 참말 뜻밖의 일로, 명색이 서재랍시고 책장 둘을 나란히 붙여서 세워 놓은 바람벽 위를, 도리에서 직 밑까지 그대로 빗물은 줄줄이 흘러 나리고 있었다. 이름이 책장이지, 그냥 대여섯층 선반이 놓였을 뿐으로 뒤는 그대로 터진 터이라, 무어 책 몇 권 뽑아서 새삼스러이 볼 것도 없는 노릇이었다.6)

「음우」는 스토리상으로는 단순히 비로 인한 집의 침수를 그린 소품에 불과하다. 그런데 흥미로운 것은 집의 침수의 시작이 바로 "서재"에서 시작된다는 점이다. 이로 인해 서술자(=박태원)의 글쓰기는 불가능해진다. 따라서 그가 "붓을 들어도 도무지 쓸 것이 없는 근래의 나"7)라고 고백하는 것은 필연적이다. 더욱 주목되는 것은 이 작품의 결말에서 그가 「소설가 구보씨의 일일」의 결말과 동일하게 "'나는 이제 좋은 작품을 하나 쓰리라'"8)라고 독백한다는 사실이다. 그러나 「소설가 구보씨의 일일」에서의 이 발화가 산책자의 패배를 상징하는 것과 마찬가지로, 「음우」에서 박태원의 독백 역시 더 이상 산책자로 표상되는 글쓰기에 대한 자의식의 유지가 불가능하다는 사실을 암시할 따름이다.

---

6) 박태원, 「음우」, 『조광』, 1940.10, 410쪽.
7) 위의 작품, 423쪽.
8) 위의 작품, 424쪽.

그렇다면 무엇이 산책을 불가능하게 하는가? 「음우」에 이어 발표된 '자화상' 연작의 두 번째 작품인 「투도」는 제목 그대로 도둑을 당한 이야기이다. 그런데 도둑이 훔쳐 가는 것은 정작 '지갑'이 아니라 '양복'일 따름이다. 아내의 말처럼 "그 녀석이 필시 양복에만 걸신이 들린"[9] 셈이다. 문제는 '양복'이 지니는 상징성이다. 모던한 산책을 위해서는 양복이 필수적인 바, 도둑이 금전이 아닌 양복을 훔쳐간 것은 곧 글쓰기의 자의식의 원천이었던 산책을 불가능하게 만든다. 따라서 「투도」는 글쓰기 자체가 불가능해진 박태원의 문학적 상황을 우회적인 방식으로 표현한 작품이라고 할 수 있다.

중요한 것은 이들 사소설 연작을 미메시스적 독법을 통해 분석하는 것이 큰 의미를 지니지 못한다는 점이다. 「음우」에서의 '서재'나 「투도」에서의 '양복'을 지시적인 의미로 한정할 수는 없다. 이들 기호는 1940년 이후 파시즘의 급격한 대두에 따른 글쓰기의 자율성의 위기인식을 표상한다. 「음우」에서 서재의 침수를 일으키는 '장마'나 「투도」에서의 도둑이 사건 이후에도 박태원으로 하여금 끊임없이 '불안'을 느끼게 한다는 점이 이를 단적으로 보여준다. 즉, 「소설가 구보씨의 일일」에서 글쓰기의 자의식의 근원으로 작동했던 산책이 불가능해진 시대를 일종의 알레고리적 방식으로 형상화 한 것이 바로 이들 사소설 연작인 것이다. 따라서 박태원이 장마가 끝나고 도둑이 든 이후에도 여전히 소설을 쓰지 못한 채 좋은 소설을 쓰겠다는 독백만을 반복하며, 끊임없는 외부의 침입에 대한 신경증적 징후를 보이는 것은 자연스러운 귀결이다. 왜냐하면 '장마'와 '도둑'은 점차 확대되어 일상까지 규율하는 파시즘의 알레고리적 표현이기 때문이다.

그렇다면 박태원은 어떠한 경로를 통해 글쓰기를 위협하는 파시즘을 인식하게 되는가? 과거 그의 산책은 카페와 백화점으로 표상되는 모

---

9) 박태원, 「투도」, 『조광』, 1941.1, 488쪽.

던한 문물에 집중되어 있었다. 이는 한 편으로는 식민지 수도 경성의 근대성의 탐색이라는 성과로 나타나지만, 다른 한 편으로는 식민지 '중심부' 외부의 시스템에 대한 인식의 부재라는 한계를 내재한 것이기도 하다. 이와 관련하여 사소설 연작의 배경이 경성 '외곽'이라는 점이 주목된다.

사소설 연작의 주된 배경인 박태원의 이사한 집은 할멈의 발화처럼 "문 밖"10)으로 설정된다. 나아가 「채가」에서 내가 찾아가게 되는 '전주'의 집 역시 '신당정'으로 설정된다. 이는 「소설가 구보씨의 일일」이 경성 중심부를 배경으로 한 것과는 큰 차이를 보인다. 박태원이 이들 경성 외곽을 배경으로 설정한 이유는 「채가」에서 명확히 드러난다. 즉, 경성 중심부가 식민지 파시즘의 '명랑한 전망'이 유통되는 공간인 반면, 이들 경성 외곽은 브로커와 사채업자, 암시장 등이 공공연하게 유통되는 공간이기 때문이다.

일제 말기 경제범죄는 매우 복합적인 의미를 지닌다. 윤해동의 지적처럼 이는 어떠한 의미에서는 파시즘의 경제 신체제를 교란하는 반체제적 성격을 지니기도 하며11), 후지타 쇼조의 지적처럼 파시즘 하의 지하경제는 시민사회의 자율성이 구현되는 유일한 공간이기도 하기 때문이다.12) 박태원은 산책의 공간을 경성 외곽으로 변경함으로써 이와 같

---

10) 박태원, 「투도」, 496쪽.

11) 윤해동, 『식민지의 회색지대』, 역사비평사, 2003. 그의 논의에 의하면 일제 말기 경제 사범의 급증은 단지 범법행위가 아닌, 식민지인들의 '삶'을 위한 신체제에 대한 적극적인 '균열화'의 의미를 지닌다. 이렇게 본다면 박태원의 자화상 연작 역시 신체제 외부의 구체적인 식민지인들의 삶에 대한 '고현학'적 탐색의 일환으로 평가될 수 있다.

12) 후지타 쇼조는 국가권력으로부터 독립된 일본 시민사회의 가능성을 전쟁 중의 암시장에서 찾고 있다. "실제로 '교환소'(암시장-인용자)의 아이디어 그 자체가 국가권력으로부터 인민생활이 독립하려는 의도를 담고 있다. 더구나 친인척에 의존하는 방법과도 반대의 방법으로 사회관계를 자주적으로 구성하려한다. (…중략…) 여기에는 분명히 국가에 대항하는 '사회'의 관념이 성립해가는 방향이 잠복하고 있었다. 독립적 연대-권력에서 독립한 연대, 그러한 연대 주체의 상호 독립이라는 이중의 독립을 가진다-가 확고한 존재가 되는 방향성이 있다.", 후지타 쇼조, 최종길 옮김, 『전향의 사상사

은 식민지 회색지대를 인식할 수 있었으며, 이로써 파시즘이 전일적으로 관철되는 식민지 중심부를 벗어나 최소한의 글쓰기를 유지할 수 있었다. 그러나 이 역시 1941년 태평양전쟁의 발발과 함께 상당 부분 그 자율성을 상실할 수밖에 없었다. 이 시기를 전후한 박태원의 사소설 연작은 「소설가 구보씨의 일일」에서 나타난 산책자-글쓰기의 자율성이 불가능함을, 그리고 그 배경에는 파시즘의 대두가 놓여져 있었음을 적절히 인식한 결과이다.[13] 이들 작품이 중요한 것은 박태원이 서구적 모더니즘의 산책자 개념을 넘어, 식민지 주변부의 현실 속에서 글쓰기의 불가능성을 성찰하고 있기 때문이다. 그리고 그 배경에는 '성 밖의 고현학'이라고 명명할 수 있는 박태원의 식민 현실에 대한 천착이 놓여져 있기 때문이다.[14]

적 연구』, 논형, 2007, 247쪽.

13) 이와 관련하여 방민호는 다음과 같이 논한바 있다. "1940년경을 전후로 하여 작가들에 의해서 새롭게 형성된 '사소설' 경향은 1930년대 중후반에 형성된 한국적인 '사소설' 형식을 천황제 파시즘, 신체제라는 정치적 상황에 대응하기 위한 창작방법으로 적극적으로 활용하면서 나타난 것이다. 따라서 여러 작가들에 의해 발표된 '사소설'들은 많은 경우 파놉티콘과 같은 폐쇄된 현실에 대한 은밀한 저항과 '탈주'의 욕망을 함축하게 된다. 이러한 양상을 가장 극명하게 보여주고 있는 작품 가운데 하나는 바로 박태원의 「채가」다.", 방민호, 「일제말기 문학인들의 대일 협력 유형과 의미」, 『한국현대문학연구』22, 2007.8, 259쪽.

14) '성 밖의 고현학'이라는 용어는 「소설가 구보씨의 일일」과는 다른 식민지 주변부에 대한 박태원의 탐색을 지칭하기 위해 고안한 것이다. 다소 거친 용어이지만 산책자-고현학자의 변모를 설명하는데 일정 부분 유용하다는 면에서 사용했다. 이에 대한 자세한 논의는 졸고, 「시대와의 불화, 세계와의 긴장-일제 말기 한국 사소설의 문학사적 의미」, 『작가세계』, 2008 여름호를 참조.

3. '백백교' 라는 '징후' 와 천황제 파시즘 비판

2장에서 살펴본 것처럼 박태원은 산책의 불가능성을 통해 글쓰기의 자율성을 억압하는 시대적 상황을 형상화한다. 이러한 성과가 그의 문학의 원형을 이루는 「소설가 구보씨의 일일」의 산책자적 면모를 발전시킨 결과라면, 다른 한 편으로 박태원은 「소설가 구보씨의 일일」의 고현학자로서의 면모를 발전시킨 결과로서 『금은탑』을 창작한다.

『금은탑』은 그 중요성에 비해 연구가 절대적으로 미비한 작품이다. 그러나 최근 몇몇 연구자들에 의해 새로운 관점의 연구가 제기되고 있는데 그 중 류수연의 연구가 주목된다. 류수연은 고현학이 지니고 있는 관찰자적 성격에 주목하면서 이 관찰자적 성격이 이 작품의 탐정소설적 성격으로 나타나고 있음을 지적하고 있다.[15] 이러한 관점은 『금은탑』이 박태원의 고현학의 변화를 내포한 작품일 것이라는 가설을 가능하게 한다.

기실 박태원의 고현학은 그 자체로서 복합적인 성격을 지닌다. 「소설가 구보씨의 일일」에서 나타나는 고현학은 일차적으로는 모던한 문물을 기록하는 '행위'일 것이다. 그러나 이것이 의미를 지니는 것은 '모던한 문물'이라는 관찰되는 '대상'이 관찰하는 '주체'에게 새로운 인식을 부여하기 때문이다. 박태원이 카페와 백화점을 기록하면서도 동시에 경성역의 빈한한 식민지인들의 모습과 여급모집 광고 문구를 묻는 아낙네의 모습을 기록한다는 점은 주목되어야 한다. 이러한 균열, 식민지 근대성이 지니는 특수성이야말로 박태원의 고현학이 서구의 모더니즘, 혹은 일본의 사소설적 흐름과 구별되는 결정적인 지점이기 때문이다.

이러한 맥락에서 박태원의 고현학을 고정된 개념으로 설정하는 것은, 어쩌면 박태원 문학의 다양한 해석 가능성을 차단하는 역효과를 낳

---

15) 류수연, 「통속성의 확대와 탐정소설과의 역학관계-박태원의 장편소설 『금은탑』에 대한 연구」, 『구보학보』1집, 2006.

을 수도 있다. 오히려 중요한 것은 그가 관찰하는 대상에 대한 인식 속에서 식민지 근대성의 핵심을 형상화하기 위한 방법으로 어떻게 고현학을 발전시켰는가를 해명하는 것이다. 이때 『금은탑』은 일제 말기 박태원의 변화된 고현학적 방법론을 해명하는 중요한 작품으로 보인다.

주지하다시피 『금은탑』은 '백백교' 사건을 소재로 한 작품이다. 백백교는 백도교의 후신단체로서 1923년 설립된 이후, 전성기인 1924년에는 교도가 69,316명에 이를 만큼 강력한 교세를 지녔다. 이들이 문제가 된 것은 교주 전용해를 중심으로 한 간부들이 교도들에 대해 폭행, 강간, 재산강탈은 물론 300여건이 넘는 살인을 저지른 것이 1937년 1월 16일 폭로되면서이다.[16] 실제 박태원의 『금은탑』 역시 백백교의 실상을 그대로 소설화 한 측면이 강하다.[17] 바꾸어 말하자면 고현학적 탐색의 대상이 모던한 문물에서 백백교로 이동한 것이다. 그렇다면 백백교의 어떠한 측면이 박태원으로 하여금 이에 대한 형상화를 추동했을까?

이와 관련하여 백백교가 당시 대중들에게 강한 영향력을 미칠 수 있었던 이유를 살펴볼 필요가 있다. 문지현은 다음과 같이 일제 말기 백백교를 비롯한 '신종교'의 폭발적인 팽창의 사회적 원인을 지적하고 있다.

> 이들은 일본제국의 지배를 받고 있는 현재는 선천에서 후천으로 넘어가는 시기이며, 이 시기에는 선천을 특징짓는 모든 사회적 모순과 부조리가 일시에 터져 나오고, 개인이나 집단, 민족의 원한이 解免을 시도하는 시기라고 주장했다. 그리고 온갖 재난과 어려움인 三災八難이 찾아오고 '심판의 날'이 오면 권력계급과 부를 차지한 계급이 멸망하고 약자들이 복락을 누리게 된다고 주장했다. (...) 이러한 그들의 주장 내지 '예언'은 허무맹랑한 소리로 들릴 수 있었지만 1937년 중일전쟁의 발발은 三災 중 하나인 兵亂災의 징조로 여겨져 이들의 後天開闢說에 힘을 실어줬다.[18]

---

16) 문지현, 「전시체제기(1937-45) 일제의 신종교 정책과 신종교단체 검거사건 연구」, 이화여대 사학과 석사학위논문, 2009, 33쪽.

17) 이에 대해서는 전봉관, 『경성기담』, 살림출판사, 2006을 참조.

식민지 대중들에게 중일전쟁을 전후한 시기 광범위한 '불안'이 유포되었을 가능성은 매우 크다. 문제는 이 불안을 타개할 '전망'의 제시가 어려웠다는 점이다. 30년대 초중반까지 일정한 사회적 영향력을 지녔던 사회주의적 전망은 일제의 탄압으로 인해 급격히 그 영향력을 상실했으며, 급진적 민족주의 진영 역시 일종의 문화적 민족주의로 그 급진성을 한정하면서 대중들의 불안을 타개할 전망의 제시에 실패했다. 이때 식민지 대중들에게 친숙한 동학의 후천개벽 사상과 종교 특유의 호소력은 상당한 호응을 얻을 수 있었다. 실제 『금은탑』에서 주목되는 것은 백백교가 교도를 강제로 끌어들이는 것이 아니라, 교도 스스로 일견 비합리적으로 보이는 교단에 입교한다는 점이다. 작품 내에서 거의 유일하게 백백교 입교의 내적 논리를 밝히고 있는 최건영의 조부 최주사의 발화는 위의 문지영의 분석과 일치한다.

그런데 흥미로운 것은 백백교의 메커니즘과 파시즘의 메커니즘이 상동성을 지니고 있다는 점이다. 위에서 살펴본 것처럼 백백교의 운영 메커니즘은 대중들의 공포와 불안을 극대화시키며, 이를 통해 비합리적인 절대자에 대한 자발적인 복종을 특성으로 한다. 이는 파시즘의 운영 메커니즘과 동일한 것이다. 굳이 라이히의 논의를 참조하지 않더라도 파시즘이 대중들의 불안과 공포를 대문자 아버지에 대한 자발적인 복종을 통해 해소/재생산시킴으로써 스스로를 증식시킨다는 점은 널리 알려져 있다. 물론 서구의 정신분석학적 문제설정을 일제 말기 파시즘의 메커니즘에 기계적으로 대입할 수는 없다.[19] 그러나 대중들의 불안과

---

18) 문지현, 앞의 논문, 15-16쪽.

19) 로버트 팩스턴의 경우 일본 파시즘을 독일이나 이탈리아와는 달리 '아래로부터의' 운동이 부재하다는 점에서 일반적인 파시즘과 구별하기도 한다. "제국 정권은 파시즘 특유의 대중 동원 기술을 사용했지만, 지도자들과 경쟁을 벌이는 공식 정당이나 자생적 대중 운동은 존재하지 않았다. 1932-1945년의 일본 제국은 파시즘 체제라기보다는 국가가 지원하는 상당 수준의 대중 동원을 가미한 팽창주의적 군부 독재로 보는 것이 더 정확할 것이다.", 로버트 팩스턴, 손명희 · 최희영 옮김, 『파시즘』, 교양인, 2005,

공포를 해소하는 유용한 기제로 파시즘이 스스로를 증식했음은 분명한
사실이다.

이로부터 박태원의 고현학적 대상이 백백교로 이동한 이유를 추정
할 수 있을 것이다. 박태원의 고현학은 곧 와지로의 그것과는 다르게
"(...) 모더니즘의 실험의 연장 속에 놓이면서도, 현실에 대한 박태원의
지극한 관심"[20]을 그 특징으로 한다. 그렇다면 1930년대 초중반 경성
중심부의 모던한 문물에 대한 관찰이 일제 말기 파시즘에 대한 관찰로
이동한 것은 박태원의 고현학적 관찰이 점차 식민지 근대성에 대한 현
실적인 층위로 이동한 결과라고 할 수 있을 것이다. 박태원은 물론 대
다수 식민지 지식인들에게 파시즘이란 근대 일반 보다 훨씬 난해한 현
실의 운영원리였을 것이다. 이에 대한 고현학적 탐색의 결과가 백백교
라는 파시즘적 '징후'를 통해 나타난 것이다.

그런데 중요한 것은 백백교라는 대중들의 심성(망딸리떼)을 표상하
는 '징후'에 대한 박태원의 인식이, 「소설가 구보씨의 일일」에서와 마찬
가지로 조선의 식민지적 성격을 읽어내는 것으로 나아가고 있다는 점
이다. 박태원은 백백교 사건을 통해 단순히 파시즘 일반이 지니는 메커
니즘을 읽어내는 것에 멈추지 않는다. 오히려 이 사건을 통해 식민지

449쪽. 마루야마 마사오는 '아래로부터의' 운동이 부재한 일본 파시즘의 특성의 원인
을 다음과 같이 설명한다. "어찌하여 일본에서는 국민의 아래로부터의 파시즘, 즉 민
간에서 일어난 파시즘 운동이 헤게모니를 잡지 못했는가, 어찌하여 파시즘 혁명이 없
었는가 하는 것은 대단히 중요한 문제입니다. 저도 이렇게 짧은 시간에 그 문제를 자
세히 말씀드릴 수는 없습니다만, 적어도 다음과 같은 것만은 분명하다고 생각합니다.
즉 파시즘의 진행 과정에서의 '아래로부터의' 요소의 강도는 그 나라에서의 민주주의
의 강도에 의해서 규정됩니다. 바꾸어 말하면 민주주의 혁명을 거치지 않은 곳에서는
전형적인 파시즘 운동의 아래로부터의 성장 역시 있을 수 없다는 것입니다.", 마루야
마 마사오, 김석근 옮김, 『현대정치의 사상과 행동』, 한길사, 1997, 121쪽. 마루야마 마
사오의 분석은 일본 파시즘이 지니는 특수한 성격을 이해하는데 중요한 시사를 준다.
특히 '천황'과 '적자'로 구성된 일본 파시즘의 특성은 식민지에서의 파시즘이 지니는
'균열'을 해명하는데 중요한 단서가 될 수 있다.

20) 류수연, 「고현학과 관찰자의 시선」, 355쪽.

대중의 파시즘에 대한 '균열'의 가능성을 읽어낸다는 점에 박태원의 고현학이 지니는 진정한 성과가 존재한다.

이와 관련하여 백백교 사건이 일제에 의해 강력한 탄압의 대상이 된 배경을 살펴볼 필요가 있다. 백백교를 비롯하여 일제 말기 대부분의 유사 종교 사건은 보안법과 치안유지법 위반의 혐의로 처리되었다. 이는 이들이 내세운 교리가 표면적이나마 반전, 반제국주의를 표방했기 때문이다. 특히 사회주의적 전망을 접할 수 없었던 세대 및 계층에게 이들의 교리는 "당면 전쟁국면에서 일제의 패망과 조선의 독립에 대한 희망을 실을 수 있는 매개체"21)로 '전유'되어 유통되기도 하였다.

박태원이 군이 백백교를 고현학의 대상으로 설정한 이유를 여기서 찾을 수 있을 것이다. 그는 사소설 연작을 통해 글쓰기를 위협하는 파시즘의 대두를 인식하는 한 편, 『금은탑』을 통해 파시즘의 메커니즘과 이에 대한 균열의 가능성을 모색했던 것이다. 물론 시대적 한계로 인해 이와 같은 발화는 텍스트의 표층에 직접적으로 나타날 수는 없었다. 그러나 만약 박태원이 단지 일반적인 파시즘의 메커니즘을 형상화하는 것에 멈추었다면, 텍스트의 구조상 군이 주인공 학수를 죽음으로 몰아넣을 이유는 없다. 오히려 아버지로 표상되는 질서에 편입시킴으로써 끊임없는 불안과 공포를 해소시키는 것이 보다 효율적인 서사 전략일 것이다. 그럼에도 박태원이 주인공 학수의 자살로 텍스트를 끝맺는 점에 주목할 필요가 있다.22) 이 시기 박태원의 작품이 일종의 알레고리적

---

21) 변은진, 「2차대전기 조선민중의 세대별 전쟁인식 비교」, 『역사와 현실』51, 한국역사연구회, 2004, 81쪽. 변은진의 연구는 당시 유사종교 관련자들의 진술에 토대하고 있다는 점에서 신뢰성이 높다고 판단된다.

22) 『금은탑』의 인물 중 실제 백백교 사건의 인물과 가장 큰 차이를 지니는 인물이 바로 김학수이다. 대부분의 다른 인물들은 실제 백백교 사건과 거의 유사하게 등장하는 반면, 김학수의 경우 유독 박태원에 의해 새롭게 창조된 인물로 볼 수 있다. 이병렬의 실증에 따르면 김학수의 모델인 "김종기는 백백교 교주인 전용해의 아들로 당시 충신학교에 재학중인 15세의 소년이었으며, 교주의 자살 시체가 발견된 후, 전용해의 시신 확인 절차 과정에 동행하면서 그의 신원이 밝혀진다. 어려서 생모를 잃고 계모 밑에서

성격을 지니고 있다는 점을 상기할 때, 이러한 결말은 일본 파시즘의
정점에 놓인 아버지에 대한 귀의를 거부하는 것으로 독해될 수 있다.
실제 이 작품에서 백백교 사건과 구별되는 점은 교주의 아들의 형상화
이다. 실제 백백교 사건에서 교주의 아들은 특별한 위상을 지니지 못한
다. 그럼에도 박태원은 굳이 교주의 아들을 주인공으로 설정하고 아버
지의 질서에 편입되지 않는 구조를 선택하고 있다.

　이와 같은 배경에는 당시 일본 파시즘의 특수한 성격이 놓여져 있
다. 즉, 일본 파시즘의 경우 독일이나 이탈리아의 경우와는 달리 "일본
의 국가구조의 근본적인 특질이 언제나 가족의 연장체로서, 즉 구체적
으로는 가장으로서의, 국민의 '총본가(總本家)'로서의 황실과 그 '적자'
에 의해 구성된 가족국가로 표상된다는 것"23)을 주된 특징으로 한다.
따라서 '천황'을 정점으로 한 '가족'이라는 표상이 일본 파시즘의 기본
적인 구조로 기능한다.

　문제는 식민지 조선의 경우 '천황'의 '적자'로 편입될 수 없다는 것
이다. 물론 제국은 '내선일체'라는 동화 이데올로기를 통해 식민지인 역
시 천황제 파시즘의 '주체'가 될 수 있음을 선전했다. 그러나 이와 동시
에 끊임없는 '차별화'정책이 사용되었다는 점이 강조될 필요가 있다. 예
컨대 완벽한 내선일체를 통한 제국-식민지 간의 차별의 무화를 기획했
던 현영섭은 1938년 7월 8일 미나미 총독과의 대담에서 진정한 내선일
체를 위해 "조선어 사용 전폐"를 주장한다.24) 그는 이러한 과정을 통해

　　자란 것으로 되어 있다. 당시의 신문 보도와 재판기록에 따르면 김종기는 아버지 전용
　　해가 백백교 교주인 것은 알고 있었지만 백백교의 교리나 살인, 강간, 금품갈취 등 교
　　도들의 행동은 전혀 모르고 있었던 것으로 나타나 있다.", 이병렬, 「박태원의 『금은탑』
　　연구」, 『숭실어문』15, 숭실어문학회, 1999, 340쪽.
23) 마루야마 마사오, 같은 책, 78쪽.
24) "(...) 玄永燮氏(綠旗연맹)로부터 세계를 통일한다고 하는 것은 역사적으로 오래인 근
　　거를 가지고 잇스나 한번도 실현된 일은 업다. 이러한 세계적인 이상을 생각할 때 내
　　선일체의 문제는 극히 적다. 그러나 조선인이 완전한 일본인이 되기 위하야는 무의식
　　적 융합인 旣 완전한 내선 일원화에서부터 되지 안으면 안될 것인즉 종래에 체험치

진정한 '내선일체'를 이룩하고, 이를 통해 "조선인의 흔적을 완전히 지우고 (일본인과-인용자) 동등한 권리를 획득한 조선인의 모습"25)을 획득하고자 했다. 그러나 이에 대해 미나미 총독은 "국어를 보급하는 것은 가한 일이며('나'의 오식으로 보임-인용자) 이 국어 보급 운동도 조선어 폐지 운동으로 오해를 밧는 일이 종종 잇슨즉 그것은 불가한 말이다고 전면적으로 이를 거부하엿다." 결국 천황을 정점으로 한 일본 파시즘은 식민지인을 제국의 '적자'로 인정하지 않았으며, 따라서 조선인이 파시즘의 주체로 설정되는 것 역시 불가능했다.

그렇다면 실제의 백백교 사건과는 달리 『금은탑』에서 교주의 아들이 자살로 생을 끝내는 부분은 다시 독해될 여지가 있다. 백백교를 당대 파시즘의 알레고리로 인식할 때, 주인공 학수는 처음부터 파시즘의 메커니즘으로 편입될 수 없는 존재인 셈이다. 천황제 파시즘에 의해 '적자'로 '호명'될 수 없는 식민지인이기 때문이다. 따라서 "소설의 전면에 부각되는 백백교에 대한 박태원의 인식은 방법론적인 한계에 부딪히면서 결국 피상적인 차원에 머무르고 마는 것이다. 이로 인해 『금은탑』은 백백교라는 파격적인 진실을 다루면서도, 이 희대의 사기극에 수많은 민중들이 속아 넘어갈 수밖에 없었던 절망적인 시대현실을 담아내지 못했다."26)는 평가는 재고의 여지를 지닌다. 오히려 백백교를 통해 파시즘의 메커니즘을 형상화하면서, 나아가 주인공 학수의 자살을 통해 천황제 파시즘이 제시한 '내선일체'의 허구성을 형상화했다는 점

안은 神道를 통하야 또는 조선어 사용 전폐에 의하지 안으면 안될 줄 안다고 述해서 조선어 폐지를 주장하니 南 총독은 이에 대하야 조선어를 배척함은 불가한 일이다. 가급적으로 국어를 보급하는 것은 가한 일이며('나'의 오식으로 보임-인용자)이 국어 보급 운동도 조선어 폐지 운동으로 오해를 밧는 일이 종종 잇슨즉 그것은 불가한 말이다고 전면적으로 이를 거부하엿다.", 「機密室-우리 社會의 諸 內幕」, 『삼천리』, 1938.8, 22쪽.

25) 이승엽, 「조선인 내선일체론자의 전향과 동화의 논리」, 윤해동 외 엮음, 『근대를 다시 읽는다』1권, 역사비평사, 2006, 231쪽.

26) 류수연, 「통속성의 확대와 탐정소설과의 역학관계」, 116쪽.

에서 이 작품은 새롭게 평가될 필요가 있다. 더욱이 백백교가 식민지 대중에게 '전유'되어 인식되었다는 점을 고려하면 이 작품은 박태원의 고현학이 당대 파시즘에 대한 심도깊은 탐색으로 발전한 성과로 평가할 수 있을 것이다.[27]

4. 일제 말기 박태원의 파시즘 인식과 대응

우리 문학사는 박태원의 산책자적 면모와 고현학자로서의 면모를 지나치게 좁게 이해해왔다. 더욱이 서구 모더니즘적 의미의 산책자, 일본의 곤 와지로적 의미의 고현학자와는 다른, 박태원 고유의 산책자와 고현학자적 면모는 간과되어 온 것이 사실이다. 그러나 박태원 문학이 의미를 지니는 것은 바로 서구나 일본의 그것과는 다른 식민지 조선의 현실 속에서 그가 수행한 산책과 고현학 때문이다.

분명 「소설가 구보씨의 일일」은 박태원 문학의 원형으로 평가할 수 있다. 그것은 이 작품에 나타나는 산책자와 고현학자의 면모가 이후 박태원 문학에 발전된 형식으로 계속해서 발현되기 때문이다. 특히 일제 말기 박태원은 이 두 가지 자신의 문학적 원형을 각기 다른 형식으로 발전시켜 파시즘에 대한 인식과 대응을 보여준다. 산책자로 표상되는 글쓰기에 대한 자의식은 「음우」, 「투도」, 「채가」 등 사소설 연작을 통해 글쓰기를 위협하는 파시즘에 대한 비판적 인식으로 발현된다. 고현학자

27) 이와 관련하여 『금은탑』에서 백백교 교주의 죽음이 확정되어 나타나지 않는다는 점이 흥미롭다. 작품에서 백백교 교주의 것으로 추정되는 시체는 발견되지만, 박태원은 이를 교주의 죽음으로 확인하지는 않은 채 유보시킨다. 오히려 박태원은 교주가 다시 세를 모은다는 '소문'을 삽입하고 있는데, 이는 파시즘에 의해 억압된 정치적 무의식의 '귀환'을 암시하는 것으로 해석될 여지도 있다. 박태원 문학에서의 '진실'이 공적 발화가 아니라 '소문'에 의해 나타난다는 점을 고려하면 이는 충분히 주목될 필요가 있다고 판단된다.

로 표상되는 식민지 근대에 대한 탐색은『금은탑』을 통해 파시즘의 메커니즘과 천황제 파시즘의 이데올로기에 대한 비판적 인식으로 발현된다.

박태원의 산책자적 면모와 고현학자적 면모는 이와 같이 식민 현실과 결합되어 다양한 형식으로 발현된다. 해방 이후『약산과 의열단』등을 비롯한 일련의 역사서술과 월북 이후『갑오농민전쟁』으로 대표되는 창작경향을 단순히 정치적 상황의 급격한 변화에 따른 외삽적인 결과로만 해석하기는 어렵다. 오히려 정치적 상황 속에서도 어떠한 형식으로든 자신의 문학적 자의식을 투영시키려는 박태원의 내적 고뇌를 충분히 고려할 때, 비로소 그가 추구한 현실과의 결합 속에서 발전하는 산책자와 고현학자의 전모가 해명될 수 있을 것이다.

■ 참고문헌

1. 국내논저

김윤식, 「고현학의 방법론」, 『한국현대문학사상사론』, 일지사, 1992.
류수연, 「고현학과 관찰자의 시선」, 『민족문학사연구』23호, 2003.
______, 「통속성의 확대와 탐정소설의 역학관계-박태원의 장편소설 『금은탑』에 대한 연구」, 『구보학보』1집, 2006.
문지현, 「전시체제기(1937-45) 일제의 신종교 정책과 신종교단체 검거사건 연구」, 이화여대 사학과 석사학위논문, 2009.
박성창, 「모더니즘과 도시: 박태원 소설에 나타난 산책자 모티브 재고」, 『구보 박태원 탄생 100주년 기념 학술대회 자료집』, 2009.7.
방민호, 「일제 말기 문학인들의 대일 협력 유형과 의미」, 『한국현대문학연구』22집, 2007.
변은진, 「2차대전기 조선민중의 세대별 전쟁인식 비교」, 『역사와 현실』51호, 2004.
윤해동, 『식민지의 회색지대』, 역사비평사, 2003.
이병렬, 「박태원의 『금은탑』 연구」, 『숭실어문』15집, 1999.
이승엽, 「조선인 내선일체론자의 전향과 대응의 논리」, 윤해동 외 엮음, 『근대를 다시 읽는다』1권, 역사비평사, 2006.
장성규, 「시대와의 불화, 세계와의 긴장-일제 말기 한국 사소설의 문학사적 의미」, 『작가세계』, 2008 여름.
전봉관, 『경성기담』, 살림출판사, 2006.
최혜실, 「1930년대 한국 모더니즘 소설 연구」, 서울대학교 박사학위논문, 1991.

2. 국외논저

로버트 팩스턴, 손명희 · 최희영 옮김, 『파시즘』, 교양인, 2005.

마루야마 마사오, 김석근 옮김, 『현대정치의 사상과 행동』, 한길사, 1997.
후지타 쇼죠, 최종길 옮김, 『전향의 사상사적 연구』, 논형, 2007.

■ 국문초록

박태원 문학은 글쓰기에 대한 자의식을 나타내는 산책자적 경향과, 현실에 대한 심층적 탐구를 나타내는 고현학자적 경향으로 구분할 수 있다. 일제 말기 산책자적 경향은 「음우」, 「투도」, 「채가」 등 일련의 사소설 연작을 통해 변형되며, 고현학자적 경향은 『금은탑』등의 작품을 통해 굴절된다. 전자의 경우 경성 외곽의 식민지 주변부에 대한 탐색을 통해 파시즘 체제 하의 글쓰기의 자율성의 불가능성의 형상화로 전개된다. 후자의 경우 '백백교'로 표상되는 일제말기 대중의 불안의 심성구조에 대한 탐색을 통해 파시즘의 메커니즘에 균열을 가하는 작업으로 전개된다. 이러한 성과는 박태원의 산책자 의식과 고현학이 단순히 서구와 일본의 그것을 모방한 것이 아니라, 조선의 식민지적 특수성을 배경으로 재구성된 것임을 보여준다는 점에서 높이 평가될 수 있다.

주제어 : 박태원, 사소설, 『금은탑』, 백백교, 파시즘, 산책자, 고현학, 불안의 심성구조

■ Abstract

Park Tae-won's recognition of fascism in the late Japanese colonial period

Jang, Sung-kyu(Seoul National University)

Park Tae-won's novels could be divided into 2 types. One is flaneur-type novels which exposed self-consciousness about writing, and another is modernology-type novels which investigated reality in depth. In the last years of Japanese Imperialism, flaneur-type novels were altered into Ich-roman(私小説, Shishousetsu) such as *dreary rain, the theft, encumbered house,* and modernology-type novels were altered into novels such as *Geum-eun-tap.* The former exposed impossiblity of autonomous writings, exlporing around outskirts of Kei-sei(京成) as colonial periphery. And the latter tried to cause a crack in fascist mechannism, revealing the mentalité of anxiety which the public in the last years of Japanese Imperialism had. This means that his methodology of novel was not just imitation of western or Japanese literary theories, but was devised based on colonial distinctiveness.

key words : Park Tae-won, ich-roman, *Geum-eun-tap*, Baekbaekgyo (백백교), fascism, flaneur, modernology, mentalit of anxiety

이 논문은 2011년 11월 12일에 접수되어, 2011년 11월 22일부터 2011년 12월 3일 사이에 이루어진 소정의 심사를 거쳐 2011년 12월 10일 편집회의에서 최종적으로 게재가 확정되었음.

그림책 『갑오농민전쟁』 연구

목 차

오 현 숙*

1. 서론

　월북 이후 박태원의 창작활동은 대하역사소설 『계명산천은 밝아 오
느냐』와 『갑오농민전쟁』을 중심으로 주로 리얼리즘의 미학과 강령 그
리고 주체문예 이론의 테두리 안에서 논의 되어 왔다. 본고는 그동안
연구자들에게 주목 받지 못한 그림책 『갑오농민전쟁』(박태원 글, 홍종
원 그림, 국립 미술 출판사, 1960)을 중심으로 아동문학과 성인문학의
고유한 자질과 경계가 새롭게 재구성되면서 그림책이 1960년대 북한에
서 독특한 문화적, 사회적 기능을 획득하는 과정을 살펴보는 것을 목적

* 서울대학교 박사과정 수료

으로 한다.

이 작품은 박태원이 글을 쓰고 홍종원[1]이 그림을 그린 공동창작의 결과물이다. 박태원이 텍스트 중심의 서사가 아니라, '그림책'을 창작한 것은 매우 이례적인 것이다. 그림책은 글과 그림이라는 두 개의 매체로 전달되는 정보의 상호작용으로 의미가 창출되는 아주 특별한 예술 형식이다. 그림책의 전체 의미는 각기 다른 소통수단인 글과 그림 간의 상호작용으로 수용자에 의해 조합된다. 일반적으로 성인문학에서 그림이나 삽화는 서사를 강화하거나 보조하는 역할을 하지만, 그림책에서 글과 그림은 '조합'에 의해서 전체 의미가 창출된다는 점에서 둘 다 필수적인 역할을 한다. 따라서 그림책 작가는 글과 그림의 상호작용을 다양하게 이해할 필요가 있다. 그림책『갑오농민전쟁』을 창작하기 이전까지 이미 박태원은 1930년대부터 30여 편의 아동문학 작품을 창작, 번역하였으며[2], 정현웅, 최일송, 김기창 등의 그림 작가들과 함께 공동 작업을 하면서 이러한 문법을 충분히 익힌 것으로 생각된다. 작품이 출간된 1960년대 동생 박문원과 문우 정현웅의 출판 및 민족예술관련 활동 역시 박태원의 그림책 창작에 직간접적인 영향을 미친 것으로 생각된다.[3]

---

1) 홍종원(1928~) 유화가. 공훈예술가. 경기도 인천 출생으로 홍익대학 미술과 재학 중 6.25전쟁 때 인민의용군에 입대하여 월북했다. 대표작으로는「조국을 위하여」(1965),「여성 고사총수」(1968),「호반의 아침」(1990),「백두산 진달래」(1992),「김일성화와 김정일화」(1993) 등이 있다. 이구열,『북한 미술 50년』, 돌베개, 2001, 290쪽.

2) 졸고,「박태원의 아동문학 연구」,『아동청소년문학연구』제6호, 2011 참고.

3) 박문원(1920~1973)은 화가, 미술사가. 그는 소설가 박태원의 동생으로 일본 도호쿠 제국대학 미학과를 유학했으며, 해방기 남로당 서울시 문화부 총무과장, 남조선문화단체총연맹 조직부 부장, 남조선미술가동맹 서기장으로 활동했다. 좌익 활동으로 투옥. 6.25전쟁 직후 출옥, 북한 체제의 남조선미술동맹 위원장이 되었다가 월북했다. 조선미술출판사, 조선문학 예술총동맹출판사 부주필로 있으면서 미술도서 및 화첩들을 편집·출판하는 사업을 하였다. 1961년 이후 조선미술 박물관 연구사로 있으면서 민족미술유산을 정리하는 논문 및 집필 활동을 했다. 한편 삽화가로 잘 알려진 정현웅(1911~1976)은 해방 직후 좌익 조선미술동맹 간부, 남조선미술동맹 서기장으로 활동했다. 월북 이후 국립미술제작소 회화부장, 물질문화유물보존위원회 제작부장을 역임

월북 이후 박태원의 창작활동은 전통 문화유산의 계승이라는 측면에서 「고부민란」, 『홍길동전』, 『약산과 의열단』, 『이충무공행록』 등 해방기의 역사 서술 작품들의 경향과 연속성을 지닌다. 해방기 박태원의 창작활동은 크게 동화와 역사소설 창작으로 요약된다. 특히 아동문학과 역사소설의 창작은 상호 긴밀하게 연결되면서 월북 이후까지 지속된다. 박태원은 해방기 전(傳), 사담(史譚) 등의 고전서사 형식을 차용하면서 역사소설의 범주를 확장한 작품 창작에 주력하였으며, 월북 이후에도 「춘향전」, 「홍보전」(국립출판사, 『조선창극집』, 1955) 등을 '창극' 형식으로 재창작하는가 하면, 대표적인 고전 소설들의 '현대어판 간행 계획'의 일환으로 『심청전』(국립 문학 예술 서적 출판사, 1958)을 현대어로 재창작하였다.

하지만 1950~1960년대에 이르기까지 전통문화유산을 재발견하는 작업은 사회주의 국가의 규범을 확립하고 재구성하는 것으로 중요한 의미를 지닌다는 점에서 해방기의 그것과 차이가 있다. 박태원이 동일한 이순신 서사나 갑오농민전쟁 서사를 창작한다고 하더라도, 사회적, 문화적 문맥의 변동에 따라서 작품의 기능과 역할은 상이할 수 있다. 특히 갑오농민전쟁계열의 작품들은 해방기와 월북 이후까지 지속되면서, 동일한 사건과 서사라도 활자 매체에서 그림책으로, 단일한 내포독자에서 복수의 내포독자를 수신자로 하는 작품으로 재창작되면서 그 차이가 두드러진다.

그럼에도 불구하고 그림책 『갑오농민전쟁』에 대한 연구는 거의 없는 것이 사실이다. 이는 아동문학 작가로서의 박태원에 대한 인식이 부재한 연구 상황에 기인한다. 그러나 박태원이 이미 1930년대 초반부터 동화 창작을 수행했음을 고려한다면 이는 또 다른 편견에 다름 아닐 것이다.

했다. 1957년에 조선미술가동맹 출판화 분과 위원장으로 활동했다. 리재현, 『조선력대미술가편람』, 평양: 문학예술종합출판사, 1994, 273-275쪽, 205-207쪽.

　이 작품의 의미를 온전히 이해하기 위해서는 성인문학의 문법과는 다른 아동문학의 독특한 미학에 대한 이해가 필수적이다. 따라서 본 논문에서는 이 작품의 그림책으로서의 성격을 중심으로 내적 특성을 분석하고자 한다. 이를 위해 2장에서는 그림책의 미학적 특성을 내포독자와 그 문화적 기능을 중심으로 고찰하고자 한다. 3장에서는 그림책『갑오농민전쟁』의 내적 특성을 크게 세 가지로 나누어 분석하고자 한다. 이를 통해 성인문학과 아동문학의 미학적 규범이 독특하게 결합된 그림책『갑오농민전쟁』의 특성을 규명하고자 한다. 4장에서는 이상의 논의를 종합하고 이후 과제를 간략히 제시하고자 한다.

2. 그림책의 내포독자와 문화적 기능

　박태원의 그림책『갑오농민전쟁』은 하나의 작품 안에 복수(複數)의 내포독자(singular text, multiple implied readers)가 나타나는 독특한 작품이다. 이 작품에는 아동문학과 성인문학이라는 상이한 두 문학체계의 요소가 뒤섞여 있다. 이러한 작품의 특징을 이해하기 위해서는 아동문학의 내포독자에 대해서 충분히 이해할 필요가 있다.

　실제 독자에 대한 연구는 경험적 문학사회학적 방법론을 사용하지 않고는 논의되기 어렵지만, 미학적 방법론을 통해 텍스트의 내포독자의 상을 추출하는 것은 가능하다. 그런데 텍스트에 새겨진 추상적 수신자인 내포독자의 문제는 아동문학에서 상당히 독특한 양상으로 나타난다. 텍스트에 선(先)구조화(pre-structuring)되어 있는 잠재적 의미는 독자의 독서 과정에서 실현된다. 그런데 대부분의 아동문학 텍스트에는 두 가지 상이한 구조화가 이루어진다. 바로 아동과 성인이라는 상이한 지식틀을 가진 두 내포독자를 대상으로 구조화가 이루어지기 때문이다. 동일한 텍스트 내에 뚜렷하게 다른 내포독자가 나타나는 장르가 아동문학이다.4) 성인문학에서 단일한 내포독자를 넘어서는 텍스트는 특수한 미학적 고안물이지만, 아동문학에서 아동과 성인이라는 복수의 내포독자를 고려한 텍스트는 일반적인 것이다.

아동문학은 성인 작가가 아동이 읽는다는 것을 특별히 의식하고 만들어낸 문예적 창작물이다. 아동문학의 저자-발신자는 성인인 반면, 독자-수신자는 아동이다. 저자-발신자가 성인이고 독자-수신자는 아동이라는 낙차는 아동문학의 중요한 특징이다. 게다가 성인은 아동문학 텍스트의 생산뿐만 아니라 출판과 소비의 과정에 이르기까지 참여한다. 따라서 작가는 의식적이든 무의식적이든 이러한 성인 독자를 고려하지 않을 수 없다. Maria Nikolajeva에 따르면 "아동문학은 발신자와 수신자가 언제나 서로 다른 두 사회에 속해 있는 아주 드문 텍스트 타입의 하나이다. 그것은 언제나 두 가지 코드 시스템을 가지고 있다. 하나는 어린이를 향하고, 다른 하나는 종종 어린이의 옆이나 뒤에 있는 어른을 무의식적으로 향한다."5) 인용문에서 그녀는 Babara Wall의 전통적으로 아동 소설은 하나 혹은 두 개의 수신자를 이용했다는 논의를 발전시켜서, 아동문학 텍스트는 언제나 성인문학과 아동문학의 두 가지 코드 시스템을 가지고 있다고 설명한다. 이러한 맥락에서 아동문학 작품은 이중으로 코드화된 텍스트(doubly-coded texts)이다.

이는 이중 독자(dual audience)나 이중 수신(dual address)의 개념으로도 설명할 수 있다. 이는 단순히 수신자가 둘인 독자(double audience)라는 개념이 아니다. 이중 독자는 아동문학에서 서로 다른 수신자의 존재를 단순히 지시하는 것을 넘어서 내포독자에 따라 아동과 성인의 각기 다른 지식체계, 관점, 나이, 교육수준, 문화적 배경 등이 텍스트의 구성

---

4) Brian Richardson, "Singular Text, Multiple Implied Readers", *Style*: Vol. 41, No. 3, Fall 2007, p.259.

5) Maria Nikolajeva, 김서정 옮김, 『용의 아이들: 아동 문학 이론의 새로운 지평』, 문학과 지성사, 2006, 92쪽.

에 영향을 미친다는 점을 보다 강조한 개념이다.

이러한 개념들은 그림책『갑오농민전쟁』의 독특한 미학적 특성과 기능을 분석하는데 유용하다. 그림책『갑오농민전쟁』은 한 텍스트 내에 아동문학의 요소와 성인문학의 요소를 뒤섞은 매우 독특한 작품이다. 이 작품은 형식적인 측면에서 그림책이다. 양쪽 펼침면에 상단은 그림, 하단은 글로 구성되어 있다. 하지만 주요인물들이 성인으로 등장한다는 점, 서사 전개의 복잡한 병치, 일반적인 아동문학 출판과는 다른 판형 등을 고려할 때 단순히 아동을 대상으로 한 그림책으로만 평가하기 어렵다. 이 작품은 하나의 텍스트 안에 성인과 아동이라는 이중의 내포독자를 고려한 미학적 특질들을 동시에 내포하고 있다.

북한에서는 1960년대를 전후로 그림책 장르가 다수 출현하였다. 하지만 이는 일반적인 아동문학 장르로서의 그림책의 범위를 넘어선다. 박태원은 식민지 시기와 해방기에 걸쳐 아동문학과 성인문학의 '차이'를 예민하게 인식하면서, 동일한 소재를 각기 다른 내포독자에 따라 성인문학과 아동문학 버전의 두 개의 텍스트로 창작하였다. 반면에 그림책『갑오농민전쟁』은 성인문학과 아동문학의 요소를 한 작품 안에 결합시키고 있다는 점에서 차이가 있다. 이 작품은 한 작품 내에 상이한 두 문학체계의 요소가 뒤섞여 있어서 경계 넘기라는 관점으로 흥미롭게 분석할 수 있다. 전통적인 성인문학과 아동문학 모두의 관습, 코드, 장르 개념을 혁신한 작품으로, 박태원은 일정한 교양이 있는 아동과 성인 모두를 내포독자로 삼고 창작하는 실험을 보여준다.

아동문학과 성인문학의 경계는 사회와 문화 시스템의 변화에 따라서 유동적으로 재구성된다. 두 문학 체계의 경계는 근대에 만들어진 역사적인 고안물이다. 특히 아동문학 내에서도 그림책의 갈래는 아동문학과 성인문학의 경계를 넘어서는 잠재적인 유동성이 큰 장르로 주목받고 있다. 최근 연구에 따르면 그림책은 지속적으로 새로운 문학적 지평을 개척하고 기존의 형식과 관습에 도전해오고 있다. 그림책은 전통적

으로 아동문학 장르에 속하지만, 특정 연령대뿐만 아니라 모든 연령대
를 수신자로 할 수 있는 예술 형식이다.6) 텍스트보다도 특히 그림은 아
동과 성인 모두 동등하게 향유할 수 있는 매체이기 때문이다. 또 그림
책은 아동과 성인이 함께 협동하면서 해석할 수 있는 예술형식이기도
하다.

3. 그림책 『갑오농민전쟁』의 특성

3-1. 선묘 중심의 회화 기법과 성격 묘사

그림책 『갑오농민전쟁』의 그림은 선묘 중심의 회화 기법을 보여준
다. 선묘법은 선의 표현적 기능을 이용하는 묘사 기법이다. 이 기법은
다양한 선의 굵기 강약, 굴곡의 표현방법을 중심으로 대상의 세밀한 특
징은 생략하고 주요한 특징만 과장하거나 강조한다. 성인소설에서 나타
나는 삽화는 대상의 세부적 특징을 사실적으로 묘사한다. 하지만 아동

그림 1 내포독자에 따른 그림 묘사의 차이-궁내부의 공간 묘사
(좌: 그림책본 『갑오농민전쟁』 3쪽, 우: 대하역사소설본 『갑오농민전쟁』(제3권) 11쪽)

---

6) Carole Scott, "Dual Audience in Picturebooks", edited by Sandra L. Beckett, *Transcending Boundaries* (New York : Garland, 1999) pp. 100-101.

그림 2 내포독자에 따른 인물 묘사의 차이
(좌: 그림책본 55쪽, 우: 대하역사소설본 168-169쪽)

은 성인과 다른 참조체계를 지닌다. 아동은 복잡한 세부적 특징을 이해하기 어려우며, 선명하고 간결한 이미지만을 독해할 수 있다. 따라서 아동을 고려한 그림은 단순화, 명료화되는 경향이 주류적이다. <그림1>과 <그림2>는 이러한 특징을 뚜렷하게 보여준다.

또 성격묘사에서 아동독자를 고려한 그림은 등장인물의 내적 심리나 성격을 외형적이고 가시적 형태로 잘 드러내야 한다. 그림을 통해서 등장인물의 감정이 얼굴 표정이나 외양, 페이지에서의 위치와 크기, 분위기 등의 그림 요소를 통해 자연스럽게 전달되므로 보다 폭넓은 독자층을 형성할 수 있다.

이 작품에서 조병갑과 리진사의 인물 묘사는 그림책의 이러한 형상화 기법을 잘 보여준다. 전라도 고부군수인 조병갑은 탐관오리의 전형으로 등장하며, 리진사 역시 농민을 억압하는 토호세력의 전형으로 등장한다. 이러한 인물의 악행과 자신의 이익만을 추구하는 탐욕스러운 내면은 <그림3>에서 추한 얼굴이라는 외형적이고 가시적인 형태로 묘사된다. 인물의 얼굴 표정뿐만 아니라 그림틀에서의 위치와 크기는 작품내에서 인물의 위치를 상징적으로 보여준다. 그림틀 중앙을 가득 채운 조병갑과 리진사의 위압적인 얼굴은 농민들 위에 군림하는 권력의

그림 3 인물의 성격 묘사의 가시화
(좌: 조병갑-그림책본 24쪽, 우: 리진사-그림책본 31쪽)

크기를 가시적으로 보여준다. 농민봉기 이후 과장되게 표현된 두 인물의 위치와 크기는 일반적인 인물과 같은 수준으로 하락하며, 낮은 위치로 전락한다.

조병갑과 리진사의 개성적인 성격묘사와 달리 농민군은 선묘 중심의 집단적 조형성을 강조하는 성격묘사를 보여준다. 등장인물 각자의 개성을 드러내기보다 공동체 의식과 등장인물 간의 집단적 상호 관계를 더 중요하게 부각시킨다. 집단적으로 드러나는 조형적 이미지를 강조하는 것이다.

그림 4 농민군의 조형적 이미지
(그림책본 46쪽)

조형적 이미지는 역사적 사건의 기념비적 성질을 최대한 강조한다. <그림4>는 고부민란을 조형적으로 이미지화함으로써, 역사적 사건을 기념비적 역사로 재현하는 사례를 보여준다. 기념비적 역사는 "단순한 과거가 아니라 위대하고도 영웅적인 과거를 추구하며 세계를 변화·변형시키는 인간의 창조력을 드러내주는 실례로서 파악하는 것이다.”[7] 영웅들의 이야기로서의 역사 개념이나, 무수한 전기(傳記)의 정수로서의 역사에 대한 기념비적 역사에 대한 개념은, 북한의 혁명적 낭만주의 가 낳은 독특한 역사관을 반영한다.[8]

이상 살펴본 바와 같이 이 작품에서 그림의 서사는 주로 아동을 내포독자로 설정하고 창작되었음을 알 수 있다. 그림은 시각적인 묘사를 통해서 언어를 습득하기 이전의 아동과의 의사소통에 적절한 매체이다. 선형적인 글의 텍스트와 달리 비선형적인 이미지 언어에 기초하기 때문이다. 그러나 유독 농민군을 형상화한 그림의 경우 아동이 아닌 성인을 내포독자로 설정하여 창작되었다. 이는 1960년 당시 북한 사회에서 유통되는 지배담론을 기층 민중에게 계몽, 전달하려는 이 책의 이중적인 의도에 기인하는 것으로 볼 수 있다.

3-2. 텍스트 서술에서의 축약과 확대

이 책의 텍스트 서사에서는 이중독자를 모두 포괄하고자하는 경향이 나타난다. 내포독자를 전연령층으로 확대하고자하는 그림책『갑오농민전쟁』의 특징은 동일한 사건을 다룬 해방기「고부민란」(『협동』 제3호 (신춘호), 1947)과 비교할 때 보다 선명하게 나타난다. 텍스트 중심의「고부민란」서사에서 그림책『갑오농민전쟁』 서사로 바뀌면서 축약과 확대의 두 가지 특징을 중심으로 텍스트가 변형되었다.

박태원은 내포독자의 기대지평에 따라 텍스트를 변형한다. 이에는 삭제, 추가, 설명, 미화, 단순화 등의 중재가 포함된다. 그림책『갑오농민전쟁』은 주로 스토리 라인의 요점을 중심으로 압축, 단순화된다. 또

---

7) Hayden White 지음, 천형균 옮김, 『19세기 유럽의 역사적 상상력: 메타 역사』, 문학과 지성사, 1991, 91쪽.

8) 신형기·오성호, 『북한문학사』, 평민사, 1999, 18-51쪽.

조병갑이 토색질의 빌미로 삼는 죄목 중 '음행(淫行), 또는 잡기(雜技)' (「고부민란」, 132쪽) 등의 용어는 어린 독자에게 적합하지 않은 것으로 삭제된다. 또 '보국안민'처럼 어린 독자가 쉽게 이해할 수 없는 어휘에 대한 설명은 덧붙여진다. 그 의미는 "기폭에는 조국을 보위하고 안민을 편안케 한다는 뜻으로 <보국안민>(輔國安民)의 넉자가 뚜렷이 씌여 있는 것이다. 전 봉준은 전 군에 령을 내렸다. 《우리가 다시 일어 서기 는 그 뜻이 오직 《보국안민》 에 있다. 그러니 함부로 사람을 해치거나 재물을 노략하지 말라. 우리 강토에서 왜적들을 다 몰아 내며, 서울로 올라 가서 량반들을 다 없애 버리고 세상을 바로잡아서 만백성이 다 잘 살 수 있도록 하자는 것이다…》 "(55-56쪽)라고 구체적인 예시를 통해 설명된다.

위의 단순화로 요약되는 스토리 서술과 반대로 「고부민란」의 선조 적 시간 서술은 그림책 『갑오농민전쟁』에서 복합적인 시간 서술로 대 체된다. 「고부민란」은 철종집권기 임술민란(1862)부터, 고종집권기 흥선 대원군과 민비가 교대로 세력을 떨친 시기 지속적으로 일어난 농민들 의 민란을 선조적으로 형상화한 작품이다. 봉건 지배층의 가렴주구와 민란을 반복, 점층적으로 서술하면서 마침내 고부민란(1894)으로 민요 가 폭발하게 되는 것까지 30년간의 민란의 계보를 서술하고 있다.

그런데 그림책 형식은 「고부민란」처럼 긴 역사의 선조적인 시간성 을 형상화하기가 쉽지 않다. 그림책에서 가장 일반적으로 사용되는 시 간 조합은 서술시(discourse time) 보다 사건시(story time)가 긴 '언어적 요약'과 사건시는 제로이고 서술시는 무한정 긴 '시각적 멈춤'의 조합 이기 때문이다.9) 연속 그림을 통해 시간성이 표현되더라도, 서술에서 시간의 흐름을 명시해야 그림 간의 시간적 생략이 명확하게 표현될 수 있다.

---

9) Maria Nikolajeva and Carole Scott, *How Picturebooks Work* (New York: Routledge, 2006), p. 160.

이러한 시간성의 문제를 해결하기 위해 박태원은 그림책『갑오농민
전쟁』의 사건시를 2년간으로 축약한다. 그는 고부민란이 일어나기 전해
봄(1893년 3월)부터 고부민란이후 농민전쟁과 전봉준이 처형되는 해 봄
(1895년 3월)까지의 사건을 압축적으로 서술한다. 하지만 이 작품의 시
간성은 크게 두 부분으로 나뉘어 복잡한 전개 양상을 보여준다.

전반부는 농민들이 조병갑으로 대표되는 봉건적 관료와 리진사로
대표되는 지배층의 탐학을 중심으로 고부민란이 일어나기까지 1년간이
다. 고부민란이 일어나기 까지는 서술에서 '이튿날 아침', '보름이 못
가서' '갑오년(1894) 2월 15일 새벽' 등으로 시간의 흐름이 명확하게 언
급된다. 글의 시간적 지표는 그림과 결합하여 정확한 사실적 시간성이
표현된다.

후반부는 고부민란 이후 농민군들이 '보국안민'의 기치를 들고 관군
과 왜군이 전투를 벌이는 1년간이다. 이 전투부분은 이전의 텍스트인「
고부민란」에서는 다루지 못한 부분으로 그림책『갑오농민전쟁』에서 새
롭게 확대된 서사이다. 흥미로운 것은 '보국안민'의 기치 아래 벌이는
전투의 서술에서는 시간성의 지표없이 사건과 인물들의 행위만 서술된
다. 농민군의 황토현 전투, 황룡강 일대 장선 전투, 전주성 입성(55-61
쪽)과 왜군이 합세한 관군과의 마지막 전투인 공주 전투와 농민군의 희

그림 5 그림책의 시간성
(좌: 전반부-그림책본 24-25쪽, 우: 후반부-그림책본 60-61쪽)

생(68-74쪽) 등의 사건은 일련의 글과 그림에 의해서 연속적으로 묘사된다. 행위 시간에 대한 어떤 표지도 없기 때문에 농민전투의 페이지들 간의 시간적 생략은 독자가 가늠할 수 없을 만큼 길거나, 몇 시간 혹은 하루에서 몇 개월이 될 수도 있다. 각각의 전투가 얼마나 오랜 시간 일어났으며 어느 정도의 시간이 흘렀는지의 여부는 알 수 없다.

이러한 이중적인 시간 서술은 일반적인 아동문학의 특징인 단순성과는 거리가 멀다. 단순성의 특징으로는 연대순의 사건 전개, 플롯 중심의 진행, 정적이고 평면적인 등장인물 등을 들 수 있다. 하지만 이 그림책의 시간성은 일반적인 아동문학의 특징들을 넘어선다. 전반부의 시간이 직선적이며 측정가능한 시간이라면, 후반부의 시간은 일종의 영원불멸한 신화적 시간, 혹은 무시간적인 시간이다.

후반부의 무시간성은 전통적인 아동문학에서 나타나는 무시간성과도 차이가 있다. 많은 아동문학 작품에서는 위험한 사건도 없고, 인물은 안전하며, 영원히 행복하게 묘사되는 무시간성이 나타난다. 시간은 존재하지 않으며 인물들은 늙지 않는다. 인물들은 영원히 낙원적 시간에 머물러 있으며, 발달하고 싶은 소망이나 가능성도 없다. 이러한 시간성은 유아기 낙원 이미지에 바탕을 둔 무시간성이다. 즉 유아기는 자연적이며 순진무구하다는 낭만적 견해는 아동문학의 무시간성이라는 독특한 시공간을 만들어낸다. 그런데 그림책『갑오농민전쟁』의 무시간성은 일반적으로 아동문학에서는 다루지 않는 인물의 성장과 죽음의 문제와 관련된다. 자신의 성장을 증명하는 극적인 삶의 순간이 바로 농민봉기 과정에서의 죽음이라는 사건이다. 춘보라는 인물의 입체적 변화 양상이 가장 대표적인 사례이다. 춘보 영감은 전반부의 시간 내내 봉건지배층의 억압과 지배에 순응하는 태도를 보인다. 자신의 집마저 불타버리자 비로소 춘보 영감은 내면화된 봉건지배층의 억압과 모순을 깨닫는다. "《선생님 말이 옳아! 이놈의 세상을 이대로 두어 두고 우리가 잘 사기는 틀렸어!…》(54쪽)" 그리고 이러한 춘보 영감의 내적 성장은 공주전투에서의 장엄한 희생과 죽음이라는 극적 순간을 통해 증명된다. 죽음은 그로 하여금 봉건적인 운명의 질곡에서 벗어나 민란의 영원한 혁명적 전통의 시간에 참여하게 되는 전환점이다. 춘보 영감으로 상징되는 농민군의 영웅적 죽음과 전봉준의 희생은 비록 그들의 육체는 사라지더라도, 그 뜻은 쇠돌이와 덕삼이에게 이어진다. 영원불멸의 혁명적 시간은 이렇게 지속된다.

3-3. 출판 편집의 특이성과 독자층의 확장

파라 텍스트(paratext)는 그림책의 내용 이외에 그림책의 제목이나 표지, 속지와 같은 본문 이외의 구성 요소를 뜻한다. 이러한 주변 텍스트는 그림책에서 무시할 수 없는 중요한 요소이다. 그림책의 표지는 단순한 장식적 요소가 아니다. 그림책에서 표지는 하나의 중요한 독립된 서사 요소다. 그림책의 표지 그림은 그림책의 내용을 강조하고 형상화하는 추가적 역할을 할 수 있다. 속지 또한 표지 그림에 대한 설명을 보충해 줄 수 있으므로 중요하다. 파라 텍스트들의 역할에 따라서 서사는 앞표지부터 시작하여 뒤표지까지 계속될 수 있다.10)

표지와 속지에서 반복적으로 강조되는 것은 '보국안민(輔國安民)'이라는 기치이다. 그림책 안에 담을 수 있는 글의 양에는 한계가 있기 때문에, 그림책의 파라 텍스트를 통해 상당 부분의 메시지를 독자에게 전달할 수 있다. 표지는 갑오농민전쟁을 선두에서 이끄는 전봉준과 농민군을 형상화한 장면이 선택되었다. 표지의 그림은 그림책의 대표 그림으로서 의도된 해석을 유도하거나 강조하기도 한다. 표지와 속지 모두 깃발 그림 안에 한자로 적힌 '輔國安民'이라는 메시지를 담고 있다. 이러한 반복은 이 책에서 다루고자 하는 핵심적인 주제를 드러내고 해당

---

10) Maria Nikolajeva and Carole Scott, op. cit, p. 241.

그림 6 그림책의 파라 텍스트
((좌: 표지(앞면), 우: 속지))

주제에 대해서 독자로 하여금 마음의 준비를 하도록 한다.

여기서 흥미로운 점은 어린 아동독자는 이해할 수 없는 개념어를 한자로 삽입하고 있다는 점이다. 그림 속 사물에 글씨를 써넣어 텍스트 기능을 하는데, 이는 분명히 공동 독자인 성인을 겨냥한 것이다. 본문에 가서야 아동독자를 고려한 단어설명이 덧붙여진다. 이는 실제 독서과정에서 아동과 성인 간의 협력관계에 의해 의미가 해석될 수 있는 기회를 제공한다.

표지 뒷면은 그림책의 내용과는 전혀 관련이 없는 그림과 표어가 덧붙여 있다. "경제림 조성을 전군중적 운동으로!"라는 메시지는 그림책의 서사를 1960년대 북한 현실의 컨텍스트로 확장한다. 한국전쟁으로 파괴된 '인민경제 복구 건설'에 대중들을 총동원하는 선전선동의 흐름을 반영한 표지이다. 일종의 포스터로서 대중들의 정치 선동을 위한 목적으로 창작된 그림이다. 양식화된 그림과 구호는 당의 정책에 따라 대중의 투쟁을 선도하는 중요한 매체이다. 이러한 선전 그림은 한 번에 다량으로 인쇄하여 작업장, 게시판, 극장 등의 대중들이 많이 모이는 장소와 사람들의 눈에 잘 띄는 거리에 부착하여 단시간에 일반 대중들에게 소개하는 것을 목표로 한다.[11]

그림 7 그림책의 파라 텍스트 (표지(뒷면))

대수의 대중에게 강력한 전파력을 지녀야 한다는 선전 그림의 목적은 이 그림책의 판형에 의해서 충족될 수 있다. 그림책에서 판형(format)은 중요한 특징적 요소로, 소설에서보다 더 다양한 판형이 사용된다. 작가들은 목적에 맞는 판형을 선택적으로 사용한다. 그림책『갑오농민전쟁』의 판형은 일반적인 아동문학의 그림책 보다 작은 크기로, 대량 보급에 초점을 맞춘 판형이다. 각 페이지의 레이아웃은 전통적인 아동 그림책의 구성을 따른다. 양쪽 펼침면에 고정적인 그림틀과 텍스트틀로 구성된다. 하지만 이 책의 판형은 13×17cm 크기로 일반적인 아동문학의 판형보다 매우 작다. 이러한 판형의 특징은 인민대중들 속에 널리 보급하기 위한 이동성, 기동성, 대중성을 고려한 것으로 생각된다.

4. 결론

본고는 그동안 연구자들에게 주목 받지 못한 그림책『갑오농민전쟁』(박태원 글, 홍종원 그림, 국립 미술 출판사, 1960)을 중심으로 아동문학과 성인문학의 고유한 자질과 경계가 새롭게 재구성되고 결합되는

---

11) 전영선, 『북한의 문학과 예술』, 역락, 2004, 176쪽.

과정을 중심으로 이 작품의 내적 구조를 분석하였다. 박태원은 갑오농민전쟁계열의 작품들을 해방기와 월북 이후까지 지속적으로 창작했다. 특히 이 작품은 갑오농민전쟁이라는 동일한 사건과 서사라도 활자 매체에서 그림책으로, 단일한 내포독자에서 복수의 내포독자를 수신자로 하는 작품으로 재창작되면서 그 연속성과 차이가 두드러진다.

박태원의 그림책『갑오농민전쟁』은 한 텍스트 내에 아동문학의 요소와 성인문학의 요소를 뒤섞은 매우 독특한 작품이다. 이 작품은 형식적인 측면에서 전형적인 그림책이다. 양쪽 펼침면에 상단은 그림, 하단은 글로 구성되어 있다. 하지만 주요인물들이 성인으로 등장한다는 점, 이미지와 텍스트의 상호작용에 의한 시간 전개의 복잡성, 일반적인 아동문학 출판과는 다른 판형 등을 고려할 때 단순히 아동을 대상으로 한 그림책으로만 평가하기 어렵다. 이 작품은 하나의 텍스트 안에 성인과 아동이라는 이중의 내포독자를 고려한 다양한 미학적 특질들을 동시에 내포하고 있다.

이러한 그림책의 구조와 특징은 아동문학에서 일반적으로 유아기에 대응하는 양식으로서의 그림책을 벗어나는 것이다. 박태원의 그림책『갑오농민전쟁』은 1960년대 북한의 문화 정치적인 변동에 대응해서 출현한 독특한 그림책 양식 중 하나로 볼 수 있다. 기존의 아동문학적 요소와 성인문학적 요소를 재조합하면서 북한의 사회적 문맥에 맞는 새로운 대중적 그림책 양식의 출현 과정은 매우 흥미로운 지점이다. 본고의 이러한 가설은 북한의 1960년대 전후 출간된 다양한 그림책들에 대한 분석과 그림책 양식에 대한 장르 사회사적 고찰 등의 후속 연구를 통해 보완될 수 있을 것이다.

이상 본고의 논의는 대하역사소설본『갑오농민전쟁』연구에만 주로 편향되었던 기존의 연구 경향에서 벗어나, 박태원의 갑오농민전쟁 서사를 해방기부터 월북이후 시기까지 연속해서 다룰 수 있는 단초가 될 수 있을 것이다. 또 그동안 박태원 연구에서 간과되었던 1950~1960년대에 이르는 창작활동과 고전 다시 쓰기 등의 작업을 재평가할 수 있는 관점을 제공할 수 있을 것으로 기대된다.

■ 참고문헌

1. 자료

박태원, 「고부민란」, 『협동』 제3호(신춘호), 1947.
박태원 글, 홍종원 그림, 『갑오농민전쟁』(그림책), 평양: 국립 미술 출판사, 1960.
박태원, 『갑오농민전쟁(1~3)』(대하역사소설), 평양: 문예출판사, 1977~1986.

2. 국내 논저

리재현, 『조선력대미술가편람』, 평양: 문학예술종합출판사, 1994.
신형기·오성호, 『북한문학사』, 평민사, 1999.
오현숙, 「박태원의 아동문학 연구」, 『아동청소년문학연구』 제6호, 2011.
이구열, 『북한 미술 50년』, 돌베개, 2001.
전영선, 『북한의 문학과 예술』, 역락, 2004.

3. 국외 논저

Nikolajeva, Maria, 김서정 옮김, 『용의 아이들: 아동 문학 이론의 새로운 지평』, 문학과 지 성사, 2006.
________________ and Scott, Carole, *How Picturebooks Work*, Routledge(: New York), 2006.
Richardson, Brian, "Singular Text, Multiple Implied Readers", *Style:* Vol. 41, No. 3, Fall 2007.
Scott, Carole, "Dual Audience in Picturebooks", edited by Sandra L. Beckett, *Transcending Boundaries*, Garland(: New York), 199.
White, Hayden 지음, 천형균 옮김, 『19세기 유럽의 역사적 상상력: 메타 역사』, 문학과 지성사, 1991.

84

■ 국문초록

월북 이후 박태원의 창작활동은 대하역사소설『계명산천은 밝아 오느냐』와『갑오농민전쟁』을 중심으로 주로 리얼리즘의 미학과 강령 그리고 주체문예 이론의 틀 안에서 논의 되었다. 본고는 그동안 연구자들에게 주목 받지 못한 박태원의 그림책『갑오농민전쟁』(박태원 글, 홍종원 그림, 국립 미술 출판사, 1960)을 중심으로 아동문학과 성인문학의 고유한 특성과 경계가 새롭게 재구성되고 결합되는 과정을 중심으로 이 작품의 내적 구조를 분석하였다.

박태원의 그림책『갑오농민전쟁』은 한 텍스트 내에 아동문학의 요소와 성인문학의 요소를 뒤섞은 매우 독특한 작품이다. 이 작품은 형식적인 측면에서 전형적인 그림책이다. 양쪽 펼침면에 상단은 그림, 하단은 글로 구성되어 있다. 하지만 주요인물들이 성인으로 등장한다는 점, 이미지와 텍스트의 상호작용에 의한 시간 전개의 복잡성, 일반적인 아동문학 출판과는 다른 판형 등을 고려할 때 단순히 아동을 대상으로 한 그림책으로만 평가하기 어렵다. 이 작품은 하나의 텍스트 안에 성인과 아동이라는 이중의 내포독자를 고려한 다양한 미학적 특질들을 동시에 지니고 있다.

이러한 그림책의 구조와 특징은 아동문학에서 일반적으로 유아기에 대응하는 양식으로서의 그림책을 벗어나는 것이다. 이 작품은 1960년대 북한의 문화 정치적인 변동에 대응해서 출현한 독특한 그림책 양식 중 하나로 볼 수 있다. 기존의 아동문학적 요소와 성인문학적 요소를 재조합하면서 북한의 사회적 문맥에 맞는 새로운 대중적 그림책 양식의 출현 과정이라는 맥락에서 이 작품을 이해할 수 있다.

주제어: 박태원, 복수(複數)의 내포독자, 이중독자, 그림책『갑오농민전쟁』, 북한의 그림책

■ Abstract

A study on the Picture Book of *Kab-O Peasant Rebellion*

Oh, Hyun Sook(Seoul National University)

Since defecting to North Korea, Park Tae-Won's creating activities have been discussed mainly in the frame of aesthetics and doctrines of realism and theory of subjectivity literature focusing on *Gyemyeong mountain and river become bright* and *Kab-O Peasant Rebellion*(on epic history novel). But focusing on Park, Tae-Won's picture book, *Kab-O Peasant Rebellion*(written by Park, Tae-Won, illustrated by Hong, Jong Won, National Art Publisher, 1960) which used to be neglected by researchers, this article analyzed the inner structure of this work by concentrating on the process in which the original characteristics and boundaries of children's literature and adult's literature are newly restructured and combined.

Park, Tae-Won's picture book, *Kab-O Peasant Rebellion* is a very unique work in which the elements of children's literature and adult's literature are all mixed together. In the aspect of its form, this work is a typical picture book. When opening the book, there are pictures on the upper parts while stories are on the bottoms. however, considering the facts of adult main characters, complexity of time flow by the interaction between images and texts, different format from general children's literature, it is hard to estimate this as a simple picture book for children. This work contains various aesthetic characteristics as considering multiple implied readers like adults and children in a singular text.

Such structure and characteristics of this picture book are out of the picture book with a general style to cope with early childhood. This work might have one of the unique picture book styles that started appearing to cope with cultural and political changes in North Korea of 1960s. This work could be understood in the context of appearing process of new popular picture book styles suitable for the social context in North Korea by recombining the elements of the existing children's literature with adult literary elements.

Keywords: Tae-Won, multiple implied reader, dual audience, the picture book of *Kab-O(甲午) Peasant Rebellion*, picture books of North Korea

이 논문은 2011년 11월 12일에 접수되어, 2011년 11월 22일부터 2011년 12월 3일 사이에 이루어진 소정의 심사를 거쳐 2011년 12월 10일 편집회의에서 최종적으로 게재가 확정되었음.

「소설가 구보씨의 일일」과 『천변풍경』의 거리

목 차

김 명 숙*

1. 서언

박태원(朴泰遠, 1909-1986)은 서울에서 태여나 경성 제일고보를 거쳐 일본 법정대학을 중퇴하고 1930년『신생』10월호에 단편소설「수염」을 발표하면서 본격적인 작품활동을 진행하였다. 그는 1933년 8월부터 <구인회>일원으로 적극 활동하였고 타계하기까지 50여년의 창작생애에 대량의 작품을 창작하였다. 그는 1934년에 「소설가 구보씨의 일일」을 발표하고 그로부터 2년 후에 장편소설『천변풍경』을 발표하였는데 1936년에는 이 두 작품의 이름으로 된 소설집을 내었다. 그리고 광복 후에는 <조선문학건설본부>의 소설부임원으로 일하면서 「약산과 의

---

* 중앙민족대학교 조문학부 교수.

열단」(1947년), 「군상」(1950)등을 발표하여 문학적 변신을 보여주었으며 1950년 월북한 후에는 『계명산천은 밝아오느냐』(1965년)와 3부작으로 된 『갑오농민전쟁』등을 발표하여 조선 최고의 역사소설가로 인정받았다.

박태원의 단편소설 「소설가 구보씨의 일일」은 모더니즘작품으로서 현대문학사에서 뚜렷한 위치를 차지하는 작품이며 『천변풍경』 역시도 중요한 실험정신을 보여준 작품으로 문학사적 가치를 인정받는다. 그러나 후날의 『갑오농민전쟁』은 상술한 두 작품과 방향적으로 전연 다른 추구를 보여주고 있는데 하다면 작가가 진행하였던 이 세가지 서로 각이한 창작탐구의 길에는 어떤 내적 필연성이 있을 것인가? 박태원문학의 가치는 구경 어느 위치에 두어야 하는가? 이는 박태원이 창작활동을 전개하였던 그 시대특징과 문학창작사이의 연관성문제에 관한 것인데 이런 연구는 박태원문학 개체뿐 아니라 문학의 발전법칙 탐구에 관한 문제이기도 하다. 그리고 이와 관련된 의문은 「소설가 구보씨의 일일」과 『천변풍경』사이의 차이를 살펴봄으로써 해명할 수 있다.

본고는 박태원의 창작은 작가의 정신역정을 보여주는바 그의 「소설가 구보씨의 일일」은 정신적 자유를 추구하는, 그 어디에도 매이지 않고저 하는 박태원의 젊은 시절의 추구를 보여주었고 그러나 그것의 한계를 알고 도시민간세계에 대한 추구에로 나아간 결과 산생한 것이『천변풍경』유의 창작이며 그러나 『천변풍경』유의 길로 계속 나아간다면 쉽게 통속성에로 빠져들고 말 것임을 자각하고 다시 거슬러 올라가 「소설가 구보씨의 일일」시절에 작가가 몰두하였던 인간의 정신력에 대한 탐구의 방향을 되찾고저 하였다고 인정한다. 그러나 이 시기 작가의 사상격조는 이미 「소설가 구보씨의 일일」과 완전히 합쳐질 수는 없었고『천변풍경』시절의 추구까지를 결합하여 개체가 아닌 군체적 힘과 군체 위에 든든히 세워진 정신력을 숭상하고 그 내용을 묘파하고저 한 결과 『갑오농민전쟁』이 산생하였다고 인정한다.

박태원작품의 특징을 말해주는 대표작으로서 「일일」과 『천변풍경』은 지금에 이르기까지 가장 많이 거론되어 왔는데 대체적으로는 기법이나 양식차원에 초점이 맞추어졌다. 하여 작가의 창작수법상의 성과에 대해서는 충분히 긍정하는 한편 주제내용에 한해서는 비판의 자세가 보편적이다. 그리고 30년대의 엄혹성을 논하면서 박태원의 창작이 내용면에서의 선봉성이 결핍하였던 것은 시대적 원인이라고 그를 위한 변호에 가까운 분석이 전개되기도 하였다. 그 시기의 연구자로서 안회남의 언론은 대표성을 띤다.

"個性이라는 말을 쓰지 않고 思想이라는 文字를 代身하여도 좋다. 이데 올로기라는 어휘를 가지고 따저도 마찬가지이다. 何如間 作家 朴泰遠씨에게는 그것이 많이 개인적인 것이거나 보다 사회적인 것이거나 사상의 적극적태도가 보이지 않는것이 第一遺憾이다. 그는 픽도 사상을 基盤으로 하는 것이 微弱한 것 같으다. 그것의 體系가 도모지 矮小한 모양이다. 그러키 때문에 씨는 인생을 관찰하나 理解하지 않고 세상을 묘사하나 비판하지 않는것이다."[1]

여기서 안회남은 박태원문학의 사상적가치는 '개인적'일뿐 '사회적'이지 않고 '사상의 적극적태도', '사상을 기반으로 하는' '체계'가 '미약'하고 '외소'하다고 하고 있는데 안회남의 이 말은 박태원을 상대한 그 시기 많은 연구자들의 관점을 대변하였거니와 현대 연구자들의 박태원에 대한 관점 역시 대체로 이런 비판의 맥락을 따르고 있다.

물론 박태원 작품의 사상성의 가치에 대해 긍정의 자세가 없었던 것은 아닌바 이광수는 다음과 같이 논하였다.

"박태원씨의 〈천변풍경〉은 내가 일생에 읽은 문학중에 가장 인상 깊

---

1) 안회남, 「작가 박태원론」, 〈문장〉1집, 1939, 149쪽.

은 것중의 하나다. 어떤 評者는 이 작품을 세태소설이라고 하였거니와 그 세태소설이란 말이 다만 세태를 그린 이야기라는 뜻이라 하면 평자는 이 소설의 眞意를 모른 것이 아닌가 한다. … (중략)…우리는 거기서 인류에 대한 강한 연민을 가지고 그네와 함께 울고 있는 한 魂이 우리에게 보여주는 우리 자신의 가엾은 생활상을 본다."2)

여기서 이광수는 박태원작품이 내용적으로 "인류에 대한 강한 연민", 말하자면 인도주의적인 사랑을 담았다고 지적하고 있거니와 이 평가는 붓다의 중생에 대한 사랑의 경지를 추구하고 있는 이광수로 말하면 과연 이광수다운 평가라 할만하다. 임화는 상술한 "어떤 評者는 이 작품을 세태소설이라고 하였"다하는 이광수의 언론에서 바로 자기야말로 이광수가 지적한 세태소설규명론자인것을 저어하여 자기의 관점을 어느 정도 보완설명함으로써 박태원 "소설의 眞意"를 검토하고자 하였다. 하여 그는 "이 회답에 있어 '인정'이란 말을 생각했다. 이 말은 항상 세태란 말의 다음에 붙는 것인데 이 인정이란 어떤 의미에선 정신의 풍속, 인간성의 세태라 할수 있다. <천변풍경>이 우리를 끄으는 가장 큰 매력은 실로 이 정신의 풍속의 아름다운 전개에 있지 않을까? 이것이 춘원의 말과 같이 중생의 영원한 비극 운운하는 것은 좀 지나친 아전인수이나 분명히 우리의 시대의 청년들이 맛보는 어떤 애수와 깊은 관계를 맺고 있는것만은 사실이다. 나는 <천변풍경>을 읽으면서 '행랑방'에서 진행되는 결혼식장면같은데서 짭잘히 느끼게 되는 이 정서를 지극히 사랑하는 바이다."3) 고 하였다. 여기서 임화는 이광수가 말하는 '사랑'의 경지는 "중생의 영원한 비극"을 강조함으로써 이루어진 것임을 비난하고 "우리의 시대의 청년들이 맛보는 어떤 애수"라고 하면서 시대적 조건을 앞세우는 역시 임화다운 분석을 하였다. 그러면서 그 위

---

2) 이광수, 「천변풍경에 序하여」, 『천변풍경』, 박문서관, 1938.
3) 임화, 「천변풍경 評」, <博文>, 6호, 1939. 3.

에 "정신의 풍속, 인간성의 세태"라는 의미를 덧붙혀 그의 초시대성의
특성을 짚어내고자 하였다. 그리고 더 나아가 "이 작품을 알고 단언할
수 있는것은 이 소설의 가치를 어느 곳에다 두는 사람이던지간에 <천
변풍경>을 최근 오륙년간 조선문단의 가장 큰 수확의 하나이라고 보는
데는 衆議가 일치하리라는 점"이라면서 "작자에 있어서나 우리 문학
전체에 있어서나 <천변풍경>은 앞으로 우리가 일정한 역사적 좌석을
준비해두지 아니할수 없는 작품임은 과장 없이 말할 수가 있다."[4]고 높
이 평가하였다. 그러나 알고 보면 임화나 이광수나를 막론하고 모두 박
태원의 『천변풍경』에 대해 "역사적 좌석을 준비해"줄 만큼의 가치에 대
한 긍정은 아무리 해도 "'행랑방'에서 진행되는 결혼식장면"같은 세태,
혹은 "우리 자신의 가없은 생활상"으로부터 기인한 감회에 다름없는 것
이었다.

　본고는 박태원문학의 특성과 가치를 어떻게 하면 충분히 지적할 수
있을 것인가를 목표로 그냥 작품을 세태소설이라고만 가볍게 취급하고
그칠 것이 아니라 도시민간과 그 문화를 반영한 심층적 함의를 지적,
발굴하여야 한다고 본다. 그리고 "世態小說 내지는 세태적인 문학의 盛
行은 무력한 時代의 한 特色"[5]인 것으로 1930년대 한국의 암울한 식민
지시대상에서 그 원인이 찾아진다고 본다. 그러나 "문학으로부터 모든
정치적, 사회적, 이념적 관심을 추방"[6]하지 않으면 안되었던 상황에 실
제로 도시인의 우울한 정서를 그리려 한 작가는 박태원뿐만이 아닌바
그 예로 유진오, 채만식, 이상 등을 들 수 있다. 문제는 이런 작가들과
도 구분되는 박태원만이 가지고 있는 작가적 개성이다. 그 개성이란 분
열된 자아의 세계를 그리고저 한 이상 작품의 대립면의 극에서 찾아진
다. 이상 유의 작품들이 작가의 우울한 정서가운데 매몰되어 헤어나올

---

4) 위의 글.
5) 임화, 『문학의 리론』, 학예사 6호, 1940, 345쪽.
6) 김우종, 『한국현대소설사』, 성문각, 1989, 232쪽.

수 없었다면 박태원의 『천변풍경』은 자아를 멀리 떠나 도시민간의 세계에 집착하였던 것이며 뿐더러 그런 작업을 벌리는 가운데 작가는 '주관의 먼지'가 낄가 항상 저어하였던 것이다. 말하자면 박태원의 노력으로 인하여 현대도시시민문학의 길이 개척되었다고 보아야 한다.

30년대의 임화가 박태원작품의 의의를 "문학의 역사우에다 일임하는것이 위선으로 제일 타당할것"[7]이라고 하였던 것과 같이 박태원의 창작은 지금이야말로 객관적 분석이 가능한 시간적 거리가 보유되었다고 할 수 있다. 본고는 박태원문학에 관한 연구성과들을 섭렵한 기초상에서 박태원의 두 대표작인 「소설가 구보씨의 일일」과 『천변풍경』의 차이성문제에 초점을 맞추어 작가의 사상구조를 탐구하고 박태원문학의 정확한 가치정립에 기여하고자 한다.

2. "자아의 인" 에서 "사회의 인" 으로

「소설가 구보씨의 일일」(이하 「일일」로 약칭)과 『천변풍경』 두 작품에서 우선적으로 발견되는 것은 작품의 시점이 자아에서 군체에로 이동하였다는 점이다. 자아에 대한 긍정의 태도와는 대조적으로 사회에 대해서는 지극히 민감하고 불신적, 비판적임은 「일일」의 기본 주제이다. 「일일」에서 작중화자는 자아의 세계에 갇혀있는 모습이었고 자아와 세계의 관계는 지극히 긴장되고 내립된 모습이었다면 『천변풍경』에 와서 이런 자아는 개체의 좁은 공간을 벗어나 도시민간세계에 대한 넓은 수용의 자세를 보이고 있다. 말하자면 작중자아는 봉폐성, 배타성에서 개방성, 포용성에로 전변을 이루었다고 할 수 있다. 그리고 그것은 "자아의 인"에서 "사회의 인"에로 승화한 작가의 정신역정의 반영이기도

---

7) 임화, 「천변풍경 評」, <博文> 6호, 1939. 3.

한 것이다.

소설 「일일」은 작중주인공인 작가 구보가 아침 늦게 일어나 식사 후 정오에 집을 나서서 다음날 새벽녘에 돌아오는 선로에 따라 31개 토막으로 이루어졌다. 작중주인공의 신분이 작가이고 게다가 작가 박태원의 호를 그대로 차용한 것이 특색이거니와 작중주인공의 연령이나 그때의 개인상황, 그리고 가정내 배경 등 방면의 이유를 굳이 찾지 않더라도 작품이란 흔히 작가의 자서전적 요소를 띤다고 할 때 우리는 당연히 이 작품이 작가의 정신역정을 그렸다고 보아도 무방한 것이다. 소설에서 26세 나는 미혼의 작중주인공 구보는 글을 다루는 문인이라는 표징으로 지팡이를 짚고 노트를 들고 경성을 산책하는데 그런 과정에 작가로서의 예리한 관찰의 눈은 서울거리와 그 가운데에 움직이는 각이한 인생들을 살핀다. 그러나 작품의 시공간은 구보의 눈이 이르는 곳으로 한정된 것이 아니라 주인공의 의식의 흐름에 따라 끝없이 확대되어 소년기에서 동경유학시절에 이르기까지의 상황이 그려지고 그러는 와중에 작가는 행,불행이나 혹은 인생의 가치, 삶의 진실과 진리 등 궁극적인 문제를 치열하게 사색하고 고민한다.

인간의 심령, 인간의 정신경계에 대한 냉철한 물음자체는 조선현대 문인으로서의 회의정신을 보여주어 더없이 보귀한 것이나 소설 「일일」의 화자는 자기 영혼에 칩거하는 인물이라는 점에서 『천변풍경』유의 작품과 뚜렷이 구별된다. 작중화자는 종로네거리, 경성역, 조선은행앞, 다방, 식당, 까페 등 곳을 배회하는 가운데 '젊은 부부, 중년의 시골 신사, 빠세도우氏 병자, 무직자들, 거리의 여자들, 까페의 여급, 소복입은 여인' 등 생면부지의 낯선 사람들을 만나는가 하면 그냥 안면 있다는데 불과한 관계로서 한번 인사한 적 있는 사나이, 중학시절의 동창, 생명보험회사의 외교원등도 만난다. 세상을 관찰하는 작중작가는 세상인과 자기와의 사이가 멀수록 감정상 충격받지 않고 보다 여유롭게 그들을 관찰할 수 있었다. 하여 구보와 막연한 사이가 아닐수록 그의 사유는 전

예없이 영활하게 멀리로 치닫는다. 그가 보기에 세상인은 오로지 생존을 위해 동분서주하는듯 가여웠다. 피폐해보이기만 하는 지게꾼과 유랑하는 무리가 그러하였고 시골노파의 세파에 젖어 이미 굳어버린듯 마비된 표정, 소복 입은 모습이면서 생계 때문에 일자리를 찾으러 나온 한 여인의 딱한 모습이 그러하였다. 그리고 이런 인간무리가운데에는 생존문제를 이미 해결하여 자기가 누적한 물질적부를 자기의 명함처럼 나타내고자 하는 유의 인물도 당연히 있었다. 소설속에서 이름모를 중년시골신사는 시골서 조그마한 백화점이라도 경영하고 있는듯 가난하고 초라한 옆사람들과 구별되는 자기의 존귀함을 명확히 하고야 직성이 풀리는듯 하였다.

그리고 구보가 뜻밖에 만난 중학시절의 동창, 전당포집의 둘째 아들은 지금 한창 예쁜 여자친구를 거느리고 "주머니에서 금시계를 꺼내보고" 구보 앞에 자기의 생활의 우월감을 마음껏 과시함으로써 타인을 고문하고저 하는데 그 심뽀 역시 중년시골신사의 경우와 다를 바 없었다. 그리고 그 동창의 여자친구는 구보가 보기에 시비를 가릴만한 총명을 구비하였으나 역시 "서정시인조차 황금광으로 나서는" 황금시대에 바로 다름 아닌 황금때문에 여자친구배역에 기꺼이 나선 듯 하였고 그러므로 그들은 의기투합한 사랑하는 행복한 한쌍이었다. 행복과 사랑에 대한 세상의 가치판단과 담론은 이처럼 교묘하게 비뚤어져 있었고 그 남자가 구보의 중학교동창이라는 꽤 가까운 위치에 처한만큼 구보는 얼마간 자극받지 않을 수 없었다. 하여 구보는 "그 사내의 손으로 소비되어 버리는 돈이, 원래 자기의 것이나 되는 것같이 입맛을 다셔본"다. 물론 소설에서 구보는 그 동창을 멸시하는 한편 자기의 상술한 생각마저도 "내가 언제부터 이렇게 돈에 걸신이 들렸누"하고 멸시할 수 있는 명철함을 잃지 않았다.

그러나 구보는 진실이 뒤섞여 혼잡하고 왜곡되어 있는 사회 보편적 담론가치에 대해 점차 불안해하고 분노를 느낀다. 그런 가치표준에 비길 때 직장도 없고 결혼도 아니 한, 아무것도 가지지 못한 구보는 자기야말로 사회로부터 인정받지 못한 주변인이라고 느꼈기 때문이었다. 그는 점차 깊은 외로움과 소외감에 휘말려 들어갔다. 카페에 모여 있는 젊은이들도 구보가 보기에는 허무하게만 느껴졌다. 보통학교 동창을 뜻밖에 만나 구보가 먼저 반갑게 인사하였으나 상대방은 "모시두루마기에 흰 고무신, 오직 새로운 맥고모자를 쓴" 너무도 초라하고 영락한 모습이어서인지 재빨리 저 갈길을 가버린다. 다같은 구보의 동창들이나 전당포집의 둘째 아들은 구보앞에 거드름 빼고 '모시두루마기'동창은 구보가 그리워하였던 사람임에도 불구하고 낯선 사람처럼 재빨리 뺑소니친다. 이 두 극단의 친구사이에서 구보는 똑같이 두터운 벽을 느낀다. 물질의 힘은 그리웠던 친구사이를 멀어지게 하였으며 이에 구보는 "울 것 같은 감정을 스스로 억제하지 못한다." 이런 소외감과 외로움은 "온갖 사람에게 의혹을 갖는 두 눈"을 보여주는 낯선 사람들에서뿐 아니라 조금 익숙한 친구들과의 만남을 통해서도 떨쳐버릴 수 없을 만큼 완고하였다. 구보는 심지어 자기와 같은 직업에 종사하는 작가친구[8]를 만나서도 그 웃음이 "공허한, 적막한 음향"이라고 느껴질만큼 자기의 울증을 해소할 출구를 찾을 수 없었다. 신문사사회부 기자의 직업을 가지고 있는 시인친구를 만나서도, 상대방이 문학에 열정을 가지고 있고 또 구보의 작품을 즐겨 읽은 친구임에도 불구하고 구보는 싫증을 느껴 어이없는 화제로 무안을 주었다. 그리고 한 친구와 작별하고서 구보는 재다시 벗이 그리워 또 다른 친구를 찾아나선다.

작가는 또 시내뻐스를 타면서 자기가 선 보인적 있는 여자를 우연히 본 것을 계기로 자기가 예전에 사모한 적이 있는 여자, 친구의 여동생을 회억한다. 그러나 이런 가장 미묘하고 아름다워야 할 생각에서조차 구보의 정서는 밝아질 수 없었다. 여자를 평판하는 그의 심정은 각박하

---

8) 소설에서 이 작가는 최서해로 기입되어 있다.

기조차 하여 자기가 사모했던 여자의 단점을 상기하면서 결혼하지 않은 것을 다행이라 생각한다. 동경시절의 애인을 회억할 때만은 감미로운 사랑의 정을 느끼기는 한다. 둘은 깊이 사랑하는 사이였으나 그때의 구보는 여자의 이미 있는 약혼남자가 자기의 옛적의 순진한 중학동창이라는 이유로 여자와 갈라설 수밖에 없었다. 비 내리는 거리에서 둘이 헤어졌던 애달픈 일을 생각하고 구보는 자기의 그때의 행위가 위선인가 아니면 비겁함이었던가를 생각해보고 한층 여자를 그리워한다. 사랑의 진가를 파고드는 자세가 소중하기는 하나 구보는 역시 깊은 외로움을 어쩔수 없었다. "나는 결코 이 사랑을 단념할 수 없노라고, 이 사랑을 위하여는 모든 장애와 싸워가자고, 그렇게 말하고, 그리고 이슬비 내리는 동경 거리에서 두 사람은 무한한 감격에 울었어야만 옳았다." 고 회한에 잠기는 구보는 '공허'하고 '암담'하였으며 "이 넓고, 또 횅한 광활한 거리위에서 한 개의 사내 마음이 이렇게도 외롭고 또 가엾을 수" 없었다.

이렇듯 소설 「일일」은 의식의 흐름에 따라 두서없이 무심코 그려진듯하나 구보의 형상은 오히려 선명하고도 풍만하게 부각되었다. 구보는 치열하게 행복의 진가나 인생의 가치를 묻고 있기는 하나 한마디로 그는 형이상학적인 관념에 칩거하는 인물이었다. 그가 세상을 보는 눈은 부정적이고 멸시적이고 적대적이기까지 하며 따라서 그는 세상과 단절되어 있었다. 그가 보기에 어디나 그의 갈 곳이면서 어디도 그의 갈 곳이 아니었다. 그는 심지어 음식점안에서 이리저리 떠도는 강아지의 외로운 모습에서조차 마치도 세상에서 소외된 자기를 보는듯 공감을 느낄 정도였다. 그는 자기도 모르게 강아지에게 다가가 "캄, 히어"하고 호감을 나타낸다. 그러나 뜻밖에도 강아지는 외로움에 습관되서인지 아니면 자기를 희롱하는 인간의 허위를 알아보고 실망해서인지 아니면 인간의 '사랑'에 더는 환상을 가지지 않았음인지, 하여간 강아지는 구보의 '정감'를 이해하지 못하고 외면하고 가버린다. 말하자면 강아지조차 구보의 진심을 몰라주고 있었고 따라서 구보는 보다 외롭고 슬퍼졌다. 소설에서 강아지와 구보와의 관계에 대한 묘사는 그대로 작가의 자아와 세속간의 상호반응이 깨치기 어려운 벽으로 이루어진 상황을 상징하여 준다.

한마디로 소설 「일일」은 작중작가 구보의 눈을 빌어 서울의 생활실태를 우리에게 전시함과 동시에 작중작가의 의식의 흐름의 주선을 따라 작가의 정신역정을 보여주었다. 그리고 구보가 보고 전시한 서울 사회생활의 여러 면모는 결코 밝은 이미지를 내포한 것이 아니며 구보의 눈에 들어온 어떤 화면들은 서울인 정신마비의 상황에 대한 표현이기도 하다. 구보는 이런 질식할듯한 세상과 대립되어 있었고 그들과 타협할 수 없었다. 말하자면 그는 고립되어 있는 것이다. 하기에 소설에서 생명보험회사의 외교원과 최군이라는 이가 구보 이름자마저 틀리게 부르면서 작가로서의 원고료값 상황을 물었을 때 구보는 참을 수 없는 모욕감으로 지금까지의 초연한듯한 자세를 대번에 깨트리고 불쾌함을 드러내지 않을 수 없었다.9) 이런 분노는 그대로 세상에 대한 구보의 반항과 울분의 발산이었다.

그러나 그렇다고 구보의 정신력이 고도로 강한가 하면 그렇지도 아니하며 전 작품을 관통하고 있는 그의 의식의 흐름은 상호 모순되는 생각들이 경합을 벌이기도 하는 우유부단의 연속인 것이다. 소설에서 구보의 육체상황이 시력장애, 신경쇠약, 두통, 중이질환 등 병으로 시달린다고 쓰고 있는데 이는 그의 무력한 정신상태에 대한 상징이기도 하다. 말하자면 그는 자기 개체의 상황에 너무 매몰되어 있어 그를 초월하여 능동적으로 세상속으로 진입하여 들어가기에는 아직 준비가 되어있지 않았다. 그가 세상을 관찰한답시고 서울거리를 거닐기는 하나 실제로 그는 자기의 관념의 세계가운데 갇혀 있었다. 그는 세상으로부터 소외

---

9) 작가는 여러편의 에세이에서 작가를 인간답게 대접하지 않는 사회에 분노의 태도를 나타내었다.

감과 주변성을 느끼는 한편 서울시정인의 생활과 정신을 비하함으로써 애써 자기의 정신세계를 수호하고자 할뿐이었다. 소설에서 구보는 행복한 모습으로 즐겁게 외식 나온 한 가정을 보면서 그 역시 속되다고 경멸하는데 그 원인은 구보가 보기에 그네들은 일상에 만족하고 인생문제나 현실개혁의 문제나와 같은 커다란 문제를 생각함이 없이 사사로운 안일만을 도모하는 것으로 당연히 구보의 경멸을 자아내었던 것이다. 다행이 소설에서 구보는 자기의 이런 판단을 재빨리 시정하고 검토하는 자세를 보인다. 그리고 그런 사사로운 행복의 세계를 마음껏 펼친 예술의 장이 곧 그 후의 『천변풍경』인 것이다.

소설에서 구보는 신체적으로 건강하지 못하고 정신적으로도 무기력하나 세속의 흐름가운데 결코 매몰되어 버리려고는 하지 않았다. 구보가 소설의 마지막에 "이제 나는 생활을 가지리라, 생활을 가지리라." "내일, 내일부터, 내 집에 있겠소, 창작하겠소"하고 웨친 것은 다름아닌 절망과 허무의식에 반항하여 새롭게 삶의 힘을 북돋기 위한 그의 자기구원의 의지의 발로인 것이다. 이런 자세는 소설에서 구보가 자기가 지금까지 취한 자기봉폐화의 길이 무의미하고 희망이 없다는 것을 인식하였음을 말해준다. 이런 자기반성의 자세가 실천으로 옮겨진 모습은『천변풍경』에서 보여지는바 작가는 넓은 수용의 자세로 일상과 세태와 시정인을 그리게 된 것이다.

장편소설『천변풍경』은 그 제목이 시사해주는 바와 같이 서울 청계천변을 중심으로 뚜렷한 주인공이 없이 서울시민이라는 군상을 그리고 있는데 그러므로 이 소설에서 「일일」의 구보씨 유의 주인공은 완전히 군체가운데 융화되었다. 따라서 소설은 「일일」에서의 구보씨의 개인주의를 철저하게 초월하였다고 할 수 있다. 하다면 『천변풍경』에 와서 「일일」시절의 자아는 완전히 소실되고 만 것인가? 사실상 그는 소실되었다기보다는 여러 시정인의 모습으로 분산되거나 혹은 그 가운데에 은폐되었다고 보아야 한다. 그 은폐된 시점을 찾아본다면 기미꼬, 이발소

소년, 금순이 남동생 등이 찾아지나 「일일」에서의 구보의 시각에 가장 접근하는 인물은 이발소소년이라고 볼 수 있다. 이발소소년 재봉이는『천변풍경』이라는 민간세계의 중심부에 위치하여 있는데 천변에서 생겨나는 많은 사건들은 거의 모두 이 이발소에서 정보교환이 이루어진다. 이런 가운데 몸담고 있는 소년은 그 나이에 걸맞지 않게 지혜롭고 냉철한 안광을 가지고 있는데 그는 흡사 「일일」에서 서울거리를 관찰하던 작중작가인 구보의 안광에 가깝다. 다만 다른 것은 「일일」에서 자아의 도고하면서 소외감에 우는 정신세계는 이 소년의 모습에 와서는 그 긴장이 풀려 넉넉하고 여유롭게 이완되어 있다는 점이다. 「일일」에서 구보의 불안한 정신세계와는 달리 소년의 정신세계는 퍼그나 만족해 있었고 그 만족감은 안빈락도의 의미에만 국한된 것이 아닌, 일종의 세상과 인생에 대한 초월의 경지에 가까운 것이었다. 말하자면 「일일」의 자아는『천변풍경』에 와서 일상인의 모습을 하였으나 정신상태는 여전히 세상을 냉철하게 관조하는, 세속과 탈속이 결합된 자세로 승화 혹은 고착되어진 것이다. 하기에 이런 자아는 자기영혼에만 칩거한 것이 아니라 사회와 세속과 일상에로 걸어나와 일상인의 모습으로 변신하면서, 그러나 그 세속에 결코 깊이 오염되지 않은 모습으로 부각된 것이다. 그것은 현실에 대한 충실한 묘사와 영혼물음이라는 두가지가 내재적으로 연결되었음을 말해준다. 작가는 이런 인물들을 통하여 예민하게 인간성의 모든 것을 통찰하였다. 하기에 전 작품을 관통하고 있는 작가의 눈은 세태속에서 세속인들의 경박함과 욕심을 알아보았고 그들의 우매함을 알아보았다. 그들의 잔째와 교활함을 알아보았고 그런 혼탁함가운데서도 자기의 양심과 의지대로 살아가고자 노력하는 인격도 알아본 것이다.

「일일」에서 구보는 세상을 부정적으로 보았다면『천변풍경』에서 작가는 인간성의 종종의 약점을 요해하기는 하나 작품속의 속물들을 멸시하는 것으로 그치지 않았다. 작가는 의식적으로 이발소소년이나 술집

접대원인 기미꼬와 같은 낮은 위치의 인물을 통하여 낮은 시각에서부터 모든 것을 이해하거나 모든 것을 수용하도록 하였다. 그들은 마음속 깊이에서 지혜의 눈을 가지고 탄식하거나 찬양하거나 담백하게 자기의 태도를 알릴듯말듯 나타내었다. 이런 주인공들은 서울의 사회생활을 반영하는 위치에 놓였을뿐 아니라 자아의 명석함도 잃지 않고 있었다. 그들의 형상은 결코 고립적인 것이 아니라 기타 사람, 사회, 생활, 사회관계와 연결되어 있어 인간의 사회성의 일면도 나타내었다. 이런 형상을 부각함으로써 작가는 생활을 초월함과 동시에 생활을 향해 마음의 문을 활짝 열었다고 할만하다.

『천변풍경』의 군상은 작가 박태원이 인간의 사회성을 접수하였음을 말해주는 증거로 된다. 『천변풍경』속의 주인공들은 세계보편성과 비슷하여졌으며 작가 박태원 역시 이처럼 열정을 가지고 군체의 삶의 형태를 씀으로 인하여 인류의 군체의 한개 분자로 부상하였다고 할만하다. 박태원이 『천변풍경』의 창작으로 인하여 초기의 개인주의에서 후기의 군체의 생명가치에 대한 각성으로 전환한 과정은 괴테의 개념을 빌어 논한다면 한차례 "소아"에서 "대아"에로의 비약을 이룩한 것이다. 그는 본질상에서 파우스트가 개인의 서재를 걸어나와 군중의 집체노동에로 나아간 것과 일치하다.

이와 같은 「일일」과 『천변풍경』사이의 차이는 또 다른 각도에서 청년 박태원의 성장경력에 대한 반영이라고도 할 수 있다. 그는 예술가가 직면한, 사회와 심리에서 오는 곤경을 반영하였다는 것으로 그치는 것이 아니라 주위 환경을 흔히 적의가 충만하다고 인식하기 쉬웠던 청년시기의 감수를 쓴 것이며 그런 어려움속에서일지라도 부단히 자아를 발견하고 점차 성숙되어가는 작가의 심리적 성장과정을 썼다고도 할 수 있다.

3. 사변의 고봉에서 세태적 일상에로

소설 『천변풍경』의 경이는 무엇보다도 서울 청계천변을 무대로 한 군체의 형상을 부각하였다는데 있다. 『천변풍경』에는 서민층과 중산층을 주로 한 삼십여명의 인물들이 등장하는데 그들에게서 특수한 개인으로서의 의미는 담백하여지고 도시의 특성을 담은 사회적 집단이라는 의미가 두드러졌다. 그는 예술가가 철학적인 높이에서 인류의 종국적인 문제를 해석하고자 하거나 순수 예술의 세계에 칩거하던 데로부터 민간문화에로 회귀한 것을 말해준다.

「일일」에서의 서술시각은 구보라는 한사람에게 주로 집중되었고 구보외의 많은 인물은 모두 배경적인 작용을 일으켰다. 따라서 그들의 존재가치는 주인공인 구보의 정신발전을 위한 설명 등 보조적인 작용을 일으키는데 있었다. 하여 구보의 정신역정과 무관한 생활세절들은 거의 모두 작품화면 외에 버려졌다. 작품 속에 나온다 하더라도 그것들은 구보의 경멸을 일으키는 대상이고 비판의 대상이고 회의의 대상으로 되었을 뿐이다. 이와 달리 『천변풍경』의 표현대상은 「일일」의 주인공의 범위를 벗어나 사회 기타인의 생활과 정신세계를 표현하였다. 말하자면 「일일」에서 주인공 구보의 형상을 위한 배경으로 되었던 서울사회 군체가 무대의 중심위치에 나오게 된 것이다. 하여 소설은 군체의 저나름대로의 진지한 움직임이 「일일」속 구보씨의 외롭고 도고한 결벽증의 모습을 대체하였다. 이런 대체로 인하여 『천변풍경』에는 「일일」에 없던 일련의 특징들이 보여지는데 아래 몇개 방면으로 나누어볼 수 있다.

우선 군체의 형상을 부각함으로써 시정적인 생활정경을 전시하고 생활세절의 풍만성을 반영한 면에서 박태원의 『천변풍경』은 거대한 성과를 이룩하였다. 『천변풍경』이 문학사에 다시 평가되어야 한다고 한 임화와 그 시기 동시대인들의 평가가 높은 것은 바로 이 원인때문인 것이다.

　소설 『천변풍경』이 천계천변을 소설의 공간으로 문화의 내원으로 삼고 부각한 30여명의 인물들은 세대, 성별, 지위, 교육정도가 모두 다르다. 그들가운데는 한약방주인, 민주사, 종로은방주인, 포목전주인 등 근대화과정에서 성공하여 도시의 중심에 위치한 중산층이 있는가 하면 그들의 이런 성공을 본받고자 하거나 그런 사람들로부터 수혜받아 살고자 시골을 떠나온 사람들도 있다. 시골에서 온 아이, 이발소의 소년, 금순이, 그리고 금순이의 시아버지등이 그러하다. 뿐더러 도시사회에서 가난한 생활을 연속해가는 하층시민 계층들인 점룡이네 이쁜이네 만돌이네 금순이네등이 있고 술집여급들인 하나꼬와 기미꼬등의 생활이 생동하게 펼쳐져있다. 소설은 결구면에서도 인물들지간의 대화와 정보교환을 중요한 연결고리와 내적 힘으로 구축되어졌다. 하여 소설에서는 사실 무근의 이야기나 소문같은것이 그 정확성여부와 관계 없이 현실과 연결된다. 예하면 소설의 '이발소의 소년'은 천변과 광교모퉁이에 사는 이들에 대한 정보를 많이 갖고 있으나 그 자신도 그 진실성을 확인하지 않았으면서도 이미 심중에는 가치판단이 세워진 상태이다. 예하면 중년신사, 기미코, 땅군에 관해 들은 소년의 정보가 정확한지 아니한지는 모르는 상태이나 소설은 엄연히 이런 소문과 소문이 엇갈려 전달되는 과정에 이루어졌고 독자들은 결코 불만 없이 이런 정보교환원들의 일거수일투족으로부터 흥미를 가지고 이야기를 추종하게 된다. 그리고 바로 이런 몽롱한 가운데 진실과 억측이나가 뒤섞여있는 상태야말로 진실된 민간실태라 할 수 있는 것이다. 이렇듯 소설은 몇몇 주인공들의 형상을 생동하게 그리는데 주력했다기보다는 "빨래터가 녀인들의 뉴스 交換所인" 상황, "남자들의 生活感情의 淸算所"[10]로서 이발소와 술집의 경치 등 도시생활을 나타내는 장면장면을 그리는데 주력하였다. 어떤 이는 이미 얻은 경제력을 바탕으로 사회적 지위와 권력을 지향하

---

10) 최재서, 「천변풍경과 날개에 관하여」, 『문학과 지성』, 인문사, 1938, 104쪽.

고 어떤 이는 인생의 쾌락만을 중요시하고 어떤 이는 자기보다 높은 계층의 행세하는 '양반'집안으로 시집갔다가 혹심한 시집살이에 허덕인다. 그리고 매 한가닥의 이야기들은 저로서의 합리적인 내적논리가 교대되어 있어 천변을 살아가는 인물의 내면감정이 독자들에게 정확히 전달됨으로써 감동을 준다. 이렇듯 희극적인 세계가 펼쳐지는 가운데 인물형상도 입체적이고 다변적으로 그려졌고 이런 인물들의 성격이 한데 집결되어 천변의 풍경도 동적이고 다변적인 화면으로 구축되어졌다. 그 속에는 당연히 다양한 인습과 풍습, 각 계층인들의 낡고 새로운 사고방식이 혼재하게 된다.

농촌의 민간문화가운데에 전통에서 기원한 많은 문화유물과 풍속습관이 보유되어 있는 것과 같이 오래된 도시에도 장기적으로 누적되어 온 문화유물이 존재하기 마련이며 당연히 그것은 도시의 민간문화유산이라고 하여야 한다. 그러나 현대도시가운데서 물질문명과 도시문화형태는 모두 급격히 변화하는 상태에 처해 있고 도시는 무수한 유동인구를 접수하는 과정에 본래의 문화결구 역시 점차 타파되는 상태에 처하게 된다. 하여 사면에서부터 신시민이 가져오는 문화요소들은 점차 하나로 융합된다. 하기에 한개 도시의 현대화의 정도가 높을수록 그의 본래의 문화면모는 똑똑하지 않다. 박태원이 그의 소설에서 구축해낸 서울은 바로 이런 도시인 것이며 따라서 소위 서울문화는 서울 본토의 전통문화만을 가리키는 것이 아니라 일종의 외래적인, 변화 중에 있는, 점차 서울에서 영향을 일으키는 문화를 가리킨다. 각이한 문화배경에서 근원한 문화요소, 말하자면 농촌 혹은 옛 도시생활가운데의 민간의 생활풍속과 습관은 그의 소유자에 의하여 내재적인 기억요소로서 도시에 딸려들어와 도시민간으로 된다. 서울과 같은 유동성적이고 발전 중에 있는 대도시의 문화건축모식은 근본상에서 고정적일 수 없다. 그는 시종 급격한 변화가운데 처해 있으며 사면에서 오는 문화정보를 접수한다. 이런 의미에서 볼때 소위 도시민간이란 바로 시민의 저마끔의 기억

가운데 은폐되어 있는 문화요소를 말한다.[11] 따라서 그의 가치관 역시 명확하고 뚜렷한 것은 아니다.

박태원의 작품은 바로 근대화의 물결로 급변기에 처한 서울의 고정적일 수 없는 민간문화를 그대로 작품화하였다는 면에서 커다란 의미를 갖는다. 주류의식형태의 해석을 거치지 않은 민간문화요소는 독자들을 도와 민간문화전통의 특별한 진미와 함께 그 진수를 파악할 수 있도록 한다. 「일일」에서 작중작가 구보는 마치도 세속을 초월한 영웅이기라도 한듯 서울거리를 거닐면서 서울인들에 대해 독자적인 사고와 판단을 진행한다. 그러나 『천변풍경』에 비길 때 이 작품은 사회반영의 넓이와 생명력방면에서 결핍하다고 하지 않을 수 없다. 소설가 구보씨의 형상의 결함은 바로 자아격리, 자아봉폐, 혹은 도고하기 그지없는 금욕주의자에 필연코 따르게 되는 단조롭고 침울하고 기계적이라는데 있다.

사회적 측면에서 인간을 이해하고 인간사회의 현실과 물질생활을 주의 깊게 살핌으로써 박태원의 『천변풍경』은 「일일」과 다른 각도에서 역사관과 생명관을 획득하였다. 말하자면 그것은 순환의 관념이라고도 할 수 있는데 그 점은 작중인물의 운동궤적을 통해서도 알아볼 수 있다. 「일일」에서 구보 역시 집에서 나와 집으로 돌아오긴 하지만 그의 정신상태는 직선적이고 우에로만 상승한다. 그러나 『천변풍경』의 세계는 순환성적이면서 동시에 강물처럼 끊임없이 흐르는 동적 상태이다. 구보의 형상은 조금 심하게 말하면 날개를 달고 날아오르려는 기세인데 그의 사변과 이념세계에로의 침잠은 그가 정신의 날개로써 물질사회를 향상, 비약시키기 위한 넘원의 표현에 다름 아니다. 그러나 인간의 이런 초월의 갈망은 본질적으로 그 허환성이 이미 결정되었다고 할 수 있다. 왜냐하면 직선적인 향상의 욕망과 관념은 인간의 물질존재로서의 특성과 모순되기 때문이다. 「일일」의 가장 큰 모순은 바로 여기에 있는

---

11) 빠흐친(巴赫金 1895-1975) 《弗朗索瓦・拉伯雷的創作与中世紀和文艺夏兴时期的民间文化》, 李兆林、夏忠宪等译《巴赫金文集》第6卷, 河北教育出版社, 2009年9月.

것이다. 행복의 근원에 대한 탐구도 이 점에 와서는 부서지고 만다. 그 결과는 필연코 허무주의의 방황속에 빠져들게 되며 따라서 인간은 향상이 불가능할뿐더러 발전의 가능성조차 잃어버리게 된다. 소설의 허무적인 일면은 바로 이 때문에 생겨나게 된 것이다. 물론 그 허무가 사물의 본질에 대한 통찰을 바탕으로 한 것이기는 하나 결과적으로는 다를 바 없다. 소설에서 작중작가인 구보가 돈의 가치를 내세우는 타인들의 가치표준에 자극 받아 자기에게도 돈이 있으면 어찌할 것이라고 환상한 것 자체가 상술한 인간으로서의 타고난 물질적 특성의 위력을 반영한 것으로 된다.

　『천변풍경』의 주인공들에게는 인간의 타고난 물질적 특성을 극력 반성하고 억압하고저 하는 자세라든가 세상을 평판하고자 하는 사상높이가 없다. 그 대신 활동궤적뿐 아니라 정신적인 면에서조차 순환성과 재생성을 보여준 면이 두드러진다. 그들에게서는 굳이 「일일」속의 구보가 "나 내일 창작하겠소"하는 재기의 울부짖음을 발하지 않더라도 부활은 자연적으로 이루어졌다. 왜냐하면 구보와 달리『천변풍경』속의 가치는 입세적(入世的)이며 천변의 인물들은 언제나 주위의 구체적인 현실에서 출발하여 최종적으로는 현실가운데로 돌아오기 때문인 것이다. 뿐더러 무한하게 순환하기에 주인공들은 거대한 가변성을 보여주었다. 그들은 아무리 미개하고 욕망적일지라도 「일일」속의 구보보다는 자연스럽게 최종적으로 자기 자체에로 돌아왔다. 뿐더러 많은 변화와 고난을 경과하면서도 그들은 자기를 잃지 않을 수 있었다. 이런 순환적인 역사관가운데 생명의 종점은 죽음이 아니라 재생인 것이다. 그리고 이런 생명의 부단한 순환과 재생관념은 오로지 군체의 각도에서만 이해 가능한 것이었다. 소설의 마지막즈음에 자기가 남몰래 사모하고 있는 여자를 경제조건이 우월하다는 이유로 빼앗아간 남자, 그러나 여자에게 행복을 주기는 커녕 고된 시집살이와 소박으로 박해만 하는 남자를 통쾌하게 패준 점룡이가 등장한다. 소설에서 점룡이는 바로 얼마전 술집에서 떠들썩하게 싸움질한 사람같지 않게 "설설 끓었소, 군밤야"하면서 "목청도 좋게" 군밤싸구려를 부르는데 그의 이런 힘있고 끈질긴 형상은 그대로 죽지 않는 생명력의 반영인 것이다. 그리고 점룡이의 친구 용돌이는 "원체 힘이 장사요, 또 체격이 좋"은데다 권투에 소질이 있어 "××구락부에서는 벌써 가장 유망한 신진 선수로" 맹연습을 받고 있다고 한 것 역시 그런 희망과 힘의 표현인 것이다.

이런 군체의 형상에는 비록 「일일」속의 구보가 추구하는 형이상학적인 "관념이 없는 것"이기는 하나 무궁한 생명력을 구비하고 있다. 민간문화의 가치는 모종의 심각한 이념이나 도덕을 표현하는데 있는 것이 아니다. 표면적으로 볼 때 그 주제는 어디에나 있는 듯, 심지어는 없는 듯도 하나 이런 민간문화는 추상관념에는 없는 일종의 심각성을 오히려 구비하고 있다. 빠흐친[12]이 보기에 이런 심각성은 이념과 사변을 훨씬 초월하는 것이었다. 그 심각성의 내부에 조금만 진입하여보더라도 우리는 그것이 민간문화의 풍부성, 그리고 죽지 않는 불후의 생명력을 가리킨다는 것을 알 수 있다.

이처럼 작가 박태원은 『천변풍경』을 창작함으로써 「일일」속 구보의 순수 이념의 세계를 탈리하는 한편 인간의 군체성에 대한 인식을 통하여 민간문화가 구비한 불후의 생명력을 획득할 수 있었던 것이다. 그리고 더 나아가 박태원의 이런 처리는 그 시기 시대와 민족의 재생의 념원을 안받침하였다고도 할 수 있다.

다음으로 군체의 형상을 부각함으로써 작품은 세속생활내용에 대한 일반민중의 흥취를 반영할 수 있었다. 『천변풍경』이 「일일」시기의 화자가 배척하였던 것을 수용한 가운데 가장 뚜렷한 것은 민간에 살아있는 환락과 자유의 미학에 대한 수용이었다.

「일일」에서 구보씨가 독자에게 주는 가장 진한 인상은 그의 금욕과

---

12) 위의 책.

사변이다. 예술가인 그가 보기에 다방속 사람들은 진정한 행복을 모르는 사람들로서 속되기 그지 없었고 하기에 구보의 경멸을 사기에 족하였다. 속된 무리 속에서 구보 홀로만 행복의 진가를 찾아 진지한 탐색을 하였다. 그는 종일토록 예술가이면서 소설가로서 순수한 심미체험가운데 매몰되어 있었고 사변의 고봉에 올라있었다. 말하자면 그의 사상가운데는 존재와 미라는 이념화한 것만이 있었다. 「일일」의 주인공의 두뇌가운데는 경험에 관한 추상적인 개념은 있으나 경험자체가 없었다. 그러나 『천변풍경』에 와서 전반 작품의 분위기는 소설가 구보씨의 이런 서생기와 사변적인 특성은 담백해지면서 서술가운데 희석되어 흔적이 잘 드러나지 않는다. 대신 술집문화를 포함한 현실적인 물질―육체 측면에 속하는 것들이 두드러졌다.

술집은 서울의 남성들이 집결하는 중요한 장소임과 동시에 서울시민 특유의 민간지혜와 유머가 스며있는 곳이었다. 오락과 정치, 술과 여인, 문자유희, 그리고 싸움 등이 전개되는 이 곳에서는 아무리 엄숙하거나 장중한 것일지라도 우스개로 흘러버릴 수 있었다. 뿐더러 직위가 높거나 낮거나를 막론하고 모두 이런 민간적인 흐름가운데 매몰될 수 있었다. 너나없이 저속하면서 유머적이면서 군체적인 오락과 연회의 분위기가 살려져있다. 그리고 바로 이런 민간문화는 그 본신이 환락과 자유의 특징, 무한한 창조력을 내재하고 있는 것이다.

「일일」속 구보에 비겨 『천변풍경』속의 주인공들은 너무 평범하다고는 할 수 있으나 이런 보편화한 평범한 생존가치는 오히려 서울시민문화가 구비한 특수한 가치인 것이다. 개체의 정교로움에 비겨 군체의 열광적인 집결은 간혹은 고아한 미가 결핍될 수 있으나 오히려 생기발랄하였다. 하기에 그런 세속성가운데 희망과 에너지, 그리고 죽지 않는 생명력이 숨어 있었다. 그러나 암울함이 함께 잠재해 있는 것도 사실이며 그런 것은 방종한 술집분위기속에서 발산되었다. 이상작품에서의 주인공은 이런 우울증을 발산할 출구를 찾지 못하여 자기학대의 병적인 증세를 보였고 그리고 「일일」에서의 주인공 역시 결벽증으로 인하여 서울사회자체에 포함되어 있는 상술한 것들을 외면하였는데 그 결과는 필연코 서울문화를 정확하게 나타내지 못하게 된다.

이렇듯 술집, 약방과 빨래터와 이발소 등을 중심으로 하는 서민문화는 사람들이 흔히 인정하게 되는 그런 오락성만을 말하는 것이 아니고 보다 중요한 것은 일종의 심각한 세계관을 말해주고 있다. 그는 일종의 형이상학 혹은 엄숙하고 적극적인 것 혹은 금욕주의나 개인영웅주의의 세계관과 상대적인 인생모식이다. 그는 일체의 자아격리와 자아봉페와 상호 대립되며 일체 추상적인 이상과 대립되며 일체 세상과 담을 쌓은 도고함과 대립된다. 익살과 해학속에 소설속의 많은 인물들은 질박함과 희극성을 띄고 있었다. 딸사위에게 집을 양도하고 나와 외상약들을 팔면서 서울거리를 헤매야 하는 할아버지의 가련함, 젊은 첩을 사랑하여 집까지 마련하였으나 그 첩이 끌어들인 정부인 젊은 남학생을 보고도 힘이 없어 내쫓지 못하는 민주사의 형상등은 눈에 보는듯 희극화되어 있다. 술집 여급을 사랑하여 집안과 사회로부터 오는 모든 장애를 물리치고 본부인과 이혼까지 하는 모습은 절실한 사랑의 모습인듯 독자를 감동시켜야 할 것이나 알고보니 남주인공은 아이러니하게도 사랑의 진가를 모르는 사람이었고 그의 위 행위는 그냥 탐스러운 것이면 무조건 차지하는 일에 집착하는 부자집도련님으로서의 아집에 다름아니라는 것을 인식할 때 독자들은 인간성의 다른 한 모습을 감지하면서 아연함을 금할수 없게 된다. 그 외 자기 매부가 경성부회의원이 되는 일이 마치 자기의 무상의 영광인듯 날뛰는 포목전주인의 허영, 가난한 집안의 예쁜 처녀애를 데려와 혼례를 치루고 고된 시집살이를 시키면서 자기는 기생집만 뻔질나게 드나드는 이쁜이남편의 파렴치함 등은 모두 비판과 해학의 대상이 되었다. 소설에서 포목전주인의 자존심과 신분을 상징하는 중산모는 바람에 날리어 하필이면 개천물속에 빠져 "시꺼먼 똥물이 뚝뚝 떨어지는"모습인데 그것을 거지들이 주어서 체풀린흉내를 내는 도구로 이용되게 처리하였는가 하면 이발소 소년 재봉이가 낸 수수께끼는 끝내는 그 답을 제공하지 않고 독자들의 추리에 맡기도록 처리하였다. 이런 것들은 고독하고 도고하면서 진지한 진리탐구자인 「일일」속의 구보씨에게서는 찾아볼 수 없는 점인데 그만큼 박태원 개인도 『천변풍경』에 와서야 보다 초연한 자세로 엄숙함을 떨어버리고 자기의 익살과 시민성을 마음껏 용기 있게 드러낼 수 있었던 것이다.

서울의 시민문화는 우선 삼라만상을 포함한 서민문화이다. 이 세계에서 일체 등급계선 즉 정치적, 혈통적, 도덕적 또는 정신적 물질적인 것은 모두 소실되고 인간은 다만 너와 나를 가림이 없는 사회군체 속의 한개 분자로서 존재한다. 하여 개체는 군체가운데 용해되어 있으며 군체의 가치를 통해 자기의 가치와 생명을 획득한다. 그러나 무턱대고 그 가치를 추구하는 것이 아니라 대자연의 섭리속에 자기를 맡기듯이 인류의 정체적인 신진대사의 섭리속에서만 무궁한 생명력을 얻을 수 있는 바이다. 그러나 이런 경지는 말처럼 쉬운 것이 아니며 조금만 비껴나가도 통속성에로 빠져들기 쉬웠다. 박태원의 『천변풍경』이후의 작품들은 실제로 이런 경향과 위험을 보여주었다. 훗날 『갑오농민전쟁』등의 창작은 바로 작가가 창작에 대한 자기반성의 결과의 산물이라고 볼 수 있다.

그 다음으로는 도덕의 민간화이다. 박태원은 『천변풍경』에서 술집과 이발소와 빨래터 등 민중의 집결지와 주요 유동구역을 그렸고 서울의 여러 군상을 그림으로써 「일일」에서의 구보씨의 형상이 보여주는 서생기나 결벽증을 극복하였다. 따라서 작중주인공들의 흥취는 「일일」속의 구보처럼 고아한 것이 아니였다. 적지 않은 인물들은 명예욕이나 저속한 취미에 빠져있었고 야비하거나 어리석었다. 문제는 이런 세속화의 혼잡한 곳에서나마 박태원은 희망을 찾고자 하였다는 점이다.

정통의 기본도덕의 자가 충이라면 민간의 기독도덕의 척도는 "의"이다. "의"는 민간적인 것이며 "충"은 주류적인 것이다. "충"이 표달하고 있는 것은 "수직"적인 것이고 종래로 군군신신부부자자의 등급제적인 통치자의 도덕이라면 "의"는 "수평"적이고 평등한 민간도덕이다. 작가는 바로 이런 민간적 이데올로기의 역량을 교묘하게 이용하여 "의"의 명의를 앞세워 민간도덕과 민간적 미학경향을 반영하였다.

소설에서 기미꼬는 평화카페에서 근무하는 술집여급이라는 천박한 신분임에도 불구하고 불의에 맞서 과감히 싸울 줄 아는 미덕의 소유자였다. 금순이라는 시골색시가 무지함으로 인하여 낯선 남자의 감언리설에 빠져 서울로 올라와 타락의 운명에 빠져들 관건적인 시각에 바로 이 보잘것없는 신분의 기미꼬가 나서서 여자를 위험에서 구원하고 자기집에까지 데려와 정상적 삶의 조건을 창조하여준다. 그리고 금순이와 그 남동생의 생활을 도와나서고 금순이의 혼인까지도 도운다. 뿐더러 같은 여급이었던 하나꼬가 분에 넘치게 대가집으로 시집가게 된 일에 직면하여서도 기미꼬는 처음부터 명철함을 잃지 않았다. 그는 하나꼬를 도와 그의 사랑의 진실여부를 분석하여주어 하나꼬의 젊은 여자다운 환상을 깨치도록 도운다. 그러나 그의 노력이 실패하고 하나꼬가 끝내 그 대가집으로 시집가 남편과 대가집식구들의 박해로 인해 결국은 불행한 혼인생활을 감당하여야 할 때에 기미꼬는 역시 조건이 허락하는 한에서 최고로 하나꼬의 불행을 해소시켜주려 한다. 이런 기미꼬의 형상이 말해주는 바 작가는 천박한 환경에서나마 진정한 미와 진실과 인생의 가치와 보귀한 것을 찾고저 한 것이다.

그리고 우리는 「일일」시기 구보씨의 삶의 진리와 행복에 대한 탐구정신만은 이 작품에서도 여전히 보류된 것을 알수 있다. 다만 「일일」에서 주인공은 부정에 부정을 더하는 정신상태에 우유부단한 모습이었고 그러나 그때의 "응축"되었던 울분과 에너지는 『천변풍경』에 와서 세속화의 모습으로 발산되었음을 알 수 있는 것이다. 기미코는 혼잡한 술집환경속의 여자이나 진실과 사랑을 잃지 않고 있었다. 『천변풍경』속의 정면적 주인공들은 군체속에서 자기의 이상만을 높히 치켜들고 자기의 이상에 속하지 않는 것을 배척하는 것이 아니다. 반대로 작가는 가장 더러운 곳에서 살면서 깨끗함을 보유할 수 있는 자세야말로 소중한 가치라고 인정한 것이다. 혼잡한 세속에도 가치관이 없는 것은 아니며 그 가치관이란 다름 아닌 동정과 사랑이었다. 그리고 기미꼬와 같이 민간적 "의"의 미덕과 정확한 가치관을 가진 여성들에게 작가는 사회를 떠받치는 힘과 견인함을 부여한 것이다.

그러나 그렇다 하여 작가는 기미꼬유의 인물을 절대로 미화하지는 않았던바 작가는 주관적이고 유심주의적인 인물창조의 길을 걸으려고 하지 않은 것이다. 확실히 대자연이란 본래부터 노맨틱한 것이 아니며 다만 인류는 흔히 그 부분의 의미를 억지로라도 첨가하려고 하는 것이다. 박태원의 작품은 이런 자아중심주의의 황당함과 가소로움을 탈리하였기에 오히려 간단화, 공식화에로 빠져들지 않을 수 있었다. 상술한 기미꼬의 미덕도 본성이 요구하는 자연상태내에서의 특성을 담백하게 썼을 뿐이다. 기시받는 소인물이면서도 도처에서 남을 생각할 줄 아는 기미꼬가 대표한 것은 바로 이런 충분히 긍정받아야 할 인간본성에 기초한 "인간의 정신"인 것이다. 그는 좌익문학이나 계몽주의의 신문학에서 완벽성과 이상주의를 추구하는 인물묘사법과 구별된다.

요컨대 박태원은 민간문화의 현실감과 사회성에 입각하여 너무 평범하여 마음에 아무런 커다란 포부를 가지고 있지 아니한듯한 인물을 쓰면서 독특한 수법으로 그가 인정하기에 가송할만한 인간의 품질을 표현하였고 그런 인물의 내심의 힘을 전달하고저 한 것이다.

4. 의식의 흐름에서 사실주의에로

「일일」과 『천변풍경』의 기법면의 차이성에 초점을 맞추어볼 때 흔히 '의식의 흐름'의 수법을 실험한데서 사실주의기법을 차용한데로 전변한 점이 지적된다. 『천변풍경』의 특징에 대하여 최재서는 다음과 같이 논하였다.

> "이 작품에서 우리가 작자를 의식한다면 그것은 실로 不在意識뿐이다. 즉 우리가 키네마를 보면서 카메라의 존재를 의식치 않는 거와 마찬가지로 우리는 이 작 품을 읽으면서 작자를 의식하지 않는다. 작자의 위치는 이 작품안에 있지 않고 그 밖에 있다. 그는 자기 意思에 응하야 어떤 假作적 스토리를 따라가며 인물을 操縱치 않고 그 代身 인물이 움직이는 대로 그의 카메라를 회전 내지 이동하였다. 물론 그 카메라는 小說家의 눈이다. 朴氏는 그의 눈 렌즈우에 主觀의 먼지가 안지 않도록 恒常 조심하였다. "[13]

여기서 "主觀의 먼지가 안지 않도록 恒常 조심"한 점을 내세울 때 우리는 '객관주의'라고 칭할 수 있게 된다. 그리고 작가가 이렇듯 선봉적인 '의식의 흐름'의 추구에서 보다 전통적인 리얼리즘의 추구를 보이게 된 것은 다름 아닌 도시민간세계를 반영하고자 하는 그의 추구와 합치되었기 때문인데 그 전후 원인을 우리는 아래 몇개 방면으로 나누어 볼 수 있다.

우선은 작가의 성장환경에서이다. 박태원은 약국을 꾸리던 중인가정에서 출생, 성장하였으며 그러므로 그에게 가장 익숙한 것은 서울문화일 수밖에 없으며 도시의 민간문화가 그에게 준 영향은 작은 것이 아니었다. 그는 "역시 서울서 나서 서울서 자란 이 몸은, 그래도 서울서 지내는 밖에는 아무 다른 도리가 없는 듯싶어, 또 그것을 별로 애타게 생각하는 일도 없이, 그대로 이 땅에서 안해를 기르고 또 장차는 자식들을 기르며 저는 저대로 힘 미치는 데까지 문장도를 닦고 싶다 생각합니다."[14]이라고 하고 있는데 이는 그의 서울에 대한 깊은 감정을 말해주

---

13)최재서, 앞의 글, 102쪽.

14)박태원, 「내 자란 서울서 문장도를 닦다가」(1936년), 『구보가 아즉 박태원일 때』, 깊은

거니와 서울이야말로 그의 문학의 원천임을 함께 말해준다. 그러나 이런 서울은 작가에서 있어 일종의 유토피아는 결코 아닌 것이며 반대로 작가는 생의 치열한 모습과 모순을 통찰해내었다.

> "진애 · 매연 · 굉음 · 살풍경 · 몰취미 모든 실답지 않은 것만을 소유하고 있는 도회가운데서 폐병환자로 신경이 극도로 과민하여 가지고 살아가려니 첫째 위생이니 무에니 하는 것이 다 헷소리려니와 통계표를 보지 않고도 적어도 10년쯤 단명할 것은 환한 일이다. 더구나 허위란 놈은 사람이 사는 곳이면 어댈른지 따라 다니는 것이지만 특히 도회에서 가장 많이 발견되는 바이라는 것은 누구나 아는 바이다." 15)

보다싶이 작가는 허위로 충만한 도시감각에 극히 익숙해 있었으며 작가는 다만 자기의 이 감각을 작품에서 포착하고자 할뿐이었으므로 세계적인 모더니즘사조에 직면하여서도 홍분에만 들뜨지 않고 이지적일 수 있었다.

그의 모더니즘문학에 대한 수용 자세는 제임스조임스에 대한 태도에서 알려진다. 그는 자기의 소설 「일일」에서조차 주인공의 입을 빌어 "제임스 조이스의 새로운 시험에는 경의를 표해야 마땅"하다고 하고 있는데 이는 그가 제임스조이스를 대표로 하는 서구 모더니즘문학으로부터 받은 영향의 거대한 정도를 말해준다. 그러나 또 인츰 "그것이 새롭다는, 오직 그 점만 가지고 과중 평가를 할 까닭이야 없지"16)고 한 것은 그가 이런 모더니즘문학조류에 대해 깊이 사고하고 있고 그에 대해 맹종이 아닌 보다 여유로운 비판적 수용의 태도를 가지고 있음을 말해준다.

확실히 작가 박태원은 제임스조이스의 영향력을 부인하지 않았지만

샘, 2005, 436쪽.
15) 박태원, 「병상잡설」(1927년), 위의 책, 108쪽.
16) 박태원, 「표현 · 묘사 · 기교 · 창작여록」(1934년), 위의 책, 258쪽.

이런 작가를 간단히 모방하는 것으로 그치지는 아니하였다. 그 시기를 회고해볼 때 우리는 당시의 문학조류가 박태원에게 준 최대의 영향이란 그로 하여금 자기의 감각, 체험, 상상, 내지 언어와 서술면에서 마음껏 자유로운 발산을 할 수 있도록 자극한 점을 들수 있다. 「일일」의 창작은 바로 그의 이런 추구를 말해준다. 「일일」은 제임스조이스의 「율리시즈」를 닮아있는 작품인 것으로 「율리시즈」에서 주인공 스티븐슨과 불륨의 영혼의 귀속을 갈망하는 방황과 우울함을 작가는 자기의 작품에서 구보라는 형상부각가운데에 주입시켰다고 볼 수 있다.

그러나 「일일」에서 작가는 '의식의 흐름'의 수법을 채용하는 한편 자기의 인물로 하여금 서울거리의 문화와 도시민간의 세계에 마음을 빼앗기게 하고 있다. 물론 주인공의 세상을 보는 눈이 비록 부정적이기는 하나 외부세계에 대한 작가의 정열만은 진한 것이었다. 주인공은 자기의 내면을 들여다보기보다는 보다 많이 외부세계를 바라보고 평판한 것이다. 분명한 것은 작가의 진정한 마음의 고향은 자기가 나서 자란 서울이고 도시민간의 세계이었다는 점이다. 이런 세계가 보다 직접적이고 본격적이게 펼쳐진 것이 다름아닌 『천변풍경』에서이다. 한마디로 작가는 조기의 모색을 거쳐 자기가 나서 자란 서울이라는 도시공간이야말로 영원히 못 다 쓰는 창작의 내원이고 자기가 진일보 사고하고 성장할 수 있는 기지라는 것을 알게 된 것이다. 이렇듯 마음의 고향에서 출발하여 자기만의 독특한 창작의 길을 모색하여야겠다는 작가적 자기의지는 박태원으로 하여금 『율리시즈』에 대한 추종을 재빨리 탈피하게 한 것이다.

소설 『천변풍경』에서 우리는 박태원의 성장기환경을 고려할 때 '이발소소년'형상이야말로 소년 박태원의 관찰의 눈과 흡사하다고 할 수 있다. 그리고 약국의 소년을 대표로 하는 기타 소년들의 이야기는 그 시기 박태원이 관찰한 동년배 소년들의 운명에 대한 체험을 예술화한 것이라고 추정해볼 수도 있다. 소설에서는 혼잡한 세태속에 휘말려 들어가는 가운데 그래도 명석함을 잃지 않은 소년형상도 그리고 있는데 그는 작가 박태원이 자기의 성장기를 회고할 때 총결하게 되는 체험이며 희망일 것이다.

세월이 흐를수록 작가 박태원은 서울문화를 재다시 심시하고 평가하여야 할 필요성을 느꼈다. 그는 서울문화가운데 잠재해있는 적극적인 일면과 정신성의 것은 책이나 이념에서 배운 것보다 유력한 것이었고 삶이란 일상생활에 입각하여야 하고 예술 역시 일상생활에서 발원하여야 한다는 도리를 알게 된 것이다. 그는 박태원에게 현실감을 획득하도록 하였고 낭만과 해학과 생기를 얻도록 하였다. 말하자면 작가는 일상생활에 일종의 신성을 부여하게 된 것이다. 그가 서울시민들을 가리켜 "나는 그들을-- 이 무리들을, 이 무리들의 갈 곳 몰라 하는 발길을, 이 무리들의 부질없는 시간 소비를--결코 멸시하지 않았다. 아니 도리어 많은 군중 속에 내 몸을 내어 던지는 데서 깨닫는 비할 데 없이 크나큰 기쁨을 맛보고 있는 내 자신을 발견하였다."[17]고 한 것은 바로 이 점을 말해준다. 따라서 박태원은 창작에서 개체의 의식세계에 빠져드는 것이 아니라 "늘 자기 자신이 주인공이 되기에 대담"하였고 "주인공들의 인정세태에 대하는 감각이 구보 자신의 것"[18]처럼 될수 있었던 것이다. 그의 작품 「일일」과 『천변풍경』은 모두 작가에게 익숙한 경성 시가지와 청계천을 중심으로 한 서민들의 삶을 그린 것이며 『금은탑』은 앵정정을 중심으로 한 남촌의 풍경을 재현한 것이다. 그리고 언어사용면에서도 "순수한 경알이(서울)문학을 세워놓"[19]아 "서울 중류이하 서민들의 풍속과 행동과 언어를 난숙한 솜씨"로 그려냈다고 지적되고 있다.

민간문화정신에 밀착함으로써 문학은 진정으로 생명력을 얻게 되는데 『천변풍경』은 소설의 민간화 추향의 한개 전범이라고 할 수 있다.

---

17) 박태원, 「적멸」, 『윤초시의 상경』, 깊은샘, 1991, 185-186쪽.
18) 이태준, 「소설가 구보씨의 일일」발문, 문장사, 1938, 298쪽.
19) 박종화, 「<천변풍경>을 읽고」, <博文>6호, 1939.

민간의 생활경험과 생명의 기운은 그의 붓끝에서 끊임없이 흐를 수 있었다. 박태원은 생존 뒤면에 그리고 종종의 문학서술 뒤에 은폐되어 있던 민간세계를 발견한 것이다. 『천변풍경』은 도시민간의 정신과 문화가 소설에 반영되는 가운데 그 깊이가 보장되었음을 표징한다. 작품이 보여준 에너지는 박태원의 창작을 지속시켰고 지금까지도 쇄퇴하지 않도록 한 원류이다. 고답적인 선봉문학의 형식혁명이 박태원으로 말하면 감각과 서술방면에서 이루어졌다면 자기가 종래로 몸 담고 있었던 것, 어떠한 규범에도 매이지 않는 생동한 민간세계야말로 작가 박태원을 강렬히 흡인할 수 있었다. 이렇듯 민간문화를 이해하고 그 가치를 인정하는 박태원이기에 "무위한 청년"을 부각하였다는, 주로는 좌익계열 비평가들의 공격에 대해 자기작품속의 무력한 인물이야말로 "그들의 작품속에 '투사'라는 '주의자'를 취급하는 것과 동등한 권한에서 나온 것"20)이라고 당당하게 맞설 수 있었다. 그의 전반 창작을 총결하여볼 때 박태원의 이 언론은 자기의 작품 「오월의 훈풍」만을 가리켜 한 말이 아니라 그의 전반 작품을 위한 변호에 해당한다고 보아야 한다.

요컨대 작가의 동년기의 성장환경과 그를 바탕으로 이루어진 작가적 개성과 심미관은 작가로 하여금 「일일」시기의 '의식의 흐름'에서 재빨리 탈피하여 『천변풍경』의 '객관주의'에로 전변하도록 한 것이다. 그리고 이런 전변은 작가 박태원으로 말하면 일종의 초월인 것이며 그것은 문학과 인생에 대한 작가의 새로운 이해를 바탕으로 한 것이다. 말하자면 박태원은 민간의 세계에서 가치를 찾았다. 그는 민간에 그 자체의 세계가 있고 그 자체의 일종의 생명상태가 있다는 것을 보아냈다. 그리고 그 민간문화형태는 신문학초기의 작가들이 미처 보아내지 못하였거나 혹은 멸시하였던 것이었다. 만약 작가가 보통시민의 희로애락의 의의를 이해하지 못하였다면 『천변풍경』과 같은 글이 씌어질 수 없는

---

20) 박태원, 「내 예술에 대한 항변-작품과 비평가의 책임」, <조선일보>(1937년 10월 21일), 『구보가 아즉 박태원일 때』, 깊은샘, 2005, 242쪽.

것이다.

"민간"은 한개 문학공간일뿐 아니라 일종의 예술풍상이면서 미학풍격의 덩어리이다. 실제로 그는 문인창작의 원류이었던 것이나 문인문학과 주류문학의 성장과 함께 오히려 이 원류는 무시당하였고 점차 정통문학외에 밀려나고 담백하여졌다. 이광수문학 『무정』에서 주인공 이형식은 수재민과 가난하고 무지한 조선백성들을 보면서 내가 "그네들을 이끌어야지"하는 주류적인 사명감을 가졌다면 『천변풍경』에서 작가는 이런 자세를 버리고 그 속에서 낭만과 사랑과 해학과 지혜와 삶의 견인한 의지를 발굴하였고 오히려 그에서 삶의 힘을 얻고자 한 것이다. 그러나 작가의 이런 창작은 권력층의 것과 거리가 멀기에 그 창작 동기와 심리와 내용은 천박해보였으며 따라서 쉽게 인정받기 어려웠다. 문학사에서 이광수의 『무정』의 높은 평가에 대비되는 박태원 『천변풍경』의 상황은 바로 이 점을 말해준다.

그러나 다른 한편 박태원작품이 비록 계몽의 의지나 좌익의 사명감을 나타내지 않았다 하더라도 바로 그가 서울시민에 대해 평등의식을 가지고 그 삶을 반영할 수 있었기에, 최하층사람들의 생활과 운명에 대해 인문주의적인 태도와 정열을 가지고 소설화할 수 있었기에 좌익작가들의 계급입장이나 창작원칙과 본질적으로 합치될 수 있는 것이다. 이는 훗날 박태원이 월북후의 조선문단에서 중요한 지위를 차지할 수 있었고 『갑오농민전쟁』과 같은 작품을 창작할 수 있었던 가장 근본적인 원인으로 된다. 물론 이것은 훗날의 일이고 이 시기의 박태원은 결코 좌익문학에서 제창하는 문학에 뻗친 이데올로기의 간섭상황을 찬성한 것은 아니었다. 이는 그다음 문제인 작가의 문학관문제를 건드리게 된다.

다음으로 박태원이 『천변풍경』에서 '객관주의'의 창작자세를 취할 수 있었던 것은 그의 문학관을 시점으로 분석해 볼 수 있다. 그것은 좌익문학 그리고 같은 구인회의 성원인 이상의 창작자세에 대한 검토와 반성의 결과라고 할 수 있다.

1930년대의 조선문단은 카프의 해산과 함께 새로운 방향모색의 문제가 제기되어 방황과 혼동에 빠졌던 시대였다. 그것을 김우종은 『한국현대소설사』에서 주조의 공백, 각개의 분산활동, 순수문학의 전승21)이라고 규명하였다. 일제에 의한 탄압으로 "문학으로부터 모든 정치적, 사회적, 이념적관심을 추방"하지 않으면 안되었던 그 시대에 박태원 역시 구인회의 일원이 됨으로써 카프와는 다른 방향에서 창작의 길을 모색하였다.

이때 박태원 고유의 서울민간문화에 대한 정열은 '주의'를 내세우지 않는다는 면에서 문학의 사회교화적 기능을 숭상하는 좌익문학주장과는 거리가 있었다. 좌익문학에서 지식인들은 전통적인 주류문학관념과 사회학인식론관념을 소설위에 첨가시켰다. 그들이 보기에 소설은 이로부터 나라의 대업을 걸머지고 사상의 진지로 되어야 하였다. 그러나 박태원이 반영한 민간화한 도시공간에는, 민간문화의 정신의 요소, 원생태적인 시정인물과 민간생활정경이 그려져 있었다. 그는 작가가 좌익적인 문학관을 포함한 일체 이데올로기적 간섭을 탈리하고 "주관을 배제한 카메라의 영화적기법"22)을 취한 문학관의 표현인 것이다. 따라서 작품의 사회비판의 날카로움은 없어졌고 작가는 도시민간의 정경들, 속되지만 나쁘지도 않은 소시민들의 일상생활을 그렸으며 도시민간의 정신을 그리고자 하였다. 그러나 그의 이런 추구가 제한성이 없는 것이 아닌바 비록 그의 작품의 정신내함과 심미정취는 문화시장에서의 통속소설과 같은 것은 아닐지라도 소설은 통속화에로 나아갈 위험성은 항상 가지고 있었다. 물론 우리는 『천변풍경』까지는 그의 통속성을 과장하지 않아도 된다.

작가는 『천변풍경』에서 정면인물의 우량한 품질을 쓰면서도 전통소

---

21) 김우종, 『한국현대소설사』, 성문각, 1989, 232쪽.
22) 최재서, 앞의 글, 103쪽.

설에서처럼 정면인물로 하여금 구호를 발하게 하거나 영웅적인 언행을 취하게 한 것이 아니라 오히려 사람들의 주목을 끌지 않는 보잘것없는 곳에서 평범하고 담백하게 자질구레한 일상생활과 다를 바 없는 것을 부각하였다. 이것은 사상선양을 제창하지 않는 그의 심미요구에 부합되었다. 그런가 하면 그는 인물형상 묘사에서 중심을 비워두는 공동화(空洞化)의 수법을 채용하였다. 그는 인물을 정면에서 대폭으로 묘사하기보다는 흔히 시민들사이의 전문(傳聞)에 의거하고 있다. 그리고 적지 않은 인물을 적고 있는 이 작품은 전체를 자세하게 그릴 수 없는 상황에 어떤 인물은 남의 대화가운데 얼핏 나타내거나 독자 앞에 그 측면적인 모습만을 나타내는 것으로 그친다. 그러나 작가의 붓이 닿는 곳에 그냥 한두번 나타나는 인물일지라도 작가는 생동활발하고 저마다의 개성이 뚜렷하게 그리고 있다. 예하면 이발소의 김서방, 여관집주인 등은 몇마디 말이 없으나 그 성격은 잘 나타난다. 왜냐하면 작중인물은 저마다의 마음속에 애증의 가치판단을 가지고 있고 그것이 독자에게 선명히 전달되기 때문이다. 그런가 하면 반면인물에 대한 묘사도 나쁜 사람이라는 인상을 주는 것이 아니라 얼핏 보기에는 사랑스러워보이게 조차 그리고 있는데 이 역시 생활실태에 부합되는 것이다.

이렇듯 작가 박태원은 내용과 형식 모든 면에서 '주의'나 '사상'이나를 내세우지 않도록 하였다면 박태원의 이런 문학관의 형성에 영향 준 요소로 작가 이상의 영향을 들지 않을 수 없다. 물론 이 영향은 간접적인 것이며 작가로 말하면 무의식적 상태일 수도 있으며 다만 우리는 편리를 위해 대비연구를 충분히 할 수 있는 바이다. 박태원과 이상의 "形影相隨"[23)]의 관계는 문단에서 널리 알려져 있거니와 아래와 같은 묘술은 둘의 친밀정도를 말해주는 생동한 재료가 된다.

---

23) 조용만, 「나와 구인회시대」, 대한일보, 1968. 10. 2.

120

　　"광교 근처 청계천변에 있는 丘甫의 집은 李箱이 경영하던 다방 '제비'
와 가까웠고, 한 길로 그의 집 두창이 나 있어서 李箱은 지나다가 들창을
드르륵 열곤 했다 한다. 李箱과 구보 둘이 앉으면 재담 만담으로 시간 가
는 줄 몰랐고, 李箱이 술을 마시고 구보집에 들르는 날이면 이런 저런 만
담으로 밤늦게까지 떠들다 가 그만 구보방에서 새우잠을 자는 경우도 많았
다. 이렇듯 李箱은 사생활에서뿐 만 아니라 文學創作에 있어서도 비슷한
위치에 서 있었다."[24]

　　여기서 말하고 있는 "文學創作에 있어서도 비슷한 위치"라고 한 것
은 둘이 모두 구인회창작의 탈정치적 입각점을 말하거니와 실제로 이
상의 창작은 박태원의 『천변풍경』의 객관주의와는 다른 한 극단에서
의식의 첨예한 세계를 그린 것으로, "현실에 대한 분노를 모독으로써
해소시키려 했"[25]던 작가로 유명하다. 그의 작품에서 세상에 절망한 자
아는 자기분열과 자기학대에 빠져들어 헤어날 길이 없었다. 그러나 박
태원은 이상의 작품이 보여주는 패배적인 자조와 허무주의적 인생관을
충분히 이해하였으면서도 그에 대한 안타까움을 나타내었다. 그가 보기
에 "이상은 사람과 때와 경우를 따라 마치 카멜레온같이 변한다." 그리
고 "'우울'이라든 그러한 몽롱한 것말고 희로애락과 같은 일체의 감정
을 솔직하게 표현하지 않는 것에 어느 틈엔가 익숙하여졌다." 뿐더러
"가령 그는 온건한 상식인앞에서 기탄 없이 그 독특한 화술로써 일반
선량한 시민으로서는 규지할수 없는 세계의 비밀을 폭로한다." 그리고
그 원인을 박태원은 "그러나 그는 그것을 이야기하고 싶은 충동을 느끼
어서가 아니라 실로 그것을 처음 안 신사들이 다음에 반드시 얼굴을 붉
히고 또 아연하여야 할 그 꼴이 보고 싶어서인 듯싶다."[26]고 분석하였
다. 그리고 더 나아가 이상의 이런 '변태적'특점을 그의 타고난 천재성

---

24) 李御寧 편, 『한국문학연구사전』, 宇石출판사, 1990, 204쪽.
25) 최재서, 앞의 글, 109쪽.
26) 박태원, 「이상의 편모」, 앞의 책, 211쪽.

에서 원인을 찾기도 하였다.

이상과 박태원을 비교해볼 때 가장 뚜렷하게 구분되는 점은 두 작가의 삶에 대한 태도였다. 삶의 허무성에 대한 인식, 현대도시를 관찰하는 두 작가의 예민성과 명철함은 그 입각점이 달랐다. 박태원은 이상이 불현듯 동경으로 떠나간 "참뜻"을 모르겠다고 하면서 "이제 수히 서울로 돌아올 때 당신은 응당 집안을 돌보아 아들된 이의 도리를 지킬"27)것을 믿었었다고 쓰고 있는데 여기에서 "아들된 이의 도리"라든가 하는 것이 말해주는바 작가의 강조점은 일상성, 구체성을 떠나서 논할 수 없었다. 하기에 박태원은 이상에 대해 "그의 재주와 교양에 경의를 표하게 되고 그의 독특한 화술과 표정과 제스처"로부터 "적지 않은 기쁨"을 갖기는 하였으나28) 자기의 친구가 분열된 자의식에 빠져 헤어 나오지 못하고 끝내는 파멸되고 만 논리를 이해할 수 없었다. 같은 서울태생이고 같은 '도회의 아들'이고 같은 모더니스트로서 박태원 역시 이상이 몰입한 자아의 세계를 스쳐지났다고 할 수 있는데 그 증거는 바로 「일일」의 세계가 말해주고 있다. 세상과 담을 쌓은 자아봉폐의 세계에 박태원도 일찍 광림한 적이 있는바 「일일」에서 주인공의 암울함과 희망 없는 허무주의가 한발짝 더 나아가면 당연히 이상의 '자아'의 병적인 경지에 다름 아닌 것이다. 그때의 이상은 자기 작품에서 "한번 더 날아보자꾸나"하고 재기의 욕망을 눈물겹게 발하였으나 애석하게도 그 출구를 찾지 못하였었다. 그러나 박태원은 도시민간문화에 잠입해 들어감으로써 해탈을 얻을 수 있었고 무궁무진한 창작의 원천을 찾고 재빨리 생기를 회복하고 부활할 수 있었던 것이다.

요컨대 이상과의 접촉은 그의 창작으로 하여금 "소아(小我)"의 희망 없는 아구리에서 벗어나 서울이라는 이 도시가 구비한 매력을 반영하도록 자극하였고 작가로 하여금 자기를 보다 견지하게 하였다고 보아

---

27) 박태원, 「이상애사」, 위의 책, 214쪽.
28) 박태원, 「이상의 편모」, 위의 책, 206쪽.

도 무방하다. 서울문화의 그런 속된 가운데 살아있는 순박함과 결코 오염되지 않는 인간본연의 양심과 굴함없는 삶의 정열을 박태원은 「일일」시기에는 명확히 발견하거나 견정하게 고집하지 못한 것이다. 그러나 그후 그는 갈수록 서울문화가운데 존재하는 미덕을 찾기에 열정을 가지게 되었고 자기가 어려서부터 접해온 서울시민의 생활방식을 접수하였으며 그런 문화야말로 소중한 것이라고 인정하게 된 것이다. 「일일」에서 제기되었던 많은 의문들, 행복과 추악함과 미와 삶의 가치와 갖가지 가치판단은 『천변풍경』에 와서 자연적으로 그 답안이 드러났던 것이다.

작가 박태원은 문장가로 불리워야 할만큼 그의 소설표현기법에 대한 추구는 더없이 섬세하다. 하여 말에서 빚어내는 '분위기', '암시', '스타일'을 중시하였는데 "우리는, 다만, 내용을 통하여 어느 일정한 의미를 전할뿐에 그쳐서는 안된다. 반드시 그와 함께, 그 음향으로, 어느 막연한 암시를 독자에게 주문을 하여야만 한다."29)고 하였다. 그리고 한 개의 콤마의 사용에도 지극히 신경 쓰는가 하면 표현의 수요에 따라 글의 크기를 변경할 데 대해, 글을 거꾸로 씀으로써 취하게 되는 효과등도 자세히 따져보군 하였다. "문예감상이란 구경 문장의 감상입니다."30), "작품이 문장의 형식을 갖추어 비로소 되고 문장의 기본은 개개의 용어에 있음을 알 때에 우리는 좀 더 이 문제에 신경을 날카로웁게 하여도 좋을 줄 압니다"31), "문장에 대하야 무관심하기 조선 사람만한 자 없을 것이요 문장에 대한 수련을 게을리 하기 조선 작가만한 자 또한 없을 것이다."32) 등 박태원의 언론들은 유명한바 있거니와 이런 작가이니만큼 그를 흔히 기교파라고 하였는데 박태원은 자기에 대한 이런 평

---

29) 박태원, 「표현・묘사・기교・창작여록」, 위의 책, 258쪽.
30) 박태원, 「3월창작평」, 위의 책, 369쪽.
31) 박태원, 위의 글, 379쪽.
32) 박태원, 「주로 창작에서 본 1934년의 조선 문단」, 위의 책, 388쪽.

판에 분노를 표하였다.

박태원은 문장을 중요시하기는 하나 결코 내용을 홀시한 작가는 아니었다. 실제로 박태원은 "기지가, 기교가, 그것뿐으로, 오직 그것뿐으로 한 작품의 생명이어서는 안 된다"33)고 경계하였던 것이며 기교를 너무 중시하다보면 "기교 이상으로 존중하여야 마땅할 것들을 희생하지 않으면 안되는 위험-그러한 위험을 왕왕히 초래한다."34)고 지적하였다. 여기서 작가가 말한 "기교 이상으로 존중하여야 마땅할 것들"이란 다름 아닌 작품의 사상내용을 말하는 것이며 그러므로 작가는 항상 "창작에 있어 우리는 자유로웁게 또 솜씨 있게 '기교'를 구사해야지 '기교'의 지배를 우리가 받아서는 안 된다."35)고 하였던 것이다. 이런 자기의 고심을 몰라주고 자기를 기교파라고 한 평론가들에 대해 작가는 "한때한때의 필요에 의하여서 남의 작품을 한 두편 그것도 정독할 성의가 없이 총총히 뒤적거려 보았을 뿐으로 함부루 당치 않은 논단을 나리는 것은 심히 옳지 않은 일이다."36)라고 지적하였다. 하다면 작가가 말하는 소위 예술가는 어떤 모습이여야 하는가? 작가의 아래의 언론은 그의 이면의 이해와 추구를 말해준다.

"사람들은 누구나 '미'를 찾는다. 그러나 여러 가지 사정으로 인하여 혼자서 미를 찾지 못하는 사람이 많다. 예술가는 친절히도 그들을 위하여 '미의 탐구자'가 된 것이나, 그러나 이 '미'라는 데는 가장 건전한 생명이 상반하여야만 된다는 것을 잊어서는 안 된다. 애련을 해(解)하는 마음은 하날이 예술가에게 준 특성이니 이 마음 없이 시구를 논하며 운율韻律을 가릴수 없는 것이다."37)

---

33) 박태원, 「표현·묘사·기교·창작여록」, 위의 책, 265쪽.
34) 위의 글, 268쪽
35) 위의 글, 269쪽
36) 박태원, 「내 예술에 대한 항변-작품과 비평가의 책임」, 앞의 책, 242쪽.
37) 박태원, 「백일만필」 위의 책, 294쪽.

　박태원이 보기에 작가라면 "미의 탐구자"여야 하며 이 '미'에는 작품의 형식미만이 아니라 무엇보다 중요한 것은 인간의 정신세계를 이해하는 '마음'이라고 한 것이다. 하다면 이런 미를 탐구함에 있어 구체적인 방법이 중요하여지는데 작가는 이에 관한 다음과 같은 언론을 발하였다.

> 　나의 작품속에 나와도 좋음직한 인물이 살고 있는 동리를 가령 나는 내 마음대로 머릿속에 그려보고 그리고 이를 표현함에 있어 나는 결코 능한자가 아니다. 나는 그럴 법한 골목을 구하여 거리를 위선 헤매지 않으면 안 된다.
> 　가령 어느 전차 정류속에 나려 바른편 고무신 가가 옆 골목으로 들어가 국수집 앞에서 다시 왼편으로 꼬부라지면 우물 옆에 마침 술집이 있는데 그 집서부터 바 루 넷째집-파랑대문 한 집이니까 찾기는 쉬웁다든지 그러한 것을 면밀하게 조사 하여 일일이 나의 대학노트에다 기입하지 않으면 안된다. 38)

> 　뒷골목 전당포에서 나오는 중학생의 표정에서도 밤 늦게 집으로 돌아가는 직공들의 회화에서도 우리는 때로 뜻하지 않었든 인생의 일면을 발견하는 수가 있다.39)

　상술한 것들을 작가는 '고현학'이라고 하고 있는데 이는 작가의 창작습관만을 말하는 것이 아니라 문학관을 말해주며 창작자세면에서의 입각점의 표현이기도 한 것이다. 이것을 본고의 주제와 결합시켜본다면 작가 박태원은 자각적으로 자기의 창작을 도시민간의 기초상에 발전시키고 도시시민소설의 전통을 만들고자 하였다고 할수 있다. 따라서『천변풍경』은 박태원창작풍격의 독특성의 확립을 표징한다.

---

38) 박태원, 「옹노만어」, 위의 책, 278쪽.
39) 박태원, 위의 글, 279쪽.

세 번째로 우리는 작가 박태원이 활동한 30년대의 시대특징에서 원인을 찾아볼 수 있다.

일제의 식민통치가 튼튼히 뿌리내린 그 시기에 서울사람들은 앞날의 새로운 기상에 대해 어떠한 기대도 할 수 없었다. 시대는 침몰하고 있고 인간은 자기가 이미 역사로부터 소외되거나 배제되었다고 생각하기 쉬웠다. 이럴 때 자기의 존재를 증명하자면 한개 진실한 것, 가장 기본적인 것을 틀어쥐어야 하였다. 따라서 인간은 가장 옛스러운 기억으로부터 도움받지 않으면 안되는 바이다. 인류가 일정한 시대가운데 생활하였던 기억은 심지어는 미래를 내다보는 것보다 중요한 것이다. 하기에 서울과 같은 근대적 변화중에 있는 도시환경에서 서울인들은 지나간 생활에 대한 기억과 집체무의식의 문화침전가운데 침잠하고 매몰되고자 하기 쉬웠다.

절망의 년대이지만 작가 박태원은 도시문화가운데 불가결의 것인 민간에서 발원한 기억을 찾고저 하였고 적극적인 요소를 찾고자 하였다. 그는 서울의 속된 세태문화, 심지어는 천박해보이기까지 하는 세속문화가운데서 흥취를 느끼고 희망을 찾기 시작한 것이다. 박태원의 서울문화에 대한 최대의 예찬은 그처럼 익숙한 기억을 되찾고자 하는 그의 념원의 반영인 것으로 민간문화가운데 존재하는 순환적인 인생관과 재생관은 작가를 고무하였다. 하기에 서울의 민간문화는 박태원의 작품에 남다른 중후한 느낌과 생명력, 그리고 현실적 매력을 부여하여준 것이 된다.

박태원은 암흑한 시대에 혼잡함가운데서나마 순결함과 희망을 찾고자 한 것이다. 박태원의 서울세태에 대한 찬미는 그대로 그런 혼잡한듯한 외피속에 맑게 흐르는 인간의 정의감에 대한 찬미였다. 그리고 그런 맑음은 술집이나와 같은 혼탁한 환경속에서 보다 기이하도록 아름답게 성장한 것이다. 말하자면 혼탁함가운데서도 아름다움은 변함없이 성장하고 있다는 것을 작가는 발견하였던 것이다. 그곳에서는 일종의 원시적인 정의가 생활을 지도하는 윤리표준으로 작용함으로써 전통적인 민간세계의 혼탁함은 스스로 맑고 흐리움과 시비가 갈라서는 것이다. 동시에 이런 유의 미를 발굴함으로써 작가는 일제시대라는 특수한 전제체재하에서 정치를 회피할 수밖에 없는 심리수요에 영합할 수 있었다. 정치와 문화와 문학의 일종의 타협가운데 박태원의 작품은 신속하게 그 특색을 이룩한 것이다.

5. 결 론

박태원은 조선문학사에서 서구모더니즘 문학의 우수한 성과가 조선에 들어오고 예전의 계몽적인 담론이 좌절되고 문학정신가치에 대한 새로운 탐색과 가치정립이 필요하였던 3, 40년대에 활약한 작가이다. 서구현대문학이 조선현대작가들의 창작에 준 영향과 계발은 실로 거대한바 조선문학이 그로 인해 얻은 언어실험, 서사혁명 및 그와 관련된 기정의 예술에 대한 돌파의식 등을 고려하여볼 때 그것은 혁명성을 띄었다고 하여도 과분하지 않다. 박태원은 서사풍격과 서사형식면에서는 서구화한 소설에 다가갔으나 내용적으로는 그에 합쳐질 수 없었다. 그는 이상의 서울문학에서 보여지는 모더니즘적인 감각, 그리고 좌익문학에서 보여지는 이념화의 경향 모두를 피해가면서 현대 도시시민문학의 새로운 길을 개척하여 나갔다.

신문학초기에 계몽주의의 언어환경은 절대적인 우세를 차지하였었다. 지식담론이 특정적인 강세를 이룬 정형하에서 민간성은 은유적으로 존재할 수밖에 없었다. 그 뒤를 이른 좌익문학도 사실상 웅대한 이념과 인테리적의식으로 충만하였다. 소설의 사회주류적 문화작용은 과분하게 강조되었고 심지어는 이데올로기의 도구의 위치에 놓여졌다. 그러나 얼마 지나지 않아 사회의 급변과 일제의 압제로 인하여 소설의 계몽주

제와 인테리적 언어담론서사의 합법성은 이미 무너지는 상황에 이르렀
고 소설은 필연코 또 다른 의거를 찾지 않으면 안되게 되었다. 그리고
이는 문학의 가치에 관한 것만이 아니라 지식인들의 치렬한 사고와 사
명감과 지혜가 그 속에 내포되어 있는 문제인 것이다. 문학이 자기의
거대한 계몽의 목표를 떠나고, 그리고 이와 동시에 문학을 어떤 정치이
념에 부착시킬 수 없을 때 그의 진보성 혹은 현실비판성은 어떻게 담아
내야 하는가? 이는 단순히 소설예술이 직면한 문제일 뿐 아니라 그 시
대 지식인으로서 맞닥들인 정신상의 귀속문제이기도 한 것이다.

　이때 박태원은 자기의 작품속에 "민간"의 의미를 담아냄으로써 주
류적인 문화공간외에 새로운 천지를 개척하였다. "민간"에는 주류와 대
응되는 정신세계와 공간이라는 특수성이 부여되어 있었고 보다 중요한
것은 그것이 개성과 자유의 재체, 본원과 이상의 상징으로 인정될 수도
있었다는 점이다. 그 시기 홍명희가 『임꺽정』에서 조선전통의 민간세계
를 그린 것은 그의 정신귀속의 갈망의 결과라고 할 수 있다. 작품에서
지식인으로서의 전통적인 입장이 소실된 것은 아니며 홍명희는 그것을
민간의 자재적인 생활상태와 민간적인 심미정취를 통해 표현해내었다.
이기영, 김유정의 작품이 향촌민속과 합류된 것도 이런 각도에서 풀이
할 수 있으며 같은 도리로 박태원의 글은 시정생활정경을 반영한 것이
다. 그러나 이기영의 작품에서 향촌사회는 계급의식 표현의 장소로 되
고 문인화, 낭만화되었다. 말하자면 문인의 뉴토피아의 이념색채가 더
해짐으로 인하여 원생적인 민간생활특성은 어느 정도 담백하여졌다. 김
유정의 경우는 이기영식의 낭만을 철저하게 버린 원생태 향촌사회를
그렸다고 할수 있으나 「동백꽃」유의 일부 작품은 이효석의 「메밀꽃 필
무렵」과 비슷한 층차에서 풍속성이 강화되는 가운데 문인의 도덕이상
이 주입되어 있다. 말하자면 이 시기 많은 작가의 글은 지식인의 시각
이 삽입됨으로 인하여 향촌문화자체는 어느 정도 은폐되거나 수정되었
다. 그에 비해 박태원의 작품속에는 원생태적인 시정인물과 도시민간사

회의 풍속화면이 그려져 있었고 민간특유의 자재로움과 활력과 일종의 관용정신이 있었다. 한마디로 박태원은 민간을 자유적사상의 원천으로 삼은 것이다.

그러나 이런 민간에로의 밀착은 처음부터 또 다른 문제점을 내포하게 되는데 그것인즉 그의 창작에서 체현해낸 도시민간정신은 사회의 유행문화재체와 함께 인정되었다는 점이다. 사실상 이는 박태원창작의 인테리성과 통속성의 두가지 요소를 말해주는데 그들사이에는 일치성도 있고 모순성도 있다. 박태원은 도시민간의 활력과 생명력과 불굴의 정신을 반영하고 구가함으로써 도시유행문화를 승화시키고 통속성을 극복하였으나 역으로 이런 유행적 통속적 요소는 박태원소설의 진일보의 발전을 저해하게 된다. 이렇게 볼 때 박태원의 문학적 공헌은 유한한 것이다. 박태원문학에 가하여지는 비판들은 바로 이때문인 것이다. 이 점은 박태원자신도 모르지 않은바 바로 이런 유한성을 초월하고자 하는 노력이 작가로 하여금 곧『갑오농민전쟁』유의 작품에서 찾아지는 군체의 힘과 정신력을 숭상하는 데로 나아가게 한 것이다.

박태원은 서구모더니즘문학과 조선사회의 도시민간문화라는 이 두가지 당시에 활력으로 넘치는 문학의 길을 모두 외면하지 않았다. 그의 창작에서 이런 두가지 요소는 상호간 교착되거나 혹은 제각기 기울어지기도 하였는데 그러므로 그의 작품은 두가지 계열을 이루었다고 할 만하다. 「일일」이나 「방란장주인」이나는 탐색성이 강한 선봉문학사고방식의 발현의 흔적이 크고 『천변풍경』, 『금은탑』, 『여인성장』등은 본토 민간경험에 대한 체현과 표달에 보다 편중되어 있다. 그 당시나 지금에 이르기까지 평론가들은 흔히 박태원의 창작을 "선봉문학"과 세태문학의 범주에 넣고 탐구하고자 하였다. 그러나 우리는 이 두가지 범주가 모두 박태원의 작품의 독특성과 풍부성을 수용하기 어렵다는 것을 알수 있다. 서구문학의 영향과 시대조류의 자극은 박태원으로 하여금 남을 모방하고 발견하도록 한 것이 아니라 자기를 발견하도록 한 것이

며 자기특유의 세계를 발견하도록 한 것이다. 그는 자각적으로 자기의
창작을 도시민간의 기초위에 발전시키고 도시시민소설의 전통을 만들
고자 하였다. 박태원이 박태원으로 될 수 있는 독특성과 불가대체성은
이로서 구축되어진 것이다.

■ 참고문헌

박태원, 『박태원 단편선 소설가 구보씨의 일일』, 천정환 책임편집, 문학과 지성사, 2005.
박태원, 『천변풍경』, 한국문학대표작선집 30 권영민 해설, 문학사상, 2009.
박태원, 『북한문학전집』, 서음미디어, 2005.
류보선, 『구보가 아즉 박태원일 때』, 깊은샘, 2005.
李御寧 편, 『한국문학연구사전』, 宇石出版社, 1990.
김우종, 『한국현대소설사』, 성문각, 1989.
빠흐친(巴赫金 1895-1975)《弗朗索瓦・拉伯雷的創作与中世紀和文藝夏興時期的民間
文化》, 李兆林、夏忠憲等譯《巴赫金文集》第6卷, 河北教育出版社, 2009年
9月.

안회남, 「작가 박태원론」, <문장>1집, 1939.
이광수, 「천변풍경에 序하여」, 『천변풍경』, 박문서관, 1938.
임화, 「천변풍경 評」, <博文> 6호, 1939.
임화, 『문학의 리론』, 학예사 6호, 1940.
최재서, 「천변풍경과 날개에 관하여」, 『문학과 지성』, 인문사, 1938.
박태원, 「적멸」, 『윤초시의 상경』, 깊은샘, 1991.
이태준, 「소설가 구보씨의 일일」발문, 문장사, 1938.
박종화, 「<천변풍경>을 읽고」, <博文>6호, 1939.
박태원, 「내 예술에 대한 항변-작품과 비평가의 책임」, <조선일보>, 1937. 10. 21.
조용만, 「나와 구인회시대」, 대한일보, 1968. 10. 2.

김상태, 『박태원: 기교와 이데올로기』, 서울: 건국대학교출판부, 1996. 7.
강진희, 「박태원 "소설가 구보씨의 일일"의 모더니즘적 특성 일고」, 『청람어문학』
최혜실, 「"소설가 구보씨의 일일"에 나타난 '산책자' 연구」, 『관악어문연구』제13집,
1988.
이윤진, 『박태원 소설의 서술기법 연구: 영화적 기법을 중심으로』, 우석대학교 대
학원 박사학위논문, 2002.
김미지, 『박태원 소설의 담론 구성 방식과 수사학 연구』, 서울대학교 대학원 박사

학위논문, 2008.
김흥식, 「박태원의 소설과 고현학」, 『박태원 문학 연구의 재인식』, 서울: 예옥, 2010.
방민호, 「1930년대 경성과 "소설가 구보씨의 일일"」, 『박태원 문학 연구의 재인식』, 서울: 예옥, 2010.

■ **국문초록**

박태원은 서구모더니즘 문학의 우수한 성과가 조선에 들어오고 예전의 계몽적인 담론, 그리고 좌익의 방향이 좌절되고 문학정신가치에 대한 새로운 탐색과 가치정립이 필요하였던 1930년대에 활약한 작가이다. 서구현대문학이 조선현대작가들의 창작에 준 영향과 계발은 실로 거대한바 조선문학이 그로 인해 얻은 언어실험, 서사혁명 및 그와 관련된 기정의 예술에 대한 돌파의식 등을 고려하여볼 때 그것은 혁명성을 띄었다고 하여도 과분하지 않다. 박태원은 서사풍격과 서사형식면에서는 서구화한 소설에 다가갔으나 내용적으로는 그에 합쳐질 수 없었다. 그는 이상의 문학에서 보여지는 모더니즘적인 감각, 그리고 좌익문학에서 보여지는 이념화의 경향 모두를 피해가면서 현대 도시시민문학의 새로운 길을 개척하여 나갔다. 그는 자기의 작품속에 "민간"의 의미를 담아냄으로써 주류적인 문화공간외에 새로운 천지를 개척하였다. "민간"에는 주류와 대응되는 정신세계와 공간이라는 특수성이 부여되어 있었고 보다 중요한 것은 그것이 개성과 자유의 재체, 본원과 이상의 상징으로 인정될 수도 있다는 점이다. 박태원의 작품속에는 원생태적인 시정인물과 도시민간사회의 풍속화면이 그려져 있었고 민간특유의 자재로움과 활력과 일종의 관용정신이 있었다. 한마디로 박태원은 민간을 자유적사상의 원천으로 삼은 것이다.

박태원은 서구모더니즘문학과 조선사회의 도시민간문화라는 이 두가지 당시에 활력으로 넘치는 문학의 길을 모두 외면하지 않았다. 그의 창작에서 이런 두가지 요소는 상호간 교착되거나 혹은 제각기 기울어지기도 하였는데 그러므로 그의 작품은 두가지 계열을 이루었다고 할만하다. 그 당시나 지금에 이르기까지 평론가들은 흔히 박태원의 창작을 "선봉문학"과 세태문학의 범주에 넣고 탐구하고자 하였다. 그러나 우리는 이 두가지 범주가 모두 박태원의 작품의 독특성과 풍부성을 수용하기 어렵다는 것을 알수 있다. 서구문학의 영향과 시대조류의 자극은 박태원으로 하여금 남을 모방하도록 한 것이 아니라 자기를 발견하도록 한 것이며 자기특유의 세계를 발견하도록 한 것이다. 그는 자각적으로 자기의 창작을 도시민간의 기초위에 발전시키고자 하였다. 박태원이 박태원으로 될 수 있는 독특성은 이로서 구축되어진 것이다.

주제어 : 박태원, 소설가 구보씨의 일일, 천변풍경, 도시민간, 시민소설, 모더니즘

■ Abstract

The Distance Between
One Day Life of Novelist Guboshi and *Scenery of Riverside*

Kim,   Myoung sook(Minzu University of China)

In 1930s, the outstanding achievements of western modernism had entered into Korea's the literary circles. The preceding enlightenment and Left wing's exploration had suffered a setback which exposed the spiritual value of literature under more examination and scrutiny. Against this backdrop, Park Tewon was very active during this age. At that time, the impact and inspiration of western modern literature onto Korea had been huge and profound. It would not be overstatement if we called it revolutionary from the prospective of language, narrative and the breakthrough of stereotyped art forms. Park Tewon's narrative became more western European in style and form but the contents and spiritual essence were not identical. He refrained from the extreme modernism visible in Lee shang's literature and resisted left wing literature's ideological tendency. He blazed a new trail for modern urban residents' literature.

Park Tewon demonstrated "folk" significance in his own works, breaking a new ground beyond mainstream literature. Independent of the mainstream's spiritual world, "folk" could be deemed more as the vehicle of individuality and freedom and origin of ideals. Brimming with characteristic easiness and vitality of folk world and a spirit of tolerance, Park Tewon's works depicted unpolished common folks and the physiognomy of civic world. In a word, Park Tewon viewed the folk world as the wellspring of free thinking and lives' vigor.

Park Tewon brought modernist literature in Western Europe and folk culture in Korean society, which were the most dynamic culture in that period, into his own writings. He interlaced the two cultures with each other, or made them independent from each other in his writing, which indicated that his works are two kinds of series. His work One Day Life of Novelist Guboshi belonged to vanguard literature of strong exploratory, while his another work Scenery of Riverside emphasized the reflection and expression of folk experience. So far, critics used to attempt to study his works in a mode of vanguard literature and the literature about the ways of the world. However, we knew that the two domains could not include the uniqueness and varieties. Strong western modernism did not make Park Tewon follow it and he did not imitate other writers, instead, he found his own world and root of writing art. He consciously put his focus on folk experiences, and tried to create tradition of civil novels. All of this made Park Tewon unique and irreplaceable.

keywords : Park Tewon, One Day Life of Novelist Guboshi, Scenery of Riverside, folk experience, civil novels, modernism

이 논문은 2011년 11월 12일에 접수되어, 2011년 11월 22일부터 2011년 12월 3일 사이에 이루어진 소정의 심사를 거쳐 2011년 12월 10일 편집회의에서 최종적으로 게재가 확정되었음.

자유 주제 논문

한국문학은 세계문학일 수 있을까?
물화(物化)된 화폐의 시적 수용 양상 연구—30년대 백석 시를 중심으로
한국 소설 속의 자기 처벌자

한국문학은 세계문학일 수 있을까?

목 차

조 영 일*

1. 『세계문학의 구조』 요약

최근 문단이나 학계에서는 세계문학에 대한 논의가 심심치 않게 이루어지고 있다. 필자는 이를 둘러싼 논란을 올해 출간한 『세계문학의 구조』라는 책으로 정리한 바 있는데, 본고는 이 책의 주장을 기반으로 해서 이루어지고 있기 때문에 먼저 이 책을 간단히 요약하는 것으로 논의를 시작하기로 한다.

오늘날 한국에서 '세계문학'이 화두로 등장한 배경에는 무엇보다도 출판시장에서 확인할 수 있는 외국문학의 약진과 세계문학전집의 성공이 놓여있다. 하지만 이것은 표면적인 이유에 불과하다. 필자가 생각하기에 그것은 한국의 경제적 · 문화적 팽창과 관련이 있다. 그런데 이것

---

* 서강대학교

은 한국의 문학인들에게 모순된 두 가지 감정을 부여한 것 같다. 삼성으로 대표되는 한국기업의 세계시장 석권과 한류라고 불리는 한국대중문화의 성공이 부여한 자신감이 하나이고, 그로 인해 생긴 초조감이 다른 하나이다. 즉 한편으로는 가슴 뿌듯해 하면서, 다른 한편으로는 "우리 문학인들도 뭔가를 해야 하지 않을까?" 하고 스스로에게 물었던 것이다.

이것이 의미하는 것은 명백하다. 현재 한국에서 이루어지고 있는 세계문학을 둘러싼 논의란 실은 '한국문학의 세계화'라는 것. 괴테가 말하는 세계문학이 세계적인 문학이 아니라 지식인들 간의 연대니, 마르크스는 『공산당선언』에서 본래 이런 의미로 말했다느니 제법 학술적 알리바이를 나열하지만, 결국은 어떻게 하면 한국문학이 세계화의 행렬에 동참하느냐(즉 세계문학이 되느냐)로 귀결될 뿐이다. 최근에 일고 있는 '번역' 관련 논의들도 넓은 의미에서는 크게 다르지 않는 것 같다.

이것이 의미하는 것은 크게 두 가지이다. 첫째는 '한국문학의 세계화'라는 문제를 옆으로 밀쳐놓고 이루어지는 '세계문학' 논의는 아무리 방대한 자료를 갖춘다고 해도 제자리걸음을 벗어날 수 없다는 것이고, 둘째는 '한국문학의 세계화'와 관련하여 실천적 문제만을 고민하는 사람이라면, 결국 문학행정가의 길을 걸을 수밖에 없다는 것이다. 왜냐하면 전자는 적잖은 이론적 논의가 그렇듯 공허한 말잔치로 그칠 확률이 높고, 후자는 '국가적 지원'에 대한 강조로 끝날 것이 분명하기 때문이다.

따라서 우리는 그런 함정을 피하고 다음과 같은 물음에 답할 수 있어야 한다. "문학도 세계화가 가능한가? 만약 가능하다면, 그것은 어떤 방식으로 그러한가?" 좀 더 구체적으로 말해, "한국문학은 세계화될 수 있을까? 가능하다면, 어떤 방식으로 그러할까?" 아니, 애당초 '문학의 세계화'란 무엇이고, 또 그런 문학들의 전범에 대한 칭호인 '세계문학'은 역사적으로 어떻게 성립한 것일까?

필자는 이 물음에 답하기 위해 영국을 '독서교육'의 모범적인 국가로 들며 독서교육(사실상 문학교육)을 국가발전의 중요한 동력으로 간주한 장정일의 한 칼럼에 주목했다. 그리고 이것을 실마리로 삼아 독서문화가 발달한 서구나 일본이 어떻게 독서대국, 그리고 문학대국(즉 세계문학을 가진 나라)이 되었는지를 일본의 근대문학(특히 나쓰메 소세키)을 예로 들어 살펴보았다. 즉 서구콤플렉스에 시달리던 메이지 근대일본이 어떻게 노벨문학상을 두 명이나 배출하는 문학대국이 되었는지를 말이다.[1]

그리고 그런 과정을 통해서 다음과 같은 결론에 이르렀다. "모든 근대문학은 전후문학이다." 즉 일본근대문학이 서구콤플렉스로부터 벗어나 비로소 세계적인 수준의 문학작품을 쏟아내던 시기가 러일전쟁 전후라는 것에 주목하면서(국민작가도 이때에 탄생했다), 엄밀한 의미에서 근대문학이란 국민전쟁(그리고 제국주의전쟁) 없이는 불가능하다는 결론에 도달한 것이다. 왜냐하면 그것 없이는 근대문학(국민문학)을 뒷받침하는 제대로 된 민족(국민)이 존재하기 힘들기 때문이다. 그런데 이런 관점에 서면, 우리는 다음과 같이 진실과 마주할 수밖에 없다.

근대문학이 모든 국가가 반드시 가져야할 보편적인 예술양식은 아니다.

쉽게 말해, 근대문학(장편소설)이란 매우 특수한 역사적 경험을 가진 국가에서 제대로 뿌리를 내리고 꽃을 피울 수 있는 문학인 셈이다. 이는 소위 세계문학을 보유하고 있는 나라들이 하나 같이 국민전쟁을 경험하고 식민지를 경영해본 나라들이라는 점을 확인하는 것으로 충분하다. 따라서 필자의 입장에서 보면, 『엄마를 부탁해』의 미국시장 진출을 '한국문학의 첫눈'으로 보고 감동하거나 노벨문학상 수상을 선진국 내

---

1) 졸저, 『세계문학의 구조』, 도서출판b, 2011의 제2장 「국민작가는 어떻게 탄생하는가?」 참조.

지 문화국가라면 반드시 성취해야 할 목표로 간주하는 것은 기껏해야 여전히 근대문학이 부여한 환상에 사로잡혀 있음을 드러내고 있을 뿐이다.

물론 일본의 예만으로 위와 같은 주장을 하는 것은 무리가 있을지 모른다. 그래서 필자는 근대문학의 중심인 프랑스문학과 가장 영향력 있는 비유럽문학이라 할 수 있는 러시아문학을 추가적으로 살펴보았다. 근대문학의 주인공들에게 '열정'이라는 심장을 안겨다준 나폴레옹이라는 인물이 어떻게 다른 나라들에게 영향을 끼쳤고, 궁극적으로 그것이 어떻게 문학화되었는가를 톨스토이의 걸작 『전쟁과 평화』를 중심으로 설명했다. 사회경제적으로 문학적 기반이라고 할 만한 것을 거의 갖추어지지 않았던 후진국 러시아에서 어떻게 위대한 소설들이 한꺼번에 나올 수 있었는지에 대해 말이다.2)

충분하지는 않지만 이런 과정을 거친 후 필자는 현재의 시점으로 돌아와 최근 드라마화로 일본에서 논란을 불러일으킨 바 있는 시바 료타로의 『언덕 위의 구름』(청일전쟁과 러일전쟁이 배경이다)과 비슷한 시기를 다룬 이문열의 신작 『불멸』을 비교분석하면서 근대사를 바라보는 양국의 시각을 대비시키고, 그것이 문학 속에서 어떻게 형성화되는지를 추적해보았다. 즉 각각의 소설이 안중근과 이토 히로부미라는 문제적 인물을 어떻게 그리고 있는지, 그리고 국민전쟁을 경험한 나라의 소설과 그렇지 못한 나라의 소설의 차이가 어떤 식으로 나타나는지를 구체적으로 분석하면서 결코 일본문학처럼 될 수 없는 한국문학의 한계를 냉정하게 짚어보았다.

그리고 [보론] 「세계문학전집의 구조」에서는 몇 년 전부터 한국출판계의 화두로 등장한(올해 들어서는 확실히 한풀 꺾인) <세계문학전집>을 문제삼으면서 왜 그것이 1990년대 후반부터 출간이 되었고, 또 왜

---

2) 졸저, 『세계문학의 구조』(「제3장, 전후문학으로서의 근대문학」) 참조.

2000년대에 들어서 선풍적인 인기를 끌었는지를 한국사회의 변화에 주목하면서 추적하여, 그것을 <사회과학의 시대 → 교양의 시대>로의 변화로 요약했다.

즉 필자는 '근대문학의 기원'을 다시 한 번 살펴보면서 그런 '한국문학의 세계화'에 대한 요구가 문학 안에서 나온 것이라기보다는 한국의 경제적·문화적 팽창에 의한 것임을 냉정하게 지적했다. 그리고 그런 요구가 '세계문학론'이라는 형태로 아무렇지 않게 받아들여지는 배경에 '교양에의 몰입'을 권유하는 사회분위기가 있음을 밝히고, 그에 일조하는 문화지식인들에 우회적인 비판을 가했다.

2. 한국문학 연구와 세계문학 연구

최근의 한국근대문학 연구는 문화사(사실상의 풍속사) 연구가 주류를 이루고 있다고 해도 과언이 아니다. 작가론, 작품론 중심이던 연구가 풍속사 연구로 전환된 데에는 여러 가지 있겠지만, 그에 대한 것은 여기서 다루지는 않겠다. 다만 한마디만 덧붙이자면, 그것은 방금 위에서 말한 <사회과학의 시대 → 교양의 시대>의 변화와 궤를 같이 한다는 것이다. 풍속사 연구란 무엇일까? 이에 대해서는 여러 가지 정의가 가능하겠지만, 어떻게 정의되든 간에 일반인의 접근이 용이하지 않은(그러므로 전문적인 냄새가 나는) 철지난 신문, 잡지를 뒤지고 정리하는 것이 작업의 중요한 부분을 차지하는 것을 말한다.

풍속사 연구의 장점은 기존의 문학연구가 미처 주목하지 않은 자료들을 활용하여 시대적 배경을 정확히 보여준다는 데에 있다. 어떤 서사물이 그렇게 구축될 수밖에 없었던 조건을 입체적으로 제시하는데(풍속사 연구는 삽화를 적절히 배치하는 데에 능하다), 시각적 배치 때문인지 일반 독자들의 호기심이나 흥미를 유발시키는 데에 성공하고 있다. 하지만 단점도 존재하는데, 그것은 항상 똑같은 결론에 도달한다는 것이다. 결국 모든 것은 근대화(또는 산업화) 탓이며, 많은 경우 바람직하지 않은 쪽으로 변했다는 것이다. 즉 내용은 새로울지 모르지만, 형식은 심히 낡은 것이다. 따지고 보면, 기껏해야 데이터싸움이기 때문이다.[3)]

따라서 최근 이런 연구경향에 반대하는 목소리도 나오는 것 같다. 그런데 진짜 문제는 이런 게 아닐까 한다. "그렇다고 해서 이전처럼 작가론이나 작품론을 쓸 수는 없지 않는가?" 유사-실증주의로서의 풍속사 연구가 가진 문제점은 이미 많은 연구자들이 공감하고 있는 것이다. 물론 그렇다고 해서 옛날로 돌아갈 수는 없는 법이다. 그런데 문제는 그런 연구방법을 포기했을 때, 그것을 대체할 새로운 연구방법이나 연구주제를 찾기기 쉽지 않다는 데에 있다. 그래서 한다는 것이 해방공간 내지 전후로 풍속사 연구의 범위를 확장시키는 것이 아닌가 한다.

그런데 우리가 풍속사 연구에 매진하고 있던 최근 10여 년 동안 서구에서는 세계문학과 관련된 논의가 활발히 전개되었고, 그 성과는 단속적이나마 우리에게도 소개가 되어왔다. 그래서 부지런한 일부 근대문학연구자들은 "어떻게 써먹을 아이템이 없는가?"(이는 국문학연구자들이 현대사상을 읽는 자세이기도 합니다) 하고 두리번거렸지만, 이야기되는 있는 내용이 한국문학 연구자가 감당할 수 있는 범위를 훨씬 상회하는 것이었기 때문에, '국문학'이라는 틀 안에서 자족하고 있는 연구자들에게는 아마 남의 나라 이야기처럼 들렸을 것이다.

그래서인지 이와 관련된 논의를 주도하는 사람들은 주로 외국문학 전공자들로(영문학과 불문학 쪽 연구자들)과 시대의 흐름에 민감할 수밖에 없는 일부의 문학평론가들에 머물고 있었다. 그중에서 가장 열심이었던 것은 『창작과비평』(또는 이쪽과 인원이 많이 겹치는 영미문학연구회)진영으로, 이들은 언제부터인가 이와 관련된 논의를 매우 적극적

---

3) 이는 주로 참조되는 잡지나 신문들이 누구나 접근가능하게 데이터베이스화된다면, 자연스럽게 소멸될 것이다.

으로 자신들의 핵심논의로 삼았다. 프랑코 모레티를 초정해서 이야기를 듣는다든지, 그의 글을 번역해 싣거나 평하는 평론을 싣는다든지(『안과밖』), ‘세계문학’ 특집을 기획한다든지 꽤 열심이었다(『창작과비평』). 또 이와 관련된 학회도 열기도 했다(영미문화연구회).[4] 물론 지금은 소강상태에 접어든 것 같지만.

그렇다면 왜 여러 문학그룹 중에서 창비만이 유독 그에 큰 관심을 가졌던 것일까? 필자가 생각하기에 그것은 크게 두 가지와 관련이 있다. 첫째는 구성원의 상당수가 영문학 전공자들이어서 미국 쪽 연구경향에 민감할 수밖에 없었기 때문이다. 둘째는 창비진영의 공식문학론인 ‘민족문학론’이라는 것 자체가 필연적으로 대립개념인 ‘세계문학론’에 무관심할 수가 없었기 때문이다. 이는 창비의 이론적 지주인 백낙청의 첫 평론집의 타이틀이 『민족문학과 세계문학』이었다는 것으로도 알 수 있다(이 타이틀은 원제, 또는 부제의 형태로 지금까지도 사용되고 있다).

그런데 앞서 필자는 창비의 논의가 소강상태에 접어들었다고 했는데, 그 이유는 과연 무엇일까? 이 물음은 방금 든 두 번째 이유를 수정하도록 요구한다. 다시 말해, ‘세계문학론에 무관심할 수 없었다’는 것은 정확한 표현이 아니다. 즉 최근 창비진영이 보인 세계문학에 대한 접근은 세계문학 자체에 대한 관심보다는 사실상 폐기위기에 몰린 민족문학론을 세계문학론을 매개삼아 이론적으로 재정비하려는 데에서 나왔다고 보는 게 옳을 것이다. 그런데 문제는 바로 여기서 발생한다. 도움을 줄 줄 알았던 세계문학론이 실은 자신들의 이론적 숨통을 끊을 수 있는 흉기라는 것을 문득 그들이 깨달았기 때문이다.

특히 최근 세계문학론의 중심에 있는 카자노바의 논의는 사실상 민족문학론에 대한 전면적인 공격으로도 읽힐 수 있는 만큼 그들로서는 정말이지 불편한 책이 아닐 수 없었을 것이다. 예컨대 다음과 같은 부

---

4) 참고로 필자는 이때 국문학전공자로서는 유일하게 발표를 한 바 있다. 「무라카미 하루키와 세계문학」이라는 제목이었다.

분이 그렇다.

　　'민족작가'는 공통적으로 세계적 경쟁을 모르기 때문에 문학적 시간의
척도를 알지 못하며, 또 문학실천에 할당된 민족적 규범과 범위만 고려한
다. 그러기 때문에 유일한 진정으로 '현대적인 작가', 현재의 문학을 알고
있는(인식하고 있는) 유일한 작가란 이 문학시계의 존재를 알고, 그 결과
국제법을 참조하거나 세계문학공간에서 시대를 구분짓고 있는 미학혁명을
참조하는 자이다.[5]

　　물론 여기서 말하는 '민족작가'란 '민족적(국민적) 작가'를 가리키는
말로서 이들의 문학과 문학론이란 '민족문학론'에서 말하는 민족문학과
는 차이가 있다. 하지만 그럼에도 불구하고 전혀 다른 것이라고만 말할
수 없는 것이 민족문학론이나 이쪽과 가까운 작가들은 주로 민족적(국
민적) 규범과 범위를 '고려대상'으로 간주해온 한편, 세계적 경쟁이나
미학혁명에 대해서는 시종 의심스러운 눈초리를 보내왔기 때문이다. 소
위 현대사상(후기구조주의)에 대한 그들의 히스테릭한 반응을 이와 무
관하지 않다.
　　즉 그들은 민족문제 내지 정치문제로부터 자유로운 문학이란 있을
수 없으며, 문학의 자율성 내지 세계성이란 이것들을 해결하려는 의지
가 존재할 때 비로소 획득될 수 있다고 보았다. 하지만 이런 주장은 오
늘날 설득력을 가지고 있다고 보기 힘든데, 왜냐하면 그렇게 해서 생산
된 작품 중에서 세계적인 문학이 된 예를 찾을 수 없기 때문이다. 대표
적인 작가로서 고은과 황석영을 들지 모르지만, 이들이 세계적인 수준
의 작가인가에 대해서는 애국적인 비평가들 사이에서도 회의적인 의견

---

5) Pascale Casanova, La République mondiale des Lettres(1999), 岩切正一郎譯, 藤原書店,
　2002年, 128-129頁 (참고로 이 책의 제3장 중 일부가 다음과 같이 번역된 바 있다. 파
　스칼 파자노바, 「세계문학공간은 어떻게 이루어져 있는가」, 송진석 옮김, 『세계의문학
　』, 2001년 가을호).

이 많다.

따라서 창비 쪽의 세계문학론이란 결국 이런 현실을 민족문학과 한 쌍이었지만 그동안 그다지 중요하게 취급하지 않았던 '세계문학'으로 가리기 위한 연막에 지나지 않다는 주장이 가능하다. 그런데 이런 노력도 별로 효과가 없는지, 이번에는 '문학비평적 능력을 인문적 교양의 기본으로 간주'6)하여 '문학의 보편성'의 재차 강조하거나 『엄마를 부탁해』의 미국진출이라는 현실적인 성과를 높이 평가함으로써 한국문학의 세계화를 강조하는 쪽으로 선회한 것처럼도 보인다. 하지만 분명히 말하지만 이런 일에 복무하는 것은 문학비평 또는 문학연구라고 하는 것과 거리가 멀기에, 하물며 문학이론이라고 부를 수는 없을 것이다.

3. 근대문학에 대한 두 가지 입장
- 칼 카자노바와 가라타니 고진

그렇다면 여기서 카자노바의 논의를 잠깐 살펴보는 것도 좋을 것이다. 왜냐하면 그녀의 책 『세계문학공화국』은 비단 창비진영하고만 대립하는 책이 아니기 때문이다. 그것은 앞서 요약한 『세계문학의 구조』와도 대립각을 세우고 있다.

먼저 '국민작가(national writer)'에서부터 시작해보기로 하자. 앞의 인용에서도 짐작할 수 있었겠지만, 그녀가 말하는 '국민작가(또는 민족작가)'란 우리가 일반적으로 생각하는 '국민작가'와는 조금 다르다. 일단 필자는 국민작가란 개념을 크게 두 가지 의미로 받아들인다.

> 1. 국민의 폭넓은 사랑을 받는 작가
> 2. 국내외적으로 그 나라를 대표할 수 있는 작가로서 세계문학가의 반

---

6) 백낙청, 『문학이 무엇인지 다시 묻는 일』, 창비, 2011 참조.

열에 오른 작가.

사용하는 사람에 따라 그 의미가 다양하게 변하는 단어일 경우, 그 차이를 명확히 인식하는 것이 중요한데, 그때 가장 좋은 방법은 대립개념을 찾아보는 것이다. 그래서 1, 2의 대립개념을 각각 찾아보자면, 1의 경우 소수의 전문가 또는 일부독자들에 의해서만 지지를 받는 '마니아 작가(또는 순문학가)'를 들 수 있을 것이고, 2의 경우는 세계적으로 높은 평가를 받고 있지 못하지만, 적어도 국내에서만큼은 자국의 대표하는 작가로 평가받은 작가, 사실상 '1의 의미에서의 국민작가'를 이야기할 수 있을 것이다.

그런데 여기서 우리는 우리가 자주 빠지는 함정을 명확히 인식할 필요가 있다. 2의 반대가 1이라 했을 때, '1'(국민작가)과 '1의 반대'(순문학가) 사이에 존재하는 차이는 사실상 거의 없다. 아니 정확히는 국민작가에 대한 시각의 차이란 실은 '1'과 '2의 반대로서의 1', 그리고 '1의 반대' 사이에 존재하는 차이에서 파생된다. 쉽게 말해, 표현 그대로 국민들 사이에서 폭넓게 읽히는 국민작가를 가진 나라에서 말하는 '국민작가'와 국민들 사이에서 거의 읽히지 않는 순문학가(교과서 문학가)를 국민작가로 가진 나라가 말하는 '국민작가'가 같을 리 만무하다.

여기서 우리는 이 이야기를 좀 더 밀고 나아갈 수 있지만, 곁가지(중요하지 않다는 의미가 결코 아니다)가 될 수 있으니 다음 기회로 미루고, 바로 카자노바가 말하는 국민작가의 반대말이 무엇인지 묻기로 하자. 그녀는 국민작가의 반대말로 도대체 무엇을 들고 있는 것일까? 흥미롭게도 그것은 '국제작가(international writer)'이다. 언뜻 보면 '국민작가 vs 국제작가'라는 대립은 위의 '1 vs 2'의 관계처럼 보인다. 하지만 실은 전혀 다른 것임에 주의해야 한다. 먼저 다음을 읽어보도록 하자.

각각의 국민문학공간에서의 형상은 국제문학세계의 그것과 비슷하다.

즉 **가장 문학적인(그리고 가장 국가적이지 않은) 구역**과 **정치적으로 가장 의존적인 영역** 사이의 대립에 의해 조직된다. 즉 **자율적이고 코즈모폴리턴적인 극**과 **타율적이고 국가적이고 정치적인 극** 사이의 대립에 의해 말이다. 이 대립은 특히 '국민적인' 작가와 '국제적인' 작가 사이의 라이벌관계 속에서 두드러지게 나타나다. 다른 식으로 말하면, 각각의 국민문학장(場:champ)과 국제문학장(場) 사이에는 구조적으로 유사함이 존재한다. 세계적 구조에서 각 국민공간의 포지션은 두 극 중의 어느 쪽에 가까운가에 의해, 즉 그 자본량에 의해, 즉 그 상대적인 자율성에 의해, 또는 그 낡음에 의해 결정된다. 따라서 세계문학공간은 여러 국민문학공간의 전체로서 형성된 하나의 집합으로서 생각해야 하기 때문에, 그런 국민문학공간은 그 자체로 이극화되고 국제적인 극과 국민적(내셔널리즘적)인 극이 국내에서 가지고 있는 상대적 무게에 따라 세계적 구조 안에서 차이화되어 위치한다.[7]

정리하면, 이렇다. '국민문학공간(국민문학의 장)'과 '국제문학공간(국제문학의 장) 사이에는 구조적 유사성이 존재하는데, '가장 문학적인 영역과 가장 정치적인 영역'의 비율에 의해 조직된 전자는 다시 '자율적이고 코즈모폴리턴적인 극과 타율적이고 국가적인 극'이라는 대립에 의해 후자에서 자신의 위치를 갖게 된다는 것이다.

필자는 「무라카미 하루키와 세계문학」이라는 글에서 세계문학을 논할 때 흔히 발생하는 혼돈을 막기 위해, 세계문학을 크게 다음 두 가지로 구분할 것을 제안한 바 있다.

1. 이념으로서의 세계문학 (괴테가 주장한 세계문학)
2. 현실로서의 세계문학 (뛰어난 작품목록으로서의 세계문학)

그런데 카자노바를 읽을 때 주의할 점은 그녀가 말하는 '세계문학'

---

7) Pascale Casanova, 위의 책, 145頁.

은 위 두 가지와는 또 다르다는 것이다. 즉 그녀가 말하는 세계문학이란 괴테가 말한 '지식인들 간 연대로서의 세계문학'도 '세계문학전집'도 아니다. 따라서 '세계문학공화국' 역시 이념으로서의 세계문학을 비유적으로 가리키는 것도, 매우 뛰어난 문학들의 성좌를 비유적으로 표현하고 있는 것도 아니다. 즉 모양이 비슷하다고 해서 '세계문학공화국'과 '세계공화국'(칸트, 가라타니 고진)을 나란히 놓는 우를 범해서는 안 된다.

그렇다면 카자노바가 말하는 '세계문학' 내지 '세계문학공화국'이란 대체 어떤 것을 가리키고 있는 것일까? 이것을 이해하기 위해서는 일단 이 두 개념에 어떠한 '가치평가'도 내재되어 있지 않는다는 점에 주의를 기울일 필요가 있다. 즉 카자노바에게 있어 '세계문학'이란 '세계에서 생산되는 문학들의 총집합'을, 세계문학공화국이란 '그런 문학들이 세계적으로 생산되고 평가받고 소비되는 시스템'을 가리키는 말에 지나지 않다. 하지만 여기서 명심해야 하는 점은 그렇다고 해서 그녀가 개개의 문학들과 개별 국민(민족)문학의 가치를 동등하게 바라보고 있다고 생각해서는 곤란하다는 것이다. 그러기는커녕 그녀는 지극히 위계적으로 세계문학을 바라보고 있다.

즉 카자노바가 말하는 '문학(근대문학)'이란 인간이라면 자연스럽게 생산하고 향유하는 보편적인 감성표현으로서의 문학과는 무관하다. 그것은 유럽에서 만들어져 전 세계에 전파된 지극히 제한적 의미의 문학을 가리키는 것으로서 가라타니 고진식으로 말하면 '근대문학'[8], 밀란 쿤데라식으로 말하면 '유럽소설(문학)'에 가깝다 하겠다. 그녀가 세계문학공간을 '위계질서의 각축장'으로서 바라보는 것은 바로 이런 특수성

---

8) 정확히 일치하는 것은 아니다. 우선 그녀는 '근대소설'(리얼리즘)만을 문제삼고 있지는 않으며, 그 출현 시기 역시 16세기로 다소 올려 잡고 있다. 하지만 여전히 19세기-20세기 문학(소설)이 논의중심이 되고 있다는 점에서 '근대문학'으로 바꿔 읽어도 이해하는 데에 큰 무리는 없다.

에 대한 인식과 관련이 있다.

위계질서가 존재한다는 것, 그것은 일종의 기준(그녀는 이를 '문학의 그리니치 자오선'이라고 표현하고 있다)이 존재한다는 의미인데, 이는 필연적으로 그것을 낳은 문학(기원), 좀 더 구체적으로는 그런 문학(유럽문학)의 중심(프랑스, 구체적으로는 파리)을 상정하게 만든다. 즉 카자노바의 관점에서 보면, 세계문학공화국이란 문학의 수도 파리(프랑스)을 중심으로 생산되고 전파되고 소비되는 일종의 공동체라고 할 수 있다.

이것이 의미하는 것은 이렇다. 유럽(파리)의 기준에 맞추지 못하거나 그곳의 인정을 얻지 못한 작가는 결코 '세계적인 작가'(국제작가)가 될 수 없는 것. 이쯤 되면, 여기저기서 반발이 나올 만도 하다. 왜냐하면 그것은 확실히 유럽중심주의(파리중심주의)라고 불릴 수 있는 것이기 때문이다. 그런데 카자노바가 그런 비판을 예상하지 못했을 리 없다. 이는 <일본어판 서문>을 읽는 것만으로 충분히 알 수 있다.

　　본서에서 연구된 케이스의 다양한 분석을 구조와 위치의 동질성에 따라서 포갬으로 아마 다음과 같은 것을 제시하는 게 가능할 것입니다. 적어도 나는 그렇기를 바랍니다. 즉 일본문학공간은 예외이기는커녕 바로 19세기 말의 특수한 문학경쟁 속으로 들어갔다는 것. 다른 장소와 마찬가지로 도쿄에서도 파리는 일찍부터 문학세계의 수도로서 인지되었다는 것. 이 사실에 의해 파리가 어떻게 역설적으로 일본문학장의 자율화에 공헌했는가 하는 것 말입니다. 1910년, 1920년대에 군사정권이 강경한 검열을 행하고 일본문학공간 전체에 커다란 위협을 가했을 때, 일본작가가 자율의 전통도 없이 어떻게 자유를 발명하고 문학적이면서 동시에 정치적이기도 한 독립을 일부 획득할 수 있었는가 하는 것 등등. **이것은 본서 『세계문학공화국』이 자민족중심주의의 책도 유럽중심주의의 책도 아니라는 말입니다.** 역으로 나는 현대세계문학과 관련된 다른 생각을 제시하려고 생각하고 있으며, 현대의 가장 혁신적이고 파괴적이

고 자유로운 작가 중 위대한 작가의 이름 몇 명을 알아주셨으면 하는 생각
도 하고 있습니다. 즉 가능한 한 문학이라는 관념 그 자체를 확장시킴과
동시에 문학창조에서 심각한 위협에 노출되어 있는 형식, 즉 상업적 규범
에 가장 상응하지 않은 형식을 지지하고 높이 들어 올리는 일에 기여할 수
있으면 하고 생각하고 있습니다.9)

여기서 주목할 것은 카자노바의 경우 근대문학의 본질을 근대국가
와의 밀월관계에서 찾기보다는 그로부터의 탈출에서 찾고 있다는 점이
다. 따라서 그녀는 국가적 억압(정치적 요구)이 강했던 시기에 문학의
수도 파리는 일본문학공간에 일종의 자유를 부여했고, 그런 자유(정치
로부터의 해방)에 대한 추구(내지 고수)가 아이러니컬하게도 국가주의
에 대한 저항이라는 정치적인 효과를 낳았다고 주장하는 것이다.

이와 같은 지적은 약간의 세부적 부정확함만 논외로 한다면, 어느
정도 수긍할 수 있는 주장이다. 예컨대 일본 근대사상계의 뜨거운 감자
인 '근대의 초극 논쟁'만 봐도 그러하다. 소위 '근대의 초극 논쟁'이란
태평양전쟁이 시작되고 열린 문학자 중심의 「근대의 초극」이라는 회합
과 교토학파가 중심이 된 「세계사적 입장과 일본」이라는 좌담회에서
이루어진 논의를 가리키는데, 이는 흔히 제국주의에 투항한 일본지식인
의 대표적인 사례로 거론된다.

그런데 가라타니 고진은 흥미롭게도 두 회합의 '차이'에 주목하기
를 권한다. 「세계사적 입장과 일본」에서 중요했던 것은 확실히 대동아
공영권과 태평양전쟁에 대한 철학적 뒷받침이었다고 한다면, 「근대의
초극」에서는 그런 지지 자체가 회피되었던 측면이 있다는 것이다. 그렇
다면 이런 차이는 도대체 왜 발생한 것일까? 여기서 그는 흥미롭게도
'독일철학 VS 프랑스문학'이라는 대립을 끌어들여 설명한다.

---

9) Pascale Casanova, 위의 책, 2-3頁.

일본의 근대철학은 독일관념론의 어휘와 사고법으로 형성되어 왔습니다. 그런 것이 '철학'이라고 생각되어온 것입니다. 하지만 철학은 자신의 삶과 경험에 들어맞는 명석한 사고여야 합니다. 그런 의미에서 문예비평가라고 불리는 사람들이야말로 철학적이라고 생각합니다. 그런데 그들은 거의가 프랑스 문학·철학계였습니다.[10]

전쟁을 적극적으로 지지한 「세계사적 입장과 일본」의 주요 참여자 대부분이 독일철학을 전공한 교토학파였던 데에 반해, 전쟁 지지라는 시대적 분위기에 소극적으로나마 저항했던 「근대의 초극」의 참여자의 다수는 프랑스문학 전공자들이었다는 것, 이것은 자연스럽게 카자노바의 주장과 연결될 수 있다. 일본문학공간이 국가주의에 의해 포위되었을 때, 프랑스문학은 확실히 일본의 문학가들에게 자유를 발명하게 함으로써 문학적이고 정치적인 독립을 '최소한이나마' 유지할 수 있게 해준 셈이기 때문이다.

그렇다면 가라타니 고진은 국가주의라는 함정에 빠지지 않은 프랑스문학 계열의 논자들을 칭찬하고 있는 것일까? 그렇지 않는다는 데에 문제의 복잡성이 존재한다. 계속 읽어보자.

그러므로 문학 대 철학이라는 형태로 대립하는 것은 실은 두 종류 철학의 대립이라고 말해야 합니다. 그러나 역으로 말해, 이들은 두 종류의 '문학' 혹은 '미학'의 대립이라고 말할 수 있습니다. 예를 들어, 고바야시 히데오는 독일낭만파 계열의 미학에 대해 '베르그송 미학'을 대치시키고 있습니다. 중요한 것은 첫째, 그것들이 모두 '미학'에 지나지 않다는 것입니다. 둘째, 여기에는 현재 전쟁을 하고 있는 나라인 영미가 완전히 빠져있다는 것인데, 그것은 그들이 '미학'적이라는 것과 밀접하게 연결되어 있습니다.[11]

---

10) 가라타니 고진, 『문자와 국가』, 조영일 옮김, 도서출판b, 2011, 96쪽.
11) 가라타니 고진, 위의 책, 96쪽.

가라타니는 여기서 '독일철학 VS 프랑스문학'이란 '철학 VS 문학'의 대립이라기보다는 '두 종류의 문학'의 대립이라고 말하고 있는데, 카자노바의 용어로 말하면 그것은 '국민문학 VS 국제문학'으로 번역될 수 있을 것이다(카자노바는 16세기경에 형성된 문학이 헤르더의 민족론과 독일낭만주의를 거치면서 '국민문학'이라는 형태로 세계로 전파되었다고 본다). 그렇다면 두 사람은 '결론적으로는' 같은 이야기를 하고 있는 것일까? 그렇지는 않다. 이는 위 대립쌍에 대한 태도에서 확연히 드러난다.

카자노바의 경우 국민문학과 국제문학의 대립은 필수적인 것이다. 즉 그 대립(차이)이 세계문학공화국을 움직이고 있다고 해도 과언이 아니다. 이에 반해 가라타니에게는 독일철학이든 프랑스문학이든 그것이 '미학'이라는 점에서 사실상 같은 것이다. 즉 그의 관점에서 보면, 카자노바가 주장하는 문학의 '자율성'이란 '현실적 아포리아를 넘어서기 위해 만들어낸 허구적 관념'에 지나지 않은 셈이다.

두 사람은 문학이 특정 시기에(바꿔 말해, 역사적으로) 형성된 산물이라는 데에는 의견의 일치를 보인다. 다만 카자노바는 그런 문학이 앞으로도 계속 지속될 것이라고 보는 반면, 가라타니는 그렇지 않다고 본다. 그렇다면 구체적으로 어디에서부터 갈라지고 있는 것일까? 그것은 무엇보다도 네이션을 문학의 필수조건으로 보느냐 보지 않느냐에 달려 있다 하겠다.

예컨대 카자노바는 다음과 같이 말하고 있다.

나는 '민족(nation)' 혹은 '민족적(national)'이라는 개념이 반드시 '문학'이라는 개념과 연결된다고 주장한 적이 없다. 나는 오히려 그것들을 구별하기 위해 『세계문학공화국』에서 세계문학공간 내에 위치하는 하위공간들, 즉 '국민문학공간'이라는 개념을 제안했다. 이런 하위공간들은 작가들의 투쟁을 통해 서로 경쟁하는데, 그것은 민족적인(혹은 애국적인) 이유에서가 아니라 순전히 문학적인 이해관계 때문이다. 그렇지만 민족적 갈등과 이데올로기와 관련하여 문학이 얼마나 독립적인가 하는 것은 하위공간들의 시대와 강한 연관이 있다.[12]

'근대문학의 종언'에 대한 가장 강력한 비판은 아마도 카자노바처럼 문학을 재정립(문학과 국민국가와의 결별 또는 독립)하는 게 아닐까 한다. 그런데 국가의 지원을 당연하게 여기고 교과서에 작품이 실리는 것을 자랑으로 여기고 있는 한국적 상황에서는 좀처럼 나오기 힘든 입장이 아닐까 한다.

4. 민족문학은 세계문학일 수 있을까?

문학계나 학계에서 회자되는 이야기 중에 이런 것이 있다. "민족적인 것이 세계적인 것이다." 이는 보편성이란 특수성에 의해서만 구현될 수 있다는 의미일 터인데, 당연히 이에 대한 비판도 존재한다. 좀 더 구체적으로 이야기하자면, "한국문학이 세계문학이 되기 위해서는 한국적인 요소를 많이 활용해야 할까? 아니면 무국적적인(또는 국제적인) 요소를 강화해야 할까?" 이전에는 전자의 목소리가 컸지만(가와바타 야스나리를 봐라!), 최근에는 후자 쪽이 더 큰 것 같다. 그것은 아마 하루키의 세계적 성공과도 관련이 있을 것이다.

앞서 언급한 대로 필자는 영미연이 주최한 '세계문학'에 대한 학술대회에서 타전공자로서는 유일하게 참석해 다른 작가도 아닌 하루키에 대해 발표를 했는데, 이는 결코 우연이 아닐 것이다. 하루키가 국내에서 널리 읽히기 시작할 무렵 그를 규정하는 것 단어 중 하나가 '무국적'이

---

12) Pascale Casanova, "Literature As A World", *New Left Review*, 2005, 1-2(vol.31), p.79 (파스칼 카사노바, 「세계로서의 문학」, 차동호 옮김, 『오늘의문예비평』, 126쪽.)

었다. 하지만 무국적이라는 것이 과연 존재하기는 하는 것일까?(코즈모폴리턴이라고 불리지 않은 것에 주의하자) 아마도 그것은 특정한 국적에 대한 부정을 의미하지 정말 국적이 없다는 말은 아닐 것이다. 따라서 우리는 그것 역시 또 다른 국적을 뜻한다고 볼 수도 있다.

하루키와 관련하여 말할 때, '무국적'이라는 막연한 표현을 사용하기보다는 차라리 '미국적'이라는 말을 사용해야 하는 이유는 여기에 있다. 그럼에도 불구하고 처음에 그것이 잘 인지되지 않았다는 것은 하루키 소설을 읽을 때 우리가 가졌던 신선함이란 국적과 관련된 어떤 감성보다는 소위 '일본적 감성'의 부재에서 온 것은 아니었을까 하는 추측을 낳게 한다. 즉 우리가 하루키에게서 발견한 것은 어떤 '있음'이 아니라 '없음'이었는지도 모른다. 초기 수용기를 지난 후에야 우리는 비로소 그의 소설에서 피츠제랄드니 카버니 어빙이니 보네거트니 하는 미국작가들의 흔적을 발견하게 되었다.13) 알고 보니, 하루키적 감수성이란 미국에서 온 것들이었던 셈이다.

하지만 일본문학에 어느 정도 조예가 있는 사람이라면, 다른 주장을 할지도 모른다. "하루키야말로 가장 일본적인 작가다"라고 말이다. 도대체 어느 쪽이 맞은 것일까? 사실 이것은 복잡한 문제이다. 실제로 일본에서도 이에 대한 의견을 크게 나뉜다. 1) 우선 미국문학의 영향을 강하게 받은 작가라는 견해가 존재한다.14) 이는 사실 하루키가 등단할 때부터 받아오던 평가로서(그도 그럴 것이 그는 그때 미국현대문학에 대한 에세이를 연재하기도 했다), 이를 둘러싼 영향관계를 밝히는 것이 비

---

13) 참고로 필자는 하루키를 논할 때, 1990년 이후 한국의 미국문학 수용도 함께 이야기할 필요가 있다고 생각한다. 왜냐하면 한국독자들의 미국문학에 대한 인식은 정확히 하루키 이전과 이후로 나뉜다고 해도 과언이 아니기 때문이다. '무라카미 하루키와 미국문학'에 대해서는 따로 이야기할 기회가 있을 것이다.

14) 예컨대 사이토 다마키는 어떤 글에서 한때 하루키를 커트 보네커트의 아류로 평가하고 주의를 기울이지 않았다고 고백하고 있다. (齋藤環, 「解離の技法と歷史的外傷」, 『村上春樹を讀む』(『ユリイカ』, 3月臨時增刊), 靑土社, 2000 참조.

평의 주종을 이루었다. 하지만 2) 오쓰카 에이지 같은 평론가는 미국에서의 하루키 수용을 고찰하면서 새삼 '일본적인' 하루키를 강조한다.[15] 그는 영문판 표지(최신판 표지는 조금 다르다)를 예로 들어 그것을 자세히 설명하고 있는데, 여기에는 단순히 '표지'문제만으로 치부하기는 힘든 부분이 있다.

그런데 여기서 일본적이냐 미국적이냐, 또는 아시아적이냐 서구적이냐 라는 물음과는 전혀 다른 방향에서 하루키를 평가하는 사람도 있다. 그는 바로 일본에 두 번째로 노벨문학상을 안겨준 오에 겐자부로이다. 그렇다면 오에는 후배작가인 하루키의 소설을 어떻게 평가하고 있는 것일까? 필자는 우리의 논의와 관련하여 이 지점이 매우 중요하다고 보기 때문에 조금 자세히 살펴보기로 한다.

1994년, 오에 겐자부로는 국제일본문화연구센터가 주관하는 <일본연구교토회의>의 연사로 초대된다. 이 회의는 일본문화, 일본문학을 연구하는 외국인 연구자들이 대거 참여하는 모임으로(미국 일본사 연구의 태두 마리우스 잰슨도 있었다), 성격상 화제는 일본문화(일본문학)의 세계화를 논외로 할 수 없었다. 사실 국제일본문화연구센터라는 곳 자체가 일본문화를 세계적으로 알리려는 목적으로 설립된 기관이다.

이 강연에서 우리가 놓쳐선 안 되는 것은 강연제의를 받은 것은 노벨문학상을 받기 이전이고, 이 강연 자체는 수상 직후에 이루어졌다는 점이다. 강연에서 고백하고 있는 것처럼 그는 강연원고를 작성하는 도중에 노벨문학상 수상 소식을 들었고, 그로 인해 원래 의도했던 글감을 포기하고 다른 이야기를 하기로 마음먹었다. 그렇다면 원래 쓰려고 했던 내용은 어떤 것이었을까? 그것은 일본문학과 세계문학의 관계에 대해서였다. 즉 그는 일본문학을 몇 개의 라인으로 정리하고, 그것들과 세

---

15) 大塚英志, 「村上春樹にとっての'日本'と'日本語'」, 『サブカルチャー文學論』, 朝日文庫, 2007 참조.

계문학의 관계를 논하려고 했다. 뜻밖의 사건으로 도중에 철회되었지만 말이다.

하지만 대체적인 줄거리를 강연에서 언급하고 있는 터라 참고할 수는 있다. 오에는 세계문학과 관련하여 일본문학을 세 가지 라인으로 정리한다. 제1의 라인은 세계로부터 고립된 문학이다. 이를 대표하는 작가로 그는 다니자키 준이치로, 가와바타 야스나리, 미시마 유키오 등을 든다. 제2의 라인은 세계문학과 피드백을 하고 싶어 하는 문학이다. 여기에 속한 작가는 세계문학으로부터 문학적 자양분을 흡수한 작가이다. 대표적인 작가로 오오카 쇼헤이, 아베 고보, 그리고 자기 자신을 호출한다. 그리고 마지막으로 제3의 라인은 현재 세계적으로 각광을 받고 있는 일본문학이다. 여기에 속하는 작가는 충분히 짐작이 가능한 것처럼 무라카미 하루키와 요시모토 바나나이다.

얼핏 들으면 그럴듯한 이야기지만, 조금만 주의 깊게 살펴보면 꽤 복잡한 문제가 존재함을 알 수 있다. 먼저 제1의 라인과 제2의 라인의 구분을 보자. 단순화하면 그것은 1) 세계로부터 고립된 문학(즉 일본문학)과 2) 세계와 소통하려는 문학(즉 세계문학)이 될 것이다. 여기서 필자가 우선적으로 지적하고 싶은 것은 오에가 말하는 세계문학과 국민문학(일본문학)이라는 구분을 '세계적인 인정'이라는 잣대로 봐서는 곤란하다는 것이다.

다니자키 준이치로든 가와바타 야스나리든 미시마 유키오든 하나같이 세계적인 인정을 받고 있는 작가이다(플레야드총서에 들어가 있을 정도이다). 더구나 이들의 지명도는 세계와의 소통을 간절히 원한 아베 코보나 오에 겐자부로에 비할 바가 아니다. 즉 현실적으로 제2의 라인보다 제1의 라인이 세계독자의 환영을 받았다. 따라서 오에 쪽이 일본문학에 가깝고, 오히려 다니자키 쪽이 오히려 세계문학이라고 해야 논리적으로 타당할지도 모른다.

하지만 오에는 그렇게 구분하고 있지 않다. 왜일까? 그것은 오에의 구분에서 중요한 것은 '외부의 인정'이라기보다는 창작자가 외부를 어떻게 바라보는가에 있었기 때문이다. 즉 제1의 라인은 외부보다는 일본적인(민족적인) 것을 중심을 두고 창작을 한 작가들이라면, 제2의 라인은 그 반대였던 것이다.16) '민족문학과 세계문학'을 둘러싼 이런 오에 식의 구분은 확실히 우리에게는 낯설다. 그러나 반드시 그런 것만도 아닌데, 오래 전에 비슷한 이야기를 한 사람이 있기 때문이다(정작 오에 자신은 비슷한 이야기를 하고 있다고 생각하지 않을지도 모르지만).

토마스 만은 『괴테와 톨스토이』라는 책에서 실러와 도스토예프스키는 각기 독일문학가이자 러시아문학가에 불과하지만, 괴테와 톨스토이는 세계문학가라고 주장한 바 있다. 다소 황당하게 들리는 이런 주장은 어떻게 보면 오에의 그것과 정확히 포개진다고 볼 수 있다. 즉 실러와 도스토예프스키는 제1의 라인에 서있는 문학, 괴테와 톨스토이는 제2의 라인에 서있는 문학으로 구분될 수 있는 것이다.

그렇다면 여기서 우리는 좀 더 구체적으로 오에가 자신이 포함된 제2의 라인을 어떻게 설명하고 있는지 살펴보기로 하자.

> 제2의 라인은 세계의 문학으로부터 배운 사람들의 문학입니다. 프랑스문학이나 독일문학이나 영문학이나 러시아문학에서 배웠습니다. 그리고 독자적인 경험을 통해 일본문학을 만들었습니다. 세계문학에서 배워서 일본문학을 만들어 가능하면 세계문학과 피드백하고 싶다고 생각한 작가그룹입니다.
>
> 나는 그것을 세계문학이 일본문학이 된 것이라고 말하고 싶습니다.17)

정리하면, 제1의 라인이 [민족문학→세계문학=민족문학]이라면, 제2

---

16) 아베 코보와 세계문학과의 관계는 너무나 유명하니 그냥 넘어가고 오오카 쇼헤이에 대해 잠깐 언급하자면, 그는 일본에서도 손에 꼽히는 스탕달 번역가이자 연구자였다.
17) 大江健三郎, 「世界文學は日本文學たりうるか?」, 『あいまいな日本の私』, 岩波新書, 1995, 209頁.

의 라인은 [세계문학→민족문학=세계문학]이라는 것이다. 여기서 필자는 더 이상 두 라인의 차이를 찾는 작업을 하지 않겠다. 왜냐하면 첫째 중요한 것은 정확한 정의를 내리는 것이 아니기 때문이며, 둘째 아무리 정의를 내리더라고 해도 그것은 또 다른 반론을 불러일으키는 것으로 그칠 공산이 크기 때문이다. 따라서 우리는 이 문제를 측면에서 접근할 필요가 있다.

앞서 필자는 오에가 노벨문학상을 받은 후 원래의 계획을 취소하고 다른 내용의 강연을 했다고 했는데, 여기서 이런 질문을 할 수 있을 것이다. 그렇다면 그는 왜 원래 쓰던 내용을 포기했을까? 그것과 노벨문학상은 관계가 있는 것일까? 결론적으로 말하면, 그것은 노벨상과 관련이 있다. 그런데 여기서 중요한 것은 노벨문학상 자체라기보다는 우리가 아직 다루지 않은 제3의 라인과 관련이 있다.

제1의 라인과 제2의 라인은 어느 쪽이 세계문학이고 민족문학이냐 하는 논의와는 무관하게 '세계문학'을 논할 때 항상 등장하는 한 쌍의 개념이다. 하지만 제3의 라인은 그렇지 않다. 이는 한편으로 그것들이 비교적 최근에 등장한 문학이라는 말이기도 하지만, 다른 한편으로 제3의 라인에 속한 작품들이 그동안 제1의 라인이나 제2의 라인으로 억지로 분류되어왔다는 말이기도 하다. 그러므로 "민족문학이냐 세계문학이냐"라는 논의에서 이 같은 제3항의 도입은 여러모로 주목할 만한데, 왜냐하면 현실적으로 "A냐 B냐"라는 논의를 통해 이제껏 우리가 밝혀온 것이 결과적으로 매우 빈약하기 때문이다.

이런 의미에서 오늘날 세계문학과 관련하여 어떤 생산적인 논의가 가능하다면, 그것은 어디까지나 C의 관점을 고려할 때가 아닐까 한다. 즉 '세계문학'을 단순히 명작들의 목록이 아닌 현재적인 문제로 본다면, 무엇보다도 제3의 라인에 주목할 필요가 있다는 것이다. 하지만 이 자리에서 그것을 구체적으로 논할 여유는 없다. 이는 적어도 책 한 권 정도는 필요한 내용이기 때문이다. 그러므로 우리는 그보다는 여기서는

오에 겐자부로가 제3의 라인을 어떻게 바라보았는지에 대해 살펴보는
데에서 그칠까 한다.

> 제3은 어떤 라인인가 말씀드리면, 나는 무라카미 하루키, 요시모토 바나
> 나 라인을 그렇게 부르고 있습니다. 이 라인은 두 명밖에 없지만, 그것만으
> 로 제2의 라인의 200배 정도의 판매량을 보여주고 있습니다(웃음). 나는 그
> 들을 세계 전체의 서브컬처가 하나가 된 시대의 매우 전형적인 작가들이라
> 고 생각합니다.
> 20년도 전 일이지만, 나는 멕시코시티 반년 정도 체재하면서 콜레히오
> 데 메히코라는 대학원대학에서 강의를 한 적이 있습니다. 그때 옥타비오
> 파스 씨와 만난 적이 있습니다.
> 나는 파스 씨로부터 이런 이야기를 들었습니다. 그가 쓴 글에도 있습니
> 다만, 뉴욕, 런던, 파리, 모스크바, 베를린, 멕시코시티, 도쿄, 그 전체를 하
> 나의 서브컬처가 포착하는 시대가 이미 지금 존재한다. 조만간 그것이 새
> 로운 문학도 만들 것이다.[18]

여기서 우리가 알 수 있는 것은 첫째 제3라인이 세계적으로 엄청난
상업적 성공을 거두고 있다는 것과 둘째 그 배경으로 전 세계가 하나가
된 서브컬처가 존재한다는 점이다. 그런데 여기서 주목할 것은 바로 그
런 현상에 대해 오에가 강한 위기감을 느꼈다는 점이다(그는 제3의 라
인이 엄청나게 팔린다는 것을 강조하면서 이를 자신의 라인과 비교하
고 있다). 이는 이어서 나오는 그의 진술에는 분명히 드러난다.

> 현재 무라카미 하루키, 요시모토 바나나 라인이 그런 것들로, 그들만의
> 독자적인 문학을 만들기 시작했습니다. 그들의 작품은 번역되어 아메리카
> 에서 주목받고, 이탈리아에서 널리 읽히고 있습니다. 충분히 세계적이라고
> 말해도 좋을 것입니다.

---

18) 大江健三郎, 「世界文學は日本文學たりうるか?」, 위의 책, 209-210頁.

그러고 보면, 세계적으로 인정받고 있는 라인은 다니자키, 가와바타, 미시마, 그리고 무라카미, 요시모토 라인으로 중간에 함몰이 있는 셈입니다. 이 움푹 들러 간 곳에 오오카, 아베, 오에가 떨어져 있는 것이지요.

그런 분류에 기초해 나는 이런 논리를 세웠던 것입니다. 우리들의 문학은 자신들의 문학을 만들었다. 하지만 제1의 라인처럼 우리들 중 어느 누구도 노벨상을 받은 적이 없다. 제3의 라인처럼 아메리카나 이탈리아에서- 국내의 경우는 여기선 언급하지 않는다- 잘 팔린 적도 없다. 우리는 세계로부터 가장 풍부하게 받아들였지만, 세계부터 가장 빨리 망각되는 자들이 아닐까?

이쯤 이르면, 우리는 이제 전체적인 맥락을 파악할 수 있는 위치에 설 수 있게 된다. 즉 오에는 궁극적으로 말하고 싶었던 것은 세계로부터 가장 많은 것을 받아들이고, 또 그것을 세계에 되돌려 주려고 노력한 자신과 같은 작가들(즉 세계문학의 생산자)이 아이러니컬하게 세계로부터 도리어 소외당하는 사태였다. 그에게 있어 그것은 말하자면 '세계문학의 위기'였다. 물론 제2의 라인은 이전부터 많이 팔리지도 않았고 또 상복이 많았던 것도 아니다. 하지만 그럼에도 불구하고 오에가 새삼 위기를 강하게 감지한 것은 '자신들보다 더 세계적인' 제3의 라인이 등장한 것이었다.

하지만 오에는 문학가로서는 최대 영예인 노벨문학상을 받게 되었고, 그로 인해 써오던 원고를 폐기할 수밖에 없었다. 그리고 그는 '세계문학' 대신에 '세계언어'라는 개념을 제시하고 그와 관련된 이야기를 풀어가는데, 이 역시 매우 흥미로운 내용이지만, 이야기가 길어질 것이 분명하기에 다음 기회로 미루고 맨 앞으로 돌아가고자 한다.

5. 세계문학은 한국문학일 수 있을까?

필자는 본고에 "한국문학은 세계문학일 수 있는가?"라는 제목을 붙였다. 이는 세계문학과 관련하여 우리가 던지는 핵심적인 질문과 아마 일치할 것이다. 그런데 우리가 살펴본 오에의 강연에는 다음과 같은 제목이 붙어 있다. "세계문학은 일본문학일 수 있는가?" 우리의 물음과 정반대인 이것은, 그냥 보았을 때 다소 묘하게 느껴지는 제목이다. 하지만 오에의 논의를 살펴본 우리로서는 그 질문이 무엇이 의미하는지는 어느 정도 짐작이 가능할 것이다.

필자는 앞으로 한국문학이 던져야 하는 질문은 전자가 아니라 후자여야 하지 않을까 한다. 그리고 그럴 때만 노벨문학상 20명설(황석영) 등으로 한국문학을 과장하거나 미국시장에서의 작은 성공에 고무되거나 국가가 문학번역에 앞장서야 한다는 관료적 발상을 그만 둘 수 있을 것이기 때문이다.

"세계문학은 한국문학일 수 있는가?"

이 물음은 확실히 '서구중심주의 비판'이나 '국가적 지원에 대한 호소'에 우리의 노력을 낭비하지 않도록 해준다. 필자는 이 글의 서두에서 『세계문학의 구조』를 요약하면서 고의로 제1장(「세계문학으로」)에 대한 내용요약은 생략했다. 그것은 나머지 장은 모두 '현실로서의 세계문학'을 다룬 반면, 제1장은 '이념으로서의 세계문학'을 다루었는데, 엄밀히 말해 이는 '문학연구'의 범위를 넘어서는 것으로 보았기 때문이다.

하지만 '문학연구'의 범위를 확장하면, 문학전공자들이 그것을 사유하지 못할 이유는 없다. 아니 "세계문학은 한국문학일 수 있는가?"라는 물음부터가 그것을 요구한다 하겠다. 이에 답하기 위해서는 '이념으로서의 세계문학'을 우리의 사정권에 두지 않으면 안 되기 때문이다.

■ 참고문헌

백낙청, 『문학이 무엇인지 다시 묻는 일』, 창비, 2011.
조영일, 『세계문학의 구조』, 도서출판b, 2011.
가라타니 고진, 『문자와 국가』, 도서출판b, 2011.
Pascale Casanova, La République mondiale des Lettres(1999), 岩切正一郎譯, 藤原書店, 2002年.
_____________________, "Literature As A World", New Left Review, 2005, 1-2(vol.31)
大江健三郎, 『あいまいな日本の私』, 岩波新書, 1995.
大塚英志, 『サブカルチャー文學論』, 朝日文庫, 2007.
齋藤環, 「解離の技法と歴史的外傷」, 『村上春樹を讀む』(『ユリイカ』, 3月 臨時增刊), 靑土社, 2000.

■ 국문초록

　본고는 최근 문단이나 학계에서 핵심논제로 떠오른 세계문학에 대해 다루고 있다. 필자는 한국에서의 세계문학담론이란 기본적으로 한국의 경제적·문화적 팽창과 관련이 있기 때문에 '한국문학의 세계화'로 요약가능하다고 보았다. 그리고 그랬을 때 발생하는 본질적인 문제들을 고찰하기 위해 서로 입장을 가진 파스칼 카사노바와 가라타니 고진의 근대문학론을 비교해 보았다. 그런 후에 우리와는 정반대의 관점에서 세계문학에 접근한 오에 겐자부로의 논의를 길잡이 삼아 앞으로 전개되어야 할 세계문학론의 방향을 가늠해보았다.

주제어: 한국문학, 세계문학, 민족문학, 국민문학, 국문학, 파스칼 카자노바, 가라타니 고진, 오에 겐자부로, 괴테, 창비, 무라카미 하루키

■ Abstract

Can Korean literature be literature of the world?

Cho, Young Il(Sogang University)

This article discusses the world-literature. This is a hot topic in recent literary world. World-literature discourse in Korea is basically related to Korea's economic and cultural expansion. Therefore I think 'globalization of Korean literature' was considered to be a summary. And then to look at a fundamental problem that occurs, Pascale Casanova and Kojin Karatani's views on modern literature were compared. I received the help of Kenzaburo Oe's discussion of world-literature in a different way. And through it I thought about the future of the world-literature

Key Words: korean literature. world-literature, national literature, Pascale Casanova, Kojin Karatani, Kenzaburo Oe, Goethe, Changbi, Haruki Murakami

이 논문은 2011년 11월 12일에 접수되어, 2011년 11월 22일부터 2011년 12월 3일 사이에 이루어진 소정의 심사를 거쳐 2011년 12월 10일 편집회의에서 최종적으로 게재가 확정되었음.

물화(物化)된 화폐의 시적 수용 양상 연구

- 30년대 백석 시를 중심으로

목 차

1. 서론
2. 근대적 감각으로서의 화폐 형식
3. 거리두기와 매개를 통한 상호작용
4. 후각을 통한 공통 감각의 복원과 '권태'의 극복
5. 결론

남 승 원*

1. 서론

우리 역사에서 1930년대는 근대 자본주의적 생활양식이 본격화된 시기이다. 비록 그것이 당시 경성이라는 도시의 물리적인 범위 안에 한정되었다거나, 심지어 경성의 내부에서도 일부 지역인 남촌[1]에만 쏠린 현상이라는 지적이 가능할지라도 이전 시기와 비교해보았을 때 30년대

---

* 경희대학교.

[1] 지금의 충무로-을지로-명동에 이르는 지역인 남촌은 임오군란 이후부터 일본인들의 집단 거주지가 자 리잡기 시작했다. 이 지역은 조선인들의 전통적 거주지인 북촌에 비해서 경성의 도시화 과정 내내 상대적으로 수혜를 입어왔다.

는 여러 가지 중요한 변화를 보이는 것 또한 사실이다. 근대적 생활양식의 가시적인 특징으로 도시의 발달, 백화점의 등장과 카페 문화의 탄생 등을 지적할 수 있는데 여기서 보다 중요하게 지적해야 할 것은 당시 대중들의 내면에서 이 외적인 변화들의 수용력이 생활화·보편화되었다는 점이다. 그것은 소위 '모던 걸'과 '모던 보이'로 불리는 일종의 세대문화로 확산되거나[2], 당대 문화의 한 공통적 특질을 일컫는 '에로 그로 넌센스'[3]라는 말의 통용 등으로 미루어 짐작할 수 있다.

관점에 따라 근대는 다양한 모습을 가질 수 있으나, 근대의 모습들은 당대의 사회 구성원들에게 확산되어 일상적인 삶의 기준으로 실제 작용하였다. 따라서 30년대의 성격을 논의할 때, 경성으로 대표되는 물리적 공간의 범위에서 벗어나 도시가 담고 있던 근대적 조건들의 확산이라는 측면에서도 논의가 가능해진다. 근대의 공간적 배경인 대도시의 본질 역시 그 물리적 경계를 넘는 기능의 크기와 확산에 있기 때문이다.[4] 이와 같은 30년대의 상황에서 화폐 역시 실물가치의 표현이라는 경제적 교환으로서의 단순한 수단을 벗어나 정신적인 차원에서 사회적

---

2) 김경일은 『여성의 근대, 근대의 여성』(푸른역사, 2004, 24면)에서 일본 연구자 高橋康雄의 말을 인 용하면서 '모던 걸', '모던 보이'라는 말은 일본에서 기타자와 히데카즈(北澤秀一)가 1926년에 잡지 『女性』 8월호를 통해 처음 언급하였다고 한다. 하지만, 1872년도에 설립하여 일본에서 가장 오래된 화장품 회사인 資生堂이 발행하던 동명의 월간지 1926년 6월호를 보면 6명의 편집자들이 모여서 '모던 걸'이라는 주제를 놓고 토론하는 내용이 실려 있다.(http://www.shiseidoblog.co.kr/187)

우리나라에서는 바로 다음해인 1927년 박영희가 『별건곤』 12월호서 '모던 걸', '모던 보이'를 언급하고 있다. 이를 통해 당시 우리나라는 문화 수용의 측면에서 일본과 거의 시차가 없었다는 것을 알 수 있다. 물론, 일본은 당시 유럽이나 미국의 문화를 시차 없이 받아들이고 있었다. 본고는 실제 문화나 경제적 차이는 있을지라도 그 맥락을 소비하는 데 있어서 동시대성을 보다 주목하고자 한다.

3) 물론 이 말은 당시 유행의 이면에 있던 말초적이고 감각적인 것을 지적하는 말이기도 하다.

소래섭, 『에로 그로 넌센스-근대적 자극의 탄생』, 살림, 2005.

4) 게오르그 짐멜, 「대도시와 정신적 삶」, 김덕영 외 옮김, 『짐멜의 모더니티 읽기』, 새물결, 2005, 48쪽.

상호관계 전반에 중대한 영향을 미치게 된다.[5] 이러한 새로운 기능으로서 화폐는 직접적인 상호 이해의 토대를 마련하고 나아가 보편적으로 인간적인 것에 대한 표상이 성립하는 데에도 결정적인 기여를 한다.[6] 말하자면 30년대는 근대 문화의 외부적 조건들이 본격화되는 것과 더불어 화폐 경제와 같은 현상이 동시대 문화 운동 전체를 규제하는 동일한 리듬을 따르는[7] 시기라고 할 수 있다.

백석이 첫 시집 『사슴』(1936)을 발간한 시기의 문단은 이러한 외적 변화와 반응하고 있었다. 이 시기 문단의 상황은 일본의 군국주의가 본격화되면서 카프가 강제 해산되고, 이에 따라 프로문학의 퇴조와 맞물려 전향문학론이 등장하는 등 주도적인 이념이 상실된 이른바 '전형기(轉形期)'라는 말로 요약될 수 있다. 이같은 상황 속에서 서구의 모더니즘이 '근대'의 표상으로 수입되고, 또한 이를 통해 근대적 예술에 대한 자각 역시 생겨나기 시작했다.[8] 백석 역시 그의 문학적 출발이 소설이었고,[9] 첫 시집의 간행 이전에 발표한 시가 그리 많지 않았다는 점을 감안한다면 『사슴』에 실린 작품의 대부분이 바로 이 시기에 창작된 것으로 보인다. 즉, 그의 시세계는 근대적 조건들이 일상으로 확산되어가는 시기의 한 가운데에서 출발한 것이다. 특히 그의 전기적 사실들[10]에 주목해보면, 그것이 항상 문학적인 특질과 직접적인 연관이 있는 것은 아닐지라도 최소한 그가 서구의 모더니즘, 그리고 그것을 본격적으로

---

5) 윤미애, 「짐멜의 문화이론과 모더니티」, 『독일문학』103집, 2007, 131쪽.

6) 게오르그 짐멜, 「현대 문화에서의 돈」, 김덕영 외 옮김, 앞의 책, 17쪽.

7) 위의 글, 32쪽.

8) 고봉준, 「한국 모더니즘 문학의 미적 근대성 연구」, 경희대박사학위논문, 2005, 2쪽.

9) 1930년 「그 母와 아들」이 『조선일보』의 신년현상문예에 당선되어 등단했다.(동년 『조선일보』에 1월 26일부터 2월 4일까지 게재)

10) 아버지(白龍三)가 조선일보의 사진반장을 지낸 우리나라 사진기술의 초창기 인물 가운데 하나라는 사실, 잘 알려져 있듯이 백석이 일본의 명문사학 중 하나인 아오야마(靑山學院)에서 영문학을 공부하고, 소설이나 비평 등 외국의 작품을 번역한 점 등.(정효구 편, 『한국현대시인연구·백석』, 문학세계사, 1996, 169-178쪽.)

받아들이고 있던 당시 조선의 현실을 예민하게 감각하고 있으리라는 것만은 분명하다.

하지만 "그 시를 어떤 카테고리에 넣고 평하여 좋을는지 모르"겠다는 당시 최재서의 언급11)에서 알 수 있는 것처럼 백석의 시는 『사슴』 발표 당시부터 극단적인 평가의 한 가운데에 있었다.12) 이후 백석의 시세계에 대한 다양한 연구가 진행되면서 그에 따른 연구성과들의 축적과 다른 한편 일반 대중들의 꾸준한 관심과 호응에 힘입어 백석의 시는 현재 우리 문학 내에서 상당한 위상을 갖게 되었다. 여기서 주목할 만한 것은 상반된 평가를 한 김기림과 오장환의 언급에서도 알 수 있듯이 당대에는 백석을 긍정적이든 부정적이든 모더니스트라는 공통의 관점으로 평가를 했다는 점이다. 그러나 이후의 연구에서는 그의 뛰어난 모더니스트적인 감각을 평가하면서도, 잃어버린 민족적 삶의 원형을 복원해 낸 시인으로 보는 전통적·토속적인 관점이 대부분을 이루어왔다. 최근에는 그의 작품세계를 '근대성'의 관점으로 보고자 하는 작업들 역시 꾸준히 발표되고 있으나13), 백석 연구의 초창기에 문학사적 가치를 복원하고자 했던 시대적 의욕이 지운 그의 모더니스트적인 발자취는 여전히 흐릿한 채 머물러 있다.

본고는 백석이 자본주의적 생활양식이 본격화되고 일상적 삶의 기

---

11) 「2월 시단평」, 『인문평론』, 1940.3.
12) 백석의 시에서 일찍이 '모더니티'의 감각을 읽어낸 김기림(「시집 『사슴』을 안고」, 『조선일보』, 1936.1.29.)의 긍정적인 평가와 "보편성을 가진 全朝鮮的인 문학과 遠距離"에 놓여있다는 지금으로서는 믿기 힘든 혹평을 한 임화(「문학상의 '지방주의'문제」, 『조광』, 1936.10.)나 오장환의 부정적인 평가(「백석론」, 『풍림』, 1937.4.)가 대표적이다.
13) 김용직, 「토속성과 모더니티-백석론」, 『한국 현대시 해석비판』, 시와시학사, 1993.
   박수연, 「백석의 『사슴』에 나타난 모더니티 연구」, 『어문연구』28집, 1996.
   강영재, 「백석의 주체적 시세계 연구」, 『청람어문학』21집, 1999.
   임재서, 「백석 시의 감각 표현에 나타난 정신사적 의미 고찰」, 『국어교육』108집, 2002.
   진순애, 「백석 시의 심미적 모더니티」, 『비교문학』30집, 2003.
   전봉관, 「백석 시의 모더니티」, 『한중인문학연구』16집, 2005.
   박몽구, 「백석 시의 토속성과 모더니티의 고리」, 『한국학논집』39집, 2005.

준으로 확산되어가던 시기의 한가운데에서 시 장르를 자각하였으며, 근대적인 예술감각을 적극 수용했다는 점에 주목하고자 한다. 이를 보다 자세히 파악하기 위해 본고는 현대 문화의 심층적인 근원과 그 구조를 이해하려고 노력했던 게오르그 짐멜(Georg Simmel)의 관점을 차용하고자 한다. 짐멜은 근대 사회가 보여주는 문화적 특질이 대도시를 배경으로 이루어지고 있다고 보았으며, 그 저변에는 화폐의 발달이 자리 잡고 있는 것으로 파악한다. 하지만 짐멜 논의의 독특한 유용성은 화폐를 단순히 경제적 관점으로서가 아니라 근대 사회에서 벌어지는 심리적·문화적 관계들의 근본적 차원으로서 '화폐 형식'으로 파악하는 데에 있다.

본고는 30년대 백석 시세계의 기저에 고향공동체에 대한 인식보다는 오히려 새로운 삶의 조건으로서의 도시(경성) 체험이 자리 잡고 있었다고 본다. 바로 이같은 인식의 저변이 당대는 물론이고 현재에까지 이르는 개성을 그의 시에 부여하게 된 것이다. 그것은 일찍이 김기림이 파악한 백석의 '유니크한 풍모'의 진정한 모습인 동시에 단순히 사조(思潮)적인 관점의 모더니즘으로는 김기림도 채 파악할 수 없었던 백석의 미적 근대성이다. 이를 통해 백석이 짐멜이 밝힌 '화폐 형식'을 어떻게 수용했는가를 밝힘으로써 백석 시의 표면에 드러난 전통적 세계에 대한 연구에서 벗어나 보다 그의 모더니스트적인 면모를 밝히는 데에 기여할 것으로 기대한다.

2. 근대적 감각으로서의 화폐 형식

식민지 시기 가장 대중적인 잡지 중에 하나이자 제일 오랫동안 발행되었던 『삼천리』의 창간호(1929년 7월호)를 보면 일종의 기획기사가 눈길을 끈다. "돈 十萬圓이 있다면"이라는 제목으로 각계각층의 인사들이 쓴 글14)이 그것인데, 이를 통해 짐작할 수 있는 것은 최소한 20년대 후반에 오면 화폐에서 비롯되는 교환가치에 대한 인식이 일반화되었다는 사실이다. 게다가 글의 제목들만 몇몇을 살펴보아도 "事業資金에 쓰겠다", "私立大學創設", "劇場撮影所設置" 등 구체적인 목표나 포부가 '십만원'의 가치에 맞추어 서술되고 있음을 쉽게 알 수 있다. 말하자면 화폐를 통하여 가치('10만원')와 대상('사업자금', '사립대학', '극장촬영소')이 매개되는 상상력이 이미 사회 일반에서 공감을 얻고 있는 것이다. 짐멜의 표현대로 한다면 교환이 하나의 생활 형식으로 자리잡게 되었다고 할 수 있다.15)

짐멜은 사회적 관계에서 발생하는 모든 상호작용들이 일종의 교환으로 간주되어야 한다고 본다. 심지어는 다른 사람을 한 번 흘끔 쳐다보는 행위들까지도 말이다.16) '교환'은 '상호작용'보다 더 좁은 개념이지만 문화를 포함하는 사회적인 현상들을 해석할 수 있는 유효한 방식이기도 하다. 그에 따르면 교환은 '이중의 행위'로서 어떤 주체가 이전에는 소유하고 있지 않았던 것을 소유하게 되거나 이전에는 소유하고 있었던 것을 내주는 방식이라면 모두 연관을 가지고 있게 된다.17) 따라서 교환은, 득과 손실 또는 증가와 감소 등 일상을 구성하는 과정들을 주체들 사이에서 발생하는 것으로 여기는 경제적 관점 이외에도, 주체 안에서의 정신적·문화적 의미로 해석이 가능하게 된다. 바로 이같은 '교환'의 개념을 통해서 짐멜은 기존의 사회학적 연구가 가진 단편적인 성격에서 벗어나 보다 심층적으로 사회상을 파악하고자 했다.

이를 위해 짐멜이 주목한 것은 화폐이다. 화폐는 교환의 성격이 가장 순수한 형식으로 구현된 것으로서 상인처럼 교환기능을 가졌으나

---

14) 권동진(權東鎭), 허헌(許憲), 이상협(李相協), 한기악(韓基岳), 최규동(崔奎東), 정종명(鄭鍾鳴), 박영희(朴英熙) 등 7명의 글이 실렸다.

15) Georg Simmel, *Philosophy of Money*(Third Enlarged Edition), translated by Tom Bottomore and David Frisby, Routledge, 2004, p.82.

16) Ibid., p.82.

17) Ibid., p.83.

그와는 달리 인격적 특질이나 개인적인 성향 등에 영향을 받지 않는다. 때문에 그 자체로 아무런 특성을 가지고 있지 않은 화폐는 매 순간 인간과 사물 사이에 삽입되어 인격과 소유가 서로 밀접한 관계를 맺고 있었던 근대 이전의 상호의존성을 해체하면서 근대세계의 성격을 확증한다. 다시 말해, 물화(reification)된 교환기능으로서의 화폐는 인간과 사물 사이의 모든 관계를 매개하고 동시에 거리(distance)를 두게 함으로써, 모든 경제 행위에 미증유의 비인격성을 부여하는 한편 그와 같은 정도로 개인의 독립성과 자율성을 고양시킨다.[18] 이처럼 화폐라는 매개 형식을 통한 거리화의 발생은 화폐 경제의 발달과 더불어 점점 더 근대 사회·문화의 논리적 구조와 실질적 내용을 주도하게 된다. 따라서, '화폐 형식'은 그것이 가장 일반화된 근대 대도시에서 벌어지는 삶의 방식을 비롯하여 근대에 새롭게 양식화된 예술 장르 등을 생성하고 확산하는 힘으로서 이해가 가능해진다.[19]

1930년대는 바로 이와 같은 '화폐 형식'이 일반화된 사회이다. 바꾸어 말하면 경성을 중심으로 하는 대도시의 문화가 교환의 형식을 통해 대중들의 삶 속에 깊이 파고들어가게 된 것이다. 이미 앞서 지적하였듯이, 이른바 '모던 세대'로 일컬어지는 세대 문화의 확산이 그것의 가장 단적인 예이다. 그 이면에는 근대생활의 특수한 형식들 중의 하나인 '유행'이 사회적 현상으로 이미 자리를 잡았으며, 또한 유행하는 시대

---

18) 게오르그 짐멜, 앞의 글, 12-14쪽.

19) 이것은 경제적 관점으로 본 화폐 결정론과는 구별된다. 짐멜이 강조하고자 하는 것은 근대 사회에 널리 퍼진 '화폐 형식'이 가진 문화적 의의이다. 그 역시 화폐 경제에서 비롯되는 소외(alienation)나 물신(fetish)의 부정적 측면을 언급하고 있지만, 그보다 교환의 순수한 형식으로서 화폐가 가진 '매개'와 '거리두기' 기능이 외부의 사물에서 비롯되는 '객관문화'로부터 침해받지 않는 영혼과 내면성의 영역을 확고히 할 수 있다고 보기 때문이다. 본고가 주목하고자 하는 것이 바로 이러한 '형식으로서의 화폐'이다.

이와 관련해서는 이마무라 히토시, 이성혁·이혜진 역, 『화폐인문학』, 자음과모음, 2010, 37-66쪽 참조.

특유의 '양식(style)'을 자각하고 그 속에 스스로를 엄폐하여 선택과 결단의 전근대적인 부담을 덜고 보다 개인적인 가치를 실현하고자 하는 근대적 개인들의 욕망이 차지하고 있다.

1930년대 문학에서도 카프 해체 이후 그 전례가 없을 정도로 다양한 관점의 문예 이론들이 주장되는 등 당대의 현실과 교호하는 양식에 대한 탐색이 활발하게 이루어지고 있었다.[20] 특히 시 분야에서는 시론과 창작의 두 측면이 상호작용을 하면서 이전 시기와 비교해 보았을 때 괄목할 만한 성과를 보이고 있었다. 이렇게 보았을 때 앞서 언급한 당대 현실에 대한 백석의 자각이 의도적으로 시 장르에 대한 선택을 이끌었을 것으로 생각할 수 있다. 따라서 백석 시의 기법적 특질인 소재 지향적인 모습이나, 다양한 감각의 활용 역시 근대 사회의 특징과 불가분의 관계를 맺고 있다. 비록 그 소재들이 내용상으로는 전통적인 공간이나 시간을 지향하고 있다고 해도 분명한 것은 외부의 자극이 다양화되고 그 교체 역시 빈번하게 일어나고 있는 근대의 모습에서 촉발된 기법이기 때문이다. 또한 어느 시인과 비교해보아도 두드러지는 그의 감각적 표현은 짐멜의 지적대로, 근대 사회에서 발생하는 모든 상호작용을 구성하는 중요한 형식으로서의 감각의 교환과 동일한 기능을 가지고 있다. 따라서 감각적 이미지들로 표출된 그의 시세계는 화폐 형식이 일반화된 사회적 상호관계의 특별한 의미를 구성한다.

3. 거리두기와 매개를 통한 상호작용

백석의 시에서 손쉽게 확인할 수 있는 공통점 중의 하나는 관찰자적

---

20) 명확하게 구별이 되지 않거나 개인적인 단순한 제안에 불과한 것도 있지만 김윤식(개정신판 『한국근대문예비평사연구』, 일지사, 1999.)의 지적에 따르면 30년대에 주창된 문예이론은 휴머니즘론, 가톨릭문학론, 풍자문학론 등 대략 12가지에 이른다.

시선이다. 심지어 시적 화자인 '나'가 표면에 등장하는 작품들에서도 이 같은 관찰자적 시선의 특수성은 유지되는 모습을 보인다. 예를 들어, 널리 알려진 <南新義州 柳洞 朴時逢方>을 보면 '나'의 '쓸쓸한, 슬픔'등의 감정이 고스란히 드러나고 있음에도 불구하고 처연한 독백으로 보다는 감정이 절제된 담백한 소묘로 다가온다. 이 때문에 결말부분에 가서 시상이 '갈매나무'라는 표상으로 응축되는 것도 자연스럽게 느껴진다. '갈매나무'에 이르는 동안 다양한 소재와 장면들을 거치면서도 이것들이 모두 절제된 관찰자적 시선으로 다루어짐으로써 감정의 낭비 없이 그곳에 도달할 수 있었기 때문이다. 따라서 시인이 이처럼 관찰자적 시선을 거치지 않고 자신의 감정을 그대로 드러내는 방식을 취했다면 작품의 정서는 그대로 유지될지 모르지만 '갈매나무'는 고도의 상징성을 잃게 되었을 것이다.

토속어의 사용과 더불어 어떤 시인보다도 구체적인 향토적 소재와 공간을 취하고 있음에도 불구하고 전반적으로 백석의 시세계는 위에서 언급한 대로 감정에 기울지 않고 있다. 관찰자적 시선을 통해 그 소재와 언어에 내포된 질적 정서에 기대지 않는 거리를 유지하면서 시적 긴장감을 유지하고 있기 때문이다. 이러한 백석 시의 특질을 간파한 김기림이 당대에 "거의 鐵石의 냉담에 필적하는 불발한 정신을 가지고 대상과 마주"섰다는 평가를 내린 것도 같은 이유에서 기인하는 것으로 보인다. 이렇게 관찰자적 시선을 통해 주체와 대상 사이에 생긴 거리는 항상 화폐 형식의 개입 가능성을 내재한다. 왜냐하면 거리를 인식하는 순간 매개에 대한 필요가 생겨나고, 매개 형식이 가장 순수하게 최대치로 구현된 것이 다름 아닌 화폐이기 때문이다.[21] 다시 말하면, 백석은 기법상 근대적 생활양식을 촉진·확산시킨 화폐 형식으로서의 시 장르를 선택한 것이다.

---

21) 이마무라 히토시, 앞의 책, 50쪽.

교환의 형식인 상호작용으로 모든 사회적 현상들을 파악하고자 했던 짐멜은 문화 역시 주체(인격)와 객체(사물)간의 상호작용으로 보았다. 하지만 근대에 오면 이같은 주체와 객체의 상호작용은 점점 더 분리되는 방향으로 나아간다. 근대 이전의 주체들은 공동체나 토지, 또는 길드에 매여 있으므로 그의 인격이 실제적·사회적 이해 집단에 용해되어 있었다면 기술, 다양한 조직, 그리고 기업이나 직업 등 근대의 모습들은 점차 개별 인격체들 보다는 사물의 내재적 법칙에 의해 지배받게 된다.[22] 이것은 노동 분업을 기반으로 한 화폐 경제가 주체와 객체의 상호의존성을 해체하고 매개된 관계로 만들어 결국 그 둘 사이에 거리를 형성했기 때문이다.

여기에서 중요한 것은 '화폐 형식'이 가진 중요한 특질인 거리화와 매개이다. 이 둘은 화폐 형식 안에서 불가분의 관계를 맺고 있는데, '거리화(Distanzierung)'란 멀리하는 동시에 그 거리를 줄여 분리를 막고자 하는 매개의 구체적인 움직임을 불러일으키기 때문이다. 짐멜은 이를 예술양식의 중요성으로도 설명한다. 예술은 우리의 실제 현실과 거리를 둠으로써 다른 시각을 제공하는 한편 이를 통해 현실의 진정한 내적 의미와 보다 직접적인 관계를 맺을 수 있게 한다는 것이다. 이처럼 근대의 예술 역시 화폐 형식에서 비롯된 거리화를 통해 낯선 현실의 이면에 생동하는 존재의 영혼을 이해 가능한 것으로 만들어 준다.[23]

> 차디찬 아침인데/ 妙香山行 乘合自動車는 텅하니 비어서/ 나이 어린 계집아이 하나가 오른다/ 옛말속같이 진진초록 새 저고리를 입고/ 손잔등이 밭고랑처럼 몹시도 터졌다/ 계집아이는 慈城으로 간다고 하는데/ 慈城은 예서 三百五十里 妙香山 百五十里/ 妙香山 어디메서 삼촌이 산다고 한다/ 쌔하얗게 얼은 自動車 유리창 밖에/ 內地人 駐在所長 같은 어른과 어린아

---

22) 게오르그 짐멜, 앞의 글, 11쪽.

23) Georg Simmel, op. cit., p.473.

이 둘이 내임을 낸다/ 계집아이는 운다 느끼며 운다/ 텅 비인 車안 한구석
에서 어느 한 사람도 눈을 씻는다/ 계집아이는 몇해고 內地人 駐在所長
집에서/ 밥을 짓고 걸레를 치고 아이보개를 하면서/ 이렇게 추운 아침에도
손이 꽁꽁 얼어서/ 찬물에 걸레를 쳤을 것이다.

-<八院 ·西行詩抄 3> 전문[24]

묘향산으로 가는 "승합자동차"에서 우연히 보게 된 "어린 계집아이"
를 관찰하고 있는 이 작품 역시 마찬가지이다. 관찰자적 시선의 한계로
인해 우리는 그 소녀를 둘러싼 몇 가지의 상징적이고 파편적인 정보들
을 얻을 수밖에 없다. 하지만 이 정보들을 통해 어렵지 않게 시인이 마
련한 서사적 길을 따라갈 수 있게 된다.

아마도 유일한 피붙이일 "삼촌이 산다고"하는 곳을 가기 위해 이제
는 잘 입지 않는 옛날식 옷이나마 깨끗하게 꺼내 입은 소녀는 사실 그
곳을 정확히 알지도 못하면서 무작정 길을 나선 것으로 보인다. 일본인
주재소장 같은 이가 배웅 나온 것을 보면 그 집에서 더부살이로 허드렛
일을 하며 지내다가 더 이상은 지낼 수 없는 사정이 생긴 것도 같다. 그
나마 그럭저럭 지내왔던 곳을 떠나자니, 혹은 자신이 업어 키우다시피
하면서 정도 든 "어린아이"를 마지막으로 보자니, 혹은 갈곳도 마땅히
정해지지 않은 자신의 답답한 생활에 생각이 미치니 자신도 모르게 "느
끼며 운다." 그리고 그런 광경을 목격하게 된 "어느 한 사람도 눈을 씻"
으며 울고 있다.

이렇게 언급한 내용이 당시의 시대적 사실과 맞물려 공감을 얻어 낼
수 있다고 해도 이것은 사실 임의적으로 구성한 내용이다. 우리에게 제
공된 정보는 단지 '버스를 탄 여자 아이의 옷차림과 터진 손등-그 아이
가 말한 행선지까지의 먼 거리-차비를 내주는 사람들-여자 아이의 울음'

---

24) 시의 표기는 이동순, 『백석시전집』(창작과비평사, 1987)과 김재용, 『백석전집』 (실천
문학사, 1997), 고형진, 『정본 백석시집』(문학동네, 2007)을 참고하였다.

만 있을 뿐이다. 물론 시를 읽는 일이 객관적 정보들만을 단순히 확인하는 일에 불과한 것은 아니다. 하지만 이 시가 단지 고용주로 보이는 일본인 인물(그나마 일본인인지, 실제 주재소장인지 확실치 않은 추측이다.)과 소녀의 눈물로 인해 '일제 강점기 민족적인 애환'을 드러내고 있다고 평가하는 것은 화폐 형식에서 비롯된 백석 시의 기법적 특질을 놓치는 결과를 초래한다.

그것은 바로 거리두기에서 비롯된 객관적 정보의 확인과 그로 인해 발생하는 매개의 욕망이라는 기법이다. 백석의 작품을 대할 때 우리는 특히 이 거리화를 통해서 관찰 대상의 이면에 있는 진실들을 적극적으로 불러내게 된다. 이같은 기능은 문학 소통 측면에서 본다면 작가에게는 의도적 기법이면서 작품 내의 관찰자와 대상 간, 그리고 특히 작품을 감상하는 독자의 태도 등 작품에 연관된 모든 측면에서 발생하는 동시에 그것들을 강력하게 매개한다. 이것은 기존에 백석 시의 특징으로 지적한 서사성과도 밀접한 연관이 있다. 그의 시에 등장인물들이 많이 나열되었다거나, 짤막한 서사적 이야기가 등장하는 것은 사실이지만, 그보다는 앞서 지적한 것처럼 화폐 형식에서 비롯된 거리를 매개하고자 하는 욕망이 자연스럽게 서사적 연결점들을 발달시켜 그의 시에 서사성을 부여한 것이다.

결국 이같은 기법을 통한 서사의 길 끝에서 우리는 앞서 예로 든 <南新義州 柳洞 朴時逢方>처럼 이 작품에서도 "추운 아침에도 손이 꽁꽁 얼어서 찬물에 걸레"질을 하는 소녀의 "손잔등"을 만나게 된다. 이것은 <南新義州 柳洞 朴時逢方>의 '갈매나무', 그리고 학교교육에서 백석의 서사성을 보여주는 전형으로 활용되는 <여승>에서 스님이 되기 위해 머리를 깎을 때의 '눈물방울' 등과 같은 기능을 한다. 시적 진술상 소녀의 '걸레 빠는 장면'을 비롯하여 '갈매나무가 눈을 맞고 있는 장면'이나 '머리를 깎는 장면'은 모두 대상과 거리를 둔 시인-관찰자의 상상이다. 하지만 오히려 그 때문에 시적 화자의 관찰과 진술은 시적진실(poetic truth)을 매개한다. 말하자면 '나'가 관찰하게 된 '터진 손잔등'과의 거리가 '찬물에도 걸레를 빨 수밖에 없었던 소녀의 처지'를 매개하여 이끌어 내는 한편, 이렇게 능동적으로 매개된 현실의 의미는 다시 한 번 압축된 소재로서의 '소녀의 손등'으로 되돌아가게 됨으로써 고도의 서정성을 동시에 확보하게 된다. 바로 이것이 30년대 우리 사회의 상호작용 속에 이미 보편화된 화폐 형식에서 비롯된 거리와 매개를 통해 백석이 예민하게 감각해 낸 미적 근대성의 실체이다.

4. 후각을 통한 공통 감각의 복원과 '권태'의 극복

백석 시의 기법적 특질이 화폐 형식에서 촉발되었다면 그의 시가 가진 소재 지향적인 측면은 필연적이라고 할 수 있다. 형식으로서의 화폐는 그 영향력의 범주 안에 존재하는 모든 대상들을 불러 모으기 때문이다. 가령 <모닥불>에서 '모닥불'은 타게 하거나 쪼일 수 있다는 성질로 인해 다양한 소재들을 불러 모은다. '새끼오리, 헌신짝, 소똥, …'에 이르는 동물이나 사물부터 '새사위, 갓사둔, 나그네'에 이르는 인격체들까지 그 대상은 무차별적이다. 하지만 언급한 소재들의 나열로 이루어진 1연과 2연 후 이어지는 마지막 연의 "모닥불은 어려서 우리 할아버지가 어미아비 없는 서러운 아이로 불상하니도 몽둥발이가 된 슬픈 역사가 있다" 라는 구절에서 볼 수 있는 것처럼 그 매개의 논리가 다소 약화되면 백석의 시는 소재들이 보여주는 것 이상의 의미를 형성하지 못하고 쉽게 이미지즘적인 소품으로 전락한다. 당대에 백석의 시에 대한 혹평의 원인이나, 이후 본격화된 연구 속에서도 주목받지 못하는 개별 작품들은 모두 이같은 이유를 가지고 있다.[25]

---

25) 이견이 있을 수 있겠지만 다른 기준을 고려하지 않고 이같은 지적이 가능한 작품들은 시집 『사슴』에서 대략 <初冬日>, <夏畓>, <靑柿>, <山비>, <柘榴>, <머루

이처럼 화폐 형식에 의한 문화의 흐름으로 짐멜은 상반된 두 가지의 방향성을 지적한다. 첫 번째가 아무리 멀리 떨어진 것들까지도 동일한 조건하에 무차별 결합시키는 수평화·평등화이고, 나머지 하나는 가장 개인적인 것을 성취하게 함으로써 개인의 독립성 및 인격 형성의 자율성을 보존하는 것이다. 문제는 앞서 예로 든 백석 시의 경우에서처럼 그 자체로 순수한 교환 형식의 결정(結晶)인 화폐 형식의 수평적 확산이 이루어지면서 부터이다. 짐멜은 그것을 '수평화의 비극'이라고 불렀는데, 모든 임의적인 것들에 적용될 수 있는 교환의 등가성이 결국 대상이 지닌 가치들을 무차별적으로 평등하게 만들기 때문이다.

이는 사회구성원들의 심리에도 적용되어, 대상들이 가지고 있는 질적 측면에 근대인들을 무감하게 만드는 결과를 초래한다.[26] 따라서 그 대표적인 상태인 권태(blasé attitude)는 화폐 형식의 확산에 따라 발달하게 된 도시에서의 특징적인 심리적 경향이다.[27] 냉소주의(cynicism)와 함께 화폐의 본질을 명확히 보여주는 현상인 권태는 삶이 수단에 의해 예속되어 있음을 반증한다. 이처럼 근대 이후에 나타난 심리적 태도인 권태를 화폐경제의 확산에 따른 근대 사회와 도시문화를 이면으로 한 특징적 태도로 파악한 것은 매우 중요하다. 그럴 때, 끝없는 구매만이 쾌감을 부여하는 냉소주의와는 달리 권태를 근대인의 부정적인 심리적 경향인 동시에 자신의 위험이나 고통을 양적으로 과장함으로써 다시

밤>, <비>, <노루> 등을 들 수 있다.

26) 게오르그 짐멜, 앞의 글, 18-22쪽.

27) 하이데거는 권태를 어떤 것에 의해서 지루하게 됨, 어떤 것 곁에서 지루해 함, 아무튼 그냥 지루함의 세 가지 형태를 제시하면서 현상학적 분석을 시도하기도 했다.(하이데거, 이기상·강태상 역, 『형이상학의 근본개념들』, 까치, 2001.) 이후 보들레르를 분석한 벤야민을 거쳐(김영옥, 「벤야민, 보들레르를 읽다」, 홍준기 엮음, 『발터 벤야민』, 라움, 2010.과 그램 질로크, 노명우 역, 『발터 벤야민과 메트로폴리스』, 효형출판, 2005. 참고) 르페브르에 와서야 권태의 현상 자체 보다는 그것을 유발하는 이면으로서의 '근대성'과 '일상성'을 주목하게 되었다.(르페브르, 박정자 역, 『현대세계의 일상성』, 세계일보사, 1990.) 그보다 앞서 근대성의 특질로서 '권태'를 지적한 것이 짐멜이다.

그 고통에 대처하려는 노력으로 전환시킬 수 있기 때문이다.[28]

우리 문학에서도 권태는 이상(李箱)문학 연구의 중요한 축을 이루는 등 근대문학이 가진 의미들의 다양화에 기여하고 있다.[29] 하지만 여기서 백석의 시를 통해 주목하고자 하는 것은 이상처럼 식민지 근대의 분열적 주체가 겪는 모습의 극복양상이다. 앞에서 살펴본 대로 권태가 화폐 경제에서 비롯된 근대 도시인들의 상태라고 한다면, 화폐 형식은 권태를 유발하는 동시에 그것에 대한 해방 역시 내재하고 있다. 거리화와 매개의 화폐 형식은 질병 고유의 형태로 자신의 치료방법까지 결정하는 것처럼 흥미로운 형태를 가지고 있기 때문이다.[30]

> (가) 또 인절미 송구떡 콩가루차떡의 내음새도 나고 끼때의 두부와 콩나물과 뿕운 잔디와 고사리와 도야지비계는 모두 선득선득하니 찬 것들이다.
>   -<여우난골族> 부분-

> (나) 내일같이 명절날인 날은 부엌에 째듯하니 불이 밝고 솥뚜껑이 놀으며 구수한 내음새 곰국이 무르끓고 방안에서는 일가집 할머니가 와서 마을의 소문을 펴며 조개 송편에 달송편에 쥔두기송편에 떡을 빚는 곁에서 나는 밤소 팥소 설탕 든 콩가루소를 먹으며 설탕 든 콩가루소가 가장 맛있다고 생각한다
>   -<古夜> 부분-

> (다) 明太 창난젓에 고추무거리에 막칼질한 무이를 비벼 익힌 것을 / 이 투박한 北關을 한없이 끼밀고 있노라면 / 쓸쓸하니 무릎은 꿇어진다

---

28) Georg Simmel, op. cit., pp.255-256.
29) 김윤식, 『이상 연구』, 문학사상사, 1987.
  서영채, 「이상 소설의 수사학과 한국문학의 근대성」, 『소설의 운명』, 문학동네, 1996.
  김상환, 「이상 문학의 존재론적 이해」, 권영민 편저, 『이상문학연구 60년』, 문학사상사, 1998.
  이경훈, 「「권태」의 사상」, 『이상, 철천의 수사학』, 소명출판, 2000. 등이 그 대표적인 연구들이다.
30) Georg Simmel, op. cit., p.257.

-<北關·咸州詩抄 2> 부분.

(라) 흰밥과 가재미와 나는 / 우리들은 그 무슨 이야기라도 다 할 것 같다/
우리들은 서로 미덥고 정답고 그리고 서로 좋구나

-<膳友辭·咸州詩抄 4> 부분-

(마) 닭이 두 홰나 울었는데/ 안방 큰방은 홰즛하니 당등을 하고/ 인간들은
모두 웅성웅성 깨여 있어서들/ 오가리며 석박디를 썰고/ 생강에 파에
청각에 마눌을 다지고　　　　　　　　　　　　-<秋夜一景> 부분-

(바) 낡은 질동이에는 갈 줄 모르는 늙은 집난이같이 송구떡이 오래도록 남
어 있었다// 오지항아리에는 삼춘이 밥보다 좋아하는 찹쌀탁주가 있어
서/ 삼춘의 임내를 내어가며 나와 사춘은 시큼털털한 술을 잘도 채어
먹었다// 제삿날이면 귀머거리 할아버지 가에서 왕밤을 밝고 싸리꼬치
에 두부 산적을 꿰었다　　　　　　　　　　　　　　-<고방> 부분-

이상에서 예로 제시된 백석의 작품들은 우리에게 널리 알려진 친숙
한 장면들이다. '북관(北關)'으로 대표되는 그의 향토적 세계는 특히 음
식을 소재로 활용할 때 극대화된다. 음식과 관련된 몇 개의 단어들만
나열하더라도 그것과 통합적으로 매개되어 있는 '고향의 정서'를 적극
적으로 욕망하게 되기 때문이다. 그렇게 본다면 백석이 군이 토속어를
사용한 것도 같은 맥락에서 이해가 가능하다. 백석의 전기적 사실을 잠
시 떠올려보면 누구보다도 그가 표준어의 개념과 사용에 익숙했을 것
으로 짐작할 수 있다.31) 따라서 그가 시에서 사용한 토속어의 선택은
의도적이고 기법적인 선택과 노력의 결과라고 생각할 수 있다. 그것은
단순히 고전문학에서 계승된 전통의 세계로는 그 올바른 기능을 감당

---

31) 백석은 『조선일보』에 근무할 당시 『여성』, 『조광』등의 잡지 편집 일을 맡았던 것으
로 알려져 있다. 특히 시, 소설, 평문 등 다양한 분야의 번역을 통해 그는 자연스럽게
표준어에 대한 예민한 감각을 가지고 있었을 것이다.

할 수 없을 정도로 근대 사회의 분열상을 시인이 자각했기 때문이다. 따라서 백석은 일차적인 시어의 사용에 있어서도 근대적 민족국가의 형성 과정에서 제기된 표준어와 상대적인 거리를 두고 있는 토속어를 선택하게 된 것이다. 그렇게 함으로써 백석이 보여주는 이 낯설고도 친숙한 향토적 공간은 당시 분열된 근대상을 내파하면서 매개의 욕망이 작동하는 한 끝없는 생명력을 갖게 된다.

편의상 위의 인용시들을 중심으로 백석의 시를 세 가지로 분류해보면 다음과 같다. 먼저 세시풍속을 배경으로 해당 명절에 소용되는 음식들을 나열한 (가)와 (나) 계열, 다음으로는 혼자 밥을 먹으면서 느끼는 감정들이 투영된 음식을 보여주는 (다)와 (라) 계열, 마지막으로 일정한 공간이나 구체적인 배경 속에 무작위적으로 음식을 등장시키는 (마)와 (바) 계열이 그것이다.

이렇게 나누어 보면 앞선 지적대로 세시풍속을 배경으로 하고 있는 (가),(나) 계열은 별다른 매개 과정 없이 작품 안에 드러난 정황(명절)만으로도 소재로서의 음식에 대한 공감이 가능하다. 말하자면 백석이 자각한 화폐 형식의 기법이 소재로서의 음식물과 자연발생적으로 만난 단계라고 할 수 있다. 그에 비하면 (다),(라) 계열은 제목을 통해서 직접적으로 기행시적인 성격을 내세운 데에서 알 수 있듯이, 시대적 정황에서 비롯된 시인의 처지에 대한 이해가 선행 되어야 한다. 따라서 식민지 근대의 상황에 대한 자각과 소재인 음식의 관계에서 보다 적극적인 매개의 과정이 필요하게 된다. (다)에서 음식에 비롯된 냄새와 맛을 각각 "女眞"과 "新羅"라는 표상을 연결해서 보여주거나 또는 (라)의 경우 역시 반찬을 친구[膳友]로 여기는 수사를 사용한 것도 역시 (가), (나) 계열의 작품에 비해서 보다 매개의 과정을 적극적으로 불러 일으키기 위해 활용한 것으로 여겨진다. 그러나 보다 중요한 것은 (마), (바) 계열에 드러난 백석 특유의 '권태' 극복 양상이다.

이를 자세히 살펴보기 이전에 먼저 위에서 인용한 작품들이 모두 음

182

식 소재로 인해 시각 보다는 미각이나 후각과 긴밀하게 연결되어 있다
는 공통점을 지적하기로 한다. 물론, '五感的 이미지즘'32)이라는 평가
를 이끌어낼 정도로 백석의 시에는 다양한 감각적 표현들이 많은 것은
잘 알려진 사실이다. 하지만 백석은 (마)에서처럼 당시 모더니즘 기법에
서 중시되던 시각적 방법33)으로 잡아낸 가을의 한 풍경도 인용된 1연
에 이어진 2연에서는 시상 전체를 "양넘 내음새가 싱싱"한 후각의 세계
로 전환시키고 있다. 사실 후각의 문제는 근대적 감각으로 널리 알려진
시각에 비해 청결이나 위생 개념의 성립 이후에 뒤늦게 등장했다.34) 냄
새나는 시설들의 처리에 대해 요구하는 근대 시민계급과 이를 해결해
야 하는 강력한 중앙집권국가가 동시에 형성 되면서 후각은 시각과 마
찬가지로 근대의 중요한 감각으로 부상하게 된 것이다. 냄새의 차이로
단순히 타인을 감지하는 것에서 나아가 계층 전체를 구별할 수 있게 되
는 것처럼 후각은 근대의 특징인 개인화에 기여한다. 즉, 후각은 기본적
으로 분리시키는 감각이며, 그 예민성이 증가함에 따라 선택과 거리가
생겨날 수밖에 없다.35)

(마), (바) 계열의 작품들을 보면 음식들은 어떤 공간을 배경으로 모
여 있다. 그런데 (가), (나)의 '세시풍속'이나 (다), (라)에서 보이는 '나의
밥상'과 비교해본다면 음식들의 집합이 내면적 필연성에 의해서라기보

---

32) 임재서, 「백석 시의 감각 표현에 나타난 정신사적 의미 고찰」, 『국어교육』108집,
   2002. 557-565쪽 참고.
33) 당시 30년대 시단에서 절대적인 영향력을 행사하고 있던 김기림은 「모더니즘의 역
   사적 위치」(『인문평론』, 1939.10.)에서 당시 모더니즘을 평가하면서 다음과 같이 말하
   고 있다.
   "말의 음으로서의 가치, **시각적 영상**, 의미의 가치, 또 이 여러 가지 가치의 상호작
   용에 의한 전체적 효과를 의식하고 일종의 건축학적 설계 아래서 시를 썼다."(강조는
   인용자.)
34) 후각에 관한 문화사적 고찰은 최은아, 「감각의 문화사 연구-시각과 후각을 중심으로
   」(『카프카연구』17집, 2007.)참고. 그 외 우리 시문학을 대상으로 후각의 문제를 고찰한
   소래섭, 「1920~30년대 문학에 나타난 후각의 의미」(『사회와 역사』81집, 2009.) 참고.
35) 게오르그 짐멜, 「감각의 사회학」, 앞의 책, 173쪽.

다는 무차별적으로 보인다. 더구나 앞에서 잠시 언급한 것처럼 (마), (바)는 후각 감각으로의 전환이 적극적으로 이루어지고 있기도 하다. 후각이 기본적으로 분리시키는 감각이라면 (마), (바)는 앞선 두 계열의 작품들에 비해 보다 더 대상과 거리를 두고 있는 셈이다. 하지만 백석은 이를 통해 통합적 세계관을 구축해 냄으로써 권태를 극복하고자 한다.

후각은 애초부터 그 구체적 대상을 가지고 있지 않다. 우리가 '어떤 냄새'라고 말할 때 그 냄새와 사물이 일대일 대응이 아닌 것을 보면 이는 쉽게 알 수 있다. 앞선 지적처럼 후각은 개별화·계층화에 용이한 감각이다. 하지만 반대로 그 냄새에 동의만한다면, 다시 말해 개인들에게 친숙한 냄새가 제공된다면 무차별적 화폐 형식이 불러온 무감각의 현상인 권태에서 빠져나와 냄새와 연관된 대상들의 개별적 가치를 되살릴 수 있을 것이다. 백석이 후각적 감각에 주목한 것이 바로 이 지점이다. 시각적 감각은 그에 대한 동의 이후에도 주체와 타자의 관계가 고스란히 남는다면 후각적 감각은 주체와 타자를, 그리고 무감각한 근대 주체의 내면의 경계를 무너뜨릴 수 있게 된다.

물론, 냄새에 대한 동의가 일반적이지는 않다. 좋아하는 음식이 개인들 사이에서 전혀 상반될 수 있는 것처럼 말이다. 이를 위해 백석은 (마), (바) 계열의 작품을 통해 음식과 공간의 결합을 시도한다. (가), (나)와 (다), (라) 계열이 음식을 중심으로 하고 있다면, (마), (바)는 음식과 결부된 공간을 그 중심으로 하고 있다. 예를 들어, (바)에서 "송구떡"이나 "찹쌀탁주, 두부 산적" 등의 음식이 불러일으키는 내면은 각기 다를지라도 그것들이 위치하고 있는 공간인 '고방'이나 그곳을 드나드는 "삼춘, 사춘, 할아버지, 손자아이들"은 비교적 공통의 지점을 상정하고 있다. 따라서 이때의 후각은 공간이나 인물들로 환기되는 공통의 지점을 매개함으로써 근대 주체의 분열된 감각인 권태를 벗어날 수 있게 하는 것이다. 이처럼 백석은 근대의 규율과 결부된 후각을 새롭게 활용함으로써 일방적으로 강요되는 근대성의 가치와 척도에 함몰된 심리상태로서의 권태가 지닌 내재적 힘을 복원해낸다.

5. 결론

1930년대의 우리나라는 자본주의적 생활양식이 본격적으로 확산되어가던 시기이다. 식민지라는 특수한 조건을 반드시 고려해야 하지만, 최소한 화폐로 상징되는 교환의 형식이 삶의 태도나 심리적 상태를 비롯한 사회 전반에 강한 영향력을 행사하고 있었던 것은 사실이다. 이는 단순히 경제적 소재인 화폐를 벗어나서 그 순수한 교환의 형식을 가진 '화폐 형식'에 주목을 요한다. 거리두기와 매개를 통한 거리화의 극복이라는 이중의 형식을 가진 화폐는 주체와 객체 사이의 모든 사회양식에 무차별적으로 개입하면서 모든 문화적 흐름에 동일한 운동성을 부여하기 때문이다.

백석은 당대의 이러한 흐름을 예민하게 자각한 문인 중 하나이다. 소설로 등단했던 그가 스스로 "表裝으로부터 종이·활자·여백의 배정"에 이르는 외적 부분까지 주관한 시집을 냈다는 김기림의 언급은 백석이 시 장르를 의도적으로 선택한 사실을 단적으로 알 수 있게 해준다. 그의 시는 기법상 화폐 형식을 차용한 것으로 여겨진다. 그것은 앞서 언급한 바, 거리화와 매개인데 이를 통해 그가 취하고 있는 소재 지향적인 태도 역시 사조로서의 모더니즘을 벗어나 미학적 근대성으로 극복된다. 다시 말하자면 그가 선택한 단편적 소재들로 인한 거리가 생겨나게 되면 동시에 그것을 매개하는 욕망이 소재들 이면에 존재하고 있는 토속적 세계관을 불러내는 것이다. 바로 이 과정에서 백석 시인 특유의 서사성이 생겨나고 그러한 과정이 집약되어 있는 상징적 표상으로 시상을 마무리함으로써 '갈매나무'로 대변되는 고도의 서정성을 동시에 확보하게 된다.

　백석이 화폐 형식의 기법을 통해 사용하는 감각적 소재나 이미지들 중에서 두드러진 것은 음식을 통한 후각과 미각이다. 이러한 소재들은 순수한 교환으로서의 화폐 형식이 가진 무차별성으로 인해 때로는 백석 시의 내부에서도 개별적 가치를 잃는 '수평화의 비극'에 빠지기도 한다. 이는 근대인들의 심리적 태도 중에 하나인 권태가 발생하게 되는 구조와 동일하다. 백석 문학이 가지고 있는 가치 중 하나는 이같은 비극적 분열 상태를 극복하려는 힘이다. 근대의 기획 앞에 불가능해 보이는 목표처럼 보이는 것을 백석은 그 자체에 내재된 가능성으로 돌파하고자 하는 모습을 보여준다.

186

■ 참고문헌

1. 기본 자료

고형진, 『정본 백석 시집』, 문학동네, 2007.
김재용, 『백석 전집』, 실천문학사, 1997.
이동순, 『백석 시전집』, 창작과비평사, 1987.

2. 단행본 및 논문

고봉준, 「한국 모더니즘 문학의 미적 근대성 연구」, 경희대박사, 2005
김경일, 『여성의 근대, 근대의 여성』, 푸른역사, 2004.
김덕영, 『현대의 현상학』, 나남출판, 1999.
김성일, 「개인주의의 발달과 화폐경제」, 서강대석사, 2002.
김용직, 『한국 현대시 해석비판』, 시와시학사, 1993.
소래섭, 『에로 그로 넌센스-근대적 자극의 탄생』, 살림, 2005.
이정연, 「대도시의 문화와 삶」, 중앙대석사, 2007.
정효구 편, 『한국현대시인연구·백석』, 문학세계사, 1996,
홍준기 엮음, 『발터 벤야민』, 라움, 2010.

Gilloch, Graeme., 노명우 역, 『발터벤야민과 메트로폴리스』, 효형출판, 2005.
Lefèbvre, Henri., 박정자 역, 『현대세계의 일상성』, 세계일보사, 1990.
Lukács, Georg., 박정호·조만영 역, 『역사와 계급의식』, 거름, 1986.
Simmel, Georg., Philosophy of Money(Third Enlarged Edition), translated by Tom Bottomore and David Frisby, Routledge, 2004,
＿＿＿＿＿＿, Money in Modern Culture, translated by Mark Ritter and Sam Whimster, Theory Culture & Society, vol.8, 1991.
＿＿＿＿＿＿, 김덕영·윤미애 역, 『짐멜의 모더니티 읽기』, 새물결, 2005.
＿＿＿＿＿＿, 김덕영·배정희 역, 『게오르그 짐멜의 문화이론』, 길, 2007.
＿＿＿＿＿＿, 김덕영 역, 『예술가들이 주조한 근대와 현대』, 길, 2007.
＿＿＿＿＿＿, 안준섭·장영배·조희연 역, 『돈의 철학』, 한길사, 1983.
이마무라 히토시(今村仁司), 이성혁·이혜진 역, 『화폐 인문학』, 자음과모음, 2010.

3. 정기간행물

강영재, 「백석의 주체적 시세계 연구」, 『청람어문학』21집, 1999.
김성수, 「이상 문학에 나타난 화폐 물신성과 감각의 모더니티」, 『국제어문』46집, 2009.
김태원, 「문화로 이르는 길」, 『한국사회학』33집, 1999.
박몽구, 「백석 시의 토속성과 모더니티의 고리」, 『한국학논집』39집, 2005.
박성환, 「'문화적 근대'의 본질과 특징」, 『한국사회학』33집, 1999.
박수연, 「백석의 『사슴』에 나타난 모더니티 연구」, 『어문연구』28집, 1996.
소래섭, 「1920~30년대 문학에 나타난 후각의 의미」, 『사회와 역사』81집, 2009.
송민호, 「이상 문학에 나타난 '화폐'와 글쓰기」, 『한국학보』107집, 2002.
신범순, 「원초적 시장과 레스토랑의 시학」, 『한국현대문학연구』12호, 2002.
신응철, 「현대문화와 돈 그리고 개인」, 『동서철학연구』53집, 2009.
윤미애, 「짐멜의 문화이론과 모더니티」, 『독일문학』103집, 2007
이도흠, 「18~19세기 가사에서 상품화폐경제에 대한 태도 유형 분석」, 『고전문학연구』34집, 2008.
임재서, 「백석 시의 감각 표현에 나타난 정신사적 의미 고찰」, 『국어교육』108집, 2002.
전봉관, 「백석 시의 모더니티」, 『한중인문학연구』16집, 2005.
주창윤, 「1920~1930년대 '모던 세대'의 형성과정」, 『한국언론학보』, 2008.10.
진순애, 「백석 시의 심미적 모더니티」, 『비교문학』30집, 2003.
최은아, 「감각의 문화사 연구-시각과 후각을 중심으로」, 『카프카연구』17집, 2007.
______, 「감각의 문화사 연구-촉각」, 『카프카연구』19집, 2008.
______, 「감각의 문화사 연구-미각」, 『카프카연구』21집, 2009.

■ **국문초록**

　1930년대는 근대 자본주의적 생활양식이 일상적인 삶의 기준으로 확산된 시기이다. 그것은 사회적 상호관계 전반에 영향을 미친 화폐의 확산에 따른 결과이다. 백석은 이 시기에 의도적으로 시 장르를 선택하면서 '화폐 형식'을 수용한 것으로 보인다. 게오르그 짐멜은 화폐 형식의 특징으로 거리화와 매개를 통한 그것의 극복을 내세운다. 다시 말해, 물화된 교환기능으로서의 화폐가 인간과 사물 사이의 모든 관계를 매개하고 동시에 거리를 두게 한다는 것이다. 그리고 이는 근대 도시에서의 삶의 방식은 물론이고, 예술을 비롯한 모든 문화에 동일한 리듬을 부여한다.

　먼저, 백석은 관찰자적 시선으로 대상과 거리를 둔다. 이를 통해 우리는 백석 시에서 토속적인 다양한 소재들을 만나게 되면서도 감정의 낭비 없이 시인이 마련한 하나의 상징적 표상의 본질에 다가갈 수 있다. 이것은 거리와 동시에 발생한 매개의 욕망이 관찰된 대상의 이면에 존재하는 진실들을 적극적으로 불러냈기 때문이다.

　그러나 화폐 형식은 부정적인 측면으로도 확산이 된다. 근대 도시인들에게 나타나는 냉소주의나 권태가 그것의 대표적인 심리적 경향이다. 식민지 근대의 분열적 주체가 보이는 권태의 모습은 우리 문학에서도 익숙하다. 하지만 화폐 형식은 질병 고유의 형태로 자신의 치료방법까지 결정하는 흥미로운 형태를 가지고 있다. 그것이 백석의 시에서 주로 등장하는 고향 음식의 메타포가 가진 적극적 의미이다.

　이처럼 화폐 형식의 수용이라는 관점으로 백석을 살펴보는 것은 그의 시세계가 가진 전통성과 토속성을 포괄할 수 있는 방법이다. 이것은 그의 시세계를 보다 풍부하게 만드는 동시에 그가 일찍이 가지고 있었던 미적 근대성의 성격도 새롭게 밝히는 일이 될 것이다.

주제어 : 백석, 화폐, 화폐 형식, 짐멜, 매개, 거리두기, 물화, 후각, 권태

■ Abstract

A study on the aspect of poetic acceptance of reificated money
-Focused on Baek Seok's poetry in the 1930's

Nam Seung-Won(Kyung Hee University)

The modern capitalistic mode of living had been spread through everyday life in the 1930's Korea. Baek Seok on purpose made a choice poetry genre, and at the same time, he accepted pure form of money.

Georg Simmel mentioned that features of pure form of money are 'distance' and 'overcome' through mediation. The money reificationed exchange-function mediate between human and objects, also keep a distance between human and objects. This action of money made rhythm to the modern city's way of life, art and culture.

First Baek Seok kept a distance from objects through observer's eye. So we can find folksy material and catch the origin of symbolic representation in his poems.

But pure form of money also spreads negative way. For example cynicism and blase attitude are psychological tendency of modern citizen. The blasé attitude of colonial split subject is often appeared in Korean modern literature. But money is interesting cases in which the disease determines its own form of the cure. That is a ultimate mean of metaphor of folk food was often used in his poems.

The viewpoint of pure form of money is a useful way for researching traditionalism and folkways in Baek Seok's poems. With this aesthetic modernity of his poem can be understood in depth.

key words : Baek Seok, money, pure form of money, Georg Simmel, mediation, distance, reification, the sense of smell, blasé attitude

이 논문은 2011년 11월 12일에 접수되어, 2011년 11월 22일부터 2011년 12월 3일 사이에 이루어진 소정의 심사를 거쳐 2011년 12월 10일 편집회의에서 최종적으로 게재가 확정되었음.

한국 소설 속의 자기 처벌자

목 차

정 호 웅*

1. 한국 현대소설과 자기 처벌자

한국 현대소설에는 많지는 않지만 자기 처벌자[1]라 이름 붙일 수 있
는 독특한 인물 성격이 등장한다. 자신이 악한 존재 또는 허위의 존재
임을, 지금까지의 삶이 온통 악 또는 허위에 지배당해 왔음을 깨우치고,
자신과 자신의 지난 삶을 송두리째 부정하는 인물이다.

이들 자기 처벌자는 자신을 파괴(자결)하거나, 인간 이하의 자리 또

---

* 홍익대학교 국어교육과 교수

[1] '자기 처벌자'라는 용어는 필자의 평론 「한국 역사소설과 자기 처벌의 형식」에서 사
용한 것인데, 개념 규정의 내용을 보완하여 이 논문의 핵심 용어로 삼았다. 이 논문의
기본 아이디어, 작품 분석의 일부 내용은 이 평론에 바탕하고 있다.

192

는 고독과 침묵의 세계 또는 고향상실자의 자리로 추방하는, 또는 이 같은 파괴·추방을 실행에 옮기지는 않지만 그 파괴·추방이 자신에게 주어진 유일한 선택임을 인식하고 그 파괴·추방의 길로 나아가고자 하는 인물이다.

그런데 여기서 우리가 다루고자 하는 자기 처벌자는, 마찬가지로 파괴·추방의 길로 나아가지만 모욕감, 패배감 등의 이유 때문에 그 길을 택하는 인물과는 구별되어야 한다. 예를 들면 「심문」의 현혁은 자신을 인간 이하의 자리로 추방하는 존재이지만 자기 처벌자는 아니다. 그로 하여금 스스로를 희생하여 자신을 지키고 부양해온 애인 여옥의 순정을 배신하고 사랑의 경쟁자인 김명일에게 여옥을 팔겠다고 말하게 한 것은 '모욕감'이었다. 그는 '자굴의 심리'[2] 곧 스스로를 굴욕의 구렁텅이에 밀어 넣음으로써 상처 입은 자존심을 지키고자 하는 역설적인 기괴 심리에 이끌려 돈을 받고 여옥을 사랑의 경쟁자에게 넘기는 인간 이하의 자리로 자진하여 내려앉았다. 그 내려앉기는 곧 비참의 극한으로 스스로를 추방하기이다. 이처럼 비참의 극한으로 스스로를 추방하기는 인간 이하의 자리로 추방하는 것이라는 점에서 자기 처벌자의 그것과 같지만 그런 행위가 모욕감에 기인하는 것이라는 점에서 그것과는 무관한 자기 처벌자의 자기 처벌과는 전혀 다르다.

여기서 문제 삼는 자기 처벌자는 자기 자신을 처벌하는 존재라는 점에서 프로이트 정신분석학에서의 '도덕적 마조히즘'[3]과 가깝다. 그러나 도덕적 마조히즘이 '무의식적 죄의식'[4]과 깊이 관련된 것임에 반해 자기 처벌자는 의식적 죄의식과 깊이 관련되어 있다는 점에서 크게 다르다. 우리 소설 속의 자기 처벌자는 자신의 죄와 악을 명료하게 의식하

---

2) 김윤식, 정호웅 공저, 『한국소설사』, 문학동네, 2011, 326쪽.
3) 지그문트 프로이트(박찬부 옮김), 『쾌락원칙을 넘어서』(『프로이트전집』 14), 열린책들, 1997, 180쪽.
4) 같은 책, 181쪽.

고 있으며, 죄와 악의 존재인 자신을 처벌해야 한다는 것과 처벌 과정 또한 분명하게 의식하고 있는 존재이다.

자기 처벌자는 우리 현대소설 가운데 특히 역사소설에 많이 등장한다. 이 글에서는 역사소설을 중심으로 한국 현대소설에 등장하는 자기 처벌자를 몇 유형으로 나누어 그 특성을 밝히고자 한다. 우리 현대소설에 등장하는 자기 처벌자는 두 가지로 나눌 수 있다. 자기 파괴의 자기 처벌자, 자기 추방의 자기 처벌자의 두 유형이다.

2. 자기 파괴의 자기 처벌자

자기 파괴의 자기 처벌자는 자신이 악한 존재 또는 허위의 존재임을, 지금까지의 삶이 온통 악 또는 허위에 지배당해 왔음을 깨우치고, 자기 파괴를 욕망하거나 감행하는 인물이다. 김동리의 「두꺼비」(1939), 최인훈의 「광장」(1960), 김원일의 장편 「늘푸른 소나무」(개작, 2002), 김연수의 장편 「밤은 노래한다」에서 이런 인물을 만날 수 있다.

단편 「두꺼비」의 한복판에는 섬뜩한 이미지 하나가 놓여 있다. '검은 수레바퀴, 붉은 피, 결핵균, 불개미떼 같이 까만 두꺼비 새끼들'로 이루어진 이미지이다.

> 그의 머릿속에 왕래하는 것은 정희도, 그의 삼촌도, 누이동생도 아무도 아니요, 눈에 보이지도 않는 어떤 검은 수레바퀴였다. 수레바퀴에는 문득 붉은 피가 묻어 돌아갔다. 그 피에서는 결핵균을 가득 가진 두꺼비 새끼들이 무수히 준동하고 있었다.[5]

구렁이에게 잡아먹힌 두꺼비의 새끼들이 구렁이의 몸을 헤치고 나

---

5) 김동리, 「두꺼비」, 『조광』, 1939. 8, 356쪽.

194

온다는 설화6)을 변용한 것이다. 본래의 이야기에는 없는 검은 수레바퀴, 결핵균, 붉은 피를 더 집어넣음으로써 소설 「두꺼비」의 이 이미지는 훨씬 더 섬뜩하고 강렬한 성격을 갖게 되었다. 급속도로 증식하며 숙주의 영양분을 그것이 고갈될 때까지 먹어치우는 결핵균의 무시무시한 파괴성, 모든 것을 깔아뭉개며 덮쳐오는 수레바퀴의 압도적인 폭력성이 섬뜩하다. 죽음과 파괴를 상징하는 검은 색과 붉은 색이 어울려 더욱 섬뜩하게 되었음은 물론이다.

두꺼비 설화는 구렁이에 비해 작고 힘이 모자란 약자인 두꺼비가 자신을 죽여 복수한다는 내용으로 그 핵심은 '복수심'이다. 소설 「두꺼비」의 두꺼비 이미지에 담긴 핵심은 이와는 달리 피해자의 복수가 아니라, 용납할 수 없는 부정적 대상에 대한 절대적 부정 의식이다. 그 부정의 대상 가운데 하나는 민족주의에서 황도사상으로 전향하면서 그것을 '소승적 견지에서 활달한 대승적 이상으로 전향'7)한 것이라 미화하는 전향자의 '번듯한 위선'8)이다. 과거에는 열렬한 민족주의자였으나 일본의 대륙 침략전쟁에 적극적으로 협력하는 친일파로 전향하면서 그 전향을 '인류의 행복', '전 인류의 구원'을 지향했던 석가모니와 그리스도의 '대승적 이상'9)과 관련지우는 주인공의 삼촌이 바로 그 전향자이다.

부정의 대상 가운데 다른 하나는 바로 자기자신이다. 주인공은 거금을 들여 정희라는 여성을 매음굴에서 구해냈는데 그렇게 하도록 자신을 이끈 '자기의 센티멜털리즘'과 '박애주의'가 한갓 '허영과 위선'에 지나지 않으며, 그런 센티멘탈리즘과 박애주의가 삼촌의 이른바 대승주의와 다른 것이 아니라는 사실을 정시하고 자신에 대한 '증오와 경

---

6) 성기열 편, 『한국구비문학대계』 1-8(경기도 인천시, 옹진군 편), 한국정신문화연구원, 1984, 486쪽.
7) 「두꺼비」, 앞의 책, 349쪽.
8) 같은 책, 350쪽.
9) 같은 책, 346쪽.

멸'[10), '알뜰히 저주하고 모질게 확대해 보고 싶'은 마음에 사로잡히게 되는 것이다.

> 종우는 삼촌에 대한 멸시와 반발을 무슨 악마와 같은 뱃장으로 한번 향락해 보리라 하였다. 삼촌이 가진 상식-그 허영과 위선에 찬 상식이 어느덧 자기 자신의 일면임에 틀림없다면(그는 그것을 부인하지 못했다.) 무슨 방법으로든지 그것을 알뜰히 저주하고 모지게 학대해 보고 싶었다.[11)

평범한 작가라면 자신을 죽임으로써 부정적 대상을 완전히 파괴한다는 두꺼비 설화를 타자에 대한 절대의 적의를 드러내는 매개로 사용하는 데 멈추었을 것이다. 김동리는 더 나아가 그것을 자신에 대한 절대의 적의를 드러내는 매개로 사용하였다.

「두꺼비」의 주인공 종우가 소유한 강렬한 자기 부정의 의식은 곧 자기 파괴의 의식이니 그는 자기 파괴의 자기 처벌자이다. 그가 이처럼 과격한 자기 부정의 의식, 자기 파괴의 의식을 갖게 된 것은 앞에서도 보았듯이 자신의 박애주의가 삼촌의 이른바 대승주의와 마찬가지로 한갓 '허영과 위선'에 지나지 않는 것이라는 사실을 알았기 때문이다. 그렇다면 이런 질문이 나올 수밖에 없다. 그의 박애주의가 삼촌의 대승주의와 마찬가지로 한갓 '허영과 위선'에 지나지 않는 이유는 무엇인가? 박애주의와 대승주의가 개개인의 개성과 주체성을 억압하는 폭력성을 지니고 있다는 사실을 알면서도 그것들이 최고의 가치를 지니는 것인 양 따르기 때문이라는 것이 이 질문의 답이라는 게 내 생각이다.

민족주의를 기준으로 할 때 삼촌의 대승주의는 식민 지배국인 일본의 지배이데올로기인 황도사상을 가리킨다. 그러나 개개인의 개성과 주체성을 강조하는 개인주의를 기준으로 할 때 그 대승주의는 개개인의

---

10) 같은 책, 350쪽.
11) 같은 책, 353-354쪽.

개성과 주체성을 억압하고 무화하는 폭력인 전체주의를 뜻한다. 김동리는 근대적 개인주의자로서, 그 같은 개인주의를 억압하는 폭력인 전체주의를 택해 나아간 대승주의자와 박애주의자를 비판하고자 했던 것이다. 「두꺼비」의 주인공이 절대의 자기 부정 의식을 지닌 자기 처벌자로 설정된 것은 그 같은 작가의식의 산물이다.12)

　「두꺼비」의 주인공 종우의 자기 처벌은 대승주의 또는 박애주의에 대한 부정이지 그 부정을 통해 다른 주의로의 나아감 또는 다른 존재로의 전이와는 전혀 무관하다. 그는 자신의 부정적 존재성을 부정함으로써 '긍정의 대상'으로 신생하고자 한 것이 아니라, '부정의 대상'인 자신을 처벌하고자 하는 것이다.13)

　최인훈의 장편 「광장」의 주인공 이명준 또한 자기 파괴의 자기 처벌자이다. 「광장」(『새벽』지 게재본을 보완한 정향사본, 1961)에는, 여러 번의 개작을 거치면서 불분명해지고 말았지만, 자기 처벌자가 등장한다. 주인공 이명준이다. 이명준은 자신이 언제나 옳다고 믿는 자기 확신의 인물이며, 그런 인물이 으레 그러하듯 자기중심적인 인물이다.14) 그

---

12) 우리의 이 같은 해석은 김동리 문학의 핵심 특성이 강한 주체의 주체성 보지라는 다음 의견과 통한다. "김동리 문학의 가장 두드러진 특성은 어려운 상황 속에 들었지만 끝끝내 자신을 지켜내는 강한 주체가 그 세계의 중심에 우뚝 서 있다는 점이다. (중략) 그는 <소외된/스스로를 소외시킨> 존재이다. 그는 또한 세계의 억압에 눌려 자신을 실현할 수 있는 가능성을 크게 제약당한 존재이다. 그럼에도 불구하고 그 강한 주체는 조금도 흔들리지 않으며 한 발짝도 물러서지 않는다."(정호웅, 「강한 주체, 근본의 문학」, 『김동리 문학의 원점과 그 변주』, 계간문예, 2006, 175쪽)

13) 김동리는 해방공간의 격랑 속에서 「두꺼비」의 속편인 「윤회설」(1946)을 썼다. "그러나 그 죽은 능구렁이의 뼈 마디마다 생겨난 그 수많은 두꺼비의 새끼들은, 그 형제들은, 또 서로 싸우고 서로 미워하기 시작했다고, 생각하였다."(「윤회설」, 『한국소설문학대계』 26, 동아출판사, 1995, 320-1쪽)라는 구절에서 알 수 있듯이 해방공간의 이념대립을 다룬 작품이다. 「두꺼비」와 마찬가지로 두꺼비 설화 위에 서 있지만 자기 처벌자를 중심에 놓은 「두꺼비」와는 전혀 다른 작품임을 알 수 있다. 「윤회설」에 대해서는 김윤식의 「'두꺼비' 3부작의 내력」(해방공간 문단의 내면 풍경), 민음사, 1996)를 참고할 만하다.

14) 이에 대한 자세한 분석은 다음 글을 참고하시오. 정호웅, 「'광장'론-자기처벌의 행로

가 자신에 대한 점검·반성·조정의 필요성을 느끼지 않는다는 것, 패배를 패배로 인식하지 않는다는 것은 이와 관련된 것이다. 이처럼 철저한 자기 확신의 인물, 자기중심적인 인물이 자살한다는 것은 무엇인가?

> 그는 자신이 엄청난 배반을 하고 있었다는 생각이 들었다. 제 3국으로? 그녀들을 버리고 새로운 성격을 선택하기 위하여? 그 더럽혀진 땅에 그녀들을 묻어 놓고, 나 혼자? 실패한 광구를 버리고 새 굴을 뚫는다? 인간은 불굴의 생활욕을 가져야 한다? 아니다, 아니지. 인간에게 중요한 건 한 가지뿐. 인간은 정직해야지. 초라한 내 청춘에 <신>도 <사상>도 주지 않던 <기쁨>을 준 그녀들에게 정직해야지. 거울 속에 비친 그는 활짝 웃고 있었다.15)

남과 북을 모두 거부하고 중립국을 향해 가던 이명준은 느닷없이 배신자 의식에 사로잡혔다. 자신이 사랑했던 두 여인에게 엄청난 배신행위를 저지르고 있다는 생각이 떠오른 것이다. 이 배신자 의식은 철저한 자기 확신, 자기중심주의에 갇혀 있었던 자신에 대한 근본 부정이다. 이처럼 자신을 근본 부정하고 자기 파괴를 감행하는 그는 자기 처벌자이다.

김원일의 장편 「늘푸른 소나무」에 등장하는 자기 처벌자는 주인공인 석주율이다. 석주율의 자기 처벌은 이름을 버리고 자신을 무화하여 스스로 '무명(無名)'의 존재가 되기도 하는 등 근본적인 차원의 것이다.

> 그는 누구와 만나기도, 말을 나누기도 싫었다. 아니, 이승의 삶을 체념한 상태라 사바세계 수라장으로부터 떠나고 싶은 마음뿐이었다. 그러므로 누구를 만나 남기고 싶은 말도, 누구를 원망할 마음도 없었다. 기쁨도 노여움도 잦아진 상태에서, 이승에서 지은 죄의 업력(業力)만 새기고 새겼다.

「」, 『시학과 언어학』 1, 2001.
15) 같은 책, 213-214쪽.

백팔 배, 천 배, 삼천 배로써 참회가 부족하면 저승에 들어 지옥불에 떨어져서도 참회의 번뇌를 계속해야 한다는 각성으로 질긴 목숨줄을 잇고 있었다.[16]

결혼을 약속한 남자가 있는 처녀에게 음욕을 품었다는 것, 그런 자신의 죄를 고백하고 참회해야 마땅할 텐데 그러하지 않았으며 오히려 '이기심'과 '공명심'에 갇혀 죄의 삶을 살고 있다는 것, 일본 경찰의 가혹하기 짝이 없는 죽음의 고문에서 놓여나기 위해 지켜야 할 비밀을 털어놓고 싶은 유혹에 이끌렸던 것 등이 그를 저처럼 가혹한 자기 처벌로 이끌었다. 죽음의 어둠 속에 몸을 던짐으로써 죄인인 자신을 처벌하고자 하는 이 준열한 정신이 걷는 길은 우리 소설사에서는 유례를 찾을 수 없는 '내성 그 자체가 곧 소설을 이루는 작품'[17]을 낳았다.

김연수의 장편 「밤은 노래한다」에 나오는 자기 처벌자는 특이하다. 그는 경성고등공업학교를 나와 남만주철도주식회사에 취직한 측량기사이다. 돈화와 도문을 연결하는 돈도선 철로 공사에 투입되었다가 사랑, 배신, 헌신, 죽음 등으로 점철된 우여곡절의 혼돈 속을 걷는데 그의 행로가 이 소설의 중심축이 된다. 그는 사랑하는 여인을 잃고 깊은 절망 속에서 허우적거리다 죽기로 결심하는데 '도저히 용서할 수 없다는 것. 무엇보다도 나 자신을'이 가장 큰 이유이다.[18] 그런데 그가 자신을 도저히 용서할 수 없었던 이유가 자못 특이하다. 무지와 착각에 빠져 있었다는 것이 그 이유이다.

내가 아는 건 어쨌든 박길룡은 유격구로 도주했고, 이정희는 자살했으며, 나카지마는 정보 유출의 혐의를 받고 헌병대로 끌려갔다는 사실뿐이었다. 그리고 그 모든 과정을 오직 나만이 모르고 있었다는 것. 누군가 나를

---

16) 김원일, 『늘푸른 소나무』 중, 이레, 2002, 100쪽.
17) 정호웅, 「자기 완성의 길」, 『한국의 역사소설』, 역락, 2006, 207쪽.
18) 김연수, 『밤은 노래한다』, 문학과 지성사, 2008, 87쪽.

기소한다면, 바로 아무것도 모른 채 그게 행복이라고 믿었다는 사실 때문에 기소하리라는 것.[19]

인간은 때로 무지와 착각에 빠졌다는 것을 악 또는 죄라 생각하기도 하는 존재임을 이 자기 처벌자는 보여준다. 우리 문학에서 이 측면을 다룬 작품은, 내가 알기에는, 없었다. 「밤은 노래한다」가 특별한 이유 가운데 하나이다.

3. 자기 추방의 자기 처벌자

자기 처벌자의 또 한 유형은 자기 추방의 자기 처벌자이다. 자신이 악한 존재 또는 허위의 존재임을, 지금까지의 삶이 온통 악 또는 허위에 지배당해 왔음을 깨우치고, (1)자신을 인간 이하의 자리로 추방하여 인간 이하의 삶을 자진하여 사는 인물, (2)고독과 침묵의 세계 속에 자신을 추방하여 그곳에 스스로 갇히는 인물, (3)고향 밖으로 자신을 추방하여 스스로 고향상실자가 되기를 선택하는 인물 등이 여기에 해당한다. 김원일의 장편 「바람과 강」(1985) 김연수의 장편 「밤은 노래한다」(2009) 등에서는 (1)에 해당하는 자기 처벌자를, 현기영의 단편 「마지막 테우리」(1994)와 김원일의 장편 「전갈」에서는 (2)에 해당하는 자기 처벌자를, 김사량의 중편 「향수」(1941)과 최인훈의 장편 「태풍」에서는 (3)에 해당하는 자기 처벌자를 각각 만날 수 있다.

3-1. 인간 이하의 자리로 자기 추방하는 자기 처벌자

「바람과 강」의 자기 처벌자는 이인태이다. 한때는 독립군 전사였으

---

19) 같은 책, 85쪽.

나 배신하여 많은 사람들을 죽음의 길로 내몰았던 과거를 지닌 인물이다. '개돼지로 살아라'[20]라는 저주를 뒤집어쓴 것은 당연한데, 스스로 나아가 그 저주 속에 갇혔다. 그는 평생을 개돼지로 살고자 하였고 그렇게 살았다. 다음은 그가 자기 처벌자가 되기로 결심한 순간 그의 내면이 어떠했는지를 보여주는 부분이다.

> 이인태는 죽을 힘을 다해 모질을 쓰며 엉금엉금 기기 시작했다. 그는 몇 됫박 흘린 피만큼 눈물을 쏟으며, 흙고물 바른 채 꿈틀거리는 지렁이처럼 기고 또 기어 마을을 빠져나왔다. 그래, 이제는 개돼지로 살 수밖에 없어. 죽지 않고 명을 붙였으니 얼마를 살든 앞으로는 그렇게 살 팔자야. 스스로 목숨 끊지 못한다면 그는 개돼지처럼 살기로 그때 마음먹었다.[21]

그런 그에게는 섹스조차 자기 처벌의 의미를 갖는다.

> 나는 여자하고 그 짓을 할 때도 보통 사람하고 다르니라. 귀까지 잘린 쓸개빠진 더러운 놈, 니한테는 이짓이 딱 제격이니까 개처럼 실컷 이 짓이나 하거라. 하여 내가 내 스스로를 비양거려 가며 더욱 기를 써서 그 짓에 온갖 정성을 쏟아붓지러.[22]

죄의 기억과 그것에서 생겨난 죄의식이 작용하여 그를 저 같은 병자로 만들었다.

김연수의 장편 「밤은 노래한다」는 "1930년대 초반 동만주(東滿洲)의 항일유격근거지에서 벌어진 '민생단 사건'을 배경으로 한 소설"[23]이다. 민생단 사건에서 500명 이상의 항일혁명가가 희생되었는데 일본 토벌

---

20) 김원일, 『바람과 강』, 강, 2009, 306쪽.
21) 같은 곳.
22) 김원일, 『바람과 강』, 문학과 지성사, 1986, 73쪽.
23) 한홍구, 「그 긴 밤, 우리는 부르지 못한 노래, 밤이 부른 노래」, 『밤은 노래한다』 해설, 문학과 지성사, 2008, 326쪽.

대의 공격에 의해 희생된 숫자보다 "혁명조직 내에서 서로가 서로를 의심해서 죽고 죽인 숫자가 더 많았다고"24) 한다. 「밤은 노래한다」에 등장하는, 거룩한 이념이 이끄는 험로를 걸어 나아간 청년들 가운데 상당수는 이 사건의 소용돌이에 휩쓸려 원통하게 죽는다. 물론 죽지 않는 사람도 있다. 이 작품의 마지막까지 살아남는 최도식이 그 가운데 하나다. 최도식은 용정의 동흥중학교 학생으로 혁명 조직에 가담한 1927년 이래 혁명 투쟁의 가파른 길을 뒤도 옆도 보지 않고 치달았다. 최도식을 두고, 용정의 일본 총영사관 경찰서 조사반의 사토 나카토시(佐藤永敏) 경부는 조선공산당 만주총국 엠엘계 당원으로서 "1930년 5월 30일 폭동이 일어났을 때, 방화를 비롯한 파괴 행위를 주도해 아주 죄질이 무거웠던 극렬분자"라고 말한다. 그런 그가 경찰 보조원으로서 그 사토 경부의 아래에서 일하게 되었다. 누가 보아도 변절이고 전향이다. 그런데 사정은 그렇게 간단하지 않다. 그가 정말 변절한 전향자인지 아닌지 모호한 것이다.

ㄱ) 취조 과정에서 내사 동무를 팔고 밀정 놀음을 했지비. 더는 인간의 낯을 하고 다닐 수가 없어서리 개만도 못한 보조원 일을 자청했던 것이지.25)

ㄴ) 단순 가담자도 6개월, 1년씩 형을 살았단 말이야. 그런데 발전소 방화를 지휘한 저녀석이 4개월 만에 풀려나니까 아, 이거 수상하다, 조직이 이런 의심을 품기 시작한 거지. 밀정이 됐다, 주구(走狗)다, 이러면서 다들 만나주지 않고, 만났다 하더라도 의심만 하니까 사람이 돌아버리지. 혹시 내가 고문 과정에서 주구가 되겠다고 말한 것은 아닐까? 그런 생각이 들게 되는 거야. 그렇게 한 6개월 외따로 떨어져서 지냈을까? 어느 날, 정기적으로 자신을 찾아와 서로 쓸데없는 얘기만 나누다가 돌

---

24) 같은 곳.
25) 김연수, 『밤은 노래한다』, 문학과 지성사, 2008, 93쪽.

아가는 우리 조선인 형사에게 최상이 총영사관에서 일하고 싶다고 했
다더군.26)

ㄷ) 그거야 하즉 공산주의에 심취하지 않은 연행자들을 구슬릴 때, 사토가
항상 내뱉는 거짓말에 불과하우. 내사 공산주의를 잘 알지비. 스스로
변절하지 않는다믄 어떤 공산주의자들도 세계관을 바꾸지는 않으오. 왜
나하면 공산주의자들은 진짜 세계가 어던 것인지 한번쯤은 겪험해본
사람들이기 때문입지. 내사 스스로 변절했스꼬마.27)

ㄹ) 그건 댁네 때문이었습지. 이정희가 액네에게 죄다 덤터기를 씌우고 그
날 박길룡을 따라 유격구로 들어갔으믄 아무 일이 없었겠스꼬마. 긴데
그리하지 않겠노라고 버텼습지. 내가 찾아갔을 때는 이미 약을 먹고 죽
어가고 있있소.28)

ㄱ)에서 최도식은 자신이 '동무를 팔고 밀정 노릇을 했'다는 것을 고
백했다. 그는 취조 과정의 고통을 못 이겨 배신하고 변절했다고 고백한
것이다. 그런데 ㄴ)을 보면 그 배신과 변절이 그의 자의에 의한 것이 아
니라 상황에 의한 것이었다. ㄱ)과 ㄴ)을 종합하면, 그가 배신하고 변절
한 것은 사실인데, 자의에 의한 것일 수도 있고 상황에 의한 것일 수도
있다 라고 정리할 수 있다. 그런데 ㄷ)에서 최도식은 사토가 한 말인
ㄴ)을 완전 부정한다. 최도식의 말을 믿는다면, 그는 자의로 배신한 전
향자이다. 그러나 ㄹ)을 보면 ㄱ), ㄴ), ㄷ) 그 어느 것도 믿을 수 없다.
그의 전향은 속임수였고, 그는 일본 영사관 경찰 보조원의 가면을 쓰고
암약해온, 혁명 조직의 정보원이었다고 ㄹ)은 말하고 있기 때문이다.
ㄱ), ㄴ)을 보면 최도식은 '동무를 팔고 밀정 노릇을 했'다는 죄의식
에 덜미 잡혀 "더는 인간의 낯을 하고 다닐 수가 없어서리 개만도 못한

---

26) 같은 책, 65쪽.
27) 같은 책, 94쪽.
28) 같은 책, 316쪽.

보조원 일을 자청했던" 인물이니, 앞에서 살핀 「바람과 강」의 주인공 최도식과 같은 유형의 자기 처벌자이다. 그러나 지금까지의 검토에서 드러났듯이 그것이 사실인지 아닌지는 알 수 없다. 진실은 여전히 밤안개 속에 들어 있어 보일 듯 보이지 않는다.

"모든 건 다시 흐릿해졌다. 이로써 내가 아는 세계가 진짜 내가 경험한 세계가 맞는 것인지 확인할 길이 없어졌다."[29]라고 주인공은 말하는데 과연 그렇다. 모든 건 흐릿하고 모호하다.

김연수의 소설집 『나는 유령작가입니다』에 실려 있는 아홉 편의 작품을 하나로 꿰는 주제어는 '뿌넝쉬(不能說)'이다. 진실은 알 수 없으며, 더구나 말로 표현하는 것은 애당초 가능하지 않다는 것이다.[30] 김연수는 그 알 수 없으며 말로 표현할 수 없는 진실을 찾아 말로써 표현하고자 하는 문학을 해온 작가이다. 그 힘겨운 나아옴의 한 지점에서 솟아오른 「밤은 노래한다」에 등장하는 이 특이한 자기 처벌자는 '악과 죄/선'의 경계가 과연 존재하는지, 존재한다면 과연 확인 가능한 것인지에 대해 근본적인 질문을 하게 이끈다.

3-2. 고독과 침묵의 세계로 자기 추방하는 자기 처벌자

자기 추방의 자기 처벌자 가운데 하나는 고독과 침묵의 세계 속에 자신을 추방하여 그곳에 스스로 갇히는 인물이다. 현기영의 「마지막 테우리」의 주인공 고순만, 황순원의 장편 「나무들 비탈에 서다」(1960)에 나오는 '한 군인', 김원일의 장편 「전갈」의 주인공 강치무가 여기에 해당한다.

「마지막 테우리」의 주인공 고순만은 살 날이 얼마 남지 않은 여든

---

29) 같은 책, 95쪽.

30) 정호웅, 「표현할 수 없는 것을 표현하고자-김연수의 『나는 유령작가입니다』」, 『대산문화』, 2005. 겨울, 87쪽.

가까운 상노인이다. 4·3 이후 그는 중산간 초원에 스스로를 가두고 "마치 다른 나라 백성"인 것처럼 여기며 살아왔다. 그는 자신을 고독과 침묵의 세계로 추방하였던 것이다. 그가 스스로를 고독과 침묵의 세계로 추방한 것은 죄의식 때문이다. 제주 섬을 온통 피로 물들인 토벌대의 총칼 위협에 떠밀려 세 목숨을 죽게 하였던 것이다. 따지고 보면 그곳에 사람이 들어 있으리라 생각하여 그가 그 세 사람이 들어 있는 동굴을 지목했던 것이 아니니 그들의 죽음이 그 때문이라고 할 수는 없다. 그러나 그는 그것을 자신의 죄라 생각하여 '배신'31)의 죄의식에 사로잡혔고 마침내는 자신을 추방하여 이곳 초원에 가두었다. 그는 스스로를 유폐한 자기 처벌자인 것이다.

「나무들 비탈에 서다」에 나오는 한 군인도 같은 유형의 자기 처벌자이다. 그는 죄의식에 이끌려 스스로를 평생의 고통 속에 가두었다.

> 이 군인이 전에 어느 산촌에서 한 처녀를 능욕한 일이 있었습니다. 그리구는 그러한 사실이 탄로나지 않게끔 그 처녀를 죽여버리기까지 했지요. 그 사람이 그처럼 흉한 부상을 입고 자결을 하려구 할 때, 퍼뜩 지나간 그 일이 머리에 떠오른 것이에요. 그러자 자기는 그렇게 쉽게 죽어서는 안될 인간이라는 생각이 들었답니다. 목숨이 끊어지는 날까지 괴로움을 맛봐야만 한다는 생각이었지요.32)

「전갈」(2007)의 주인공 강치무도 같은 유형의 자기 처벌자이다. 강치무는 조국 독립을 위해 만주벌판을 누볐던 투사였으나 살기 위해 변절, 동료들을 배신하여 비명에 죽게 하였다. 그리고는 저 악명 높은 관동군 731부대의 경비원으로 구차한 목숨을 이어 살아남았다. 살아남았지만 그는 그 배신과 변절의 죄의식에서 한 발짝도 벗어나지 않았다. 반벙어

---

31) 현기영, 「마지막 테우리」, 『순이삼촌』, 동아출판사, 1996, 491쪽.
32) 황순원, 「나무들 비탈에 서다」, 『황순원전집』 7, 문학과 지성사, 1997, 161쪽.

리가 되어 스스로를 고독과 침묵의 감옥 속에 유폐했던 것이다. 그 유폐는, 그 세계와의 단절은 자기 처벌이었다.[33]

3-3. 고향상실자가 되기를 택하는 자기 처벌자

자기 처벌자 가운데 스스로 고향상실자가 되기를 택한 사람들도 있다. 김사량의 「향수」에 나오는 몇 인물, 최인훈의 장편 「태풍」의 주인공 오토메나크가 그들이다.

「향수」에는 이 같은 고향상실자가 여럿 나온다. 서술자의 누나인 가야, 그녀의 남편인 윤장산, 윤장산의 동지였던 옥상렬이 대표적이다. 윤장산은 삼일운동 직후 중국으로 망명하여 "북만주를 중심으로 동분서주하며 활약했던 평판 높은 망명 정객"[34]으로 "시베리아, 연해주, 북만주, 동만주 등지를 떠돌아다니면서 이주 동포들의 지도 조직"[35]에 전념했던 이 역전의 투사가 감옥에 갇혀 있는 젊은 동지의 아내와 놀아나고는 죄의식에 사로잡혀 고향상실자가 되고 말았다.

> 선생님은 음식도 드시지 못하고 낡은 옷을 입으신 채 북경성내를 방황하고 계시지. 나는 한 번 선생님을 마을 밖 빈민촌에서 뵌 적이 있네. 그때 나는 울며 매달리면서, 선생님 아무쪼록 나와 함께 가 주세요. 아시겠습니까. 나는 그렇게 말했다네. 더 나빠지기 전에 자수하시라고….[36]

윤장산의 동지였지만 이제는 전향하여 특무기관에서 일하고 있는 옥상렬의 말이다. 그는 윤장산의 자학을 불륜, "세계정세가 시시각각으

---

33) [전갈]의 자기 처벌자에 대해서는 정호웅, 「다시 읽는 김원일 문학」, 『한국예술총집 문학편VI (韓國藝術總集 文學篇VI)』, 대한민국예술원, 2009. 참조.

34) 김재용, 곽형덕 역, 『김사량, 작품과 연구』1, 역락, 2008, 148쪽.

35) 같은 책, 149쪽.

36) 같은 책, 168쪽.

로 변해 가서 동아의 상황도 점점 더 복잡하게 되어 감에도 불구하고"37) 결단하여 그 변화를 따르지 못하고 방황하는 '사상상의 파탄'38) 때문이라 말하는데, 소설 어디에도 이와 관련된 윤장산의 생각을 알 수 있는 내용이 없기에 옥상렬의 진단이 정확한지는 알 수 없다. 그가 고향상실자가 된 것은 아마도 죄의식 때문일 터인데 그 죄의식의 정체를 옥상렬의 진단을 통해서는 제대로 파악할 수 없는 것이다.

가야의 경우도 마찬가지다. 윤장산의 배신과 좌절에 깊이 충격 받은 데다가 생존을 위해 아편 밀매굴을 운영하는 처지에 놓여, 자신의 이념이 용납하지 않는, 중국 인민의 피를 빨아 사는 존재가 되었다는 죄의식이 그녀를 고향상실자가 되게 만든 요인인 것으로 보인다. 그러나 이는 추측일 뿐, 그녀가 무엇 때문에 고향상실자가 되었는지 정확하게 알 수 있는 것은 작품 어디에서도 찾을 수 없다.39) 우리의 논의와 관련하여 초점은 윤장산이 아니라 옥상렬이다.

옥상렬은 자신의 전향을 '사고방식'의 전진이라 애써 합리화하려 하지만 '전향의 고통'40)을 완전히 숨기지는 못한다. 그 고통은 그가 자신의 전향을 죄라고 여기기 때문에 생겨난 것이다. 그가 고향을 간절히 그리워하지만 그것이 평생 불가능하다고 토로하는 것은 이 때문이다.

> 사실 나도 맹렬한 향수를 가지고 있습니다. 어떻게 변했을까, 한 번 고향에 돌아가 보고 싶습니다. 하지만 그건 평생 나에게는 불가능한 일입니다….41)

---

37) 같은 책, 167쪽.

38) 같은 책, 168쪽.

39) 그녀는 하느님과 연결된 밧줄을 놓치면 생존 자체가 불가능한 절망의 구렁텅이에 떨어질 극도로 비참한 정신 상황에 놓여 있다. 이에 대해서는 정호웅, 「일제 말 소설의 창작 방법」, 『한국현대소설연구』 43, 2010. 참조.

40) 같은 책, 167쪽.

41) 같은 책, 187-188쪽.

이 작품의 핵이다. 그가 고향상실자가 되고 만 것은 고향(고국)을 배반한 죄인이라는 죄의식에 덜미 잡혔기 때문이다. 김사량은 중심인물이 아니라 부차적인 인물을 통해 작품의 참주제를 다루는 특수한 구성 방식을 시도하였는데 그가 범상한 작가가 아니라는 것을 보여주는 증거의 하나이다.

고향상실자의 삶을 택한 또 하나 자기 처벌자는 최인훈의 「태풍」에 나오는 오토메나크이다. 일본의 대학에서 일본의 고전문학을 전공하던 조선 청년 오토메나크(김씨 성을 가진 한국인들이 창씨개명 때 많이 택했던 일본식 성인 가네모토(金本)를 뒤집어 놓은 것. 이 작품에 등장하는 인물들은 하나같이 이처럼 뒤집혀진 성 또는 이름을 부여 받고 있다.)는 천황의 명을 좇아 죽는 것이 황국신민의 도리라는 믿음을 좇아 태평양전쟁에 나아갔는데 그 어느 지점에서 자신의 죄를 깨닫고 스스로 고향상실자가 됨으로써 자신을 처벌한다. 그는 해방된 고국에 돌아가는 것을 포기하고 스스로 고향상실자가 되었다. 그는 고향이 부여했고 길러낸 자신의 정체성을 담고 있는 기호인 이름을 버리는데[42] 이로써 그의 고향상실은 절대적인 차원의 것으로 완성되었다.

그렇다면 그를 자기 처벌자가 되게 만든 그가 깨달은 죄는 무엇인가? 놀랍게도 그 핵심은 '한 시대가 보여 주는 징조의 껍질을 뚫어볼 힘이 없었다는 것'[43]이다.

마지막으로 그 자신의 책임이 있었다. 한 시대가 보여주는 징조의 껍질을 뚫어 볼 힘이 없었다는 책임이다. 그의 세계가 깨어진 것도 그 자신의 힘에 의해서가 아니었다. 그를 오늘날과 같은 사람으로 키워온, 바로 그 손이 전혀 뜻밖에 그 껍질의 안쪽을 보여줬던 것이다. 갑자기 변한 그 목소리가 장난이 아님을 즉각 알아차렸다. 그들은 같은 족속이었기 때문에 서

---

42) 최인훈, 『태풍』(『최인훈전집』 5), 문학과 지성사, 2009, 492-493쪽 참조.
43) 같은 책, 76쪽.

로의 참과 거짓을 알 수 있었다. 청년은 스물 몇 해의 시간을 갑자기 빼앗
긴 사람과 같았다. 이런 남자가 유리창에 어려 있었다. 자기가 산 시간을
모두 잃어버린 이 남자는 유령과 같았다.[44]

오토메나크의 자기 처벌은 '반민족 친일사상/반일 민족주의'의 이분
법과 무관한 것은 아니다. 황도사상이라는 지배 이데올로기에 세뇌당해
그것이 만들어낸 대동아공영권론, 동조동근설 등의 논리에서부터 귀축
영미(鬼畜英美), 총후보국(銃後報國) 등의 구호에 이르기까지 그 모든
것을 한 점 의심 없이 믿고 따랐던 자신에 대한 부정 의식이 그를 자기
처벌자가 되게 한 이유의 하나이다.[45]

그러나 핵심은 위의 인용에서 보듯 '한 시대가 보여 주는 징조의 껍
질을 뚫어볼 힘이 없었다는 것'이다. 오토메나크를 완전한 고향상실자
가 되도록 이끈 핵심 이유가 이것이라니 놀랍다. 이것이 그렇게도 큰
죄인가? 사람에 따라서는, 어떤 장(場)에서는 그럴 수도 있다. 모든 것을
알고 설명하고자 하는 의욕에 가득 차 있는 지식인을 중심에 놓고 그의
지적 탐구와 성장의 행로를 소설의 구성축으로 삼는 최인훈 문학의 장
에서는 그렇다. 오토메나크라는 특이한 자기 처벌자는 죄에 대한 우리
의 눈을 열어 새로운 것을 보게 함과 동시에 최인훈 문학의 독특한 개
성을 확인시켜 준다.

---

44) 같은 책, 78-79쪽.
45) 이에 대한 자세한 검토는 정호웅, 「존재 전이의 서사-최인훈의 「태풍」」, 『태풍』, 문
    학과 지성사, 2009. 참조.

4. 자기 처벌자와 소설 형식

우리 소설, 특히 역사소설의 바탕에는 윤리적 이분법이 놓여 있다. 모든 것을 '선/악', '진실/허위' 등의 윤리적 이분법으로 척도하고 평가하는 경향성이 우리 소설을 지배해 왔다. 그 같은 윤리적 이분법은 '진보/보수', '친일/반일', '민족/반민족' 등의 하위 이분법을 무수하게 낳으면서 경우에 따라 그 겉모습은 다르지만 계속해서 우리 소설을 근본적으로 규정하였다.[46]

이 같은 윤리적 이분법이 낳은 소설의 내적 형식은 계몽의 형식이다. '계몽자/피계몽자'의 두 대립항이 구성하는 계몽의 형식은 긍정성의 존재인 계몽자가 부정성의 존재인 피계몽자를 계몽하여, 피계몽자를 긍정성의 존재로 만든다는 내용을 핵심으로 하는 틀이다. 이 틀 속에서 피계몽자는 '부정성의 항'에서 '긍정성의 항'으로 존재 전이한다.[47]

지금까지 우리는 여러 유형의 자기 처벌자를 살폈다. 자신의 삶이 온통 악에 지배당해 왔음을 깨우치고, 그러므로 자신이 악과 죄의 존재임을 통절하게 자각하고, 자신을 송두리째 부정하여 자기 파괴 또는 자기 추방을 택하는 이들 자기 처벌자 계몽자의 계몽에 의해 '부정성의 항'에서 '긍정성의 항'으로 존재 전이하는 계몽의 형식 속 인물들과는 다르다. 먼저, 그는 부정성의 항, 긍정성의 항 어디에도 속하지 않는다. 그는 그 이분법의 밖에 서 있다. 그는 '부정성의 항'에 속하는 자신을 부정하고 '부정성의 항'에도 '긍정성의 항'에도 속하지 않는 그 밖으로 스스로를 추방한다. 그 밖은, 경우에 따라서는 존재가 완전 소멸된 죽음의 세계이기도 하고, 경우에 따라서는 인간 이하의 세계 또는 고독과 침묵의 세계 또는 고향상실자의 세계이다.

우리가 살핀 우리 소설 속 자기 처벌자들은 그 누구도 자신은 지은

---

46) 정호웅, 「한국 역사소설의 미학적 특성」, 『한국의 역사소설』, 역락, 2006. 참조.
47) 정호웅, 「한국 역사소설과 자기처벌의 형식」, 『문학수첩』 여름호, 2008, 37쪽 참조.

죄와 자신 속에 깃들인 악성을 다른 사람의 탓이나 상황의 탓으로 돌리지 않고 자신이 그 모든 것을 짊어지고자 한다. 한 마디 변명의 말도 그들에게서 들을 수 없는 것은 이 때문이다. 또한 그들은 그 죄와 악의 벌을 죽음에 이르기까지 조금도 회피하지 않고 감수한다. 그들은 죽음의 세계, 개돼지와 같은 삶의 세계, 고독과 침묵의 세계, 고향상실자의 세계가 죄인이고 악인인 그들이 살아야 마땅한 세계라는 것을 아는 윤리의식의 소유자들이다.

자기 처벌자가 중심에 놓여 있는 소설 세계는 강렬하다. 부정성의 존재인 자신을 근본적으로 부정하는 윤리의식이 만들고 이끄는 세계이기 때문이다. '부정성의 항'에서 '긍정성의 항'으로의 변화가 핵심 내용인 계몽의 형식에서 그 변화는 대부분의 경우, '부정성의 항'에 대한 '반성'을 바탕으로 이루어진다. 이와는 달리 자기 처벌자를 중심에 놓은 소설은 '반성'이 아니라 자기 파괴, 자기 추방을 내용으로 하는 '부정'을 문제 삼는다. 종이 다른 것이다.

자기 처벌자는 우리 소설의 인물 성격과 형식에 대한 새로운 논의 지평을 열어 준다. 앞으로의 과제로 삼고자 한다.

■ 참고문헌

1. 자료

김동리, 「두꺼비」, 『조광』, 1939, 9.
김사량, 「향수」, 『문예춘추』, 1941, 7; 『고향』, 갑조서림, 1942: 김재용, 곽형덕 편역,
     『김사량, 작품과 연구』 1, 역락, 2008.
김연수, 『밤은 노래한다』, 문학과 지성사, 2008.
김원일, 『늘푸른 소나무』, 이레, 2007.
_____, 『전갈』, 실천문학사, 2007.
_____, 『바람과 강』, 강, 2009.
최인훈, 『광장』, 정향사, 1961.
_____, 『태풍』, 문학과 지성사, 1978, 2009.
성기열 편, 『한국구비문학대계』 1-8(경기도 인천시, 옹진군 편), 한국정신문화연구
     원, 1984,
이광수, 『세조대왕』, 『이광수전집』 4, 삼중당, 1971.
현기영, 『한국현대소설문학대계』 72, 동아출판사, 1995.
황순원, 『나무들 비탈에 서다』, 『황순원전집』 7, 문학과 지성사, 1997.

2. 논저

권오룡 엮음, 『김원일 깊이 읽기』, 문학과 지성사, 2002.
김윤식, 『김동리와 그의 시대』, 민음사, 1995.
_____, 『해방공간 문단의 내면 풍경』, 민음사, 1996.
_____, 정호웅, 『한국소설사』 개정판, 문학동네, 2011.
김인호, 『해체와 저항의 서사』, 문학과 지성사, 2004.
우찬제, 이광호 편, 『사일구와 모더니티』, 문학과지성사, 2010.
이수형, 「'광장'에 나타난 해방공간의 나라 만들기와 가족로망스」, 『현대소설연구』
     38집, 2008.
김재용, 곽형덕 편역, 『김사량, 작품과 연구』 1, 역락, 2008.
윤대석, 『1940년대 '국민문학' 연구』, 서울대 박사학위, 2006.
정백수, 『한국 근대의 식민지 체험과 이중언어 문학』, 아세아문화사, 2000.

정호웅, 「'광장'론-자기처벌의 행로」, 『시학과 언어학』 1, 2001.
_____, 「한국 역사소설의 미학적 특성」, 『한국의 역사소설』, 역락, 2006.
_____, 「자기 완성의 길」, 『한국의 역사소설』, 역락, 2006.
_____, 「한국 역사소설과 자기처벌의 형식」, 『문학수첩』 여름호, 2008.
_____, 「존재 전이의 서사-최인훈의 「태풍」」, 『태풍』, 문학과 지성사, 2009.
_____, 「다시 읽는 김원일 문학」, 『한국예술총집 문학편VI (韓國藝術總集 文學篇
        VI)』, 대한민국예술원, 2009.
_____, 「일제 말 소설의 창작 방법」, 『한국현대소설연구』 43, 2010.
김동리기념사업회 편, 『김동리 문학의 원점과 그 변주』, 계간문예, 2006.
성기열 편, 『한국구비문학대계』 1-8(경기도 인천시, 옹진군 편), 한국정신문화연구
        원, 1984,
하정일, 『탈식민의 미학』, 소명출판사, 2008.
한홍구, 「그 긴 밤, 우리는 부르지 못한 노래, 밤이 부른 노래」, 『밤은 노래한다』 해
        설, 문학과 지성사.
 지그문트 프로이트(박찬부 옮김), 『쾌락원칙을 넘어서』(『프로이트전집』 14), 열린
        책들, 1997.

■ **국문초록**

한국 현대소설, 특히 역사소설에는 많지는 않지만 자기처벌자라 이름 붙일 수 있는 독특한 인물 성격이 등장한다. 자신이 악한 존재 또는 허위의 존재임을, 지금까지의 삶이 온통 악 또는 허위에 지배당해 왔음을 깨우치고, 자신과 자신의 지난 삶을 송두리째 부정하는 인물이다.

이들 자기처벌자는 자신을 파괴(자결)하거나, 인간 이하의 자리로 추방하거나, 인간 사회 밖으로 유폐하는, 또는 이 같은 파괴·추방·유폐를 실행에 옮기지는 않지만 그 파괴·추방·유폐가 자신에게 주어진 유일한 선택임을 인식하고 그 파괴·추방·유폐의 길로 나아가고자 하는 인물이다.

이 자기처벌자는, 마찬가지로 파괴·추방·유폐의 길로 나아가지만 모욕감, 패배감 등의 이유 때문에 그 길을 택하는 인물과는 다르다.

우리 현대소설에 등장하는 자기 처벌자는 두 가지로 나눌 수 있다. 자기 파괴의 자기 처벌자, 자기 추방의 자기 처벌자의 두 유형이다. 자기 파괴의 자기 처벌자는 자신이 악한 존재 또는 허위의 존재임을, 지금까지의 삶이 온통 악 또는 허위에 지배당해 왔음을 깨우치고, 자기 파괴를 욕망하거나 감행하는 인물이다. 자기 처벌자의 또 한 유형은 자기 추방의 자기 처벌자이다. 자신이 악한 존재 또는 허위의 존재임을, 지금까지의 삶이 온통 악 또는 허위에 지배당해 왔음을 깨우치고, (1) 자신을 인간 이하의 자리로 추방하여 인간 이하의 삶을 자진하여 사는 인물, (2)고독과 침묵의 세계 속에 자신을 추방하여 그곳에 스스로 갇히는 인물, (3)고향 밖으로 자신을 추방하여 스스로 고향상실자가 되기를 선택하는 인물 등이 여기에 해당한다. 자신을 파괴하거나, 인간 이하의 자리로 추방하거나, 인간 세상 밖으로 스스로를 유폐하는 것을 내용으로 하는 자기처벌의 형식은 '부정의 대상' 항에서 '긍정의 대상' 항으로 옮겨가는 개과천선을 내용으로 하는 계몽의 형식과 다르다. 자기처벌자의 개과천선이 아니라 자신에 대한 전적인 부정이 초점이기 때문에 그것은 우리 역사소설을 지배하는 윤리적 이분법과도 크게 다르다. 그들 자기처벌자의 자기처벌은 윤리적 이분법의 틀 밖에서 이루어진다. 자기처벌을 거친 뒤 그들의 자리도 그 이분법의 안이 아니라 밖이다.

자기처벌자는 윤리적 이분법이 지배하는 우리 소설의 폐쇄성, 단순성을 여는 것으로서 매우 중요한 의미를 갖는다.

주제어 : 자기 처벌자, 자기 파괴, 자기 추방, 계몽의 형식, 윤리적 이분법

■ Abstract

The self-furnish characters in korean novels

Jung Ho Ung(Hongik University)

In korean novels, especially historic novels, there are characters which can be called the self-punish characters, though there are not many. They completely repudiate their whole lives after they realize that they are evil or deceptive being, and their whole lives have been dominated by evilness or deception.

These self-punish characters decide among destroying themselves, banishing themselves to subhuman position and exiling themselves from the society, or though they do not carry out destruction, banishment or exile they understand destruction, banishment or exile is the only selection and try to carry out destruction, banishment or exile.

But the self-punish characters' motives are not such things as fervertion or sense of defeat.

There are two types of the self-punish characters, one type is self-punish characters who destroy themselves and the other type is self-punish characters who banish themselves. After realizing that they are evil or deceptive being, and their whole lives have been dominated by evilness or deception, the first type desires to or does self-destruction. On the other side of the coin, the second type (1)spontaneously banishes itself to subhuman position, (2)banishes itself confines itself to the world of silence and loneliness or (3) spontaneously kicks itself out of hometown and chooses to be a displaced person.

These two types of self-punishing stories are different from the form of enlightment which can be marked by reformation of characters-reformation from negative figure to positive figure. Because the focus is on complete self-denial not on the reformation, it is considerably different from ethical dichotomy which rules korean historic novels. The self-punishment of the self-punish characters occurs outside of ethical dichotomy and even after the self-punishment, place for the self-punish characters is outside of that dichotomy.

Because they do not follow simple and closed tendency of korean novels-ethical dichotomy, The self-punish characters have very important meaning to korean novels.

Key words: self-punish character, self-destruction, self-exiling, form of enlightment, ethical dichotomy

이 논문은 2011년 11월 12일에 접수되어, 2011년 11월 22일부터 2011년 12월 3일 사이에 이루어진 소정의 심사를 거쳐 2011년 12월 10일 편집회의에서 최종적으로 게재가 확정되었음.

서평

'박태원'이라는 균열
−방민호 편저 『박태원 문학 연구의 재인식』(예옥, 2010)

구보 문학의 원형으로서의 시(詩)
−곽효환 편저 『구보 박태원의 시와 시론』(푸른사상, 2011)

'박태원'이라는 균열

방민호 편저 『박태원 문학 연구의 재인식』(예옥, 2010)

정 은 경*

박태원은 30년대를 대표하는 모더니스트이자 세태소설을 쓴 풍속작가에서 일제 말기에는 「아세아의 여명」과 같은 대일협력 선전물을 창작한 친일작가, 『여인성장』의 통속 작가, 『수호지』 등의 중국 고전을 번역한 번역작가로, 또 『갑오농민전쟁』으로 대표되는 역사소설가이자 리얼리즘 작가로 변모한 '문제적 작가'이다. 80년대 후반부터 본격화된 박태원 문학 연구 초기에는 이러한 다양한 층위들을 단면적으로 보거나 혹은 이 불연속적인 면모들에 연속성을 부여하려는 논의가 우세했다고 할 수 있다. 그러한 논의 속에서 '박태원'이라는 기표는 모더니즘과 리얼리즘, 세태소설 작가 내지 통속작가, 친일 작가 등의 자장 속에서 부유해왔는데, 이제까지의 총체적인 조망에도 불구하고 여전히 그는 모호한 지점에 서 있다는 것, 『박태원 문학 연구의 재인식』의 문제의식

---

* 원광대학교 문창과

의 출발점은 바로 여기이다.

　"박태원은 단순한 모더니스트가 아니라 역사와 현실과 세계에 대한 자각을 갖춘 작가였고, 결코 피상적이지 않은 인식을 독창적인 기교에 실어 나간 언어의 장인이었다."라고 머리말에서 요약하고 있는 것처럼, 이 책이 박태원 문학의 이면을 심층적으로 탐사하면서 겨냥하고 있는 것은 박태원을 규정하는 수사들을 해체하고 균열과 틈들을 읽어내는 것이다.

　총 14편의 논문과 1편의 해제, 그리고 미발표 원문 자료로 꾸려진『박태원 문학 연구의 재인식』의 다양한 글들이 제기하고 있는 문제틀을 단순화하자면, 대체로 세 가지이다. 첫 번째 모더니즘과 리얼리즘, 두 번째 일제말기 협력과 저항이라는 대극, 세 번째 통속문학과 본격문학이라는 스펙트럼이다.

　첫 번째 모더니즘과 리얼리즘이라는 이분법은 박태원이 월북하면서 뛰어넘은 38선처럼 완강하게 그의 문학세계를 양분해왔지만, 이 책에 실린 몇몇 논의들은 이 구도를 해체하고 박태원에서 '단순한 모더니즘과 리얼리즘' 이상을 읽어내고 있다. 가령, "일제 말기 박태원을 논할 때도 과연 '모더니스트'라는 호명을 할 수 있을까?"(장성규) "박태원은 단순한 모더니스트가 아니다"(방민호)라고 언급하면서 박태원의 식민지 근대에 대한 자의식을 적극적으로 읽어내고 있는 글들, 또는『천변풍경』분석을 통해 "박태원은 모더니즘 기법인 고현학에 리얼리즘적인 시각을 부여하여 당대 현실의 긍정적인 면과 부정적인 면을 보여준다"고 논의하고 있는 글(정하늬), "『천변풍경』을 리얼리즘이 확대된 결과라거나 모더니즘이 파탄 난 증거라는 식으로 평가하고 단언하기에 앞서, 개인사라는 풍부한 컨텍스트 속에 위치시켜 분석"하려는 손유경의 글,『천변풍경』의 하위주체들을 통해 박태원의 식민지 도시에 대한 부정의식을 읽고 있는 오현숙의 글 등이 그러하다. 한편 박태원의 역사소설에서 고현학적 태도의 심화나 '심리묘사' '세태 묘사, 풍속 묘사' 등의 모더니즘적 기법을 읽어내는 이상경의 논의나 인물의 성격 창조를 분석하고 있는 정호웅의 글은, 해방 이후 리얼리스트 박태원의 문학에서 30년대 모더니즘의 잔영과 혼종을 적극적으로 의미화하고 있는 경우에 해당된다고 할 수 있다.

박태원의 리얼리즘 면모를 예각화하고 있는 방민호의 논의를 구체적으로 살펴보면, 그는 「1930년대 경성과 「소설가 구보씨의 일일」」에서 당대 경성이 함축하고 있는 복합적 성격-"식민지민과 제국민의 분할 동거 및 그 이중화와 차별화라는, 식민지적 국면의 심화양상"을 실증적으로 고찰하고, 일본인 밀집지역인 남촌과 조선인 생활 공간인 북촌을 가로지르는 구보의 산책과정이 식민지 도시로서의 경성에 대한 구보의 인식과정의 심화과정이라고 본다. 그에 따르면, 이러한 구보의 산책은 새로운 것을 발견하는 행위가 아니라 매일 보아온 것들을 새로운 차원에서 재발견하는 일종의 재인식 행위이며, 그의 피로와 가장된 명랑성은 이 착잡한 경성에 대한 고민과 자각에서 비롯된 것이다. 결론적으로 방민호는 "1930년대 박태원의 '리얼리즘'을 "해방 이후 또는 월북 이후 박태원이 보여준 계급 전형론에 따른 '리얼리즘'과 혼동하는 것은 리얼리즘이라는 말의 동질성에 가려진 그 내포적 성격의 차이를 준별치 못한 소치"라고 하면서, 1930년대 박태원이 소설을 몽타주, 병치 기법, 예시성 등 모더니즘적 기법을 통한 리얼리즘적 이념의 구현으로 보아야 한다고 주장하고 있다. 이와 유사한 맥락에 놓여 있는 장성규의 논의 또한 일제 말 박태원의 자화상 연작은 사대문 '밖' 세계에 대한 고현학적 이행에 해당하는 것으로 중층적인 식민지 근대의 혼종성과 균열을 포착해냈다고 평가하고 있다.

방민호의 '경성' 탐색과 유사한 문제의식에서 제임스 조이스의 '더블린'과 박태원의 '경성'을 비교고찰하고 있는 두 편의 글(오현숙의 「1930년대 식민지와 미궁의 심상지리」, 정하늬의 「박태원의 『천변풍경』과 제임스 조이스의 『더블린사람들』의 '도시'」) 또한 박태원의 시선에서 적극적으로 '식민지 근대 도시'의 이중성과 혼종성을 읽어내고 있는 글들이다.

한편, 박태원의 모더니즘을 심층적으로 고찰하고 있는 글들도 있는데, 김흥식과 문흥술의 논의가 이에 해당한다. 김흥식은 「박태원의 소설과 고현학」에서 '고현학'의 발생 기원에 대해 치밀하게 고찰하고, 그 특징을 '제국의 팽창하는 욕망 속에서 긴자 혹은 그 모더니티의 환유적 이미지를 그 주변과 외곽으로 확대 재생산'하는 '긴자 헤게모니', 자칫 현실 추수주의 내지 몰가치론으로 전락할 위험을 내포하고 있는 가치 중립성으로서 규정하고 있다. 박태원의 고현학의 수용은 '긴자 헤게모니'의 첨단에 스스로를 위치시키려는 욕망의 발현으로, 경성의 현실을 단순히 기호화하는 전위주의이며, 결국 가족관계의 규범에서 벗어나지 못하는 한계를 지닌다고 비판하고 있다. 문흥술의 「의사 탈근대성과 모더니즘」도 박태원의 모더니즘 의식의 한계와 변모를 지적하고 있는 글인데 그에 따르면 「소설가 구보씨의 일일」의 구보는 동경에 대한 욕망과 경성의 일상성에 대한 갈등과 거기에서 비롯된 고독을 보여준다. 그러나 구보는 그 고독을 끝까지 밀어붙임으로써 모더니즘이 지향하는 탈근대성에 이르지 못하고 어머니에 대한 그리움으로 나아감으로써, 『천변풍경』에 이르러 경성의 일상성에 함몰, 결국 그의 모더니즘 문학은 종언을 고하게 되었다는 것이다. 이어서 이상과 비교하여 박태원 문학이 욕망의 대상으로 설정한 동경은 탈근대적 지식이 아니라 '의사' 탈근대적 지식이었다는 것으로 결론짓고 있다.

이들 두 편의 글이 박태원의 모더니즘을 심층적으로 고찰하고 그의 모더니즘의 한계를 지적하고 있다면, 손유경과 안미영의 글은 박태원의 모더니즘 이념에 좀더 의미를 부여하고 있다. 「적멸」을 전형적인 심리소설로 보고 있는 안미영의 글(「박태원의 중편소설 「적멸」론」)은 소설가의 등장에서 '소설가'라는 전문가 집단의 부상과 문학의 자율성 구축의 증좌를 읽고 있으며, 박태원의 소설 쓰기를 근대에 대한 불안과 극

복의지와 꿈의 실현으로 의미화하고 있다. ‘소문’이라는 키워드를 통해
『천변풍경』을 다시 읽고 있는 손유경의 글에서도 박태원의 모더니즘
면모는 강조되는데, 그는 『천변풍경』이 ‘사건’이나 ‘카메라 아이’식의
사실이 아닌, 즉 자기지시적이며 진실과 거짓이 섞여있는 ‘소문과 이야
기’로 구축된 작품이라고 본다. 여기에 근거해볼 때 『천변풍경』의 서술
자의 역동적인 이야기 세계는 언어가 현실을 의문에 부치고 있으며, 나
아가 공론이 뒷공론이 되어버린 근대 사회의 소통 구조에 대해 비판하
고 있다는 것이다.

　　역사소설가로서의 박태원에 주목하고 있는 두 편의 글, 이상경과 정
호웅의 논의는 박태원의 리얼리즘 소설에 투영된 모더니즘적 특질과 작
가적 기질을 밝혀냄으로써 이념성에 치우치지 않는 균형감각을 보이고
있다. 이상경(「박태원의 역사소설」)은 박태원의 『갑오농민전쟁』이 홍명
희의 『임꺽정』을 잇는 민중사를 중심으로 한 사실주의적 역사소설이나,
상층 지배층과 서울 거리 묘사, 인물의 개성화에는 뛰어난 대신 농민의
일상적 삶에 대한 묘사는 서투르고 중간계층에 대한 문제의식이 부족하
다고 한계를 지적하고 있다. 『군상』을 집중분석하고 있는 정호웅은 박태
원의 역사소설의 중심은 과거의 역사성이 아니라 인물 성격이며, 때문에
역사의 피구속성보다는 탈역사적 측면이 두드러진다고 본다. 박태원의
‘인물’에 대한 관심이 어떻게 그의 소설을 개성화하고 또 실패하게 했는
지를 논리적으로 설명하고 있는 이 글은, 박태원이 『군상』의 방외적 예
술가를 비롯하여 ‘인간의 이모저모’에 관심을 기울였으나, 변모하는 인
물이 아니라 완성된 극성의 인물들을 등장시킴으로써 역사전개 과정을
담아내는 데 한계를 보였다고 평가하고 있다.

　　두 번째 문제틀인 협력과 저항의 스펙트럼에서 박태원의 친일을 문
제삼고 있는 것은 장성규, 방민호의 글이다. 이 두 논자가 공히 주목하
고 있는 것은 일제말기 박태원의 사소설인데, 이들은 일제말기 작가들
을 민족과 친일 혹은 저항과 협력의 이분법으로 환원하거나 탈식민주

의 이론에 입각해서 식민지 작가들이 제국의 담론에 수동적으로 대응한 것으로 환원하는 것 모두를 지양해야 할 필요성을 제기한다. 대신 "구체적인 텍스트를 통해 작가의 내면과 그 균열양상이 은밀한 '흔적'으로 남아있는" 것을 고찰해야한다고 주장하고 있는 장성규는, 박태원의 일제 말기 자화상 연작은 30년대 고현학 방법론의 연장에서 '성문밖'이라는 신체제 외부를 기록하고 있는 것이며, '암시장'으로 상징되는 범죄와 '회색지대'의 탐색은 식민지 근대성의 혼종성과 균열을 읽어내는 작가의식의 소산이라고 본다. 방민호의 '사소설 논의'(「박태원의 1940년대 연작형 사소설의 의미」) 또한, 실제적 작가와는 다른 요술적 '주체'를 기입하고 있는 일제 말기 작가들의 사소설을 대일 협력적 태도가 적극적으로 표명된 신문연재소설이나 각종 기록물과 구별하여 읽어야 한다고 주장하고 있다. 그에 따르면 박태원의 사소설 연작에 등장하는 '와타나베'라는 채권자(「채가」), 좀도둑(「투도」)은 일제라는 '타자'의 형상화로 볼 수 있으며 이들에 대한 회피나 저항감을 지닌 주인공의 심리는 "강화된 천황제 파시즘 체제에 대한 어떤 구조화된 '저항'을 간취"하는 것으로 볼 수 있다는 것이다. 이들 사소설에 반영된 작가적 태도는 불투명하고 복합적이며 착잡한 것이기 때문에 단순히 협력과 저항이라는 정치학적 범주로 읽는 것으로는 미흡하며, 그 틈새와 균열에 착목하면 비판적 태도를 엿볼 수 있다는 것이다. 이상의 두 편의 논의는 앞서 모더니즘 대 리얼리즘의 이분법의 해체와 연관된 것으로 박태원의 '사소설'이라는 사적인 장르에서 적극적으로 공적인 근대 국가 담론을 이끌어내고, 기존의 저항과 협력이라는 단선 구조를 해체하고 있다는 점에서 의의가 있다.

세 번째 본격문학과 통속문학의 대결 구도에서 박태원을 새롭게 조명하고 있는 글은 김미지와 류수연, 박진숙의 세 편의 글이다. 김미지와 류수연은 공히 박태원의 대표적인 통속소설이자 신문연재소설인 『우맹』(단행본 『금은탑』으로 개작)을 분석하고 있는데, 김미지는 연재소설과 단행본의 판본 비교와 개작 과정을 고찰하면서,『금은탑』은 신문기사의 정보성과 홍미성과 경쟁하려는 ‘통속극’이 아니라 교주의 악마성에 ‘부성’이라는 인간의 얼굴을 적극적으로 투영시킴으로써 ‘새로운 통속의 가치’를 제시하고 있다고 본다.『금은탑』을 ‘내성적 탐정소설’로 읽고 있는 류수연(「확장된 산책, 가치와 내성적 탐정소설」)은『우맹』을 고현학을 통속적 코드와 결합시켜 극단까지 밀어붙인 결과물이자 “통속소설의 그것을 뛰어넘는 고현학적 서사”로 읽고 있다. 그는 교주의 아들 김학수는 사건의 비밀을 캐는 ‘탐정’에 해당하는 인물이며 객관적 현실을 관찰하고 있다는 면에서 구보형 인물이라고 본다. 그러나 이 작품은 탐정의 역할을 제대로 하지 못하는 학수로 인해, 그의 죄의식과 내면에 보다 집중하고 있는 서사전략에 의해 장르소설로서의 한계를 지니게 되는데 오히려 그로 인해 이 작품은 심경 소설의 깊이를 획득하고 있다고 보고 있는 것이다. 또한『금은탑』은 백백교 사건에 은폐된 식민지 민중의 저항의식까지를 캐취하지는 못하고 ‘물질만능주의 비판’에 머물렀지만, 교주의 아들인 학수의 이중성은 근대의 양가성을 보여주고 있다고 평가하고 있다.

『여인성장』을 비롯하여 「명랑한 전망」 「애경」 등의 통속물에서 ‘신체제기의 명랑성’과 작가의식의 길항관계를 고찰하고 있는 박진숙의 글(「박태원의 통속소설과 시대의 ‘명랑성’」)은 이 세 소설이 단순한 통속적인 연애담이 아니라 ‘여성애독자의 등장, 애국반상회, 보도연맹, 천인침’ 등의 신체제 규율권력 등을 반영함으로써 시대의 ‘명랑성’을 냉소하고 고민하는 작가의 중층적 내면을 표출하고 있다고 본다. 이들 세 편의 글들은 모두, 박태원의 통속극을 단순한 통속물이나 현실도피로 폄하하지 않고, 폭압적인 파시즘 체제와 작가 태도의 상관관계를 내밀하게 고찰하고 있다는 점에서 의의가 있다.

앞서 세 가지 측면에서『박태원 문학 연구의 재인식』의 글들을 살펴보았다. 그러나 이 세 가지 문제틀은 논의의 편의상 다소 범박하게 제출된 것이고, 개별적인 글들은 이 문제틀을 훨씬 상회하는 곳에서 이뤄지고 있다고 해야 할 것이다. 그러나 대체로 이 글들은 서두에서 언급한 대로, '모더니스트, 리얼리스트, 고현학, 세태소설, 친일작가, 통속소설' 등의 레테르가 지시하는 피상적인 측면을 의문시하면서 심층탐구를 통해 이 수사를 배반하는 자리에까지 나아가고 있다. 그렇다는 의미에서 『박태원 문학 연구의 재인식』은 박태원이라는 '기표' 밑에 숨어있는 틈새와 균열들을 새롭게 발굴해내려는 '재인식'의 작업을 성공적으로 수행하고 있다고 할 수 있다.

이들 논의는 대체로 새롭고 설득력이 있지만, 그러나 한편, 어떤 부분에서는 논자의 의지가 실질적인 텍스트보다 과잉되어 있기도 하다. 가령, 『금은탑』을 내성적 탐정소설로 논의하고 있는 류수연의 글은, '탐정소설'에 지나치게 집착한 나머지 "장르적 미학을 성치하는 단계에까지 나아가지 못한 채 실제 사건에 대한 기록에 함몰되고 만 것"이라고 언급하고 있는데, 그가 『금은탑』의 장르 취약성을 본격소설적 측면에서 의미화하고 있으면서도 지속적으로 '탐정소설'의 장르 규율을 판단 기준으로 제시하는 것은 이율배반적이라는 생각이 든다. 또한 박태원의 경성과 제임스 조이스의 '더블린'을 비교고찰하는 오현숙과 정하늬의 글의 경우, 박태원이 『율리시스』의 모더니즘 기법에 매료되고 이를 실제 작품에서 실험하기도 했던 것으로 보이나, 그렇다고 그가 아일랜드 식민지 작가 의식에 공명하고 있었다는 근거가 미흡하다는 측면에서 다소 설득력이 부족하다고 생각된다. 더 나아가 제임스 조이스가 '더블린'에서 벗어나 끊임없이 세계시민으로서의 예술가 의식을 지향했다는 측면에서 볼 때, 박태원과 제임스 조이스의 식민지 근대 도시는 그리 가까워 보이지 않는다.

더불어 이 책의 몇 개의 논문이 공유하고 있는 '식민지 근대 도시'의 이중성과 혼종성에 대한 조명은 박태원 문학 뿐 아니라, 식민지 문학을 읽는 새로운 시각으로서, 실증적인 면에서 의의가 있지만 때론 작가의식을 환원시키고 있는 것이 아닌가 싶기도 하다. 왜냐하면 대개의 일제 식민지 문학에는 식민지 근대 도시의 표상이 들어있고, 그렇다면 그 텍스트들은 작가의 의도와 상관없이 '식민지 근대 도시'의 이중성과 혼종성을 '환유적으로' 제출하고 있는 작품으로 읽힐 수 있기 때문이다.

　'식민지 근대 도시'와 함께 필자가 흥미롭게 읽은 것은 이 책에 실린 논문들이 보여주는 다양한 문학연구 방법론이다. 엮은이가 서두에서 언급했듯 '문화론, 매체론'을 비롯한 다양화된 현대문학 연구방법론을 펼쳐보이고 있는 이 책은 "지난 20년 동안 한국 현대문학이 걸어온 길"과 앞으로의 '좌표'를 되새기게 한다. 이 책에서 두드러지는 몇 개의 키워드, 가령 '심상지리' '식민지 근대 도시의 이중성' '일제 말기의 저항과 협력' '일제 시대 범죄행위의 저항성', '하위주체' '탐정소설' 등은 최근 현대문학 연구방법에서 중요한 인식틀이 되어왔던 것들이다. 이들 방법론들은 대체로 한국문학연구의 영역을 원심적으로 확장하면서 한국문학자산을 더욱 풍요롭게 만드는 데 기여해왔고, 앞으로도 지속적으로 갱신되리라 믿는다. 그러나 이 책의 서문에서 지적하고 있듯, "문학을 문화와 매체 쪽에 개방하는 방향에서 이루어져왔던" 어떤 방법론은 결핍감과 문학의 실종을 느끼게도 한다. 물론 이것이 텍스트주의나 문학주의로의 귀환을 주장하는 것은 아니다. 다만 무성한 방법론 속에서, '학문의 장'의 맹목적 아비투스 속에서 문학의 욕망, 즉 이론과 도식을 뛰어넘어 개별적 실체와 소통하고 현재와 미래의 실존을 기획하고자 하는 최초의 욕망을 잊고 있는 것은 아닐까를 함께 반문해볼 필요는 있을 것이다.

구보 문학의 원형으로서의 시(詩)

곽효환 편저 『구보 박태원의 시와 시론』(푸른사상, 2011)

유 성 호*

1.

소설을 자신의 문학적 본령으로 삼은 작가들 가운데 적지 않은 분량의 시(詩)를 남긴 분들이 있다. 근대 초기의 춘원 이광수를 비롯하여 박종화, 조명희, 심훈, 김동리, 황순원, 박경리, 정한숙, 이제하, 이문구, 한승원, 윤후명, 박범신, 이외수, 복거일, 김영현, 성석제, 한강 같은 분들이 그 목록을 차례차례 이어간다. 이들은 소설을 쓰면서도 고백적 표현 양식인 '시'를 자신의 동반자로 삼고 문학 활동을 해왔다. 이 가운데는 처음에 시로 출발했다가 나중에 소설로 중심을 옮긴 분들도 있고, 소설을 쓰다가 나중에 시를 부수적으로 병행한 분들도 있다. 이제 우리는 처음에 시로 출발하였다가 나중에 소설로 장르를 바꾸어간 실례로 박

---

* 한양대학교 국어국문학과 교수.

태원을 추가할 수 있을 것 같다. 곽효환 편저『구보 박태원의 시와 시론』(푸른사상, 2011)은 박태원이 만만찮은 시적 자의식으로 다수의 시와 시론을 남겼음을 알게 하면서, 이러한 판단을 적극적으로 돕고 있는 성과라 할 것이다.

이 책은 3부와 부록으로 구성되어 있지만, 성격적으로 보면 자료, 해설, 증언으로 나뉠 수 있다. '자료'는 박태원이 남긴 시와 시론의 원문 텍스트이고, '해설'은 편저자가 박태원의 시와 시론에 대해 해석하고 평가한 글이며, 마지막 '증언'은 작가의 장남인 박일영 선생이 구보에 대해 쓴 경험적 실록이다. 고루고루 독자적 의미가 있는 편제라 할 것이다. 책 표지는 2009년 구보 박태원 탄생 100주년 문학 그림전에 나온 최석운 화백의「빨래하는 여인들」로 구성하였다. 구보의 대표작『천변풍경』을 선명하게 연상시키는 작품이 아닐 수 없겠다. 그리고 권말에는 작가에 대한 충실한 연보와 서지가 정리되어 있어, 이 책은 구보의 생애와 문학적 과정을 실증적으로 보여주는 성격도 견지하고 있다. 이 길지 않은 글은, 편저자의 말처럼 "박태원의 문학적 출발점인 시와 시론"(「머리말」)을 전체적으로 검토하면서, 이 책이 거두고 있는 독자적 성취에 대해 살펴보려고 한다.

2.

편저자의 꼼꼼한 고증에 의하면 구보가 남긴 시편은 모두 19편이다. 그가 소설가로서의 길을 본격적으로 걷기 전까지 씌어진, 일종의 문학적 출발점을 보여주는 실례들이다. 우리는 구보가 시를 쓰다가 소설로 옮겨간 것을 두고, 장르 간 이월이라기보다는 시기적 진화로 보는 것이 훨씬 더 타당하다고 생각한다. 이는 구보의 시를 일별하면 훨씬 더 잘 알 수 있는 판단인데, 그가 문청 시절 만만찮은 의욕으로 시를 쓰고 또

"내가 春園先生의 門을 두드린 것은 아마 昭和 二年인가, 三年 頃의 일이었던가 싶다. 두 번짼가 세 번째 찾아뵈었을 때, 나는 두어 篇의 小說과 百餘篇의 敍情詩를 宅에 두고 왔다."(「春香傳 耽讀은 이미 就學以前」, 1940. 2. 120쪽.)고 할 만큼 시를 통한 문사 진출의 꿈을 꾼 것은 사실이지만, 그 형식과 내용이 당대 한국 근대시가 거둔 너비와 높이에는 현저하게 미치지 못한 것이었기 때문이다. 시를 쓰기 시작한 나이가 워낙 어렸고, 또 소설가로서의 자의식이 그의 기질이나 능력에 맞춤했기 때문일 것이다. 구보 시편들은 그가 10대 후반이었던 1925년부터 1927년까지 5편, 20대 들어서던 1929년부터 1935년까지 13편이 씌어졌는데, 마지막 시편이자 서정적 구심이 확연히 이완된 「病院」(『가톨릭청년』 1935. 2.)을 빼고는 모두 그의 대표 소설이 나오기 전에 씌어진 것이다. 그만큼, 구보에게 '시'는 소설과 대등한 장르가 아니라, 소설 창작의 전(前)단계에 씌어진 초기적 장르임에 틀림없다 할 것이다.

편저자는 구보의 시세계를 세 가지 범주로 나누어 유형화하였다. 첫 번째 범주가 '상실과 그리움 그리고 공허함'이고, 두 번째가 '식민지 청년의 내일과 희망 찾기'이며, 마지막이 '심상을 짧은 시행에 형상화한 서정시로의 회귀'로 명명되었다. 해당 시편과 편저자의 범주적 명명이 매우 타당한 조응을 보인다고 생각된다. 말할 것도 없이, 박태원 시편은 그 자체로 까다로운 유추를 요청하거나 실험적 난해성이 전혀 잠복해 있지 않다. 따라서 편저자가 쓴 3부 「진과 미와 열을 아로새긴 성명(性命)의 시」라는 제목의 해설을 참조하면, 구보 시편들을 충실하게 개괄할 수 있을 듯하다. 개개 시편에 대한 해석 역시 편저자의 작업에 의해 거의 해결되었다고 생각된다. 다만 평자가 보기에, 구보의 등단작으로 알려진 「누님」(『조선문단』 1926. 3.) 독해 가운데 일부는 재고를 요한다고 생각되는데, 편저자도 소납(笑納)할 것으로 믿고, 작품을 한번 살펴보도록 하자.

> 홰를치며쟈진닭이
> 세번을재가신누님
> 초생달이재넘을제
> 꼭오마고하시드니
> 보름지나금음돼도
> 가신누님안오시네

　작품 1연이다. 이 시편을 두고 편저자는 "재가한 그러나 소식이 없는 누님을 그리는 마음을 담고 있다. 3연으로 구성되어 있지만 각 연은 소식 없는 재가한 누나를 그리는 화자의 심정을 담고 있다."(140쪽).라고 보고 있다. 하지만 2행에 등장한 인물은 "재가하신 누님"이 아니라, 닭이 "세 번 울 제 가신 누님"이다. "재가신"을 "재가하신"으로 읽으면, 바로 앞의 "세번을"은 전혀 해석이 되지 않는다. 따라서 화자의 누님은 새벽닭이 세 번 울 때 떠난 것이다. 이 '세 번'이라는 횟수는 2연에서 "세번이나세배돈이/들어가도안오시네"에서 다시 한 번 반복된다. 물론 우리는 누님이 떠난 이유를 알 수 없다. 시집을 간 것인지 아니면 부득이하게 어린 동생을 두고 떠나야 할 이유가 따로 있었던 것인지 알 수 없다. 다만 누님은 초승달이 재를 넘으면 오겠다는 말을 지키지 못하였고, 3년의 시간이 지나도, 심어진 박씨가 덩굴이 져도 돌아오지 않을 뿐이다. 이러한 이산(離散)의 아픔과 대상에 대한 그리움이 작품 안에 간곡하게 배어 있다. 여러 시편에 대한 편저자의 정밀하고도 타당한 해석에 덧붙여, 이 부분에 대한 독해는 수정되어야 할 것 같다. 이에 더하여 우리는 구보가 근대의 침입자였던 '時計'(「떠나기前」), '病院'(「病院」) 같은 소재도 능숙하게 다루었고, '괭이'(「힘」)나 '지팡이'(「아들의불으는 노래」) 같은 전통적 상관물로 아버지를 환기하는 세련된 작법을 보여주었다는 점을 부기할 만하다고 생각한다. 형식적으로 보아서는 7·5조(「할미꽃」, 「떠나기前」, 「한길」, 「동모에게」 두 편, 「휘파람」, 「小曲」, 「가

을바람」) 운율이 가장 압도적이고, 4·4조(「누님」, 「가을마음」) 취향의 시
편도 있다. 근대 자유시의 다양한 형식적 섭렵과는 전혀 다른 곳에 전
통적 호흡과 정서를 드리운 예라 할 것이다.

　다음으로 구보의 시론(詩論) 쪽으로 가보자. 먼저 춘원의 시총(詩叢)
을 읽고 쓴 일종의 독후감인 다음 글을 보자. 구보의 나이 17세에 씌어
진 글이다.

　　나는 小說家의 詩에 對하야 만흔 興味를 가지고 잇다. 그것은 내가 小
　說家의 詩를 그들의 餘技로 생각하고 잇는 一般 詩文 鑑賞者들에게 對한
　한 적은 抵抗도 아모것도 아니다. 眞實로 그것은 내가 때때로 小說家의 詩
　에서 詩를 본령으로 삼고 잇는 詩人의 詩보다도 眞美熱(이것은 참된 노래
　의 三要素라 할 수 잇겟지)을 갓춘 아름다운 속살거림과 沈痛한 부르지짐
　을 들을 수 잇는 까닭이다.　　　　　　　(「『默想錄』을 읽고」, 1926. 8. 41쪽.)

　어쩌면 약관의 나이로서, 자신의 미래상을 춘원에게서 본 것이 아닐
까 한다. 그러니 소설가의 시쓰기를 단지 '餘技'로 여기지 않고, 그 안
에서 '眞美熱'을 갖춘 속살거림과 부르짖음을 더 선명하게 들을 수 있
었던 것이다. 이러한 춘원에 대한 평가는 물론 구보 자신의 시적 지향
점이 '眞美熱'에 있음을 말하는 것이지만, 다음과 같이 춘원의 시세계
를 말하는 대목은 꼭 자신의 시적 한계를 미리 알아챈 것처럼 들리기도
한다.

　　勿論 그야 詩人의 그것만큼 技巧도 업고 美句도 몰은다. 人情의 幾微
　에 抵觸되는 微妙한 感情을 表現하려 함에도 春園은 比較的 粗雜한 ―
　(엇더한 것은 非詩的 句라고까지 할 만한) ― 句를 썻다. 그러나 그러함에
　도 不拘하고 묵직한 무엇을 우리에게 주는 것은 確實히 그의 詩가 참된
　것인 까닭일 것이다.　　　　　　　　　　　　(「『默想錄』을 읽고」, 42쪽.)

구보는 '技巧'나 '美句'가 시적 성취의 근간이 될 수는 없지만, 그래도 춘원 시편들이 그것들을 결여하고 있는 것에 대해 깊은 아쉬움을 표한다. 10대 문청에게도 그만큼 시적 기교와 형식은 매우 중요하게 다가온 것 같다. 더구나 구보는 '시(詩)/비시(非詩)'의 이분법을 참작하면서 춘원 시편이 '粗雜'한 '句'로 일관하고 있음을 비판하고 있는데, 이는 그가 '시적인 것'을 어디에서 찾고 있는지 그 무의식을 드러낸 사례가 아닐 수 없다. 물론 여전히 구보는 '참된 것'에서 시적 준거를 찾고는 있지만, 그가 앞으로 써나갈 소설적 기율이기도 할 '技巧'나 '美句'에 대한 무의식적 지향이 여기서 깊이 암시되고 있다고 할 수 있을 것이다. 이 글은 구보 나이 17세에 씌어진, 미숙한 대로 구보 문학의 원형을 살필 수 있는 의미 있는 사례일 것이다. 그런데 같은 해에 씌어진 다음 글에서 구보는 의외롭게도 자기의 나이 이야기를 꺼낸다.

> 自己의 나희를 헤여보는 것보다 더 외로운 일은 업다. 이것은 無意識 中에 自己 나희를 헤여본 사람은 누구든지 대번에 首肯할 수 잇는 事實이다. 나는 자리 속에서 冊床머리에서 들에서 길거리에서 저도 몰으게 제 나희를 헤여보고 더업는 외로움을 깨달은 일이 몇 번인지 몰은다.
>
> (「白日漫筆」, 1926. 11. 55쪽.)

17세의 청년이 자기 나이를 세어보다 깊은 외로움을 느낀다는 대목이다. 흘깃 지나칠 수 있는 말처럼 혹은 청년이 내뱉기에는 객쩍은 소리처럼 들리기도 하지만, 우리는 여기서 박태원의 조숙(早熟)과 함께 골똘한 외로움의 초상을 감각적으로 느끼게 된다. 아마도 그 내면적 초상은 「소설가 구보 씨의 일일」의 주인공을 벌써부터 암시하고 있는 듯하기도 하다. 구보는 10대 후반의 나이에 이렇듯 진지하게 자신의 문학을 시작하고 있다.

그 이듬해 씌어진 글에서 구보는 자기가 좋아하는 시문에 대하여

"眞과 熱의 아모 虛飾도 업는 人生 — 生活 —의 記錄"(「詩文雜感」, 1927. 1. 61쪽.)이라고 말하면서, "우리 文壇에 眞과 熱의 詩文을 얻기 위하여 眞과 熱의 사람을 求하길 마지 안는다."(「詩文雜感」, 63쪽.)고 일갈하고 있다. 비록 추상적이지만 절실한 '眞美熱'에 대한 숭상과 강조가 거듭되고 있다. 그러니 우리는 그가 얼마나 강렬한 시적 자의식 속에서 10대 후반의 나이를 보냈는가를 어렵지 않게 알 수 있다.

　　詩歌 업는 生活! 그것은 結局 나의게 잇어서는 疲勞와 寂滅의 連鎖일 뿐이다.
　　詩歌를 일흔 몸! 그것은 結局 나의게 잇어서는 無氣力한 十五貫餘의 肉體를 意味할 뿐이다.　　　　　　　　　　　　(「病床雜說」, 1927. 3. 70쪽.)

구보는 비유적으로 시가 없어지면 자신은 '疲勞'와 '寂滅'뿐이라고 했는데, 재미있게도 그는 시를 뒤로 하고 「疲勞」(1933. 7.)와 「寂滅」(1930. 2.)이라는 제목의 소설을 썼다. 정말 "疲勞와 寂滅의 連鎖"를 통해 자신의 삶에서 시를 하나하나 지워간 것이다. 그리고 시가 없으면 무기력한 육신일 뿐이라면서 자신이 시를 더없는 근간으로 살아왔음을 말하는데, 이는 "내가 그間 三 四箇月 동안을 詩歌를 이저버리고 살어왔다는 것을 생각하고, 깜작 놀랏다."(「病床雜說」, 69쪽)는 깜작 놀랄 만한 고백이나, "마음속으로 나의 處女詩集을 出版하고는, '나'라고 하는 愛讀者 하나로만 滿足하든 一九二五年度의 '나'도 생각하여 보았다."(「病床雜說」, 70쪽.)는 진술을 통해 자신의 존재론적 기원(origin)이 과연 '시적인 것'에 있었다는 것을 힘주어 말하는 구보의 모습을 선명하게 보여주는 사례라 할 것이다.

하지만 평자가 보기에 구보는 「病床雜說」(1927. 3.)까지만 확실하게 '시'에 대한 혹은 '시'를 향한 장르적 자의식 혹은 무의식을 충일하게 보여주었다고 생각된다. 그 다음에 씌어진 「表現·描寫·技巧」(1934. 12.)

부터는 이미 소설가로서의 확고한 자의식으로 현저하게 옮아갔다고 보인다. 물론 그 사이에는 '시인'에서 '소설가'로 옮겨간 7년의 시간적 상거(相距)가 있기는 하다. 그때 구보는 "모든 卓越한 短篇作家들은, 동시에, 그러케도 우수한 技巧家"(「表現·描寫·技巧」, 93쪽.)라면서 표현이나 묘사나 기교를 모두 소설가의 그것으로 말하고 있고, 또한 "作家로서 文章이 拙劣하고 型式이 未備하고 技巧가 稚拙한 것보다 더 큰 悲劇이 — 아니 喜劇이 어데 또 잇슬 것이냐?"(「내 藝術에 對한 抗辯」, 1937. 10. 115쪽.)라고 말함으로써 자신을 '시인'이 아닌 '소설가'로서 의식하고 있었던 것이다.

책의 부록으로 소개된 박일영 선생의 「구보, 남조선문학가동맹 평양시찰단 일원으로 평양에 가다」는, 구보의 생애를 지근에서 바라본 장남의 시선과 기억에 의해 재구된 소중한 증언이다. 한국전쟁 때 구보가 북으로 가게 된 시공간적 과정을 경험적으로 재구성하면서 박일영 선생은 구인회와 카프의 기억, 구보의 심한 야맹증 일화, 남조선문학가동맹 평양시찰단의 행장(行狀)을 섬세하고도 선연하게 들려준다. 특별히 1990년에 평양에 있던 선친의 서재에 들른 기억을 통해 박일영 선생은 구보야말로 "글을 쓰기 위해 이승에 오셨으며, 어떠한 환경에 처한다 하더라도 창작을 떠나서는 삶의 의미를 찾을 수 없었던 외곬의 전업작가"(166쪽.)라고 해석한다. 아니 아들로서, 아버지를 대신해서, 깊은 고백을 한다. 평양 광복거리 큰누나 아파트에 들르기까지 지나버린 저 40년 세월을 통해, 우리는 구보 일가의 혹은 우리 근대사의 만만찮은 비극을 만나보게 되지만, 그럼에도 불구하고 한결같이 선친의 문학을 지키고 복원하고 빛을 입히고 있는 박태원 가(家)의 높은 품격도 흔연히 만나보게 된다.

3.

　우리는 곽효환 시인이 펴낸 책을 통해 구보 문학의 원형으로서의 시와 시론을 개략적으로 검토하였다. 우리가 보았듯이, 구보는 초기에 낭만과 우울의 정조를 가진 시를 다수 썼다. 스스로 "舊作 新作을 勿論하고 貧弱은하나마 筆者의 詩囊을 뒤적어려 五分之四假量이 憂鬱과 寂寥와 孤獨을 노래한 것임"(「病床雜說」, 67쪽.)을 고백하고 있듯이 말이다. 그러다가 구보는 식민지 후기에 '실험'과 '묘사'의 정점을 보인 탁월한 소설가로서의 삶을 살았다. 그의 대표작이 이때 쏟아져 나왔다. 따라서 아무리 새로운 시편들이 발굴되었다 하더라도 그는 여전히 '시인'이 아닌 '소설가'이다. 해방이 되고 전쟁이 나고 박태원은 북으로 가서 거대한 스케일을 담은 역사소설의 세계로 나아갔고 그 정점에서 자연인으로서의 숨을 거두었다. 언젠가 그는 "人生七十이 古來稀라 한다. 그 近處까지만 가면, 筆者의 滿足하는 바이라 하겠다."(「病床雜說」, 68쪽.)라고 지나가듯이 말한 적이 있는데, 1909년생으로서 1986년 7월 10일 작고함으로써 그는 자신이 말한 "滿足하는 바"를 훨씬 넘어 작가로서의 삶을 살았다. 그 치열하고도 절절했던 70여 년의 삶 속에서 박태원은 한국 소설 최정점의 형식과 내용을 실험하고 완성해낸 것이다.

　최근 우리는 『박태원 문학 연구의 재인식』(방민호 편, 예옥, 2010)을 통해 구보 문학의 여러 차원에 대한 연구자들의 진척된 성과들을 만나볼 수 있었다. 최근에는 구보의 실제인 미술가 박문원 선생에 대해서 구보 차남 박재영 선생이 쓴 글(「'셋째 아버지' 박문원(朴文遠), 『근대서지』 4호, 근대서지학회, 2011. 12.)을 만나보기도 하였다. 이렇게 더욱 확장되고 심화되어가는 구보 문학 연구 과정에, 곽효환 편저 『구보 박태원의 시와 시론』이, 그 안에 잘 정리된 연보와 함께, 매우 귀중한 심층적 텍스트로서 기여할 것으로 믿는다.

박태원을 다시 읽는다

「방랑아 줄리앙」

구보, 파리를 걷다 – 「방랑아 줄리앙」 해제

방랑아 줄리앙

이번 호부터 박태원의 작품 중 신문이나 잡지에 발표된 후 단행본 등에 재수록되지 않아 잊혀지고 있는 작품들을 발굴하여 정리·소개하고자 한다. 이 기획은 향후 발간될 <박태원 문학전집>의 사전작업의 일환이기도 하다. 작품 일부의 표기를 현행 표준어 규정과 외래어표기법에 맞게 수정하였음을 밝힌다.

박 태 원

(1)

보는 것 듣는 것이 모두 신기하고 이상한 듯이 눈을 크게 뜨고 이편 저편을 둘러보면서 센 강가를 터덜터덜 걸어오던 소년은 루브르 궁전 앞에 이르러 마침내 걸음을 멈추고 그 아름다운 궁전을 바라보았습니다.

"어그마— 어쩌면 저렇게도 좋을꼬. 저런 데도 사람이 살겠지. 저런 데 사는 사람은 대체 누굴꼬."

소년은 혼자 중얼거렸습니다. 그리고 마음속으로 아를르에서 빵가게를 내고 있는 잔느 아주머니가 하던 말이 결코 거짓말이 아니었구나— 하고 생각하였습니다.

"파리는 세계에서 그중 아름답고 훌륭한 곳이란다. 그러기에 불란서의 서울이라는 거지. 크게 좋은 집들이 어딜 가보든 나란히 서있고 그 사이를 전차, 자동차, 마차가 쉴 사이 없게 왕래를 하고……. 또 너도 그림책에서 보았지. 훌륭한 문, 훌륭한 궁전, 훌륭한 학교, 훌륭한 박물관, 훌륭한 탑, 훌륭한 다리, 훌륭한 길, 그리고 또 훌륭한…….”

하고 잔느 아즈머니는 파리 이야기만 나오면 밀가루로 빵반죽을 하던 손을 멈추고 신이나게 ‘훌륭— 훌륭한—’하고 ‘훌륭한 것’만 찾다가 워낙 훌륭한 것이 많기 때문에 그것을 이로 한입으로 말할 수 없는 것이 무슨 크나큰 원한이나 되는 듯이 그만 “후유—”하고 곧잘 한숨을 쉬고, 쉬고 하였던 것입니다.

그러면 소년은 입을 떡 벌리고 얼이 빠져서 그 이야기를 듣고 있다가 잔느 아주머니가 한숨을 쉴 때 저도 모르게 그만 제풀에 “후유—”하고 한숨을 쉬어버리었죠. 그러고나서 파리라는 곳이 얼마나 훌륭한 데기에 이 아주머니가 이렇게 칭찬을 하는 겔꼬. 정말, 그렇게 훌륭하다면 내 어떻게든지 하여서 파리라는 데를 가보리라—하고 그렇게 소년은 생각하였었지요.

그런데 정작 와보니까 듣던 것보다 더 훌륭한 통에 소년은 아주 나가자빠질 뻔하게 놀랐던 것입니다.

소년은 한참을 그렇게 서서 루브르 궁전을 바라보다가 생각난 듯이 바지주머니에서 손수건을 꺼내어 이마의 땀을 씻고 모자를 고쳐 쓴 다음에 다시 터덜터덜 길을 걸었습니다.

그 훌륭한 루브르 궁전 다음에는 바로 그것과 이웃하여 훌륭한 튈르리 공원이 있습니다. 그 앞에 이르러서도 역시 소년은 걸음을 멈추고 그 안을 바라보았습니다. 그리고 이번에도 역시,

“어그마— 어쩌면 저렇게 좋을꼬…….”

하고 소리를 질렀습니다. 그리고 그 안에 들어가 구경도 좀 하고 또 그 안을 뛰어다니며 놀아도 볼까—하고 생각하면서 그 안의 파릇파릇 빛나는 잔디밭이며 보기에도 시원한 분수탑이며…… 그런 것들을 잠깐 바라보고 있으려니까 마침 그 안으로서 보통학교 다니는 듯싶은 아이

들이 세 명 팔들을 끼고 웃고 이야기하며 걸어나왔습니다.

소년은 그렇게 동무끼리서 팔들을 끼고 재미있게 놀 수가 있는 그 아이들을 부럽게 생각하였습니다. 그리고 갑자기 그 아이들과 단 한두 마디라도 서로 이야기하고 싶어서,

"애들아"

하고 불렀습니다. 그 소리를 듣고 세 아이는 걸음을 멈추고 소년을 바라보았습니다.

"예가 공원이냐?"

소년은 그 아이들 앞으로 몇 걸음 다가서며 한 손으로 공원 안을 가리키면서 이렇게 물었습니다.

세 아이는 눈들을 가늘게 뜨고 그 소년의 검붉게 그을은 얼굴과 리본이 흠뻑 땀에 쩌든 모자와 때가 꼬깃꼬깃 묻은 넥타이와 한 손에 들고 있는 보퉁이와 그리고 양말도 없이 그냥 맨발에다 신은 다해진 구두를 본 다음에 세 아이는 얼굴을 마주 바라보고 코웃음을 치면서 아무 대답도 없이 저편으로 걸어갔습니다.

"애들아."

하고 소년은 소리 질러 불렀습니다.

"너희들 귀머거리냐? 왜 남이 물어보는데 대답이 없니? 몹쓸 아이들 같으니."

그리고 속으로 참말 몹쓸 아이들이라고 생각을 하려니까 세 아이가 고개를 획 돌렸습니다.

"무엇이 어쩌고 어째?"

그 중의 좀 큰 아이가 한 걸음에 앞으로 나서며 말하였습니다.

"남이 물어보는데 왜 대답이 없느냐 말이다."

"네가 빙충맞은 걸 물어보니까 잘못이지. 그래 파리에서 튈르리 공원 하나도 모르는 놈이 어디 있니?"

"시골뜨기라 하는 수 없어."

나머지 두 아이도 세를 믿고 비웃었습니다. 그것을 잠깐 말없이 소년은 노려보고 있다가 뚜벅뚜벅 그들 앞으로 다가갔습니다.

"시골뜨기가 서울을 모르는 게 흉이라면 너희 서울뜨기들은 얼마나 시골을 아나 보자. 너희들은 마르세유의 제네바 호텔이 몇 층집인지 알고 있니? 아를르의 잔느 아주머니 빵가게가 어디 붙었는지 알고 있니?"

(2)

시골뜨기라고 업신여기고 그렇게 한 노릇이 뜻밖에 그 시골뜨기가 이치에 마땅한 말을 하면서 대드는 통에 세 아이들은 잠깐 동안 말을 못하고 소년의 얼굴만을 바라보았습니다.

"대답해봐라. 너희들은 서울의 영리한 아이들이니까 물론 다 알고 있겠지. 어디 알거든 말을 좀 하렴."

이렇게 말하고 시골소년은 한 걸음 그들에게로 더 다가서며 세 아이의 얼굴을 차례로 바라보았습니다.

세 아이들은 잘못이 저희들에게 있다고 생각은 하였습니다. 사실 서울아이로서 시골 일을 시골아이만큼이나 알기 전에는 시골아이가 서울아이만큼 서울 일을 모른다고 비웃을 수는 없는 일이었습니다.

그러나 그러한 잘잘못은 어느 편에 있든지 간에 어차피 이렇게 된 다음에야 새삼스러이 잘못했다고 사죄를 한다거나 와—하고 도망을 가버린다거나 할 수는 없는 노릇이었습니다. 또 그뿐 아니라 저편은 저희들 나이밖에는 더 안 되어 보이는 시골뜨기 한 명, 이편은 마음 맞는 동무가 세 명이니까 설혹 싸움을 하더라도 결코 질 리가 없다— 이렇게 세 아이들은 생각하였던 것입니다.

그래 그 중에서 좀 큰 아이는 될 수 있는 데까지 당당한 자세를 꾸며가지고 또 한껏 비웃는 말투로 말하였습니다.

"흥— 마르세유가 다 뭐야? 아를르가 다 뭐야? 그까짓, 촌구석 일은 누가 안단 말이냐? 흥!"

이렇게 말하는 중에도 속으로는 내일 학교에 가서 아이들에게 자기가 얼마나 당당한 태도로 그 시골뜨기를 해내었던가?—하는 것을 이야기하여줄 때에 그것이 얼마나 유쾌하고 또 자랑스러운 일일까—하고 생각하는 것이었습니다.

시골소년은 잠깐 그 아이의 얼굴을 바라보았습니다. 그리고 다음에 나머지 두 아이의 얼굴을 차례로 보았습니다. 그러한 그 소년의 표정이나 태도에 남을 두려워한다거나 하는 빛도 보이지 않았고 또 그렇다고 조금도 덤벙댄다거나 하는 티도 없었습니다.

"너희들은 시골뜨기라고 업신여기는 버릇을 고쳐야 한다. 그래서는 못쓰는 법이다. 잘못한 줄 알거든 사죄를 하여라. 그러면 나도 용서하여 줄테니……."

시골소년은 마치 자기가 그 세 아이들보다 열 살도 스무 살도 더 먹은 정말 '어른'이나 되는 것같이 이렇게 말하였습니다.

"너희들도 어서 집에 가 봐야 할께 아니냐? 자— 우리가 잘못했다 하고 한 마디만 하면 내 용서를 해주마."

그리고 시골소년은 그중에서 좀 큰 아이의 어깨에다 손을 얹었습니다. 그것이 하릴없이 학교의 수신 선생님 같았으므로 그 아이는 그만 이 시골뜨기를 상대 삼아가지고 싸움을 좀 해볼 용기가 없어져 버렸던 것입니다. 그뿐 아니라 까딱 잘못하였다면 정말 머리를 숙이고 사죄조차 할 뻔 하였습니다. 그것은 무슨 자기 양심에 부끄러워 그랬던 것이 아니라 자기네들 세 명을 상대 삼아가지고 그렇게까지 침착한 태도를 가질 수 있는 그 아이가 퍽이나 싸움을 잘하는 애같이 생각되어 은근히 무서운 생각이 났던 까닭입니다. 그러나 마침 그때 저편에서

"포울! 포울!"

하고 부르는 소리가 들렸습니다. 한 아이와 또 세 아이는 일제히 고개를 돌려 그 쪽을 보았습니다. 한 열간 통이나 떨어진 저 편에서 그들보다도 좀 더 어린 계집아이가 플라타너스(나무이름) 아래에 서서 손짓

을 하고 있습니다.

　시골소년은 그것을 보고 시골소년답게 순박한 웃음을 입가에 띠우고 계집아이에게 향하여 저도 손을 흔들어보인 다음 다시 고개를 돌려

　"네가 포울이냐? 저기서 귀여운 아가씨가 부르니 어서 가보아라. 사죄는 하고 싶지 않다면 안 해도 좋고…… 그러면 우리 다시 싸움 안 하기로 하고 자— 악수를 하자꾸나."

　하고 손을 내밀며 유쾌하게 하하하하 웃었습니다.

(3)

　포울이라고 하는 아이가 그 시골소년이 정답게 웃으면서 손을 내미는 것을 보고 저도 어쩐지 마음이 유쾌하여져서 선뜻 손을 내밀어 그 시골아이의 거칠거칠한 손을 꽉 쥐려고 하였습니다. 그러나 포울은 옆에 동무가 둘이나 있고 또 저편에 옆집에 사는 계집애 동무가 보고 있을 것을 생각하였을 때, 어쩐지 이 시골소년과 악수를 할 마음이 안 생겼습니다. 숫제 그 시골소년이 젠 척하고 막 싸움이라도 하려고 든다면 도리어 내가 잘못했다—하고 선선히 사죄를 하고 하자는 대로 악수도 하겠지만 뜻밖에 그 아이가 그렇게 어른같은 말을 하고 또 까딱했다면 싸움할 법한 자기에게 그렇게 화해를 하자고 동무가 되자고하는 통에 만약 제가 그 아이 말대로 화해를 한다면 동무가 된다면 어째 꼭 제가 그 시골뜨기 아이에게 '항복'을 하여버린 것같이 생각이 되어 좀 망설이지 않을 수 없었던 것입니다.

　이대로 화해를 하여버리면 옆에서 보고 있는 동무들이 저를 빙충이같이 알지나 않을까? 포울은 학교에서는 잘난 척하고 떠들어대지만 전 말은 아무것도 아니더라. 그까짓 시골뜨기 아이 하나 당해내지 못하고 잘못했습니다. 용서해주십쇼 하고 손이 발이 되도록 빌었더라……하고 온통 있는 일 없는 일이 소문이 나서 학교운동장에서도 그전같이 뻗대고 놀 수가 없게나 되지 않을까—하고 생각하니까 나중에야 어떻게 되

든 지금 당장은 좀 사나이답게 할 필요가 있다고 갑자기 마음을 단단히 먹었던 것입니다.

그래서 포울은 악수를 하려고 내밀었던 손을 갑자기 번쩍 들어
"이놈 시골뜨기가 건방지구나!"

하고 소리를 지르며 시골뜨기의 모자창를 움켜쥐고 푹 아래로 내리씌워 콧잔등이까지 덮어버렸습니다. 그리고 뒷일을 생각하고 은근히 마음이 떨려 여차하면 도망갈 차비를 차리면서 그래도 그냥 잠깐 그곳에 가 서 있었습니다.

모든 것을 다 용서하여 주고 화해하는 표적으로 정답게 악수하자는 데 대하여 포울이라고 하는 아이가 설마 그따위 짓을 할 줄은 정말 몰랐었으므로 시골소년은 잠깐 어리둥절하였습니다. 그러다가 그는 손을 들어 모자를 위로 추켜올리고 포울의 얼굴을 말없이 노려보았습니다.

포울은 연방 도망갈 궁리를 하면서 그 시골뜨기가 어떡할 모양인가 —하고 동정을 살폈습니다. 그러한 포울의 마음속은 자연히 얼굴에 나타났습니다.

그때 시골소년은 포울이 겁이 분명히 났으면서도 그래도 될 수 있는 데까지 그렇게 뻗대고 있으려고 하는 것이 퍽이나 우습게 생각되어 참지 못하고 깔깔 웃어버렸습니다.

포울과 또 두 아이는 영락없이 그 시골소년이 주먹을 휘두르며 달려들 줄 알고 있었고 또 그러한 때는 앞뒤 헤아리지 않고 도망질을 쳐버릴 예산이었던 것이 그렇게 깔깔 웃어버리는 것이 뜻밖이여서 어이없는 얼굴을 하고 시골아이의 얼굴만을 바라보고 있었습니다.

그러자 또 포울은 문득 이 시골아이가 보기에는 그렇지만 실상이 기운 한 푼 어치 없는 바보나 아닐까—라고 생각하였습니다. 성한 사람이면 남한테 그런 짓을 당하고 버럭 성을 내는 것이 보통인데 도리어 깔깔대고 웃는 것은 아무리 생각하여도 달 수가 좀 모자라는 듯싶다고— 그러한 생각이 들어 갑자기 대담해졌습니다.

그래 이까짓 놈 아무 것도 아니로구나—하고 또 한 번 그 장난을 하여보려고 손을 내놓으려니까 시골소년은 그것을 보고 갑자기 웃던 얼굴이 변하여 눈을 부릅뜨고 콧구멍을 벌렁거리며 어른이라도 깜짝 놀랄만한 소리로

"이놈아!"

하고 꽥 소리쳤습니다.

그 소리에 세 아이가 질겁을 하여 주춤하는 것을 시골소년이 또 한 걸음 바짝 다가서며

"이놈아!"

하고 소리를 지르니까 세 아이는 얼굴들이 새파랗게 질리어 제각기 앞을 다투어 도망질 쳤습니다.

그것을 보고 시골소년은 눈물이 나도록 깔깔깔깔 웃어댔습니다. 아마 그 아이들은 그가 뒤를 쫓아오는 줄 알았던 게죠— 뒤도 안 돌아다보고 그대로 무작정하고 뛰어가는 꼴이 우스워 또 한바탕 웃어버리니까 등 뒤에서

"하하하, 그놈 어디서 온 놈인지 재미있는 놈이군."

하는 소리가 들립니다.

(4)

소년은 웃음을 그치고 고개를 돌려 그곳에 한 노인을 보았습니다.

아름다운 센 강 양편 언덕에는 띄엄띄엄 플라타너스며 마로니에와 같은 운치 있는 나무들이 한 그루씩 두 그루씩 그 가지를 펼치고 그 잎새를 흔들며 여름날 행인들에게 그늘을 주고 가을날 아름답게 단풍집니다.

그 중의 한 그루 마로니에 그늘에가 그 노인은 앉아서 소년 쪽을 쳐다보며 마음씨 고운 노인답게 싱글싱글 웃고 있었습니다.

"할아버지! 계서 보고 계셨었우?"

이렇게 소년은 말하고 자기도 그 노인에게 웃어 보이며 앙감질로 껑충껑충 다섯 번에 뛰어 노인 옆으로 달려들었습니다.

얼른 보기에 노인은 거의 칠십이나 가까워 보입니다. 칼라와 넥타이 없이 건성 윗저고리만 입고 모자는 군인모(軍人帽) 비슷한 것을 쓰고 있었습니다.

"너 어느 시골서 왔니?"

하고 노인은 소년에게 물었습니다.

"나 어디서 왔겠우?"

소년은 노인 옆에 가 털썩 주저앉으면서 장난꾼이같이 이렇게 되물었습니다.

"글쎄. 아를르냐?"

"아를르는 어떻게 알았우?"

"아까 그 애들하고 말다툼할 때 아를르의 잔느 아주머니니 무어니 하지 않았니?"

"으응! 그렇지만 내 시골은 아를르가 아니야."

"그럼 마르세유?"

"아아니?"

"그럼 어디냐?"

"아비뇽."

"거기서 여기까지 어떻게 왔니?"

"걸어왔지요."

"혼자서?"

"그럼 누구하고 같이 올 사람 있나요?"

노인은 하얗게 세인 아래턱 수염을 쓰다듬으며 새삼스러이 놀란 얼굴을 하고 소년을 보았습니다.

"아버지는 그럼 아비뇽에 계시냐?"

"아아니. 어디 계신지 몰라유. 내가 어렸을 때에 집을 나갔다는데,

한 번두 소식이 없다우. 누구는 파리에서 아버지를 보았다고도 하지만 누가 알 수 있나유?"

"그럼 어머니두 안 계시구나?"

"그것은 어떻게 아셨우?"

"그야 대번 알 일이지. 어머니가 계시다면 너같이 어린아이를 이렇게 멀리 혼자 내보내시겠니?"

"어머니는 그렇게 돌아갔지유. 어머니는 돌아갈 때까지 아버지 이름을 불렀다우. 루이스! 루이스! 하고……. 루이스라는 것이 우리 아버지 이름이지유."

"에이 가엾어라! 그래 어머니 돌아가신 다음에 너는 어떻게 했니?"

"어떻게 하긴요. 이틀두 사흘두 내리두구 울었지유. 할아버지는 그럴 때 울지 안 울테유?"

"응. 응. 그래서?"

"그렇지만 암만 울면 무슨 소용있세유? 그래, 아를르로 갔지요."

"잔느 아주머니 집으로?"

"네. 거기서 일 년 동안 놀고 있었지유. 잔느 아주머니는 우리 어머니 바루 동생이라우. 그래 나를 퍽 귀여워 해주었지유. 하지만 그렇게 아주머니 집에만 붙어 있어도 무슨 소용있나? 그래 작년 가을에 몰래 아주머니집을 나와 혼자서 마르세유로 갔지요?"

"혼자서? 너 지금 몇 살이냐?"

"나 몇 살로 뵈우? 할아버지 눈에는?"

"글쎄. 열두 살? 열세 살?"

"참 누구든지 날보고 그렇게 말하지유. 아마 내가 키가 퍽 작고 얼굴이 조그매서 그렇게들 어린애로 뵈나보아. 그렇지만 나는 어린애가 아니에유. 열다섯 살이나 되었답니다."

"열다섯 살이래두 어린애지. 그래 네 이름이 무엇이냐?"

"줄리앙. 할아버지는 이름이 뭐유?"

"나를 남들이 모두 자크 할아버지라고 불러준단다."

"그럼 나두 자크 할아버지라고 불러도 괜찮겠지유. 저— 할아버지집은 어디유? 여기서 멀우?"

자크 할아버지는 그 말에는 대답을 하지 않고 가만히 한숨을 쉬었습니다. 자크 할아버지에게는 집이 없었답니다.

(5)

"그래. 할아버지집은 어디유?"

줄리앙은 자크 할아버지가 대답이 없는 것을 보고 또 한 번 물었습니다. 그러나 자크 할아버지는 이번에도 역시 대답을 안 하고 슬쩍 이야기를 돌리어

"그래 줄리앙! 너 파리에는 왜 왔니?"

"나는 집이 없지 않아유? 자크 할아버지……. 그러니까 어디서 살든 내게는 마찬가지 아니에요? 그러니까 이리저리 돌아다니다가 어떻게 차차 이렇게 파리까지 왔지유."

"먹기는 어떻게 먹구? 옷은 어떻게 해입구?"

"그야 일해주구 그대신 얻어먹었지유. 어떤 때는 돈두 받구 또 노래두 할 줄 아니까 나는 어딜가든 굶지는 않아유."

줄리앙은 소년답게 이렇게 자랑스러워 이야기를 하다가 갑자기 생각난 듯이

"참. 자크 할아버지. 이 파리에 몽마르트라고 하는 데 있우?"

"몽마르트?"

"응. 몽마르트요."

"있지. 그건 왜 물어보니?"

"저어. 우리 시골사람이 그러는데 파리 몽마르트라고 하는 동리에서 우리 아버지를 보았다구."

"그래서?"

"그래서 찾아가 보려구 그러지유. 아버지를 찾아보게 될까?"

"파리가 어떻게 넓은 데라구 그러니."

하고 자크 할아버지는 줄리앙의 그 엄청난 생각을 딱하게 여기고 그렇게 말하다가 어째 줄리앙이 그렇게 듣고 낙심을 할 것 같아서

"그야 잘하면 아버지와 만날 수도 있겠지. 그렇지만 너는 아버지 얼굴이나 알고 있니?"

"어떻게요?… 아버지는 내가 두 살이었을 때 집을 나가버렸는데요. 그렇지만 어머니 말이 아버지 가슴 바른편 젖꼭지 바로 위에 동전 한 푼 만한 점이 있대요. 그러니까 그것만 보면 단박에 알아낼 수 있을 것 아니에요?"

줄리앙은 이렇게 말하고 노인의 얼굴을 들여다보았습니다. 할아버지는 말없이 고개를 끄덕였습니다.

센 강 위로 바람이 시원하게 불어왔습니다. 강가의 마로니에며 플라타너스며의 나뭇잎새들이 우수수수하고 바람에 몸을 떨었습니다. 그리고 어느 틈엔가 해는 저버리고 거리에 반짝!하고 등불이 켜졌습니다.

"아유! 불이 들어왔네. 할아버지 불이 들어왔세유."

줄리앙은 불이 들어온 것도 모르고 앉았는 듯 싶은 자크 할아버지를 일깨워 주었습니다. 그러나 자크 할아버지는 다만 기운 없이 고개를 끄덕거릴 뿐이었습니다.

"그래 밤이 됐는데 할아버지는 집에 가보지 않우?"

"이제 가보지. 그러나 너는 어디루 갈 작정이냐? 줄리앙!"

"나는 할아버지만 괜찮다구 그러면 오늘은 할아버지 집으로 따라갈까—하구 생각하고 있는데……. 그렇지만 할아버지가 안 된다구 그러면 딴 데서 잘 생각을 해야지유."

할아버지는 쓸쓸하게 고개를 끄덕였습니다. 자크 할아버지에게 만약 집이 있다면 이 귀여운 줄리앙을 같이 재워주다뿐이겠습니까?……

그러나 노인에게는 집도 없었고 그뿐 아니라 어제저녁부터 오늘저

녁까지 꼭 스물네 시간 동안 굶고 있었던 것입니다. 노인과 소년은 잠깐 동안 말없이 그렇게 센 강가 마로니에 그늘에서 나란히 앉아있었습니다. 그러자 줄리앙은 갑자기 노인의 얼굴을 들여다보듯이 하고,

"자크 할아버지는 배가 아프우?"

"아—니."

"그러면 배가 고프우?"

"어째서?"

"자크 할아버지는 배가 고프지? 그리고 또 저녁 사먹을 돈두 없지?"

허기가 져서 눈이 움푹 들어간 노인은 가만히 한숨을 쉬면서 소년의 얼굴을 돌아보았습니다.

"정말 그렇지? 할아버지……. 자 그러면 나하고 같이 가서 저녁을 먹읍시다. 자 어서 일어나요."

하고 줄리앙은 노인의 한쪽 팔을 끌어당겼습니다. 그러나 줄리앙의 주머니 속에는 돈이라고는 동전 한 푼 없었습니다.

(6)

그리 유복하여 보이지도 않은 그 시골소년에게 저녁밥을 대접받을 마음이 그 자크 노인에게는 없었는지도 모릅니다. 그러나 그 열다섯밖에 안 된 아이가 어찌나 억세게 팔을 잡아끄는지 노인은 하는 수 없이 나무 그늘에서 몸을 일으키어 줄리앙과 같이서 센 강가의 탄탄한 길을 걸어 내려갔습니다.

"자크 할아버지 올해 나이가 몇이유?"

"네 생각에는 몇으루나 보이니?"

"글쎄……. 한 예순 살이나 되었을까?"

"하하하……."

"왜 틀렸우? 자크 할아버지?"

"내가 예순으로 뵈니?"

"그럼 몇이유?"

"올에 일흔 하나란다."

"어그마—"

하고 소년은 입을 짝 벌리고 자크 할아버지를 쳐다보았습니다.

"내가 아는 이도 그중 나이 먹은 이는, 모리스 할아버지인데 그 이가 예순이라우. 그러니 할아버지는 그이보다두 열한 살이나 더 먹은 폭이 되게? 어유—"

"모리스 할아버지란 너의 친할아버지냐?"

"아니유. 그이는 잔느 아주머니의 아버지라우. 그이가 나를 얼마나 사랑해주었는지 아마 자크 할아버지는 암만 생각하더라두 알 수 없을걸? 그런데 대체 할아버지는 어디를 갈 작정이유?"

"네가 저녁 먹으러 가자고 하지 않았니?"

"그러기에 말이유."

줄리앙은 돌다리 앞에서 걸음을 멈추고 고개를 귀엽게 잠깐 갸우뚱하고 무엇을 생각하는 모양이었습니다. 그러다가 고개를 번쩍 들고 노인을 쳐다보고

"자크 할아버지 파리에서 그중 유명한 요리점이 있는 곳은 어디유?"

하고 물었습니다.

"뭐? 그중 유명한 요리점?"

하고 노인은 휘둥그렇게 눈을 뜨고 시골아이에게 되물었습니다. 사실이지 수중에 돈 한 푼 없는 자크 할아버지와 그렇게 거지아이나 진배없는 시골아이에게 파리에서 제일가는 요리점이 무슨 상관이 있겠습니까?—

"제일가는 요리점을 할아버지는 알고 있겠지. 그러나 그곳이 예서 퍽 멀다면 어디 가까운데 둘째로 셋째든가는 요리점이 있겠죠?"

"그야 바로 이 바른손편으로 걸어가면 샹젤리제라고 파리에서는 제일가는 번화한 거리에 나서는 거지만… 그리고 거기는 훌륭한 요리점

이 많이 있지만……. 계는 가서 무엇하니? 부자들이래야만 들어갈 수 있단다."

"그럼 이리가면 첫째가는 요리점이 있구료? 자크 할아버지……. 그러면 우리 그리고 갑시다."

그리고 줄리앙은 보퉁이든 손을 휙 쳐들고 어깨에다 메고 휘파람을 불면서 앞장을 서서 걸어갔습니다. 자크 노인은 하는 수 없이 따라가기는 하면서도

'대체 이 아이에게 웬 돈이 있어 그런 훌륭한 요리점에서 저녁을 먹자는 겐구?'

하고 생각하였습니다. 그뿐 아니라 때 묻고 더러운 옷들을 입은 자크 할아버지나 줄리앙이나 그러한 요리점에는 애당초에 발도 들여놓을 수가 없는 것이지요. 금단추를 가지런히 두 줄로 단 저고리를 입고 그러한 훌륭한 요리점 문간에가 서있는 문지기 아이들이 대체 누가 그러한 헌털뱅이 누더기 옷을 입고 있는 그들을 문 안에 들여 줄 것입니까? 거지로나 알고 물론 쫓아버릴 터이지요.

그래 노인은 줄리앙이 전등불로 찬란하게 꾸며놓은 어느 요리점 앞에가 우뚝 서면서 자기를 돌아다보며,

"자크 할아버지. 예가 유명한 곳이유?"

하고 물었을 때

"그렇단다. 하지만 너나 나나 이런 데는 못 들어간다."

하고 쓸쓸한 웃음과 함께 말하였던 것입니다.

"누가 여기 들어가 저녁 먹제우? 할아버지두 딱하우."

하고 줄리앙은 웃으면서

"하여튼 어디서든 할아버지 저녁은 사드릴게 가만히 서서 내 재주나 보아요."

하고 소년은 요리점 앞에가 턱 버티고 있습니다.

동전 한 푼도 없이 오늘 처음으로 파리로 나온 줄리앙은 대체 무슨

재주로 자크 할아버지와 저녁을 사먹을 작정일까요?—

(7)

탄탄한 한길거리 양옆에 가지런히 심어있는 마로니에 나무.

그 나무 사이사이에 우뚝우뚝 서 있는 가로등(街路燈).

가장 화려하게들 치장을 하고 보도 위를 오고가는 남자와 여자들.

휘황한 전등불에 아름답게 빛나는 상점의 진열장.

잠깐 동안의 쉴 사이도 없이 꼬리에 꼬리를 물고 달려가는 고급자동차들.

눈을 들어 아득히 먼 저편을 바라보면 이 거리가 끝나는 곳에 그림자같이 나타나 있는 유명한 개선문(凱旋門)…….

그것은 화려한 도시 파리에서도 첫손 꼽게 화려한 거리 샹젤리제의 밤 풍경이었습니다.

그곳 유명한 일류요리점 앞에가 때 묻은 헌털뱅이 옷들을 입고 자크 할아버지와 시골소년 줄리앙이 서있는 모양은 어째 좀 서투르게 보였습니다. 그러나 줄리앙 자신은 조금도 그런 생각을 먹고 있지는 않았습니다.

그들이 서있는 그곳 요리점 문간에 역시 귀여운 얼굴을 한 소년이 문 옆에가 서서 문지기 노릇을 하고 있었습니다. 처음에 줄리앙은 물끄러미 그 아이를 보고 있었읍니다마는 그는 갑자기 그에게로 다가가서

"이 애야!"

하고 바로 그전부터 친하게 동무로 지내왔던 사이나 되는 듯이 말을 걸었습니다.

"지금이 신사와 귀부인들이서 저녁 먹으러들 올 때냐?……"

그러나 문지기 아이는 그 말에는 대답도 하려하지 않고 줄리앙의 케케묵은 모자 위로서부터 옆구리 터진 구두 끝까지 한 번 훑어보았습니다. 그리고 줄리앙의 나이나 그밖에 더 안 된 아이로서는 좀 건방지게

'흥!'하고 코웃음치고 또 바로 어른들이 무슨 못마땅한 일을 당하였을 때 흔히 그러는 것과 같이 으쓱— 하고 어깨를 추슬렀습니다.

줄리앙은 그 아이의 그러는 꼴을 잠깐 보다가

"왜 서울 아이들은 모두들 그러냐?"

하고 중얼거리고 또 잠깐 동안 그 천진스런 얼굴에 이상하여하는 빛을 띄우고 그 문지기 아이를 바라보고 있었습니다.

요리점 안으로서는 가지각색의 값나가는 요리의 냄새가 밖에까지 은근히 풍기여 나오는 듯싶었습니다. 그래 줄리앙은 저도 모르게 꿀떡! 하고 침을 한 번 삼키고야 말았던 것입니다.

그러나 옆에 서있는 자크 할아버지는 쭈룩쭈룩하고 듣기에 딱한 소리가 자꾸 나는 배창자를 한 손으로 누르고 열 번도 스무 번도 더 되게 꿀떡! 꿀떡! 침을 삼키고 있었던 것이지요.

그러면서 노인은 그러한 향기롭고 맛있고 값나가는 요리는 본래 자기와 인연이 없는 듯싶으니 그만 두고라도 향기로운 냄새에 그만 비위를 덧들여놓은 이 시골소년이 은근히 얄밉기조차 하였습니다.

그러자 꼬리에 꼬리를 물고 거리를 달리는 자동차 떼에서 한 대가 옆구리로 빠져나와 보도 옆에 다가섰습니다. 그것은 분명히 요리점으로 들어오는 손님을 태운 자동차인 모양이었습니다.

그것을 보자 줄리앙은 들었던 보퉁이를 노인에게 맡기고 그 자동차 앞으로 달려갔습니다.

(8)

자동차 옆으로 뛰어간 줄리앙은 재빨리 모자를 벗어 드는 것과 함께 아주 익숙하게 자동차의 문을 열었습니다. 그리고 그 안으로서 허리를 굽히고 밖으로 내려선 신사를 향하여 공손하게 머리를 숙여 인사를 하였습니다.

그 신사는 코안경을 쓰고 한손에는 자루가 구부러진 단장을 들고 있었습니다. 나이는, 글쎄요— 한 오십이나 되었을까? '실크 햇' 밑의 머리털이 희끗희끗한 말하자면 늙은 신사였습니다.

그 신사, 그러나 처음에 줄리앙을 눈여겨보지 않았지요. 그는 땅에 내려서는 길로 곧 다시 돌아서서 뒤쫓아 내려오는 귀부인의 한 손을 잡아 거들어 주었습니다. 그 귀부인은 나이는 실상 신사 나이나 그밖에 더 안 되었겠지요마는 양볼이 쪽 빠지고 얼굴에 주름살 천지인 것이 얼른 보기에 그 신사의 어머니나 되는 듯하였습니다. 그러나 그들은 매일 이맘때가 되면 반드시 자기네들의 처소를 나와 같이서 이런 요리점으로 저녁을 먹으러 오는 것을 한 개의 즐거움으로 삼고 있는 그러한 돈 있고 또 한가로운 늙은 내외임에 틀림없었습니다.

줄리앙은 그 늙은 부인에게도 역시 공손히 인사를 하였습니다.

늙은 신사 내외는 비로소 이런 줄리앙을 바라보았습니다. 그리고 그 차림차림으로 보아서 그가 결코 부유한 집안의 아이가 아닌 것과 검붉게 그을은 천진스러운 얼굴로 미루어 그가 어느 시골아이인 것을 눈치 챘습니다.

또 그뿐 아니라 자동차의 문을 열어주고 공손히 머리를 숙이고 하는 것도 이를테면 한 개의 노동이니까 그것에 상당한 보수가 있을만할 것도 그 늙은 내외는 깨달았습니다.

그래 늙은 신사는 주머니에서 '1 프랑'(약 14전)짜리 은전 한 닢을 꺼내어 그것을 줄리앙의 손바닥 위에 떨어뜨려 주었습니다.

"고맙습니다."

하고 줄리앙은 또 한 번 고개를 숙였습니다. 신사는 '그놈 귀엽게 생겼다'하고 생각하며 그대로 늙은 부인을 재촉하여 요리점으로 향하여 걸어가려 하였습니다.

그러나 늙은 부인은 걸음을 멈추고 소년에게 물었습니다.

"너 이름이 무엇이냐?"

"줄리앙이에요."

"너 시골아이지?"

"네. 오늘 마악 서울로 올라온 길이에요."

"누구 하고?"

"혼자 왔지요."

"네가 혼자서? 너 몇이냐?"

"열다섯이요."

"서울에 누구 아는 이가 있니?"

"아무도 없지요. 하지만 한 시간 전에 자크 할아버지와 동무가 되었지요."

그리고 줄리앙은 저편 쪽에 저 보퉁이를 들고 서서 신기한 구경이나 하는 듯이 이편을 바라보고 있는 자크 할아버지를 보고 씽긋 웃었습니다. 늙은 부인도 그 노인 쪽을 보았습니다. 그리고 다시 소년을 향하여

"너 그래 어디서 먹고자고 하니?"

"아무데서나… 아무렇게나…"

"아무데서나? 아무렇게나…"

하고 늙은 부인은 눈을 휘둥그렇게 떴습니다. 그러나 줄리앙은 가장 자신을 가지고 태연하게 말하였습니다.

"나는 갓난아이가 아니니까 어디를 가든지 밥걱정은 안 하지요. 또 고생살이 될 것도 없지요. 더구나 자크 할아버지와 동무가 되었으니까 심심하지도 않지유."

늙은 부인은 귀여운 듯이 가엾은 듯이 고개를 끄덕끄덕하며 줄리앙의 하는 이야기를 듣고 있는 동안에 그의 눈에 눈물조차 떠올랐습니다. 부인은 이 소년에게 어떻게 더 좀 다정하게 하여줄 도리는 없는가 하고 잠깐 생각하여보는 것이었습니다. 그리고 마침내 그가 줄리앙에게로 한 걸음 더 다가서서

"이 애야."

하고 불렀을 때 그러나 늙은 신사는 무엇을 경계하는 듯이 늙은 부

인의 팔을 잡아당겼습니다. 부인은 늙은 남편을 돌아보고 다시 줄리앙을 내려다보고 그리고 무슨 말을 할듯할듯 하다가 그냥 신사와 함께 요리점 안으로 향하여 들어갔습니다.

줄리앙은 그들의 뒷모양을 잠깐 동안 물끄러미 바라보고 있었습니다. 그러자 또다시 붕붕 소리가 들리고 그의 뒤에 자동차가 와 닿았습니다. 줄리앙은 다시 몸을 돌려 그 옆으로 다가가서 자동차의 문을 열고 다시 공손히 고개를 숙였습니다.

(9)

그로서 십오 분 지나 자크 할아버지와 줄리앙은 센 강가를 빠져 걸어내려가고 있었습니다. 그들은 노인이 익힐 잘 알고 있는 '평민식당'으로 향하여 저녁을 먹으러 가는 길이었습니다.

"자크 할아버지. 평민식당이란 데는 아직도 멀우?"

강가의 조그마한 요리점 앞에 이르러 아마 여긴가 보다 하고 걸음을 멈추고 노인을 쳐다보았으나 자크 할아버지는 모른 체하고 그대로 지나쳐 걷는 통에 줄리앙은 좀 진력이 나서 이렇게 노인에게 묻지 않을 수 없었습니다.

"인제 조금만 더 가면 된다. 왜 배가 고프냐? 다리가 아프냐?"

자크 할아버지는 '평민식당'이 좀 더 가까운데 있지 못한 것이 자기의 탓이나 되는 듯이 몹시 미안쩍어하는 얼굴로 줄리앙을 돌아보고 이렇게 말하였습니다.

"다리두 아프구……. 배도 고프구……."

줄리앙은 바지주머니에서 은전을 철렁철렁 소리를 내며 말하다가 갑자기 생각난 듯이

"참 자크 할아버지 나 무엇이든지 일자리를 구하여가지고 파리에서 좀 살아볼까?"

"그것도 좋지. 너 무엇이 되고 싶으냐?"

"되고 싶은 것을 말하라면 불란서 대통령쯤 되고 싶지만 그리 쉬울 것도 아니니 아무거나 하지요 하하하……. 자크 할아버지 그렇지 않아요?"

"그럼 호텔의 엘리베이터 보이?"

"그것두 좋구. 요리점의 갸르쏜(給仕)두 좋구. 상점의 배달하는 아이두 좋구……. 또 그런 것 말구두 내가 할 수 있는 일이 많지 않아유?"

"그렇지. 줄리앙 너는 퍽 영리하구 또 귀엽게 생겼으니까 무엇을 하든 잘 할 터이고 또 누구한테든 할 사랑을 받을게다. 그렇지만 상점같은 데 배달부가 되려면 자전거를 탈 줄 알아야지."

"그럼 자크 할아버지는 내가 자전거 하나 못 탈 줄 알우? 아를르에 가서 누구한테든 좀 물어보아요. 자전거하면 의례히 줄리앙하고 말이 나올 지경이니……. 참 자전거 말이 났으니 말이지만 몽마르트로 가서 곡마단에나 들어갈까, 자크 할아버지?"

"몽마르트에 곡마단이 있는 것은 너 어떻게 알았니?"

"왜 내가 아까 이야기 안 했우? 우리 시골사람이 여기 있다, 몽마르트에서 우리 아버지를 만났다는 말을……. 그이가 바로 곡마단 안에서 우리 아버지를 보았다니깐……."

줄리앙은 이런 이야기를 하다가 또다시 생각난 듯이 바지 주머니에서 은전을 쩔렁쩔렁 소리를 내며

"어디까지 가야하우, 자크 할아버지?"

하고 이맛살을 귀엽게 찡그리고 노인을 쳐다보았습니다.

"그럼 여기서라두 먹자꾸나. 줄리앙."

하고 자크 할아버지는 마침 다리 곁에 있는 음식점을 눈으로 가리켰습니다.

"예가 평민식당이라는 데유? 자크 할아버지?"

"아니 평민식당은 조금 더 가야 되는데 나 역시 배두 고프고 다리도 아프니 아무데서나 먹자꾸나."

"그건 왜 그래. 애초에 작정한 대로 해야지. 어서 자크 할아버지 좀 더 걸어갑시다."

줄리앙은 보퉁이 안든 손으로 자크 할아버지의 팔을 잡아끌며

"아를르의 모리스 할아버지가 그렇게 말하였지유. 사람은 어떠한 괴로운 경우를 당하더라도 처음에 마음먹은 대로 그대로만 하여야 크나큰 일도 할 수 있구 또 훌륭한 사람두 되는 것이라구……."

자크 할아버지는 열다섯 먹은 줄리앙에게 이러한 '훈계'를 듣고 하잘 수 없는 웃음을 웃으면서 그대로 터덜터덜 평민식당까지 걸어갈 수밖에 없었습니다.

(10)

그 이튿날 아침 자크 할아버지가 다른 때나 마찬가지로 콩코드 다리 아래에서 잠을 깨어보니 줄리앙이 눈에 보이지 않습니다. 그들은 간밤에 평민식당에서 같이 저녁을 먹고 그 즉시 같이 이리로 돌아와서 늦도록 같이 이야기하다가 잠이 들어 버렸던 것입니다.

하품을 하고 기지개를 펴면서 눈을 들어보니 아름다운 센 강 위에 새벽의 햇빛에 곱게 흐르고 있습니다. 바로 머리 위 다리를 마차가 이따금씩 지나갔습니다. 우유배달부의 휘파람 소리도 들려왔습니다. 무엇에 놀랐는지 참새들이 호도독 파다닥 날개를 차고 날아가면 강가 마로니에 나뭇잎이 여울여울 춤을 춥니다.

자크 할아버지는 또 한 번 선하품을 하고서 대체 이 애가 어디를 갔을꾸?—하고 생각하였습니다.

하기야 자크 할아버지도 나이가 나이인 만치 아침에는 누구에게도 지지 않게 일찍 눈을 뜨지요. 더구나 자기 집이라도 하나 어엿하게 가지고 있는 사람과 달리 이렇게 센 강가 다리 아래에서 잠이라고 자려니 자연히 아침잠은 자려도 못 잘 처지입니다. 그러한 자크 할아버지가 줄리앙이 언제 일어나서 자기 곁을 떠났는지도 모르게 곯아떨어졌던 것

은 아마도 간밤에 줄리앙의 덕택으로 오래간만에 배불리 밥 먹고 또 취하도록 샴페인을 마셨던 까닭일 것입니다.

자크 할아버지는 다시 게으르게 기지개를 펴고 부스스 땅바닥에서 몸을 일으켰습니다. 그리고 줄리앙을 생각하고 빙그레 웃었습니다.

'그놈 어린놈이 별난 놈이야. 호— 귀여운 놈.'

이렇게 노인은 중얼거렸던 것입니다.

"그러나 대체 이놈이 어딜 갔을꼬?"

노인은 생각을 하면서 어제 줄리앙이 평민식당에서 한 갑 사준 권련이 그대로 바른쪽 주머니에 있는 것을 언뜻 깨닫고 갑자기 담배가 먹고 싶어 주머니에 손을 넣었습니다. 그러나 끄집어낸 담뱃갑에는 연필로 무엇인지 하나 가뜩 쓰여있었습니다. 노인은 돋보기안경을 속주머니에서 부리나케 꺼내어서 콧잔등에다 걸고 읽어보았습니다.

자크 할아버지는 늦잠꾸러기니까 나는 기다리고 있을 수가 없어서 혼자 먼저 일어났습니다. 나 혼자 서울 구경이나 좀 하고 저녁께나 할아버지에게로 돌아오겠습니다.

조금도 심심해하지 말고 어제 우리가 처음 만났던 공원 앞 나무그늘에서 꼭 기다릴 일. 전등불 들어오기까지는 꼭 돌아오지요.

담배갑 속에 은전 두 푼 넣어놓았으니 그것으로 아침을 자실 일.

이 '편지'를 읽는 동안에 자크 할아버지는 몇 번인가 빙긋빙긋 웃었습니다. 그러나 그와 함께 그의 눈에는 눈물방울이 매쳤습니다. 담배갑을 흔들어보니 과연 돈소리가 납니다. 자크 할아버지는 저도 모르게 담배갑에다 대도 뜨겁게 입맞추었습니다. 그리고 어찌어찌하다가 어린 줄리앙이 다치지나 않을까, 번잡한 서울거리에서 길이나 잃어버리지 않을까?—하고 그런 것을 염려하였습니다.

그러나 줄리앙이 그렇게도 영리하고 천진한 아이인 것을 생각할 때

자크 할아버지는 무엇보다도 제일에 그 애가 귀엽고 사랑스러워 견딜
수가 없었습니다.

(11)

'만약 내게 거처할 방 한 간이라두 있으면 얼마나 좋을까?'

이렇게 자크 할아버지는 생각하는 것이었습니다. 그러나 그것은 결
코 자기 한 몸을 위하여 하는 생각이 아니라 귀여운 줄리앙을 생각하는
데서 나온 욕망이었습니다.

어렸을 적에 아버지는 집을 나가버린 채로 이래 일일자 소식도 없
고, 다만 한 분의 어머니도 여의어버린 줄리앙은 제 고향 아비뇽을 떠
나서 각처로 정처 없이 표랑생활을 하면서 이제 파리로 찾아들어왔던
것이 아닙니까?

그리고 그 파리에서 그가 아는 사람이라고는 자크 할아버지 한 사람
말고는 아무도 없는 것이 아닙니까?

그 오직 한 사람의 자크 할아버지조차 겨우 어제 저녁에 사귀었을
뿐이요 더구나 그 노인에게는 돈도 집도 없었으니까 이 넓은 파리 천지
에서의 어린 줄리앙의 신세는 몹시도 가엽지 않습니까?

이러한 것을 생각하니까 자크 할아버지는 줄리앙이 가여워서 견딜
수가 없었고 또 그와 함께 그 가여운 줄리앙에게 하룻밤 잠자리와 갓
만든 빵 한 조각 제 손으로 어찌하여 주지 못하고 도리어 그대에게 먹
임을 받고 있는 자기의 딱한 신세를 부끄러이 여기지 않을 수가 없었습
니다.

"참말이지 이러한 다리밑구녕 차디찬 돌 위 말고 그저 어떠한 곳이
라두 좋으니 사면에 벽있고 머리 위에 천정이 달린 방 한 간만 내게 있
었으면 얼마나 좋을까?"

자크 할아버지는 또 한 번 이런 것을 생각하여보다가 그런 생각을
암만 한대도 아무 짝의 소용이 없다는 것을 새삼스러이 깨닫고 부스스

일어서서 어슬렁어슬렁 식당으로 걸어갔습니다.

평민식당의 주인은 대머리가 훌러덩 벗겨진 뚱뚱보였습니다. 글쎄, 나이는 한 오십이나 바라볼까요. 자크 할아버지와는 그 전에 한 동리에서 산 관계로 잘 아는 사이입니다.

자크 할아버지가 문을 밀고 식당 안으로 들어갔을 때 그 안은 아침밥을 먹고 일터로 나가려는 노동자들로 하여 꽉 찼었습니다. 그 틈을 비집고 간신히 자리를 하나 잡아가지고 막 자크 할아버지가 빵과 커피차를 주문하려니까 저편 구석에서 누구와 이야기하고 섰던 이집 주인이 그를 보고 손을 들어 인사를 하고 부리나케 그에게로 왔습니다.

"자크 할아버지 하나 물어볼게 있소?"

"내게 물어볼게 무어야?"

하고 노인은 고개를 들어 주인의 둥글넓적한 얼굴을 바라보았습니다.

"어젯밤에 데리고 오셨던 그 아이가 대체 누구요? 그 시골아이 말이야……."

"나두 어제 처음 안 아이인데 그것은 왜 또 물어보는거야?"

"실상은 달리 그러는 게 아니라 그 애가 시골아이니만치 순진하고, 거기다 서울아이들에게도 지지 않게 영리해 보이고 하니, 그 아이 부모래두 노인이 잘 아신다면 어떻게 우리집 보이로 두어볼 수나 없을까 해서……."

자크 노인은 고개를 끄덕거렸습니다.

"집에서 지금 쓰는 아이가 모두 셋인데 한 아이를 쉬 좀 내보낼 작정이라……."

하고 뚱뚱보 주인은 소근소근 이야기를 또 계속하다가 중간에서 그쳤습니다. 마침 나이 어린 보이 하나가 노인의 주문한 음식을 가지고 그들에게로 온 까닭입니다.

그 아이가 다시 저편으로 돌아가기를 기다리며 주인은 자크 할아버

지를 보고

"바로 지금 그 아이를 내보내려는데……."

"왜 무슨 잘못이나 있소? 아이는 퍽 똑똑해 뵈는데……."

"너무 똑똑해 탈이랍니다. 지의 아버지를 닮아서 손버릇이 고약하고……. 타일러두 들어먹어야지요."

"저의 아버지라는 게 무엇하는 사람이게?"

"몽마르트에서 이름난 아파슈랍니다."

자크 할아버지는 그 말을 듣고 이맛살을 찌푸리고 건성 고개를 끄덕거렸습니다.

아파슈라는 것은 부랑자들을 가리켜서 하는 불란서말입니다.

(12)

"그래 아무리 생각해두 안 되겠어. 어서 내보내버려야지……."

하고 평민식당의 주인은 이야기를 계속하였습니다.

"하기야 그 애 아범놈이 말썽부릴 것두 걱정이 안 되는 것은 아니지만 그렇다구해서 그대로 내버려둘 수두 없는 일이구……. 그렇치 않우? 자크 할아버지! 조녀석이 대가리에 피두 안 마른 녀석이 담배를 숨어서 태우지요, 술두 너덧 잔쯤으로는 까닥 없지요, 거기다 손버릇이 고약해서 내 눈을 기여 몰래 들구나가는 게 있지. 잠시두 마음을 놓을 수 있어야지요."

그리고 그 둥글넙적한 얼굴에 몹시 딱한 표정을 띠우고 식당의 주인은 자크 할아버지의 의견을 청하는 듯 그의 얼굴을 들여다보듯 하였습니다.

자크 할아버지는 놀라운 얼굴을 하고 그의 이야기를 일일이 고개를 끄덕이며 듣고 있다가 새삼스러이 눈을 들어 저편 식당의 음식접시를 나르고 있는 그 아이를 보면서

"그래 지금 몇 살이나 되었누? 열세 살? 열네 살?"

"조게 이제 겨우 열두 살이라우."

"열두 살!"

하고 자크 할아버지는 빵을 씹고있던 것도 그치고 입을 딱 벌리었습니다.

"이제 열두 살 먹은 게 담배를 먹구 술을 먹구… 흐응!"

"그나 그뿐이유? 게다가 손버릇이 나쁘고…"

"그렇지만 어떻게 좀 잘 지도해줄 수는 없을까? 저대로 내쫓아 지 애비 손에 들어가면 영영 애는 버릴텐데…"

"버릴텐데가 다 무엇이유? 벌써 버린 아인데…또 그것은 어떻든 여기는 소년감화원(少年感化院)이 아니니까 무어 내가 밑천을 들여서까지 돌보아줄 까닭도 없는 것이요, 설혹 저를 위해준다구 제가 꿈엔들 고맙게나 생각할게유? 우선 좀 보구료, 자크 할아버지. 저놈 눈을 좀 보아요. 어린 티라든지 천진한 빛이란 약에 쓸려도 없고 그 어찌나 불량한지……."

이렇게 식당의 주인은 말하다가 자크 노인이 또 무엇이라 입을 벌리려 하였을 때 그것을 가로막아

"그러니 말이유, 자크 할아버지. 우리 길게 이야기할 것 없이 어제 노인이 데리고 오셨던 그 시골아이를 어떻게 좀 내 집으로 오도록 하여 봅시다. 저만 잘해주면 얼마든지 좋게 정말이지 내 친자식같이 위해 줄 테요. 또 웬만하면 야학쯤 안 보내줄 것도 아니니까……."

자크 할아버지는 고개를 끄덕이면서 그의 하는 말을 듣다가

"그렇게 되었으면 피차간 좋을 것이요. 우리가 또 엊그제 사건 사이가 아니니까 하는 말씀 못 알아들을 나도 아니지만 우선 줄리앙의 의사도 들어봐야 하겠구!……"

하고 잠깐 노인은 생각을 하다가 갑자기 생각난 듯이

"하지만 행여 말썽이나 부리지 않을까? 저애 아범이……. 그러면 피차간 재미없는데……."

하고 이맛살을 약간 찡그리고 노인은 주인의 얼굴을 쳐다보았습니다.

"더구나 몽마르트에서도 이름이 난 아파슈라니 뒤끝이 무섭지나 않을까?"

"아파슈면 제가 어쩔테유? 무턱대구 괜한 아이 내보내는 것인가? 다아 제게 잘못이 있어 그러는 거지. 내가 내 돈 가지고 아이 써먹는데 그것 하나 마음대로 못하고 어쩌우?"

"하지만 그런 것이야 우리들끼리 짐작할 이야기지. 불량무도한 놈들에게 무슨 경계가 있나? 공연히 수틀리면 행패를 부리는 게지. 그렇지 않아?"

"염려 마시유. 아무 상관없세요. 설혹 그런 일이 있더래두 내가 모두 감당할테니 마음놓고 그 애를 좀 주선을 하여주시유."

그리고 식당주인은 자크 할아버지의 등을 가볍게 치고 저편으로 가버렸습니다.

(13)

일터로 가기 전 한 시간 동안의 이 밥 먹는 시간을 웃고 떠들며 보내는 노동자들 틈에 끼여 빵을 먹고 차를 마시며 자크 할아버지는 혼자서 바로 지금 주인이 한 말을 생각하여 보았습니다.

'글쎄— 이 식당에서 줄리앙을 일을 시켜보아?'

생각하여보면 그것은 좋을 듯싶었습니다. 식당살이라 바쁠 때는 눈코 뜰 사이 없이 바빠도 끼니때만 지나면 또 비길 데 없이 한산한 터이니 어린애에게 그리 고된 일이 될 것도 아니요 더구나 밤에 야학도 보내준다니 그도 고마운 일이 아닐까?— 하고 노인은 생각하는 것이었습니다. 더구나 줄리앙이 어젯밤에 제 발로 무슨 일자리든 구하여 가지고 파리에서 좀 지내볼 것 같은 의향이 있듯이 이야기하였던 터이니까 이 이야기를 이따가라도 혹시 줄리앙에게 들려주면 응당 무한히도 기뻐할 것이겠지요.

무어니 무어니 하여도 방랑생활이란 결코 할 일이 아닙니다. 집 없이 돈 없이 아무데로나 굴러다니는 것은 조금도 좋은 일이 될 수는 없으니까요—.

‘또 줄리앙은 아직도 갓난아인 것이 아닌가?’

자크 할아버지는 차종을 들어 마지막 한 모금을 입안에 떨어놓으며 줄리앙의 조그만 천진스런 얼굴을 눈앞에 그려보는 것이었습니다.

사실이지 그렇게 어린 아이가 누구 하나 돌보아주는 사람 없이 아무데로나 정한 곳 없이 떠돌아다닌다는 것은 생각만 하여볼 따름으로 끔찍한 사실입니다.

그래 자크 할아버지는 돈을 치르고 식당문을 나서면서 이것은 설혹 줄리앙이 싫다고 반대를 하더라도 잘 타일러서 길을 바로 잡아주어야만 할 일이라고 마음을 정하였습니다. 그래서 마음을 딱 작정하고 나니 어쩐지 마음이 유쾌하여졌습니다. 그래 자크 할아버지는 담배를 태우면서 유쾌한 걸음걸이로 센 강가의 탄탄한 길을 터벅터벅 걸어 올라갔습니다.

그러나 그가 콩코드 다리까지 돌아왔을 때 그는 갑자기 걸음을 멈추고 잠시 생각에 잠기었습니다.

‘만약 무슨 말썽이라도 생긴다면?’

이러한 염려가 또다시 노인의 이맛살을 찌푸려 주었던 것입니다. 식당의 뚱뚱보 주인이 내보내려고 하는 그 열두 살 먹은 어린아이의 어린아이답지 않게 불량한 두 눈이 생각나고 또 그보다도 몽마르트에서 이름난 아파슈라는 그 아이의 애비가 머리 한 구석에 떠올랐습니다.

‘그것 때문에 어린 줄리앙에게 재미없는 일이라도 생긴다면……’

자크 할아버지는 쓰디쓴 침을 꿀떡 삼키었습니다. 그런 일은 있을 법도 한 일이요 그렇게 된다면 그야말로 큰일이지 재미없다 뿐이겠습니까?

‘또 줄리앙만 맘이 있다면 그렇게 영리하고 순진한 아이가 어디인들 못 갈라구……’

이렇게 생각을 하니 무어 말썽 있는 평민식당의 보이로 하필 들여보낼 것도 아니었습니다. 구하려만 든다면 훨씬 더 나은 자국이 얼마든지 있을 것입니다.

“그래 그게 좋아! 무어 구태여 평민식당에 들여보내지 않더라도……”

자크 할아버지는 이렇게 혼자 중얼거리고 다시 어슬렁어슬렁 걸어서 다른 때나 마찬가지로 튈르리 공원 앞 마로니에 나무 그늘에가 자리를 잡고 앉았습니다.

자크 할아버지는 그곳에가 그렇게 앉아서 전깃불 들어올 때 돌아오마는 줄리앙을 온종일 기다릴 작정입니다.

(14)

센 강의 푸른 물을 붉게 물들이던 여름 해도 어느덧 저버리고 마로니에 나뭇잎에 불어드는 가만한 바람과 함께 저녁은 파리의 거리거리를 찾아들었습니다.

자크 할아버지는 나무 아래 돌 위에 걸터앉아서 두 다리를 쭈욱 뻗고서 강 건너의 오고가는 사람들을 물끄러미 바라보며 줄리앙이 부디어서 돌아와주기를 바라는 것이었습니다. 바로 지금이라도 줄리앙이

“자크 할아버지 퍽 기다렸우? 심심하지나 않았우?”

하고 뒤로 달려 들 것을 생각하면 노인의 마음은 기뻤습니다. 그래 자크 할아버지는 새삼스러이 담배갑을 꺼내어가지고 그 위에 쓰여 있는 줄리앙의 연필글씨를 되풀이 읽어 보는 것이었습니다.

“……심심해 하지 말고 기다릴 일. 전깃불 들어올 때까지는 돌아오겠습니다……”

그러나 어쩐 일인지 줄리앙은 전깃불이 들어온 뒤에도 돌아오지 않

았습니다. 이제 돌아오려니 돌아오려니 하고 그대로 그곳에가 그렇게 앉아서 기다리고 있었습니다.

시골아이가 처음으로 올라온 서울이라 구경거리도 응당 많을 것이니 이 구경 저 구경 모두 하려면 약속한 시간에 돌아오기는 어려울 것이라고 자크 할아버지는 생각하였습니다. 그렇게 생각함으로써 어째 불안하고 궁금한 자기의 마음을 가라앉히려는 것이었습니다.

'번잡한 서울거리에서 길을 잃어버린 것이나 아닐까?'

사실이지 제아무리 영리한 줄리앙이라 하더라도 서울구경은 처음인 아직 어린 시골아이에 지나지 않으니까 길을 잃어버리기는 십상 쉬운 일입니다. 그러나 그러더라도 센 강가로 우선 찾아나와 가지고 어떻게든 자크 할아버지에게로 돌아올 수는 있는 일입니다.

"사실 줄리앙은 그만한 의사는 날만한 아이니까."

자크 할아버지는 생각하고 자기의 은근히 불안한 마음을 조금이라도 덜려고 노력하였습니다.

"이제 돌아오겠지, 돌아오겠지……."

하고 자크 할아버지는 자기자신에게 들려주듯이 몇 번인가 중얼거려 보는 것이었습니다.

저녁녘의 센 강가를 사람들은 뒤를 이어 오고 또 가고 하였습니다. 모두들 하루 종일 일에 지친 몸들을 이끌고 그들은 자기네들의 집을 향하여 이 길을 걸어가는 것이었습니다. 그들의 얼굴은 모두들 몹시 피로한 것이었습니다마는 그래도 이제 자기네들의 처소에 위안(慰安)과 안식(安息)이 약속되어 있었으므로 그들의 걸음걸이에는 무엇인지 모르게 생기있게 뛰노는 기운이 느껴졌습니다.

자크 할아버지는 그들을 바라보고 있었습니다. 그러나 그들 틈에 줄리앙을 찾아낼 수는 없었습니다.

'어린 아이가 어쩌어찌 잘못하여 누구와 시비라도 하고 못된 아이들에게 매나 맞은 것이 아닌가? 혹은 자동차, 마차, 자전거, 전차… 어수

선한 큰길거리에서 까딱 잘못하여 어디 다치거나 하지 않은 것일까?'

자크 할아버지는 갑자기 이런 것을 생각하고 눈을 크게 떴습니다. 만약 줄리앙의 몸 위에 그러한 일이 일어났다면 대체 어떻게 될 것입니까? 그리고 또 그러한 일은 있을 법하였습니다.

그래 자크 할아버지는 저도 모르게 벌떡 일어섰습니다.

그리고 어디라고 지향없는 발길을 두어 걸음 앞으로 내어놓다가 다시 우뚝 서버렸습니다.

이 넓은 파리 천지에 어느 구석에 있을지도 모르는 줄리앙을 어디가서 찾으려는 겐고?—

그래 자크 할아버지는 불안한 마음을 품은 채로 다시 제자리로 돌아가서 앉을 수밖에 없었습니다.

이러는 동안에도 시간은 자꾸자꾸 지나갔습니다. 아마 거의 열점이나 되었겠지요. 센 강가로 사람들은 이따금씩 지나갈 뿐으로 마로니에 나뭇잎에도 밤은 점점 짙어갔습니다. 그러나 아무리 자크 할아버지가 마음을 졸이고 있어도 줄리앙은 돌아오지 않았습니다.

(15)

밤은 좀 더 깊어갔습니다.

첫여름이라고는 하여도 밤바람은 제법 쌀쌀합니다.

물론 파리의 거리는 잠자고 있지 않았습니다마는 이곳 센 강가의 길은 저녁 후에는 언제는 쓸쓸한 것이 이렇게 밤늦어서는 이따금씩 지나가는 행인의 발소리 말고는 오직 마로니에 나뭇잎을 흔들어놓는 바람 소리만이 들렸습니다.

그곳에서 자크 할아버지는 그저 줄리앙이 돌아오기를 기다리고 있었습니다. 아침을 먹은 뒤로 물 한 모금 입에 대지 않았으니까 배는 물론 고팠지만 그것쯤은 늘 당하는 노릇이니까 사실 아무렇지도 않았고 그런 것보다는 이때까지 돌아오지 않은 줄리앙이 몹시도 마음을 불안하게 하여주었던 것입니다. 그래 자크 할아버지는 안절부절 못하며 마음을 졸이었습니다.

'필연코 무슨 일이 생긴 게다.'

하고 자크 할아버지는 몇 번씩이나 중얼거렸습니다.

'필연코 무슨 일이 생긴 게야!'

그것을 생각하면 잠시도 그렇게 그곳에서 망연히 언제 돌아올지도 알 수 없는 줄리앙을 기다리고 있을 수는 없는 일이었습니다마는 그렇다고 해서 당장 어찌하겠습니까? 무슨 다른 도리가 무어 있겠습니까?

이 넓디넓은 파리 천지에 줄리앙이 지금 어디 있는 것을 알아맞힐 수 있는 사람이 누구겠습니까?

그래도 이렇게 바보같이 기다리고만 있을 수는 없다고 지향 없이 아무데로나 가본다 손치더라도 그런 때는 일이 매양 공교로운 법이라 혹시나 길이 어긋나서 서로 찾아다니게나 된다면 정말 큰일 아니겠습니까?

그래 자크 할아버지는 무척 답답하고 궁금은 하면서도 그곳에서 그렇게 오직 줄리앙이 돌아와주기만을 기다릴 밖에는 아무 다른 도리가 없었습니다.

그러는 동안에도 밤은 좀 더 깊어갔습니다. 마로니에며 플라타너스며의 나뭇잎을 흔드는 바람도 좀 더 은근해졌습니다. 밤깊은 이 강가길에는 아주 행인이 끊긴 듯싶었습니다. 그 쓸쓸한 거리에서 자크 할아버지는 혼자 애를 태우고 있었습니다.

그러자 저편 콩코드 다리편으로서 사람의 발소리가 이편을 향하여 차츰차츰 가깝게 들려왔습니다. 자크 할아버지는 줄리앙이 이제나 오나 보다 하고 그쪽을 바라보았습니다. 그러나 그것은 줄리앙이 아니라 순시를 도는 경관이었습니다.

자크 할아버지는 실망을 하였습니다. 경관은 노인을 힐끗 보고는 그냥 지나가려하였습니다.

"지금 몇 점이나 되었습니까?"

하고 자크 할아버지는 경관에게 물었습니다.

"열두 점 십오 분!"

이렇게 한 마디 말하고 그리고 경관은 그대로 지나가버렸습니다.

"열두 점 십오 분!"

하고 자크 할아버지는 흉내내듯 중얼거리고 잠깐 동안 물끄러미 그의 뒷모양을 바라보고 있었습니다.

몸이 제법 부대한 경관은 한 걸음 한 걸음마다 몸을 좌우로 번갈아 흔들어가며 그 길을 어디까지든 걸어갔습니다. 그러나 얼마 안 되어 그 모양조차 어둠 속에 사라져버리고 그 거리에는 또다시 자크 할아버지만이 외로이 남아 있었습니다.

"얘가 대체 웬일일꼬?"

하고 자크 할아버지는 견딜 수 없도록이나 불안하여 이렇게 중얼거렸습니다.

"자정이 넘도록 대체 이 애가 웬일인고?"

그리고 그는 담배를 새로 피워 물었습니다. 그러자마자 그때 저편으로서 파닥파닥 뛰어오는 발소리가 들리며

"자크 할아버지 픽이나 기다리셨지유?"하고 노인을 부릅니다.

드디어 줄리앙이 돌아온 것이었습니다.

(16)

"자크 할아버지 픽 기다리셨지유? 배고팠지유?"

또 한 번 이렇게 말하고 줄리앙은 단숨에 자크 할아버지 곁으로 달려왔습니다.

"아니 괜찮다. 그런데 대체 입때까지 어디 있었니? 고생이나 안 했니?"

하고 노인은 이때까지 별별 생각을 다하여가며 여러 가지로 근심을

하였던 터이라 진정 반가워서 줄리앙의 손목을 덥석 잡으며 이렇게 말하였던 것입니다.

“무어 고생이야 할게 있세요!”

줄리앙은 기운좋게 이렇게 말하고

“자— 집으로 어서 가시지요. 이야기는 가서 하기로 하고…….”

그리고 줄리앙은 노인의 팔을 잡아끄는 것이었습니다.

“집으루? 집이 어디야?”

하고 자크 할아버지는 잠깐 동안 벙하니 줄리앙의 얼굴만을 바라보았습니다.

“어디는 어디야 저기 말이지…….”

하고 줄리앙은 콩코드 다리 쪽을 턱으로 가리킵니다.

“으으응…….”

노인이 싱겁게 고개를 끄덕거리는 것을 보고 줄리앙은 깔깔 웃으며,

“그럼 어디 딴 데서 잘 데나 생긴 줄 알구 그러우? 자크 할아버지… 할아버지두 딱하우.”

그리고 그들은 그들의 침소—콩코드 다리 아래로 걸어내려갔습니다.

“자— 자크 할아버지 우선 이것으로 요기나 좀 하시우. 오즉 배고프실라구?…… 참 아침은 자셨세요?”

줄리앙은 보따리를 끌러서 큼지막한 봉지를 꺼내어 자크 할아버지 앞에다 놓으며 말하였습니다. 노인은 다만 이제 처음 사귀었을 따름에 지나지 않는 자기를 위하여 이렇게 무엇을 사오고 마음을 써주고 하는 아직 철도 안 난 소년의 고운 마음속에 대하여 백 번도 천 번도 사례를 하고 싶었습니다. 무척이나 고마웠습니다. 거지나 다름없는 자기를 위하여 이때까지 이만큼 친절하게 해준 사람은 오직 줄리앙이 처음이요 그렇게는 아무도 없었던 것입니다.

“어서 잡수세요.”

줄리앙은 봉지를 부욱 뜯었습니다. 그 속으로서 보기에도 신선하고

탐스러운 빵이 나타났습니다.

"오! 먹겠다."

"어서 잡수세요. 일찌거니 돌아올 수 있었다면 평민식당으로래도 같이 가는 것을 그만 늦었으니 어떻게 해유? 오늘밤은 그냥 이렇게 지내지요……."

그리고 줄리앙은 보퉁이 속에서 이번에는 샴페인 병을 꺼내어 자크 할아버지 무릎 위에다 뉘어놓았습니다.

"어유. 무얼 또 사왔니."하고 자크 할아버지는 줄리앙의 얼굴을 쳐다보았습니다.

"그밖에는 더 안 사왔으니 마음을 놓으시유, 할아버지."

그리고 줄리앙은 장난꾼이같이 깔깔 웃었습니다.

자크 할아버지는 눈을 잠깐 감고 앉아서 이렇게도 천진하고 영리하고 마음씨 고운 소년을 위하여서 무엇 하나 자기 힘으로는 하여주지도 못하고 도리어 어린아이에게 빵이며 술이며를 얻어먹을 밖에는 아무 재주도 없는 자기의 신세를 딱하게 생각하였습니다. 그리고 저도 모르게 후유—하고 한숨을 쉬었습니다. 줄리앙은 그러한 노인의 모양을 잠깐 보고 있다가 갑자기 노인의 무릎을 세게 꼬집었습니다.

"아야!"

하고 노인은 소리를 지르고 줄리앙을 돌아보았습니다.

"정신차려요. 무슨 생각이유? 어서 빵이나 잡숫지 않구……."

"오냐, 인제 먹는다. 그런데 대체 오늘 너 어디 갔었니? 어딜 갔다 그렇게 늦었니? 너보기에 서울이 어떻던?"

하고 물었습니다.

(17)

"오늘 참 여러 군데루 구경 다녔어요."

하고 줄리앙은 이야기를 시작하였습니다.

“우선 아침에 일어나는 길로 어젯밤에 자크 할아버지하구 갔던 동네
로 걸어갔지요.”

“어디? 샹젤리제?”

“네, 샹젤리제……. 그렇지만 너무 일러서 그런지 모두들 문도 안 열
었더군요. 그래 그냥 혼자서 개선문(凱旋門) 앞까지 걸어갔지요. 그리
가서 오른편으로 꼬부라지니깐 바른손 쪽에 커다란 백화점이 있더군요.
자크 할아버지.”

“응. 응. 있지.”

“그 상점이 마악 문을 열기에 누구보다도 먼저 뛰어 들어갔지요.”

“무엇 하러?”

“무엇하기는 구경두 할 겸 세수도 할 겸 해서죠. 참 그런데는 뒷간
두 좋더군요. 마르세유의 제네바 호텔을 들어가서 구경한 일이 있지만
뒷간 하나만 하더라두 여기 것은 못 당하겠는데요.”

“그래서…….”

“그래 거기서 세수하고 아주 모양을 내고 다시 나와서 길거리를 터
덜터덜 걸어갔지요.”

“어디루?”

“어딘지 이루 알 수 있나요? 길가의 빵장수한테서 빵 한 개 하구 또
비스킷도 한 봉지를 사가지고 이것저것 구경하며 걸어가려니깐 공원이
되더군요.”

“공원? 게가 어딘가?”

“공원 안에서 만난 사람보구 물어보니깐 게가 몽소 공원이라더군
요.”

“몽소 공원? 응 그래서…….”

“거기 교의에 앉아서 우선 아침 요기를 하였지요. 그 빵하구 비스킷
으루……. 그리구 그 안을 한 바퀴 휘 돌아 구경하구 밖으로 나와 또 조
금 가니까 커다란 기차정거장이 있더군요.”

“생 라자르 정거장?”

“네 바로 거기에요. 그래 그 안도 좀 구경할려구 들어갔더니 기차가 마악 들어왔는지 사람들이 우줄우줄 개찰구로 나오겠나요? 별 사람들이 다 나와요. 그것두 구경거리던데요. 그래 좀 서서 보려니까 누가 뒤에서 등을 팍 쳐요…….”

“누가?”

“누군지 처음에야 나두 몰랐지유. 그래 등을 칠 사람이 없는데 대체 누굴까?—하구 돌아다보니까 앙리 아저씨로군요.”

“앙리 아저씨가 누구야?”

“저희 시골사람이에유. 아비뇽에서 구둣방 하던 이에요.”

“허, 허…….”

“그래 하두 오래간만이구 반가워서 앙리 아저씨 대체 이게 웬일이유 그랬지요. 벌써 오 년이 되나? 구둣방을 그만두고 집을 나간 채 어디로 갔는지 소식두 몰랐었는데 이렇게 서울와서 만나게 되었으니 참말 뜻밖이 아니겠어요? 아비뇽에 있을 때는 참말 나를 퍽 귀여워 해주었지요.”

“응, 응…….”

“그래 대체 네가 어린애가 이게 웬일이냐? 여기는 어떻게 왔느냐? 하구 앙리 아저씨는 되레 눈을 크게 뜨구 묻겠지유. 내가 대강 이야기를 하여주니간 연해 고개를 끄덕거려가며 그거 안됐다! 그거 안됐다! 하구 중얼 대겠지. 무어 그거 안됐다는지 나는 모르겠어, 자크 할아버지……. 그러더니 이야기를 다 듣고 나서 그럼 우선 아침이나 먹으러 가자구 앞장을 서는군요. 바로 지금 빵을 사서 먹은 길이래두 곧이듣지 않구……. 그래서 그—예 요리점으로 끌려갔지요. 계 나와서는 이번에는 덮어놓고 승합자동차를 타자는구료. 그래 영문도 모르구 탔더나 종내 내린 데가 어디겠수? 자크 할아버지…”

“글쎄……. 어딜까?”

“몽마르트!”

“으응 몽마르트로 구경 갔었구나?”

자크 할아버지는 고개를 끄덕이다가 갑자기 생각난 듯이 줄리앙의 얼굴을 들여다보듯이 하고 물었습니다.

“참 앙리 아저씨는 너의 아버지를 어디서 뵙지 않았다던? 그건 물어보지 않았었니?”

(18)

“네 물어보구 말구요. 자크 할아버지.”

하고 줄리앙은 대답하였습니다.

“이야기할 게 하도 많은 통에 그만 진작 이야기하여야 할 것은 깜빡 잊고 있었습니다마는 실상인즉 정거장에서 앙리 아저씨를 만나자 마자 우리 아버지를 어디서 보았우?— 하고 물어보았던 것이랍니다.”

“그랬더니 앙리 아저씨는 무어라고 하던?”

하고 자크 할아버지는 입에 갖다 대었던 술병을 저도 모르게 멈추고 줄리앙의 얼굴을 들여다보았습니다.

“한 번 본 일은 있다더군요. 한 석 달 전이라던가? 넉 달 전이라던가? 앙리 아저씨가 밤에 무슨 볼일이 있어 자동차를 타고 알렉산더 3세교를 지나가려니까 저편으로서 또 자동차가 한 대 오더래요. 그래 서로 지나칠 때 무심코 그 자동차 속을 흘낏 보니까—”

하고 줄리앙이 채 말을 마치기 전에 자크 할아버지는 뒤를 받아서

“거기 너의 아버지가 타고 있더란 말이지?”

“네. 그래 앙리 아저씨는 깜짝 놀랐대요. 그리고 자동차를 돌려가지구 뒤를 쫓아가 봤더라나요?”

“그래서 어떻게 되었다니? 너의 아버지와 만났다니?……”

자크 할아버지는 조급하게 물었습니다. 그러나 줄리앙은

“그것이 말이에요—”

하고 기운 없는 말투로

"자동차가 서로 스칠 때 우리 아버지를 보고 그 즉시 자동차를 돌려 뒤를 쫓아갔더라면 혹은 어렵지 않게 아버지와 만날 수가 있게지요마는 그렇지가 못하거든요. 앙리 아저씨 이야기를 들으면 자기가 앗! 저게 루이스가 아닌가요—하고 깜작 놀란 채 잠깐 동안은 달려가는 자동차 위에서 그대로 멍하니 앉아 있다가 갑자기 뒤를 쫓아가서 만나볼 마음이 생겨 운전수를 보구 그렇게 명령하기까지에는 제법 지체가 되었을 것이라고 하니 그래서야 될 턱 없지 않아유?"

"그러니까 앙리 아저씨는 너의 아버지가 지금 어디서 살고 있는지를 모른다는 말이로구나?"

"그렇지요."

"그러나 자동차를 타고 지나가는 것을 흘낏 보았을 뿐이더라도 하여튼 너의 아버지가 이 파리 안에 계신 것만은 분명하구나."

"그렇지요."

"그렇지만……."

하고 자크 할아버지는 잠깐 생각하여보면서

"그렇지만… 그것이 앙리 아저씨가 지나는 길에 흘낏 보았을 따름이니까 잘못 보았을지도 모르는 일이고… 설혹 잘 보았다 하더라도 세상에는 얼굴 같은 사람도 제법 많으니까."

"그야 그렇지요."

"또 그것이 정말 너의 아버지였다 하더라도 파리는 원체가 넓은 데니까……."

하고 말하다가 자크 할아버지는 그러한 말을 하는 것이 오직 나이 어린 줄리앙에게 실망만을 주게 되는 것임을 새삼스러이 깨닫고

"그야 잘하면 혹시 만나게 되는 수도 있겠지……. 하여튼 넓으니 넓으니 해도 하나밖에 없는 파리고 또 세상이란 넓은 듯 하고도 좁은 것이니까……."

자크 할아버지가 이런 말을 하고 있는 것을 줄리앙은 딴 생각을 하면서 듣고 있다가 기운 없이 입을 열었습니다.

"사실인즉 오늘 아버지를 뵈었어요."

"무엇? 네가 아버지를 뵈었어? 바루 네 눈으로?"

"네—"

"그래 어디서?"

"몽마르트—"

"허허—"

하고 자크 할아버지는 줄리앙을 위하여 기쁘게 고개를 끄덕였습니다. 그러나 자크 할아버지보다도 좀 더 기뻐하여야할 줄리앙은 어쩐지 기운 없는 실망한 얼굴을 하고 있습니다.

(19)

줄리앙은 잠깐 동안 말없이 생각에 잠겨있었습니다.

자크 할아버지는 샴페인 병 밑에 남은 마지막 한 모금을 들이키고 나서 빵 싸는 종이며 빈 술병이며를 한 옆으로 치워놓고 바로 앉아 줄리앙의 얼굴을 들여다보았습니다.

아버지를 만났으면 응당 기쁜 빛이 얼굴에 온통 떠돌 터인데 저렇게 도리어 수심이 가득하여 하는 것은 어인 까닭일까?—하고 자크 할아버지는 생각하는 것이었습니다.

또 아버지를 만났다면 어째 아버지를 따라가지 않고 이렇게 내게로 왔누? 약속을 지키느라고 그런 것일까?

그러나 설혹 약속을 지키기 위하여서라고 하더라도 잠깐 자크 할아버지에게 다녀만 가면 그만이지 그렇게 이 한밤도 이 다리 밑에서 자크 할아버지와 새우잠을 잘 모양인 것을 보면 자기 아버지와 한 번 만났다가 헤어진 것이 분명하였습니다.

대체 어찌된 까닭인가?—하고 자크 할아버지는 이상히 생각은 하면서도 그렇게 실심을 하고 있는 줄리앙의 모양을 보고는 차마 먼저 무엇이라고 말을 꺼낼 용기가 생기지 않았던 것입니다. 그러나 줄리앙이 하—도 오랫동안 말없이 앉아있으므로 자크 할아버지는 끝끝내 입을 열었습니다.

"그래 아버지는 지금 어디 계시냐?"

"모르죠……."

"뭐 네가 만났다면서?"

"네…그렇지만 나만 아버지를 보고 아버지는 나를 못 보았으니깐요."

"어디서?"

"몽마르트의 활동사진관에서요…"

"그러나 너의 아버지는 네가 두 살 적에 집을 나갔다지 않니?… 아버진 줄은 어떻게 알았니?"

"앙리 아저씨가 아르켜주었지요."

"으응 딴은…그래두 어떻게 활동사진관 안에서 만날 수는 없었니! 만나 보려구만 든다면 넉넉히 만날 수도 있을텐데…"

"네…앙리 아저씨가 저기 너의 아버지가 있다구 아르켜주었을 때 마악 사진이 시작이 되었기에 하는 수 없이 그 사진이 끝날 때까지 앉아 있다가 끝나기 바로 전에 밖으로 나왔지요. 우리는 이층에 있었구 아버지는 아래층에 있었으니까 그렇게 하는 수밖에 없었답니다."

"그래서……."

"그래 앙리 아저씨가 나를 휴게실에서 기다리게 하고 혼자 아버지 있는 곳으로 찾으러갔지요. 그러나 아버지는 자리에 없더래요. 벌써 나가버렸더래요."

"쯧, 쯧."

하고 자크 할아버지는 혀를 차다가,

"그러나, 혹시 앙리 아저씨가 잘못 본 것이나 아닐까? 줄리앙."

"아니에요. 분명히 아버지에요."

그리고는 갑자기 줄리앙은 참지 못하고 울음을 터트렸습니다.

"울지마라. 울지마라……. 인제는 분명히 너의 아버지가 파리 안에 있는 것을 알았으니까 염려 없다. 끈기 좋게 찾아보면 꼭 만나게 된다. 아암 만나구 말구…울지마라. 울지마라."

하고 자크 할아버지는 줄리앙의 머리를 가슴에 안고 그의 머리를 쓰다듬어주면서 위로하였습니다.

그러나 줄리앙의 슬픔은 그러한 것이 아니라 좀 더 다른 것이었습니다. 사실을 말하자면 줄리앙은 오늘밤에 또 한 번 저의 아버지를 만날 수가 있었을 것입니다. 그러나 가엾은 줄리앙은

"아버지!"

하고 그의 품 안에 달려들었을 때 그의 아버지는 술이 취하여 벌게진 눈을 홉뜨고

"웬 놈의 거지새끼가……."

하고 그를 밀쳐버렸던 것입니다. 그것을 생각하고 줄리앙은 그렇게도 서럽게 느껴 우는 것이지요…….

(20)

얼마 있다 줄리앙은 울음을 그쳤습니다. 그리고 그는 몸을 일으켜 다시 바로 앉으며 자크 할아버지를 쳐다보고

"자크 할아버지 내일이라도 나는 딴 데로 갈까보아요."

하고 낮은 목소리로 말하였습니다.

"응?"

하고 자크 할아버지는 줄리앙이 너무나 뜻밖의 말을 하는 통에 깜짝 놀라서

"딴 데로 간다니… 어디루 간단 말이냐?"

하고 황급하게 물었습니다.

"아무 데로나요… 파리를 떠나서……."

줄리앙은 생각을 하며 이렇게 말하였습니다.

"왜? 아버지도 만나보지 않구?"

"……."

"그러지 마라 줄리앙! 할아버지두 될 수 있는 데까지 도와줄 것이니 파리에서 어떻게든지 지내가면서 너의 아버지를 찾아보자."

"……."

"그러자, 응? 줄리앙!"

자크 할아버지는 줄리앙의 손을 덥석 잡고 그의 얼굴을 들여다보았습니다.

"그리구 참 나말구 앙리 아저씨두 있구하니 어떻든 파리에서 지내가면서 너의 아버지를 찾기루 하자. 참 그런데 앙리 아저씨는 어딜 가셨니?"

줄리앙은 비로소 입을 열었습니다.

"중도에서 누구를 만나서요. 그이하구 급한 일루 뭐 의논할게 생겨서요. 그래 밤에 다시 만나기루하고 헤어졌지요."

"헤어졌다?"

"네에. 자크 할아버지 앙리 아저씨가 그래 날보구 너 혼자서 길을 잃어버리지 않겠느냐고 묻길래 제가 염려없다구 그랬지요. 그랬더니 돈 하구 명함하구를 주면서 혼자 구경이라도 더 하다가 저녁에 꼭 좀 명함에 쓰인 번지수대로 찾아오라구……. 자기에게서 자자구……. 그리고는 헤어졌지요."

"그래 오늘 저녁에 앙리 아저씨를 찾아갔었니?"

"아―니요"

"왜?…… 일껏 앙리 아저씨가 그렇게 고맙게 해주는데 왜 그랬니?"

"……."

"그러면 대체 자정이나 되도록 어디 있었니? 앙리 아저씨에게도 가지 않았다면……"

이렇게 자크 할아버지가 물었으나 줄리앙은 역시 아무 대답도 하지 않았습니다. 그는 다시 한 번 오늘 저녁때에 있었던 일을 생각하여 보는 것이었습니다.

앙리 아저씨와 헤어져 혼자서 활동사진관에 남아서 사진을 끝까지 보고난 줄리앙이 밖에 나왔을 때에는 아직 다섯 점도 못 되었을 시각이었습니다. 저녁 먹을 때 집으로 찾아오라구 앙리 아저씨는 말하였던 것이니까 아직 찾아가기에는 일렀을 뿐 아니라 줄리앙은 좀 더 몽마르트 동리 안을 돌아다니고 싶었습니다. 그야 구경을 좀 더 하구싶기도 하였지요. 그러나 그것보다도 줄리앙은 아버지를 어떻게 찾아보고 싶었던 까닭입니다. 바로 아까 활동사진관에서 만났으니까 잘하면 그렇게 그 근처를 빙빙 돌고 있는 동안에 다음 골목장이에서라두 만나지 말라는 법은 없을 듯싶었으므로 줄리앙은 은근히 그것을 바라고 제 옆을 지나가는 사람들을 눈여겨보면서 전깃불 들어온 뒤까지 그곳을 헤매돌았던 것입니다.

그러나 다시 잘 생각해보니 그 생각은 어림도 없는 생각인 듯싶었습니다. 파리에 와서 몇 해씩 사는 앙리 아저씨도 같은 파리 안에 살고 있는 아버지를 겨우 두 번—한 번은 알렉산더 3세교에서 또 한 번은 바로 오늘 줄리앙과 같이서 활동사진관에서— 만났던 것에 지나지 않았으니까 이 넓은 파리에서 다만 몽마르트 동리 안을 빙빙 돌아다닐 뿐으로 쉽사리 아버지를 만나리라 생각하는 것은 사실 어림도 없는 생각임에 틀림없었습니다. 그리고 또 전깃불이 들어왔으니까 앙리 아저씨를 찾아도 보아야하겠고…… 오! 깜빡 잊었네. 자크 할아버지두 공원 앞에서 기다릴텐데…… 그래 줄리앙은 우선 자크 할아버지에게로 먼저 가려고 지나가는 순사에게 길을 묻고 그가 가리키는 대로 버스를 타려고 다음 골목을 돌쳐서 큰길로 나가려하였던 것입니다.

그러나 줄리앙은 큰길로 채 나가기 전에 바른손 편에 있는 술집에서 약간 비틀거리는 걸음걸이로 밖으로 나온 사나이를 보고 저도 모르게 발걸음을 멈추어버렸던 것입니다.

그 술 취한 사나이가 바로 몇 시간 전에 활동사진관에서 앙리 아저씨가 손가락질하면서

"저기 앉은 저이가 틀림없는 너의 아버지다!"

하던 바로 그 사나이, 바로 줄리앙의 아버지였음이 틀림없었던 까닭입니다.

(21)

앙리 아저씨가 활동사진관에서 줄리앙을 보고

"저이가 너의 아버지다!"하고 말하였던 '그 사나이'는 술집에서 나오자 그곳에가 서서 주머니에서 담배를 꺼내어 입에 물고 성냥을 찾는 모양이었습니다.

아까 활동사진관에서는 멀리 떨어져서 보았던 것이니까 지금 이렇게 가까이서 보는 것과는 틀릴는지도 모르는 일이었으나 그래도 줄리앙은 그의 입은 옷이라든지 떡 벌어진 그의 어깨, 굵고 짧은 그의 목……. 이러한 것으로 미루어 역시 앙리 아저씨가 아까 아르켜주었던 '그 사나이'— 즉 '자기 아버지'에 틀림없다고 그는 생각하였던 것입니다. 그는 그러나 어찌하여야 좋을지를 알지 못하였습니다.

"아버지! 나 줄리앙이에요!"

하고 와락! 달려들까? 그러면 아버지는 나를 알아보고 덥석 껴안아주며

"오! 이게 웬일이냐? 언제 왔니? 너 혼자 왔니? …아버지는 퍽이나 네가 보고싶었다"하고 진정 자기가 온 것을 반가이 맞아줄까?

줄리앙은 제가 두 살 적에 집을 나갔던 아버지라 앙리 아저씨의 한 말을 믿는 것밖에는 지금 눈앞에서 성냥을 가까스로 찾아서 담뱃불을 붙이고 난 '이 사람'이 자기 아버지라는 것을 아는 도리는 없었던 것이

요. 그렇다고 무턱대고 그의 윗저고리를 벗기고 과연 그의 바른편 젖꼭지 위에 동전 한 푼 만한 점이 있나 없나를 상고하여 볼 수도 없었으므로 줄리앙은 반신반의(半信半疑)한 중에 망설이지 않을 수 없었던 것입니다.

더구나 아무리 호의(好意)를 가지고 보려하여도 몹시 불쌍한 그의 두 눈이며 왼편 귀밑으로부터 턱 아래까지 한 일자를 드윽 그은 칼 맞은 자국이 우선 줄리앙의 어린 마음에 두려움을 품게하여 주었던 데다 또 그 위에 그는 술까지 취했으므로 선뜩 다가갈 용기가 줄리앙에게는 생기지 않았던 것입니다.

줄리앙이 그렇게 망설이고 있는 동안에 그 사나이는 말없이 담배를 두어 모금 빨고 나더니 갑자기 생각난 듯이 몸을 홱 돌려 술집 안을 향하여 소리쳤습니다.

"무얼 하니, 아멜리?"

안으로서는 아무 소리도 들려오지 않았습니다.

"아멜리—"

하고 그 사나이는 성미 급하게 또 한 번 외쳐봅니다.

"어서 나오지 않고 무얼 하니? 아멜리"

그러자 안으로서—(그것이 아마 아멜리라고 하는 여자의 목소린 게지요)

"이제 곧 나가우. 루이스!"

하는 소리가 줄리앙에게까지 들려왔습니다. 줄리앙은 '루이스'라는 이름에 새삼스러이 그 사나이의 얼굴을 다시 한 번 쳐다보고 다음에 시선을 옮겨 무슨 두려운 물건이 출현할 것을 기대하고나 있는 듯이 겁집어먹은 눈을 하여가지고 술집 안을 들여다보았습니다.

사나이들의 우락부락한 말소리며 여자들의 자지러진 웃음소리 가운데 뒷굽으로 시멘트바닥을 강하게 울리는 소리가 들리며 한 여자가 안으로서 빠른 걸음으로 나와 그 사나이의 팔을 끼었습니다.

그 여자가 아멜리라는 이름을 가지고 있는 여자이라는 것을 줄리앙은 물론 대번에 눈치챘습니다. 그뿐 아니라 그 여자는 비록 어여뿐 얼굴을 하고 값나가는 옷을 몸에 걸치고 있기는 하여도 이러한 술집으로 남자와 더불어 드나드는 것으로 미루어서 결코 범상한 여염집 부인네가 아니라는 것조차 알아챘습니다. 줄리앙이 그러한 것을 잠깐 생각하고 있는 동안에 그 사나이와 그 여자는 팔을 끼고 저편으로 향하여 골목을 걸어나가고 있습니다.

줄리앙은 잠깐 그곳에가 서서 그들의 뒷모양을 바라보고 있었습니다. 그리고 분명히 자기 아버지에 틀림없는 그 사나이가 그러한 여자와 술집에서 나와서 서로 팔을 끼고 큰길거리로 걸어나간다는 것을 생각하였을 때 저도 모르게 두 눈에 눈물이 고였습니다.

그렇게 겨울에, 심하게 눈보라치던 날 밤에 불이나 변변히 피우지 못하여 싸늘하기 짝이 없는 방안에서 마지막으로

"루이스! 루이스!"

하고 아버지를 부르다가 돌아간 어머니를 생각하면 뒤에서 뒤에서 자꾸자꾸 눈물이 흘러나오는 것이었습니다.

그래 잠깐 동안을 줄리앙은 그곳에가 그렇게 서서, 어머니 생각은 조금도 하는 일없이 저렇게 다른 여자와 팔을 끼고 걸어가는 아버지를 원망스러이 바라보았던 것입니다마는 그들이 그 골목을 완전히 나가 큰 길을 바른편으로 꺽은 것을 보았을 때 줄리앙은 저도 모르게 달음질을 쳐서 그들의 뒤를 쫓아갔습니다.

(22)

남녀는 중도에서 다시 세 군데나 술집을 들렀습니다. 그때마다 줄리앙은 문밖에서 혼자 망설이며 기다리는 수밖에 없었던 것입니다. 그리고 속으로,

"이럴 때 앙리 아저씨나 곁에 있어 주었으면 얼마나 좋을꼬—."

하고 생각하는 것이었습니다. 그러다가 다시 생각을 돌려

"그러나 이러다가는 한이 없는 노릇이니 이번에 나오거든 기어코 내가 줄리앙이에요, 아버지—하고 말을 하리라."

하고 마음먹습니다마는 정작 그가 밖에 나올 때면 그의 가뜩이나 시뻘건 열에 띄인 두 눈이며 술기운에 벌게진 얼굴에 좀 더 보기에 언짢은 귀 밑의 칼자국이 그의 마악 열리려는 입을 봉해놓아 버리는 것이었습니다. 그뿐 아니라 그의 옆에 아마 새로이 얻은 듯싶은 여자가 역시 술이 취하여 붙어 다닌다는 것이 한층 더 줄리앙에게서 말할 용기를 빼앗아버렸던 것입니다.

그들은 열 점이나 되어 제 집으로들 돌아갔습니다. 줄리앙은 그들이 들어간 집 문밖에가 잠깐 서서 또다시 망설였습니다. 고요한 그 집안에 디딜 때마다 삐걱거리는 낡은 층계가 듣기 언짢게 삐걱거리다가 그들의 발소리가 층계 위로 사라진 뒤에 길가로 향한 이층의 창에 반짝! 하고 불이 켜진 것을 줄리앙은 보았습니다. 남녀가 방안을 왔다갔다 하는 양이 이따금 창에 비치는 그들의 그림자로 알 수가 있었습니다.

이윽히 그 창을 쳐다보고 있다가 줄리앙은 끝끝내 마음을 결하고 문을 열었습니다. 그리고 그 앞으로 들어서서 잠깐 좌우를 둘러보고 다음에 맞은편에 있는 층계를 조심조심 올라갔습니다. 어째 무슨 나쁜 일이나 하는 사람같이 공연이 가슴이 울렁거렸습니다. 그뿐 아니라 한층 한층 올라갈 때마다 유난히도 삐걱거리는 층계소리가 마음에 퍽이나 재미없었습니다.

그가 이층에까지 올라갔을 때 방안에서 여자의 목소리가 들렸습니다.

"너 모리스냐?"

줄리앙은 가슴이 선뜻하며 그곳에서 말없이 우뚝 서버렸습니다.

"너 모리스 아니냐?"

여자의 목소리가 또 한 번 이렇게 불렀습니다.

줄리앙은 잠깐 망설인 뒤

"아니에요. 저는 줄리앙이에요."

하고 떨리는 목소리로 대답하였습니다.

"줄리앙? 줄리앙이 누군가?…"

하고 몹시 의아하여하는 눈치가 말투에도 나타났습니다. 그러자 베드 위에 누워있는 듯싶은 사나이의 목소리가 들렸습니다.

"아마 모리스의 동무아인게지……. 애— 모리스는 예와 자지 않는다. 식당으로 가보아라."

줄리앙은 마음을 결하고 방문 앞으로 다가가서

"아니에요. 모리스 동무가 아니에요. 잠깐 말씀할 게 있어 왔어요."

"말할 게 있다고?"

그리고 여자는 줄리앙의 모양을 발견하자 헌청난 목소리로 외쳤습니다.

"웬 거지새끼냐?… 오호라 초저녁부터 우리 뒤만 따라다니던 놈이로구나. 그래 왜 왔니 애기할 거란 무어냐?"

"저— 저—"

줄리앙이 너무나 뜻밖의 말에 어이가 없어 말을 다듬으려니까 저편 베드 위에 구두도 벗지 않고 쓰러져있던 사나이가 귀찮은 듯이 상반신을 비스듬히 일으키며

"먹다 남은 빵조각이라도 달라는 게지."

하고 몽롱한 눈으로 문밖에 줄리앙을 바라보다가 다시 자리 위에 쓰러져 버렸습니다.

"아니에요. 저—줄리앙이에요."

하고 한층 더 떨리는 목소리로 줄리앙이 말하는 것을,

"줄리앙? 줄리앙이 어떻단 말이냐? 시체 거지새끼들은 이름두 다 있나?"

하고 문을 닫으려는 것을 사나이는

"돈이나 한 푼 주어 보내지"하고 저편 벽을 향하여 돌아누워 버렸습니다.

그러자 아래층 문이 열리는 소리가 들리고 한 아이가 휘파람을 불며 통통통통 층계를 올라왔습니다.

"모리스냐?"

하고 여자는 물었습니다.

"응! 나야……. 아버지 집에 있우?"

하고 열두 살밖에 안 된 아이가 줄리앙을 유심히 보면서 물었습니다.

"응! 왜 그러니?"

하고 베드 위에 누운 사나이가 게으르게 되물었습니다.

그 소리를 듣자 줄리앙은 저도 모르게 갑자기 설움이 북받쳐 올라 도망질치듯이 층계를 뛰어내려와서 문을 박차고 밖으로 달려나갔던 것입니다…….

(23)

그 이튿날은 아홉 점이나 되어 자크 할아버지와 줄리앙은 평민식당으로 갔습니다.

그들이 문을 열고 들어서자 몹시 기다리고 있었던 듯싶은 뚱뚱보 주인이 연해 싱글싱글 웃으며 그들에게로 왔습니다.

"어제 저녁에 올 줄 알고 퍽이나 기다렸었지, 자크 할아버지……. 왜 안 왔우?"

"응 좀 볼일이 있어서……."

"그래 어떻게 결정을 하셨우? 자크 할아버지."

"글쎄. 아직 줄리앙에게는 얘기두 안 했는데."

"하여튼 그렇게 하기로 합시다. 모리스는 간밤에 그예 내보내 버렸으니……."

하고 주인이 이야기를 하는 것을 이때까지 딴 생각만 하고 있던 줄리앙이 갑자기 고개를 들고 물었습니다.

"누구요? 모리스요?"

"응. 왜 여기 심부름하는 어린아이 있었지? 너보다 조금 작은……."

줄리앙은 간밤에 아버지집에서 본 모리스라는 아이를 눈앞에 걸어 보았습니다. 간반에 그 아이를 보았을 때 어디서 한 번 본 일이 있는 아이 같은데—하고 생각하였던 것이나 지금 알고보니 그저께 밤에 여기와서 처음으로 저녁밥을 먹었을 때 보았던 것임에 틀림없었습니다.

줄리앙은 모리스라는 아이가 자기 아버지를 아버지라고 부르던 사실을 생각하고 또 그 아버지가 자기를 몰라보고 거지나 대하듯이 돈이나 한 푼 주어보내라고 하던 말을 되생각하고 또다시 새롭게 설움이 복받쳐 올랐습니다. 그러나 그는 이를 악물고 터지려는 울음을 참았습니다.

"무어 여러 말 할 것 없이 오늘부터라두 예서 일을 시키기루 합니다. 자크 할아버지……. 그게 피차간 좋지 않우?"

"그래두 그 모리스라고 하는 아이의 애비가 몽마르트에서두 이름난 아파슈라는 것이 종시 마음에 재미적어 뒤가 무섭거든."

"흥 참 자크 할아버지. 별 걱정두 다하우. 제가 아파슈면 어쩔 테야……."

줄리앙은 그들이 결국 자기 아버지 이야기를 하고 있는 것이라 생각하였을 때 설움과 함께 불안과 두려움을 느끼지 않을 수 없었던 것입니다. 그리고 또 한없이 부끄러웠습니다.

"아파슈라는 것은 무어에요? 자크 할아버지."

줄리앙은 더듬더듬 물었습니다.

"부랑자놈들을 아파슈라구 한단다."

줄리앙은 이 말을 듣고 그러면 나의 아버지는 남한테 그런 이름을 받고 지내는 사람이었던가?—하고 한층 더 어린 마음에 괴로웠습니다.

“무어 더 생각해보아야 알 일도 아니니, 자— 당장 오늘부터라도 예서 지내두룩 합시다. 무어 생각해볼 게 무어야?”

하고 뚱뚱보 주인은 연해 자크 노인을 졸랐습니다.

“그래두⋯⋯.”

“그래두가 무에 그래두유? 아무 일 없어요. 제가 어쩔 테야.”

그리고 뚱뚱보 주인은 줄리앙을 돌아보았습니다.

“애애 너 아저씨집에서 아저씨하구 같이 살아보지 않을래? 아저씨가 야학두 보내주구 할께스리⋯⋯.”

그러나 줄리앙은 생각에 잠겨서 아무 대답도 하지 않았습니다.

“자크 할아버지가 좀 잘 말하우. 자크 할아버지가 공연히 객쩍은 걱정을 하니깐스리 어린애까지 마음에 언짢은 게지”

“종세 그래두⋯⋯.”

“참 자크 할아버지두 딱하우. 그래 그까짓 놈 하나가 무서워서 그러우? 그건 나를 믿어요. 내 혼자 처리할 테이니⋯ 그까짓 놈 내 집 문턱에두 근접 못하게 하지. 어딜 제가 들어와 들어오기만 하면⋯”

하고 그가 채 말을 다하기 전에 어느 틈에 그곳에 들어왔는지 한 사나이의 목소리가,

“자—이렇게 들어왔는데 어쩔 테란 말이냐?”

하고 비웃습니다. 세 사람은 깜짝 놀라 돌아보았습니다. 줄리앙은 그가 바로 그 사나이—즉 앙리 아저씨가 ‘아버지’라고 아르켜준 그 사나이라는 것을 알았습니다. 그리고 공연히 또 가슴이 두근거렸습니다.

(24)

“참 대단하구나? 네가 나를 어쩔 테란 말이냐?”

그 사나이는 안을 한 번 휘둘러보고 다시 주인을 향하야 이렇게 대들었습니다. 여기 오기 전에 어디서 한 잔 하였는지 입에서 술 냄새가 무럭무럭 납니다.

"아니 무어 노형얘기를 한 게 아니라……"

하고 뚱뚱보 주인은 이때까지 자크 노인을 상대 삼아가지고 하던 장담도 보람 없이 어쩔 줄 모르고 덤벙댑니다.

"그래 내 자식은 왜 내보냈니? 그 얘기 좀 어디 들어보자꾸나?"

"내 글쎄 그것이… 하여튼 저—잠깐 이리 앉으십쇼."

그러나 그 사나이는 주인이 자리를 권하기 전에 벌써 걸상 위에가 털퍼덕 앉아있었습니다.

"그래 어디 얘기를 좀 듣자꾸나. 왜 내 자식을 턱 없이 내보냈니?"

"무어 저……. 턱 없이야 자제를 내보낼 리 있겠습니까?"

"그럼 왜? 무어 잘못한 게 있니? 무엇 때문에 내보냈나, 어디 네 말을 좀 들어보자꾸나."

"네… 그게 저—"

주인의 이마와 콧잔등에 땀방울이 맺혔습니다. 두어 명 남았던 손님이 차례로 도망질치듯이 밖으로 나가버렸습니다.

"이놈아 선선하게 얘기를 좀 해."

하고 그는 또다시 소리를 질렀습니다.

그때 아마 시중드는 아녀석이 이른 게지요. 안으로서 쿡(요리 만드는 사람)이 두 명 뚜벅뚜벅 걸어나왔습니다. 그들은 날카롭게 한 번씩 노려본 다음 그 사나이는 그대로 자리에 앉은 채

"이까짓 밥장수집이 무엇 대단해서 그러는 게 아니라 같잖은 네놈들이 내 자식을 내쫓은 게 괘씸해서 그런다. 또 내보낸다더라도 그에게는 애비도 에미두 다 있으니 한 번은 서로 만나 상의라두 하여보는 것이 온당하지 않니?"

그리고 그는 자리에서 슬그머니 일어나려는 주인을 번개같이 발을 차서 다시 주저앉히고 다음에 바로 옆에서 기회를 엿보고 있는 쿡들을 향하여 비웃는 어조로 말하였습니다.

"자네들은 부엌에 들어가서 달걀이나 삶고 생선이나 지지게. 이런

데는 공연히 참례하는 게 아니거든. 하하하……."

그가 태연하게 이렇게 너털웃음을 웃었을 때 가만히 그를 노려보고 있던 키 큰 쿡이 주먹을 번개같이 뻗어 그의 턱을 치받쳤습니다. 그 사나이는 의자와 함께 뒤로 나가자빠졌습니다. 그러나 다음 순간 그 사나이는 몸을 일으키어 그들을 향하여 대들었습니다.

자크 할아버지는 이때까지 정신을 잃고 그 사나이를 쳐다보고 있다가 싸움이 시작되자 허둥대고 한 옆으로 비켜서며 거의 기계적으로 줄리앙을 찾았습니다. 그러나 어느 틈에 어딜 갔는지 줄리앙의 모양은 아무 곳에도 보이지 않았습니다. 자크 할아버지는 황망하게 밖으로 나가려하였으나 격렬한 싸움이 어우러진 통에 한 구석에 꼼짝달싹 못하고 박혀있었습니다.

테이블이 쓰러지고 의자가 부서지고 음식 접시가 날고 서로 차고 치고……. 무지스러운 싸움을 하느라고 셔츠가 부욱 찢어져서 그 사나이의 시뻘건 젖가슴이 드러났습니다. 그 순간 자크 할아버지는 저도 모르게 "앗!" 소리를 질러버렸습니다.

그 사나이의 바른편 젖꼭지 바로 위에 동전 한 푼 만한 새까만 점을 발견하고 이 사나이가 바로 십삼 년 전에 제 고향 '아비뇽'을 나와 파리에서 살림을 한다던 줄리앙의 아버지 루이스가 아닌가?—하고 생각하였던 까닭입니다. 그리고 자크 할아버지는 대체 줄리앙이 어디로 갔을꼬? 하고 생각하는 것이었습니다.

× × ×

이때 줄리앙은 센 강가를 터덜터덜 남쪽으로 향하여 걸어 내려가고 있었습니다. 그는 파리를 떠나 다시 정처 없이 방랑의 길을 계속하려고 마음을 정하였던 것입니다. 시원한 바람이 불어와서는 길가에 가지런히 늘어섰는 플라타너스며 마로니에며의 나뭇가지는 우줄우줄 춤을 추었

습니다. 그때마다 나뭇잎새들은 무슨 재미있는 이야기들이나 남몰래 하
듯이 제각기들 소곤거립니다.

그 아래를 줄리앙은 휘파람을 불면서 걸어가고 있었습니다.

첫여름의 파리의 하늘은 구름 한 점 없이 새맑았습니다.

(*)

<매일신보> 1933.4.17.~5.9.

구보, 파리를 걷다

– 「방랑아 줄리앙」 해제

권 은*

「방랑아 줄리앙」은 1933년 4월 7일부터 5월 9일까지 총 24회에 걸쳐 매일신보에 연재된 중편소설이다. 연재 당시 '소년소설'이라는 표제를 달았던 이 작품은 「소설가 구보씨의 일일」보다 1년 앞서 발표되었고, 작품배경이 '경성'(혹은 '동경')이 아니라, 프랑스 '파리'라는 점에서 매우 특이한 작품이라 할 수 있다.

본격적인 창작에 앞서, 외국을 배경으로 한 작품을 먼저 발표하는 것은 우리 근대작가들에게서 종종 발견되는 하나의 경향이었다. 이광수도 『무정』에 앞서 「어린 희생」-이 작품은 러시아 군인들에게 살해당한 손자의 복수를 실행하는 폴란드 독립투사의 이야기를 다루었다-을 발표했다. 이는 근대소설이 온전히 전개되기 위해 전제되어야 하는 철도, 전

---

* 서강대학교 기초교육원 학사지도 교수.

화, 전보, 전등, 백화점, 포장도로 등 '도시'의 물적 토대를 충분히 갖추지 못한 데 기인한 것으로 보인다. 박태원이 식민도시 경성을 배경으로 하는 자신의 작품세계를 본격적으로 전개하기에 앞서 당대의 대표적인 메트로폴리스 '파리'를 배경으로 한 이 작품에서 자신의 소설적 구상을 실험해 보았을 가능성이 있다.

프랑스 남부 아비뇽에 살던 15세 소년 줄리앙은 어머니가 죽자, 어렸을 때 집을 나간 생면부지의 아버지 루이스를 찾아 아를르를 거쳐 파리로 상경한다. 이것은 작가 박태원이 즐겨 읽었던 스탕달, 발자크, 디킨즈, 플로베르 등 서구 리얼리즘 작가의 작품들에 '고아'인 중심인물이 시골에서 상경하여 대도시의 거대한 규모에 압도당하는 장면이 종종 등장하는 것과 관련되는 것으로 보인다. 줄리앙도 이들처럼 온갖 '훌륭한 것'들로 가득한 근대도시 파리에 압도당한다. 시간적 배경은 오스망에 의해 파리가 근대 메트로폴리스로 거듭난 이후인 '제3 공화정' 시기로, 부르주아와 프롤레타리아가 공간적으로 격리되기 시작한 시기다. 줄리앙이 콩코드 다리 밑에서 노숙하는 '자크 할아버지'와 함께 지내게 되면서 본격적인 이야기가 시작된다. 줄리앙은 샹젤리제 거리의 부르주아들의 고급 승용차의 문을 열어주고 팁을 받아, 자크 할아버지와 도시 정반대편의 '평민식당'에 가서 허기진 배를 채우기도 한다.

이 작품은 줄리앙의 이동경로에 따라 파리의 구석구석이 재현되는 구성을 취하고 있는데, 한 번에 한 장소씩 이동·묘사되기 때문에 독자들은 큰 어려움 없이 작품의 구성을 파악할 수 있다. 줄리앙이 파리에서 처음 마주치는 곳은 루브르 궁전이다. 이후 튀를리 공원-콩코드 다리-샹젤리제 거리-개선문-백화점-몽소 공원-생 라자르 정거장-몽마르트-영화관 등 파리의 주요 장소들이 차례로 묘사된다. 이러한 구성은 뒷날 박태원의 후기작품 「윤초시의 상경」 등에 유사한 형태로 변주된다. 고아, 노숙인 등 사회 소외계층에 대한 따뜻한 시선 또한 박태원 문학 전반에 걸쳐 지속되고 있다.

박태원의 파시즘 인식과 대응

2012년 4월 1일 인쇄
2012년 4월 10일 발행

저 자   구 보 학 회
펴낸이   박 현 숙
찍은곳   신화인쇄공사

110-320 서울시 종로구 낙원동 58-1 종로오피스텔 606호
TEL : 02-764-3018, 764-3019   FAX : 02-764-3011
E-mail : kpsm80@hanmail.net

펴낸곳 도서출판 깊 은 샘

등록번호/제2-69. 등록년월일/1980년 2월 6일

ISBN   978-89-7416-220-7

※ 잘못된 책은 교환해 드립니다.

값 15,000원